KB234186

Romantic Castle

로맨틱 캐슬

로맨틱 캐슬

초판 1쇄 찍은 날 | 2013년 11월 18일
초판 1쇄 펴낸 날 | 2013년 11월 23일

지은이 | 화연 윤희수
펴낸이 | 예경원

편집 | 유경화

펴낸곳 | 예원북스
등록번호 | 제396-2012-000132호
등록일자 | 2012. 7. 25
YRN | 제1-0045호

주소 | 경기도 고양시 일산동구 무궁화로 8-28 삼성메르헨하우스 712호 (우) 410-837
전화 | 031-819-9431 팩스 | 031-817-9432
http://cafe.naver.com/yewonromance
E-mail | yewonbooks@naver.com

ⓒ 화연 윤희수, 2013

ISBN 978-89-98102-59-3 03810

화연 윤희수 장편 소설

Romantic Castle
로맨틱 캐슬

YEWONBOOKS
ROMANCE STORY

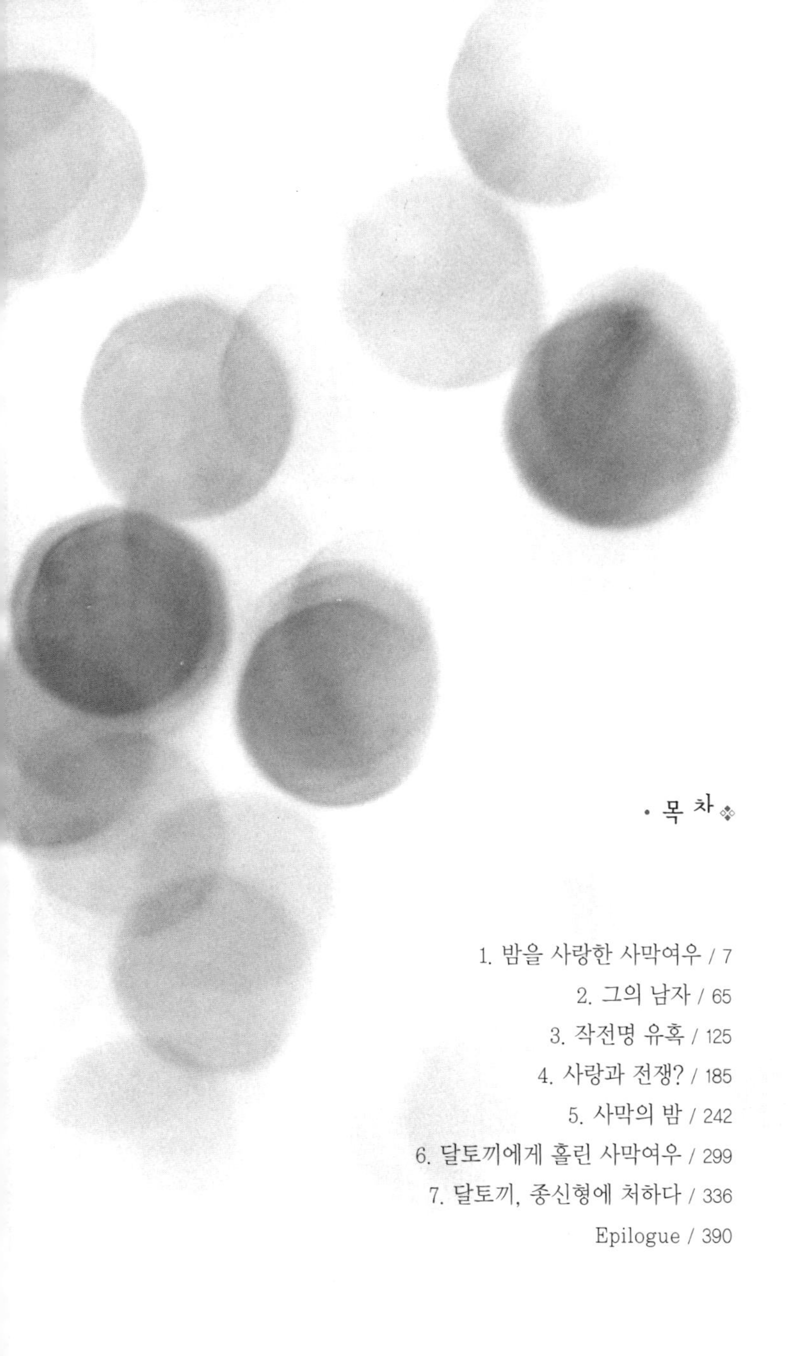

• 목 차 ❖

1. 밤을 사랑한 사막여우

적월(赤月).

피를 머금은 달이 구름 사이로 서서히 모습을 드러내고 있었다. 어둠조차 점령하고픈 인간들의 욕망이 고스란히 담긴 불빛 도시 위로 달빛이 은밀하게 스며들었다. 높은 고층빌딩들이 즐비한 빌딩숲 한가운데 달을 비웃으며 한 사내가 서 있었다. 옥상 위 난간을 밟고 선 그를 서슬 퍼런 바람이 날카롭게 스치고 지나갔다. 은유의 붉은 입술이 매끄러운 곡선을 그리며 올라갔다. 동시에 그의 길고 매혹적인 눈이 차갑게 빛났다.

"진실."

그가 손끝으로 붉은 입술을 쓸었다.

"그건 개인의 관점에 따라 달라지는 양면성을 지니고 있지. 마치 거짓말처럼."

야릇하게 비틀려 올라간 입꼬리가 위협적이었다. 은유는 느긋이 바지주머니에 손을 찔러 넣고 비스듬히 고개를 치켜들었다. 바람에 제멋대로 흩날리는 머리카락이 은유의 시야를 가렸다.

"처음부터 진실 따윈 아무 상관 없었어. 얼마나 잘 포장하고 속이느냐가 관건이지."

그는 가만히 눈을 감고 바람을 느꼈다.

팔을 벌리면 날 수도 있겠다. 곧 차가운 아스팔트 위로 곤두박질치겠지만. 뭐, 아주 잠깐의 자유를 만끽할 순 있겠지.

"그런데 말이야, 추락하는 건 날개가 없더라고. 날고 싶은 욕망이 착각을 불러일으킨 거지. 분명히 제 등에 찬란한 날개가 있을 거라고 말이야."

속삭이듯 감미로운 목소리였다. 마치 누군가에게 말을 걸 듯 다정했다. 그가 감았던 눈을 떴다. 목소리와 달리 시린 눈동자 가득 붉은 달이 들어찼다. 이제 달은 구름을 벗어나 온전한 형태를 이루고 있었다.

"결국엔 그 날개가 그럴싸하게 만들어진 조작품이었다는 걸 깨닫게 되겠지. 털어서 먼지 안 나오는 사람 없단 말이 왜 무서운 건지 곧 알게 될 거야. 타락 뒤엔 비상보다 추락이 더 어울린다는 것도."

비릿하게 말려 올라간 입가가 조금씩 일자로 내려앉았다. 차게 식은 은유의 얼굴은 잘 빚은 조각상처럼 아름다웠다. 달빛이 스며들어 신비로운 느낌마저 들었다. 그것이 마치 이 세상 사람이 아닌 듯 묘한 분위기를 자아냈다.

저벅저벅.

등 뒤로 다가서는 발소리가 들렸다. 적당한 거리를 유지하며 멈춰 선 우철이 그를 조심히 불렀다.

"본부장님, 준비 끝났습니다."

은유가 돌아보자 우철이 정중히 고개를 숙였다. 훌쩍 난간에서 내려선 은유가 말없이 입구를 향해 걸었다. 그 뒤를 조용히 우철이 따랐다. 텅 빈 옥상 위로 돌풍이 휘몰아쳤다. 문이 쾅 소리를 내며 굳게 닫혔다. 더 이상 그 누구의 침입도 허락지 않겠다는 듯 단호했다.

낮은 휘파람 소리가 긴 복도를 따라 잔잔히 울려 퍼졌다. 벽면을 쓸고 지나는 은유의 길고 고운 손가락이 얼음처럼 차게 보였다. 핏기라곤 없는 손이 어느새 주먹을 움켜쥐었다. 짙어진 휘파람 소리에 맞춰 벽을 긁는 소리가 더해졌다. 귀를 자극하는 소리의 근원지는 은유의 손이었다. 손에 끼워진 반지가 벽에 긁히며 내는 소리였다. 반지 표면에는 천사의 날개 한쪽이 새겨져 있었다. 은유는 지금 그 날개를 지우고 있었다.

우철은 그런 은유의 뒤를 그림자처럼 조용히 따랐다. 간간이 창으로 스며든 달빛이 은밀하게 복도를 비추고 있었다. 벽의 끝자락에서 은유가 걸음을 멈췄다. 동시에 모든 소리도 사라졌다. 양쪽으로 갈리는 복도 중앙에 문 하나가 있었다. 은유의 고개가 모로 기울었다. 정면에 위치한 문을 무표정하게 바라보던 은유가 벽을 긁던 손을 거둬 가만히 쥐었다 폈다. 긁힌 건 반지만은 아니었다. 손가락 마디에서 피가 흘렀다. 그는 보지도 않고 혀로 피를 핥았다.

"철아."

은유의 나직한 부름에 우철이 즉시 앞으로 나서 문손잡이를 돌렸다. 환한 빛이 문 안에서 흘러나왔다. 눈부심에 그의 미간이 살짝 찌푸려졌다. 열린 문 옆으로 우철이 시립했다. 피가 흐르는 손을 탈탈 털며 그가 안으로 들어섰다.

사무실 안에는 이미 여럿이 자리하고 있었다. 문 양쪽을 차지하고 선 덩치들 말고도 둘이 더 소파 뒤에 장승처럼 버티고 서 있었다. 그 아래 소파에 앉은 사내가 날카로운 눈빛으로 은유를 노려보았다. 은유는 곧장 소파로 가지 않고 책상이 있는 곳으로 걸어갔다. 그가 잘 닦여진 명패를 손끝으로 쓸자 사내에게서 낮은 신음이 흘러나왔다.

"대표이사 정준현."

나직한 은유의 목소리가 마치 저승사자의 부름처럼 들려 준현은 소름이 끼쳤다. 등줄기를 따라 도는 소름을 애써 무시하며 준현은 표독스럽게 눈을 치떴다.

"합병은 절대 안 돼! 말이 합병이지 이건 날로 먹겠다는 소리잖아. 난 절대 용납 못해."

탁!

명패를 뒤집는 소리에 준현이 저도 모르게 움찔거렸다. 준현이 힐끔 눈동자를 굴려 명패를 바라보았다. 이름이 새겨진 곳이 책상 위로 엎어져 있었다. 그 명패를 은유가 다시 집어 들었다. 은유의 작은 몸짓 하나에도 준현은 즉각 반응을 보였다. 그러지 않겠다고, 절대 기죽거나 겁먹지 않겠다고 굳게 다짐했건만 은유에게서 흘러나오는 섬뜩한 기운에는 그 다짐이 자꾸만 허물어지고 말았다.

“흠.”

명패를 들고 다가서는 은유의 모습에 준현이 거친 숨을 삼켰다.

탁!

준현의 바로 앞 테이블 위에 명패가 세로로 세워졌다. 그 끝에는 은유의 손이 가만히 올려져 있었다. 은유가 슬쩍 시선을 들어 사방을 훑었다. 안으로 들어선 우철이 그의 의중을 알아채고 입을 열었다.

“CCTV는 미리 손봐놨습니다.”

은유가 가만히 고개를 끄덕이며 시선을 내려 준현을 바라보았다. 그의 날렵한 눈매가 무척 시리게 느껴졌다. 은유는 말없이 명패를 한 손으로 들어 올렸다. 그에 지레 움찔한 준현이 팔로 얼굴을 가리며 다급하게 외쳤다.

“폭력으로 어찌해 보겠다는 생각인 모양인데, 어림없어! 내가 겁먹고 물러설 거라 생각했다면 그건 오산이야!”

“설마.”

지독하게 차분한 목소리였다. 준현이 슬쩍 눈을 떠 팔 사이로 살피자 자신을 내려칠 거라 생각했던 명패가 눈앞에 딱 멈춰 있었다. 시선을 올려 은유와 눈을 맞췄다. 은유가 고개를 살짝 기울이며 까닥거렸다. 무슨 의도인지 알 수가 없었다. 그래서 더 불안했다. 준현이 미간을 좁히며 낮은 신음을 흘리자 은유가 싱긋이 한쪽 입가를 끌어 올렸다.

“받아. 당신 거잖아.”

미심쩍은 구석이 있긴 했으나 준현은 일단은 대범한 척 은유가 내민 명패를 잡았다. 불편한 기색을 드러내며 당기는데 쉽게 딸려

오지를 않았다. 준현이 이를 뿌득거리며 조금 더 손에 힘을 줬다. 이 판국에 유치하게 힘겨루기를 하자는 말인가? 쥰현의 추측을 증명하기라도 하듯 은유가 갑자기 명패를 빼앗았다.

"이봐!"

"조폭도 아니고 내가 왜 폭력을 씁니까? 누구 신세 망칠 일 있습니까? 전 콩밥 무지하게 싫어하는데, 정준현 대표님은 좋아하십니까?"

"뭐?"

대체 무슨 말을 지껄이고 있는지 알 수가 없었다. 은유의 헛소리에 준현은 기가 막혔다. 갑자기 왜 콩밥은 들먹인단 말인가. 때리지도 않을 거라면서 명패는 또 왜 위협적으로 흔들어대는지 모르겠다. 그에 답하듯 이리저리 돌려대던 명패로 은유가 힘껏 제 다리를 내려쳤다. 그와 동시에 준현의 눈이 튀어나올 듯 커졌다.

"흐음."

꽤 강한 타격을 입은 듯 은유가 터져 나오는 신음을 억지로 삼켰다. 놀라 굳은 채로 쳐다보는 준현을 건조하게 내려다보며 은유가 사이드 테이블에 놓인 도자기를 후려쳤다. 깨어진 파편이 여기저기 흩어졌다. 얼굴을 가리며 고개를 돌렸던 준현의 손이 바들바들 떨렸다. 직접 자신을 팬 것도 아닌데 왠지 모를 두려움이 느껴졌다. 천천히 시선을 돌리자 파편 중 하나를 집어올리는 은유의 손이 보였다.

은유의 입술이 비릿하게 비틀려 올라갔다. 그가 파편을 꽉 움켜쥐자 찢긴 살 안에서 피가 뚝뚝 떨어졌다. 은유가 심드렁하게 말하며 파편으로 제 팔을 그었다.

"명패로 날 내려친 건 당신이고, 그 명패에 깨진 도자기로 날 찌른 것도 당신이야."

"무, 무슨 헛소리야. 그건 네가!"

"합병을 하자 설득하러 온 나를 코너에 몰린 당신이 눈이 뒤집혀 공격을 한 거지."

"말도 안 되는! 누가 그 말을 믿을 것 같아!"

"믿을 거야. 명패엔 당신 지문이 찍혀 있을 거고, 이 파편에도 물론 당신 지문이 찍힐 테니까."

은유가 손을 펼치자 우철이 즉시 파편을 집어 준현에게로 다가갔다. 질겁하며 반항하는 준현을 양쪽에서 눌러 앉히고 우철이 손을 잡아 억지로 파편을 쥐어주었다. 살을 파고드는 파편의 날카로움에 준현이 비명을 질렀다. 그 소란의 한가운데서 은유는 너무나 천연덕스럽게 손수건을 꺼내 상처를 감쌌다.

"그리고 하나 더."

손수건을 감은 손을 이리저리 내려다보며 그가 손가락을 튕기자 우철이 안주머니에서 녹음기 하나를 꺼내 테이블 위에 놓았다. 플레이 버튼을 누르자 준현의 악에 받친 목소리가 튀어나왔다.

[미친 새끼, 내가 가만둘 줄 알아? 합병? 웃기지 말라 그래. 새파랗게 어린것이 겁도 없이 나댄다 이거지? 어디 한번 깝죽거려 봐. 쥐도 새도 모르게 죽여 버릴 테니까. 이은유, 이 건방진 새끼.]

거기에서 스톱 버튼을 눌러 중단시킨 우철이 덤덤히 녹음기를 다시 챙겨 넣었다. 은유가 손바닥을 펼치자 뒤에 서 있던 덩치가 얼른 서류봉투 하나를 얌전히 올려놓았다 그것을 잡다가 통증이 느껴졌던지 은유의 미간이 살짝 찌푸려졌다.

"후우."

가볍게 숨을 내쉰 은유가 준현의 맞은편에 털썩 주저앉으며 봉투를 열어 서류를 꺼냈다. 서류에 피가 묻는 것을 전혀 개의치 않으며 은유가 준현의 앞으로 서류를 밀었다. 은유의 손가락이 제 사인 밑에 있는 준현의 이름을 가리켰다.

"여기 사인만 하면 됩니다."

준현이 분노 서린 눈으로 은유를 노려보았다. 꽉 다문 입술 사이로 연신 억눌린 신음이 흘러나왔다. 조금 몸을 물려 여유롭게 손을 깍지 낀 은유가 빙긋이 입가를 끌어 올리며 정중한 어투로 말했다.

"어차피 인수합병 같은 건 안 되는 거 아시잖습니까? 그냥 보기 좋게 물러나시던가. 아니면 질리도록 콩밥 드시러 가시던가 둘 중 하납니다."

"이은유."

악에 받친 잇소리를 내며 준현이 부르르 치를 떨었다. 이은유가 나서서 해결되지 않는 일이 없다던 말의 의미를 이제는 알겠다. 비열하고 치졸한 놈. 고작 한다는 게 자해로 하는 공갈협박이라니. 하지만 정확히 그 협박이 먹힌다는 게 문제였다. 빠져나갈 구멍도 없이 완벽하게 쳐놓은 은유의 덫에 바보처럼 걸려들고 말았다. 준현은 솟구치는 울분을 속으로 삼키며 우철이 건넨 팬을 집어 들었다.

"너. 언젠간 네 덫에 네가 걸려 말라 죽을 거다."

사인을 마친 서류를 우철이 거두는 것을 심드렁하게 지켜보며 은유가 수긍하듯 고개를 끄덕였다.

"그럴지도. 단, 이미 마를 대로 말라비틀어져서 더 마를 게 있을
진 의문이지만. 그럼, 안녕히."

자리에서 일어선 은유가 단정히 옷을 정돈한 후 깍듯이 허리를
숙였다. 그가 허리를 곧게 폈을 때는 이미 평소의 포커페이스로
되돌아가 있었다. 그는 마치 아무 일도 없었다는 듯 망설임 없이
그곳을 빠져나왔다.

이도는 남은 오렌지주스를 잔째로 들이켰다. 입에 들어온 얼음
을 와그작와그작 깨물며 눈에 한껏 힘을 줬다. 넓어진 코 평수만
큼 그녀의 씰룩거림도 잦아졌다. 힐끔 시계를 확인한 이도의 입에
서 헛바람 소리가 터져 나왔다. 10시 45분. 약속 시각에서 45분이
나 지나 있었다. 일찍 와서 기다린 거야 이쪽 마음이라 치고. 한
시간 가까이 사람을 기다리게 하는 건 좀 예의에 어긋나는 일 아
닌가?

휴대폰을 불끈 거머쥔 이도가 신경질적으로 화면을 두드렸다.
최근 통화 내역에서 상대를 찾아 꾹 누른 다음 휴대폰을 귀에 갖
다 댔다. 신호음이 울리기도 전에 반갑지 않은 여자의 음성이 먼
저 들려왔다.

[전화기가 꺼져 있어…….]

"하아."

어이가 없어 헛웃음이 터져 나왔다. 이거 의도적으로 사람을 골
탕 먹이겠다는 심산인 모양인데, 어림 반 푼어치도 없는 소리다.
테이블에 올려놓았던 서류를 가방에 구겨 넣으며 이도는 상대방
의 무례함을 곱씹었다.

"어째 약속을 고분고분 한다고 했어. 쉽게 넘겨줄 거라곤 생각 안 했지만. 하아. 진짜 기가 막힌다, 기가 막혀."

이도가 막 가방을 한쪽 어깨에 걸치고 일어서려던 찰나 누군가 곁을 스치며 그녀의 어깨를 억지로 눌러 다시 자리에 앉혔다. 제 의도와 상관없이 앉혀진 이도가 멍하니 반대편 자리를 차지하고 앉는 남자를 바라보았다.

칠흑처럼 검은 머리에 도자기처럼 맑은 피부를 지닌 범상치 않은 포스의 남자가 붕대를 감은 손으로 이마를 문지르고 있었다. 남자의 고운 미간에 살짝 주름이 졌다. 그의 붉은 입술에서 낮은 한숨이 천천히 흘러나왔다. 남자가 피곤한 듯 소파에 등을 기대며 숨을 깊이 들이쉬었다가 내뱉었다. 남자의 고개가 약간 모로 기울었다. 그가 이마를 문지르던 손을 내려 턱을 괴었다. 이도의 말똥거리는 눈이 남자에게 고정되어 있었다. 그 시선을 느꼈던지 남자가 한쪽 눈을 치켜 올려 뜨고 이도를 마주 응시했다.

"이번엔 꽤 당돌한 여자군."

"네?"

남자가 알 수 없는 말을 하며 날카롭게 이도를 직시했다. 그 시선을 피하지 않고 이도가 눈에 한껏 더 힘을 줬다. 이 사람 대체 뭐야? 난데없이 나타나 사람을 억지로 앉히질 않나, 다짜고짜 기분 나쁘게 노려보질 않나. 게다가 당돌하다니! 언제 봤다고 사람을 제 맘대로 평가해?

이도는 감정이 그대로 얼굴에 드러나는 사람이었다. 그녀는 입을 고집스레 악다물고 눈을 매섭게 부라렸다.

"한 삼십 분 늦은 것 같은데. 그걸로 발끈한 건 아니시죠?"

반말인지 존대인지 구분이 모호한 투로 말하며 그가 한쪽 입가를 비스듬히 끌어 올렸다. 삼십 분 늦은 건 모르겠고, 다른 이유로 발끈하긴 했다. 끝만 올린다고 서울말이 아니듯 요만 붙인다고 다 상대를 존대하는 건 아니었다. 사람을 아래로 보는 저 내려깐 눈 하며, 거만하기 이를 데 없는 태도하며 이건 절대 존중과는 거리가 먼 행동이었다.

"저기요, 혹시 저 아세요?"

도도하게 턱을 치켜세운 이도가 당돌한 어투로 물었다. 피식. 남자가 비웃듯 싱겁게 웃었다. 이도의 눈에 쌍심지가 켜졌다. 웃어? 지금이 웃을 때야, 이 양반아? 황당할 때지?

눈을 희번덕거리며 뭐 이런 게 다 있나 하는 눈빛으로 저를 바라보는 이도를 남자가 뚫어지게 쳐다보았다. 그가 느긋이 두 손을 깍지 끼며 몸을 앞으로 내밀었다. 그에 저도 모르게 움찔한 이도가 뒤로 주춤 물러났다. 그의 눈이 차갑게 빛났다.

"내가 당신을 꼭 알아야 하나?"

"모르면서 이러는 건 좀 아니지 않나?"

제 말투를 따라 하며 이도가 이죽거리자 남자의 미간이 살짝 찌푸려졌다. 뭐야, 자기는 또 무시하는 투로 하는 말이 듣기 싫다 이거지? 남자의 입술이 비릿하게 말려 올라갔다.

"어차피 다 알고 나온 자린데, 굳이 거추장스럽게 통성명을 해야 하나? 꽤 촌스러운 구석이 있군."

"알고 나오긴……."

문득 이도의 머리에 번쩍이며 뭔가가 떠올랐다.

"혹시, 그놈이 대신 내보낸 거예요?"

"그놈?"

"그 망할 놈이 대신 가서 겁 좀 주라던가요? 아, 나 참. 어이가 없어서."

그의 비틀린 입가가 살짝 풀어졌다. 망할 놈이라. 영감을 그렇게 부르는 사람은 또 처음이었다. 그것도.

남자의 눈이 천천히 이도의 몸을 훑어 내렸다. 질끈 묶은 머리와 반듯한 이마, 오뚝한 콧대가 제법 고집스러워 보였다. 말똥거리는 큰 눈은 의외로 겁을 상실한 듯 맹랑했고, 앙다문 입술은 제법 강단 있어 보였다. 더군다나 여자는 선을 보러 나왔다고 보기엔 다소 무리가 있어 보이는 옷차림을 하고 있었다. 하지만 여자에겐 딱딱한 정장보다는 지금 입은 깔끔한 흰색 면 티와 청바지가 꽤 잘 어울렸다.

영감 취향이 그새 바뀌었나? 아니면 노망이 든 건가?

남자의 말투가 조금 부드러워졌다.

"겁은 모르겠고, 잘 구슬려서 집에 데려다 놓으라고는 했지."

남자의 말에 이도의 입과 눈이 점점 커졌다. 그리곤 한다는 말이.

"나, 납치?"

가방을 끌어안고 무릎을 세워 몸을 움츠린 이도가 경계심 가득한 눈으로 그를 노려보았다. 남자의 미간이 꿈틀거렸다. 납치라니. 너무 과민반응 아닌가?

"당신은 결혼을 납치라고 하나?"

"겨, 결혼?"

결혼이라니, 놀라 나자빠질 말이었다. 개를 학대하는 놈을 설득해 개를 인도받을 요량으로 나온 자리였다. 물론 놈은 약속도 지키지 않고 내뺐지만. 그건 다시 찾아가 온갖 협박과 회유를 거치면 어떻게든 해결될 일이었다. 그런데 난데없이 결혼이라니? 이건 또 무슨 봉창 두드리는 소리야?

"선보러 나온 자리니 결혼 이야기가 나오는 건 당연한데. 납치는 또 뭐지?"

"선? 하아. 선이라고?"

펄쩍 뛰며 진저리치는 이도의 반응에 은유가 미간을 찌푸렸다.

"나 이은유야. 당신 맞선 상대. 혹시 잊은 건가?"

"이은유고 나발이고, 그런 건 모르겠고. 한 가지 확실한 건 당신이 지금 번지수를 잘못 찾았다는 거야."

"뭐?"

"이럴 줄 알았어. 어째 일진이 사납더라니."

가방을 크게 휘둘러 뒤로 멘 이도가 차게 은유를 내려다보았다. 치기라도 할 듯 가방이 아슬아슬하게 얼굴 바로 앞을 스치는데도 은유는 눈 하나 깜빡하지 않았다. 이도가 도도하게 턱을 치켜들며 말했다.

"다행스럽게도 난 당신 맞선 상대가 아니랍니다. 적어도 맞선을 보러 나오려면 상대 얼굴 정돈 파악하고 있어야 하는 거 아닌가? 보아하니 이름도 제대로 기억 못하는 모양인데. 아서요. 괜히 남의 귀한 자식 고생시키지 말고 그냥 혼자 살아. 그게 불쌍한 여자 인생 구제하는 길이야."

이도를 올려다보는 은유의 눈이 가늘어졌다. 안 그래도 쌍꺼풀 없이 길고 큰 눈이 더 매서워 보였다. 잠시 당황해 살짝 벌어진 입술 끝을 야릇하게 말아 올리며 그가 헛바람 소리를 냈다. 제 앞에서 이렇게 많은 말을 거침없이 쏟아내는 여자는 처음이었다.

"완전 재수 옴 붙었다."

진저리를 치며 부르르 몸을 떤 이도가 한시도 머무르기 싫다는 듯 빠른 걸음으로 호텔 라운지를 빠져나갔다. 개에 대해서 상의 좀 하자는데 왜 호텔에서 만나자 하나 했다. 결국은 커피 값만 비싸게 치르고 시간만 낭비한 셈이었다. 엿 먹어라 이거지? 두고 봐. 배로 갚아주겠어.

씩씩거리며 계산대를 빠져나가는 이도의 모습을 은유가 건조한 시선으로 묵묵히 바라보았다. 그래도 할 건 다 하네. 자기가 마신 건 자기가 계산하겠다는 건데. 제법인데.

물 잔을 집으러 손을 뻗다 말고 흠칫 멈춘 이도가 낮은 신음을 흘렸다. 다친 팔에서 피가 스며 나왔다. 힘 조절을 잘못한 모양이다. 아무래도 몇 바늘 꿰매야 할 것 같았다. 약속 시각에 늦어 급히 샤워만 하고 옷만 갈아입고 나왔더니 상처가 벌어져 피가 흘렀다.

"아."

털썩. 그가 소파에 깊숙이 몸을 기대며 발을 길게 뻗었다. 허벅지에서도 아릿한 통증이 느껴졌다. 잘 때린다고 했는데 근육이 좀 다친 모양이다. 뼈에 금이 가지 않도록 때리는 것도 이젠 이력이 났다. 붕대가 감긴 손으로 눈꺼풀을 내려 지그시 눌렀다. 피곤했다. 새하얀 붕대 위로 붉은 선혈이 점점이 새겨났다.

"괜찮으십니까?"

어느새 곁으로 다가선 우철이 걱정스레 물었다. 뒷정리를 마치고 오느라 시간이 조금 지체되었다. 하필이면 오늘 선이 같이 잡혀서 제대로 치료도 받지 못하고 나온 은유가 걱정되었다. 피가 묻어난 슈트와 손등을 바라보며 우철이 인상을 구겼다.

"영감 지랄 떨겠네. 하아, 성질 더러운 여자였나 보다. 삼십 분도 못 기다리고 간 거 보니. 참을성도 바닥이네. 그런 여자가 날 견딜 거라 생각했나? 영감, 많이 급한 모양이네. 정 그리 급하면 자기가 씨 뿌리고 다니면 될 일을 굳이 번거롭게."

"본부장님."

"닥터 최 불러."

"네."

우철이 휴대폰을 꺼내 들고 몇 걸음 떨어지는 소리를 들으며 은유가 가만히 눈을 떴다. 어두웠다. 손바닥에 가린 좁은 공간 안으로 어둠이 깃들었다. 은유가 몇 번 눈을 깜빡이자 그의 긴 속눈썹이 손바닥을 간지럽혔다.

"성질 더러운 여자랑 간덩이가 부은 여자 중에 뭐가 더 낫지?"

피식. 확실히 맛이 좀 가는 모양이다. 열이 나서 그런 건가? 자꾸만 쓸데없는 잡생각에 말이 많아진다.

"영감 잔소린 한잠 자고 나서 들어야겠다."

붕대를 감지 않은 손가락 끝으로 열기가 스며들었다. 평소답지 않게 마음이 조급했었다. 협박과 선, 둘 다 내키지 않기는 마찬가지였다. 그 둘을 억지로 하려다 보니 생각지 않게 일이 어긋나고 말았다. 더군다나 그가 만난 여자는 맞선녀도 아니었다.

젠장, 피를 너무 흘렸나? 왜 자꾸 졸리지? 만사가 귀찮다. 영감은 더 귀찮고…….

"그랬다니까. 완전 어이 상실. 어떻게 그렇게 몰상식하게 구는지. 어젠 정말 최악이었어."

이도는 휴대폰을 어깨와 볼 사이에 끼우고 부지런히 두 손을 움직였다. 그녀는 이리저리 병원 안을 휘저으며 진료 가방에 약품과 간단한 수술 도구를 챙겨 넣었다.

[그래도 그 엿 같은 놈보단 나은 낯짝이었다며.]

"얼굴이야 완전 조각이지. 예술작품이 눈앞에서 막 움직이는 줄 알았다니까. 하긴 그 덕에 잠시나마 면상 마주하고 앉아 있긴 했지."

[그거면 됐지. 어쩌다 널 맞선녀로 착각한 모양인데, 그걸 가지고 몰상식이라고 하긴 좀 그렇다.]

말인즉, 잘난 면상 구경한 값으로 치고 그냥 넘어가라는 건데 그러기엔 남자의 태도가 너무 밥맛없었다. 발끈한 이도가 탕! 소리가 나게 가방을 철제 테이블에 올려놓고 휴대폰을 고쳐 잡았다.

"야, 최영지. 네가 그놈 싸가지 없는 말투를 직접 안 들어서 그래. 매너는 어디다 흘리고 왔는지. 삼십 분을 늦었단 놈이 완전 거만이 철철 넘치더라니까."

이도는 마치 은유가 눈앞에 있기라도 하듯 허리에 팔을 척 올리고 눈을 희번덕거렸다.

[원래 난놈들은 지가 난 줄을 아주 잘 알아요. 또 걸조 정도로 생겼으면 그 정도 거만은 좀 떨어주고 그래야지. 쉽게 말해서 그 학대남 같은 놈이 눈앞에서 그렇게 거만을 떨었다고 해봐. 아주 치가 떨리지. 안 그래?]

"아우, 그걸 그냥 둬? 아주 낯짝을 지근지근 밟아서 확 뭉개 버
리지. 자식이 근 한 시간을 날 엿 먹였어. 아, 또 생각하니 열받는
다. 내 아까운 커피 값."

이도는 이마를 손바닥으로 딱 짚으며 한숨을 푹 내쉬었다. 놈의
농간으로 한 끼 밥값에 버금가는 커피 값만 날렸다. 게다가 이젠
아예 이도의 전화를 받지도 않았다. 개를 학대하는 그 순간에 동
영상을 찍어두는 건데, 하필이면 카메라도 없었고 휴대폰 배터리
도 나간 상태였다. 아무리 말 못하는 짐승이라지만 맞으면 아픈
건 누구나 똑같았다.

한순간에 화풀이 대상으로 전락해 주인이 휘두르는 삽에 무지
막지하게 얻어터지던 그 조그만 개의 모습이 자꾸만 눈앞에서 어
른거렸다. 그날 이후 이도는 그 개의 안위가 걱정돼 한시도 마음
을 놓을 수가 없었다. 어떻게 힘없고 나약한 반려견을 그 지경으
로 팰 수 있는지, 생각만으로도 아찔하고 숨통이 탁 막혔다.

"그 삽으로다가 비 오는 날 딱 지가 때린 만큼만 때려주고 싶
다."

[워워. 동물 학대보다 인간에게 가하는 폭력이 더 처벌 수위가
높다. 아서라. 그러다 재수 없게 걸려서 네가 제일 싫어하는 콩밥
만 오지게 먹게 될지도 몰라. 참아라, 서이도. 이제 마칠 거야?]

또 이도가 욱하는 성격에 사고라도 칠까 영지가 살살 달래며 말
을 다른 쪽으로 틀었다. 끓어오르는 화를 참지 못한 이도가 팔을
번쩍 들어 분노 게이지의 상승을 부들거림으로 표현했다. 그러면
뭘 해. 정작 놈은 콧방귀도 안 뀌는데. 처음 발견 당시 법적으로
제재를 가할 수 있는 명백한 증거를 확보하지 못한 것이 큰 실수

였다. 맥이 탁 풀린 이도가 힘없이 말했다.

"마치긴 예전에 마쳤지. 어디 좀 들를 데가 있어."

그렇게 만류하는데도 기어이 가겠다는 말이다. 영시가 전화기 밖으로 튀어나올 듯 소리쳤다.

[너, 또! 제발 좀 참아. 그러다 진짜 큰일 나겠다.]

"안 봤으면 모를까 어떻게 보고도 나 몰라라 해. 정 안 되면 치료라도 해주고 오려고."

[경찰 지원도 안 된다며.]

"증거가 없으니 어쩔 수가 없다더라. 자기가 그런 거 아니다 딱 잡아떼는 데는 장사가 없어. 어떻게 거짓말을 그렇게 천연덕스럽게 잘하는지, 내가 아주 학을 뗐다, 뗐어."

[그러니까 그만두란 거야. 그렇게 비열한 놈이 쉽게 개를 넘겨주겠니? 그건 둘째 치고 난 네가 다칠까 봐 겁난다.]

이도의 저돌적인 성향을 잘 아는 영지였다. 무슨 수를 써서라도 이도는 그 개를 데려오려 할 것이다. 그러다 도둑으로 몰려 수난을 당한 게 한두 번이 아니었다. 이번에도 개를 양도받지 못하면 분명 훔쳐서라도 데려오려고 할 것이다. 영지는 그걸 사전에 방지하려 이도를 계속 설득했다.

[날 밝을 때 다시 찾아가도 되고. 굳이 이런 야밤에 가서 소동을 일으킬 필욘 없잖아. 내일 가자, 내일. 내일은 내가 같이 갈게. 응?]

"잠시 상황만 살피고 올 거야. 아무 일 없을 거라니까? 맹세할게. 진짜야. 다친 곳만 치료해 주고 철수할 거야."

건성으로 말하며 빠진 물건이 없나 살핀 이도가 지퍼를 잠그고

가방을 둘러멨다. 7시 23분. 날은 이미 어둑해지고 있었다. 이도
는 영지의 잔소리를 귓등으로 흘려 넘겼다. 그녀의 머릿속은 온통
개로 가득했다. 어찌나 용의주도하게 개를 패는지 겉으로 드러난
상처는 그리 심하지 않았다. 하지만 자세히 살펴보면 크고 작은
상처와 속으로 든 골병을 확인할 수 있을 것이다. 그것만이라도
치료해 줘야 마음이 조금 편해질 것 같았다. 이도는 깊게 숨을 들
이쉬며 마음을 차분히 가라앉혔다.

[오늘 애들 다 모이기로 했다니까. 정수도 오기로 했단 말이야.]
영지는 일부러 정수라는 이름을 들먹였다. 정수는 학창 시절 이
도의 짝사랑이었다. 제대로 된 고백 한 번 해보지 못한 채 지독한
짝사랑만 하다 훌쩍 떠나보낸 서이도의 첫사랑. 서이도가 가장 서
이도답지 못했던 상대. 이도의 가슴속에만 남아 있는 사랑. 그 사
실을 유일하게 알고 있는 영지가 이도를 만류하기 위해 최후의 카
드로 선택한 것이 바로 정수였다.

이도의 한쪽 눈썹이 꿈틀거리며 위로 치켜 올라갔다. 문손잡이
로 뻗던 손이 허공에 우뚝 멈췄다. 이도의 입술이 고집스레 앞으
로 밀려 나왔다. 이거 참 고민되네.

[잠시 온 거 아니래. 이번에 대한병원에 스카우트돼서 영구 귀
국한다더라. 그러니까 이참에 너도 그 바보 같은 짝사랑 정리하고
작업 좀 제대로 걸어봐. 이런 기회 잘 없어. 응? 너 다른 기집애들
도 정수한테 침 흘리는 알지? 오늘이 딱 기회야. 눈도장 쾅! 너 또
우물쭈물하다 놓치면 다신 기회 없다. 알지?]
영지의 거듭된 설득에 이도의 마음이 살짝 흔들렸다. 꽤 끌리는
카드를 꺼내놓고 미끼를 그럴싸하게 던져 놓은 영지의 명석함에

이도가 별점 네 개를 주었다. 하지만 사랑 못지않게 중요한 게 이도의 투철한 직업정신과 남다른 사명감이었다.

"영지야 밤은 길다. 아직 초저녁이잖아. 딱 한 시간만 네가 대신 방어벽 좀 쳐주라."

[야! 서이도. 너 정말.]

"누가 정수 채가면 네 방어벽에 바이러스 침투한 거니까, 내가 아주 철저하게 치료해 줄게. 그러니까 방어 잘 해라. 이상."

뚝.

일방적으로 전화를 끊은 이도가 손목시계의 타이머를 맞췄다. 한 시간. 딱 그 안에 모든 걸 완벽하게 끝내고 신데렐라처럼 화려하게 정수 앞에 등장하리라. 이도는 스스로에게 다짐하듯 고개를 끄덕이며 씩씩하게 병원을 나섰다.

핑. 탁. 핑. 탁.

어두운 룸의 정적을 깨고 지포라이터를 열고 닫는 소리가 들렸다. 그때마다 작은 불꽃이 나타났다 사라졌다. 클럽에서 가장 큰 VVIP룸이었다. 룸은 광란으로 가득한 화려한 금요일 저녁 피크타임을 유일하게 어둠과 침묵으로 보내고 있었다. 은유는 그 한가운데 홀로 앉아 있었다. 그는 말없이 지포라이터의 뚜껑을 열었다 닫기를 반복했다.

탁.

룸이 어둠에 잠겼다. 그는 룸으로 통하는 유일한 문의 반투명 유리 사이로 비치는 불빛을 날카롭게 바라보았다. 빛은 어둠을 질시해 늘 그것을 침범하려 한다. 아무 저항도 없이 무작정 당할 수밖에 없는 무기력한 어둠을 빛은 무참하게 짓밟아 버린다. 그리고 는 마치 제가 유일한 정의인 양 어둠을 밝혔다 과시하곤 한다.

빛에 굴복하는 비루한 어둠. 그것을 즐기는 이기적인 빛. 나는 그 빛이 싫다.

똑똑.

누군가 조심히 룸의 문을 두드렸다. 차게 빛을 노려보던 은유의 시선이 그대로 위로 향했다. 그는 라이터를 테이블에 던지며 등을 소파에 깊숙이 기댔다.

"들어와."

은유의 허락이 떨어지자 우철이 안으로 들어서 테이블 끝에 시 립했다. 정중히 고개를 숙이는 우철을 은유가 건조하게 바라보았 다. 우철이 고개를 들자 은유가 작게 끄덕였다. 우철이 선 채로 보 고를 시작했다.

"미래캐피탈 정준현 대표는 건강상의 이유로 4월 23일 대표직 을 사임했으며, 신임 대표로 SW금융의 이은유 본부장님을 지명했 습니다. 주주총회 결과 별 이견 없이 통과되었으며, 취임식은 4월 25일로 잡혔습니다."

우철이 간략하게 보고를 마치고 은유를 응시했다. 일이 생각보 다 쉽게 일사천리로 이뤄졌다. 콩밥은 죽어도 먹기 싫었던 모양이 다, 그 정도 협박에 물러선 걸 보면. 그런 위인이 대표를 맡고 있 었으니 국내 톱을 달리던 회사가 그리 죽을 쒔지.

"내일이군."

"네."

"영감은 별말 없고?"

아버지를 영감이라 부르는 것에 은유는 전혀 어색함이 없었다. 우철도 이미 그에 익숙한 듯 아무렇지 않게 답했다.

"찾고 계십니다."

"왜, 원하는 대로 해결 봤으면 됐지 또 뭐."

"미래 건 말고, 다른 건으로 찾으시는 것 같습니다."

은유의 미간이 살짝 찌푸려졌다. 다른 건이라면 그 참을 성 없는 맞선녀에 대한 것이 분명했다. 고작 삼십 분도 못 기다리는 여자가 어떻게 평생 자신과 살 수 있을 거라 생각하는지. 그와 결혼하면 늘 기다림의 연속일 텐데. 어쩌면 시작과 동시에 끝날 수도 있는 일이었다. 인내심 없이는 단 한 순간도 그를 견뎌낼 수 없을 테니까.

"튄 건 그 여자야, 내가 아니라."

"그쪽에선 그리 생각하지 않는 것 같습니다."

"신기하군."

"네?"

"참을성은 없는데 생각은 할 줄 알다니. 하긴 그러니 튄 거겠지. 이런, 어쩌면 내 생각보다 훨씬 현명한 여자인지도 모르겠군. 다시 보자 그럼 나올까?"

장난스런 말투와 달리 은유의 한쪽 입술 끝이 비릿하게 말려 올라갔다. 은유의 비틀린 입가를 담담히 바라보며 우철이 정직하게 말했다.

"미치지 않았다면 아마 안 나올 겁니다."

"미쳐야 나랑 만난다."

"……."

은유의 날카로운 시선을 묵묵히 받아내며 우철이 고개를 끄덕였다. 인정. 은유도 피식 웃으며 시선을 거뒀다. 하지만 기분은 나쁘다. 은유가 긴 다리를 테이블 위에 척척 꼬아 올렸다. 느긋이 팔짱까지 낀 은유의 고개가 모로 기울었다. 다리 위에 걸쳐 놓은 한쪽 다리가 움직인다 싶던 순간 그가 테이블을 걷어찼다.

"윽!"

억눌린 비명은 당연히 테이블 끝에 서 있던 우철에게서 흘러나온 것이었다. 정확하게 정강이뼈를 가격당했다. 이루 말할 수 없는 고통에 절로 몸이 휘청거렸다. 비틀거린 몸을 곧게 세우며 우철이 속으로 비명을 삼켰다. 기분 나쁨의 응징치곤 그나마 나은 편이었다. 우철의 직설적이고 솔직한 성격이 항상 문제였다. 그는 유일하게 은유에게 직언을 일삼는 부하 직원이었다. 그래서 매번 이렇게 매를 벌지만, 그는 은유가 가장 믿고 신뢰하는 사람이었다.

우철의 재킷 안주머니 속 휴대폰이 눈치 없이 몸을 떨어댔다. 고요한 가운데 지잉, 거리는 소리가 유난히 크게 들렸다. 우철이 눈으로 허락을 구하며 품에서 휴대폰을 꺼내 들었다. 은유의 묵인에 몸을 틀어 통화버튼을 누른 우철이 알겠다는 말과 함께 전화를 끊었다.

"튀셔야겠습니다."

은유의 시선이 닿자 우철이 심각하게 고개를 끄덕였다.

"이미 앞문은 접수했답니다. 뒷구멍으로 튀셔야 할 것 같습니다."

"영감, 하여튼 빠르다니까."

“이번에 잡히시면 강제로 정자를 갈취당할 수도 있습니다.”

휴대폰을 다시 집어넣으며 우철이 말했다. 그의 얼굴은 무척 평온했다. 제 직속상사가 실험용 동물이 될 수도 있다는 말을 어떻게 저렇게 아무렇지 않게 말할 수 있을까. 시리게 우철을 노려보던 은유가 자리를 박차고 일어나 테이블 위 라이터를 낚아챘다. 테이블 위를 가로지른 그가 날렵하게 룸을 빠져나갔다. 그가 사라짐과 동시에 우철이 테이블 위로 엎어졌다. 우철의 곁을 스치던 은유가 내지른 주먹이 정확히 명치를 강타한 때문이었다. 우철은 비명조차 나오지 않는 듯 입을 벌린 채 끅끅거렸다. 마지막 말은 좀 참을 걸 그랬다. 우철은 그제야 때늦은 후회를 했다.

클럽 깊숙한 곳에 위치한 룸을 빠져나와 복도를 걷던 은유는 코너 쪽에서 들려오는 인기척 소리에 재빨리 방향을 틀었다. 그는 다른 쪽 통로에 있던 출연진 대기실 문을 거침없이 열고 들어서 익히 알고 있는 뒷구멍으로 향했다.

“어머!”

“뭐야?”

그의 등장에 대기실에 있던 일부 출연진들이 놀라 그를 돌아보았다. 은유는 이미 클럽 내의 유명 인사였다. 바라보는 것만으로도 카타르시스를 느끼게 만드는 야누스적인 그의 매력은 옴므파탈 그 자체였다. 은유를 알아본 사람들이 이내 탄성을 터트리며 작게 휘파람을 불었다. 그를 이렇게 가까이서 볼 수 있는 기회는 그리 흔한 것이 아니었다.

이은유는 클럽에서 가장 비싼 룸을 전세 내다시피 쓰면서 술도 마시지 않고, 여자를 부르지도 않는 독특한 취향의 소유자였다.

그렇다고 매상에 지장을 주지도 않는다. 최고에 걸맞은 값을 치르고 정당하게 룸을 사용하니 뭐라 토를 달 수도 없었다. 간혹 그곳에서 부하들에게 과한 회식을 시켜줄 때는 클럽 하루 매출의 반 이상이 나오기도 했다. 그러니 그가 원할 때마다 룸을 비워주는 건 당연한 일이었다.

은유는 자신을 향한 수많은 시선을 깔끔히 외면하며 어지럽게 널린 의상들 사이를 헤집었다. 대기실 한쪽 벽면을 차지하고 있는 행거 뒤로 사람 하나가 겨우 출입할 정도의 비밀 문이 있었다. 간혹 불미스러운 일로 튈 일이 있을 때 클럽 사람들이 주로 이용하는, 일명 개구멍이었다. 아슬아슬하게 속이 비치는 슬립과 함께 엉킨 브래지어를 들추자 손잡이 없는 문이 나타났다. 은유는 능숙하게 문을 옆으로 밀고 망설임 없이 발을 내딛었다.

그렇게 은유가 잠시 스치고 지나간 대기실은 그가 사라진 후에도 한참 흥분으로 들끓었다.

"젠장."

좁은 통로를 빠져나온 은유는 옷에 묻은 먼지를 털어내며 짧게 투덜거렸다. 영감의 바람대로 결혼이란 걸 해주기로 마음은 굳혔지만, 쉽게 자신의 정자를 털어줄 만큼 마음에 드는 여자는 없었다. 영감이 선보이는 여자의 대부분이 목에 보이지 않는 기브스를 하고 있었다. 어찌나 도도하고 까칠한지. 보고 있는 것만으로도 역겨워 자리를 박차고 나온 게 한두 번이 아니었다. 그나마 약속 자리에 나간 건 자신 못지않은 영감의 더러운 성질을 조금이나마 맞춰주기 위해서였다. 그래야 다음 여자를 만날 때까지 편히 지낼 수 있었으니까.

"그러게 제대로 좀 들이밀던가. 여자 보는 눈이 왜 그 모양이
야."

영감의 잘못된 눈썰미를 지적하며 은유는 낮게 한숨을 내쉬었
다. 하긴, 끝도 없이 여자를 내놓는 것도 능력이다. 이젠 좀 지칠
때도 됐는데 말이다.

"내 씨나 영감 씨나 그게 그거지. 어차피 더러운 피가 흐르는 건
마찬가지 아닌가?"

화려한 클럽의 앞거리와 달리 그 뒷골목은 음침하고 적막했다.
은유는 어둠을 밝히는 침울한 가로등 불빛을 시니컬하게 바라보
았다. 그 눈빛에 질겁한 듯 가로등이 딸꾹질을 해댔다. 지지직 소
리를 내며 깜빡이는 가로등을 시큰둥하게 쳐다보다 은유는 이내
발을 뗐다.

터벅. 터벅.

뒷골목의 적막을 깨고 그의 단조로운 발소리가 은밀하게 울려
퍼졌다.

"헉. 헉."

이도는 아랫입술에 생채기가 나는 것도 모르고 입을 꽉 깨물었
다. 기어이 영지가 우려했던 일이 터지고 말았다. 힘들게 담을 넘
어 개에게 다가간 것까지는 좋았는데, 이놈의 개가 이도를 보자
자신을 구하려는 생명의 은인인 줄도 모르고 막 짖어대기 시작했
다. 아무리 어르고 달래도 개는 경계를 늦추지 않았다. 그렇게 맞
고도 저리 충성스러울 수 있다니. 정말 저 우직한 충성스러움이
안타까울 뿐이었다.

“쉿. 잠깐만 아픈 것만 치료해 줄게. 진정해. 나 알지? 며칠 전에도 봤잖아. 너 맞는 거 말려줬던 사람이야.”

으르릉. 멍! 멍!

개는 두려움에 온몸을 떨면서도 거칠게 반항했다. 치료는 둘째치고 잡는 것부터가 문제였다. 집 안에서 인기척이 들렸다. 때아닌 소란에 술에 취해 뻗었던 견주가 깬 모양이었다. 다급해진 이도가 개를 덥석 안고 목줄을 빼내려 안간힘을 써댔다. 풀렸다 안도한 순간 문이 열리고 비틀거리며 견주가 모습을 드러냈다. 처음, 이도를 알아보지 못하고 멍청하게 눈을 깜빡이던 견주는 몇 번 눈을 비벼대더니 자라처럼 목을 길게 빼고 자세히 상황을 가늠했다.

“이런.”

이도의 탄식과 함께 견주의 눈에 불이 켜졌다. 눈을 희번덕거리며 팔뚝을 걷어 올리는 견주의 모습에 이도가 주춤주춤 뒷걸음질을 쳤다. 그러다 뭔가에 발이 걸려 뒤로 콰당 넘어지고 말았다. 정신을 차릴 사이도 없이 불같이 덤벼드는 견주를 피해 바닥을 기다시피 대문으로 튀었다. 숙취에 제대로 몸을 가누지 못한 견주가 휘청거리는 사이 이도는 재빨리 일어나 대문의 걸쇠를 잡아 흔들었다.

“젠장. 기름칠이나 제대로 좀 해놓던가.”

뻑뻑해 제대로 열리지 않는 문을 발로 걷어차며 이도는 있는 힘껏 팔을 움직였다. 품 안의 개는 눈치도 없이 달아나려 몸을 뒤틀며 이빨로 이도의 옷을 물어뜯었다. 옷과 함께 살이 물린 것 같았지만 미처 아파할 틈도 없었다. 견주가 광기 어린 눈으로 이도를 노려보며 막 그녀의 어깨를 낚아채려 할 때 가까스로 문이 열렸다.

이도는 망설임 없이 그 문을 박차고 거리로 뛰어들었다. 휘황찬란한 밤의 유흥가를 등지고 어스름한 골목에 자리한 문제의 집은 평소에도 인적이 매우 드물었다. 이런 곳에서 잡히면 그대로 골로 가는 수가 있었다. 품에 안긴 개처럼 쥐도 새도 모르게 폭력의 희생양이 될 수도 있다는 뜻이었다. 이도는 죽을힘을 다해 미친 듯이 골목을 내달렸다. 그 뒤로 광폭한 성질을 그대로 드러내며 험악한 얼굴의 견주가 따라붙었다.

"악!"

이도가 짧은 비명을 내지르며 바닥에 나뒹굴었다. 어두워 앞을 잘 살피지 못하고 뛰느라 뭔가에 발이 걸려 넘어진 것이었다. 품에 안긴 개를 놓칠세라 꽉 붙잡는 통에 엉덩이가 무자비하게 바닥에 부딪히고 말았다. 몸이 제대로 말을 듣지 않았다. 통증에 꼼짝도 하지 못하고 굳어 있는 사이 다가선 견주가 그녀의 어깨를 거칠게 움켜잡았다.

"이 도둑년이! 감히 누구 개를 훔쳐 가!"

꼼짝달싹 못하게 이도의 어깨를 짓누르며 견주가 다른 손을 휘둘렀다. 이도의 머리가 한쪽으로 쏠렸다. 무지막지한 손찌검에 이도의 머리 위로 불이 번쩍거렸다. 견주는 이어 개의 목덜미를 잡아당겼다. 정신이 아찔한 와중에도 이도는 품에서 개를 놓지 않았다. 그에 더 열받은 견주가 욕지기를 퍼부으며 그녀의 어깨를 마구 흔들어댔다.

"이년이 미쳤나!"

"싫어! 절대 안 돼! 또 패면 죽을지도 모른단 말이야!"

"미친! 이게 내 개지 네 개냐! 내놔!"

"안 돼! 못 줘!"

옥신각신하는 사이 또다시 주먹질과 발길질이 이어졌다. 이도는 온몸으로 개를 감싸며 견주의 폭력을 견뎠다. 부디 놈이 술기운에 다시 뻗기를 바라며 이도는 이를 꽉 깨물었다. 그녀가 질끈 눈을 감는 순간 폭행의 현장에 어울리지 않는 차분한 목소리가 들렸다.

"시끄러워."

느닷없이 들린 사람 소리에 견주가 움찔하며 동작을 멈췄다. 타박타박 가벼운 발소리와 함께 누군가 이도 곁으로 다가섰다.

핑.

듣기 좋은 울림과 함께 눈이 아려왔다. 그와 동시에 개의 반항이 멈췄다. 개는 뭔가에 겁을 먹은 듯 오히려 그녀의 품으로 파고들었다. 이도가 실눈을 뜨자 눈앞에서 어른거리는 불꽃이 보였다. 지포라이터가 만들어낸 불꽃이었다. 이도의 시선이 그 너머 붉게 물든 낯선 입술을 발견했다. 위험스럽게 말려 올라간 한쪽 입매가 이상하게 눈에 익었다. 그 입술이 작게 달싹거렸다.

"등장이 꽤 요란하네, 부은 간덩이."

감미로운 듯 시리고 차가운 목소리가 정확히 이도의 귓속을 파고들었다. 목소리가 낯설지 않다. 이도가 천천히 시선을 옮겨 살피는 사이 잠시 움찔했던 견주가 소리를 버럭 지르며 끼어들었다.

"상관없는 놈은 빠져!"

견주의 험악한 손에 몸이 흔들린 이도가 눈앞의 남자를 확인하

곧 눈을 동그랗게 떴다. 그 재수 없는 걸조였다. 이제야 자신을 알아챈 듯 반짝 빛나는 이도의 눈빛에 은유가 비릿하게 입가를 끌어올리며 상황과 어울리지 않게 느긋하게 말했다.

"상관있나? 지금 내가?"

"……?"

"상관있어야 하나? 너와 나."

"이 새끼가 뭐라고 나불거리는 거야!"

아무런 행동도 않고 이도 앞에 앉은 자세 그대로 헛소리를 지껄이고 있는 은유를 정신 나간 놈으로 간주한 견주가 겁도 없이 주먹을 내질렀다. 은유는 이도를 직시한 채 보지도 않고 날아오는 주먹을 막아냈다. 얼굴 바로 앞에서 멈춘 견주의 손이 은유의 손 안에서 부들거렸다. 은유가 평온하기 그지없는 목소리로 다시 물었다.

"부은 간덩이, 말해. 내가 상관해야 하나?"

"그, 그게."

"내가 좀 급한데."

탁. 그가 여태 켜놓은 라이터를 닫았다. 마치 그것이 상관 않겠다는 말처럼 들려 이도는 저도 모르게 라이터를 든 그의 손을 덥석 붙잡았다. 은유의 시선이 그 손에 닿았다가 다시 이도의 눈을 응시했다. 자신의 행동에 잠시 움찔한 이도가 이내 결심을 굳힌 듯 고개를 끄덕였다. 우선은 여기서 벗어나는 게 중요했다. 그러려면 은유의 도움이 절실했다.

"상관있어요."

이도의 말과 동시에 그가 잡고 있던 견주의 손을 꺾었다. 단말

마의 비명을 내지르며 순식간에 무릎을 꿇고 바들거리는 견주를 그대로 밀치며 은유가 몸을 일으켰다. 다른 팔을 들어 올리자 이도가 딸려 올라왔다. 손목이 부러지기라도 한 듯 몸부림치며 비명을 내지르는 견주를 어리둥절해 바라보는 이도의 품으로 은유가 불쑥 손을 집어넣었다.

"으악! 뭐, 뭐, 뭐예요?"

펄쩍 뛰는 이도와 달리 심드렁하게 손을 거둔 은유가 그녀의 눈앞에서 뭔가를 흔들었다.

"차는?"

그게 거기 있는 줄 어떻게 알았지? 하도 덜렁거리는 성격이라 차 키를 자주 잃어버려 아예 옷 안쪽에 차 키 전용 주머니를 따로 만들어놓고 다녔다. 이도 자신밖에 모르는 그곳을 어떻게 단번에 파악하고 찾아냈는지 이해할 수가 없었다. 뜨악해 바라보는 이도를 두고 은유가 차 키를 허공에 대고 이리저리 눌러댔다. 골목 끝쪽에서 삐빅 소리가 들렸다. 번쩍이는 불빛을 확인한 은유가 유연하게 팔을 움직여 잡힌 손을 빼내 다시 이도의 손을 붙잡았다.

"일단 튀어."

"네?"

"말했잖아, 급하다고."

"아, 예."

"그전에."

은유가 제 다리로 이도의 다리를 살짝 걸어 올리더니 순식간에 그녀의 허벅지를 내리눌렀다. 이도의 발아래에서 견주의 뒤틀린 신음이 들려왔다. 화들짝 놀란 이도가 발을 거두자 견주가 얼굴을 붉힌 채 급히 급소를 붙잡았다. 영문을 몰라 눈을 깜빡이며 은유를 돌아보자 그가 무표정한 얼굴로 그녀의 팔을 잡아끌었다.

"나머진 다음에."

"나머지?"

이도가 갸웃하며 묻자 그가 심드렁하게 고개를 돌려 그녀의 위아래를 훑었다. 그러고 보니 몰골이 말이 아니었다. 견주에게 맞은 자리가 그제야 욱신거리며 아파왔다. 화르륵 타오른 이도가 눈을 부라리며 끙끙거리는 견주를 노려보았다.

"이씨! 저걸 그냥!"

견주를 향해 닿지도 않을 발길질을 해대던 이도의 몸이 허공을 날아 뒤로 쭉 밀려났다. 어느새 견주와의 거리가 엄청나게 벌어졌다. 이도의 등이 차갑고 딱딱한 뭔가에 닿았다. 그게 뭔지 채 파악하기도 전에 그녀를 가두며 은유가 지그시 몸을 눌러왔다. 이도의 눈이 팔을 잡아 밀어붙인 은유의 손과 그의 얼굴을 차례로 바라보았다. 시선이 맞닿자 그가 눈을 가늘게 늘이며 예리하게 빛냈다.

꿀꺽.

이도가 긴장감으로 마른침을 삼켰다. 그의 입술이 천천히 다가오고 있었다. 설마 지금 키스를 하려는 건 아니지? 구해준 대가로 혹시 이상한 걸 바란다거나. 이도의 생각은 거기서 멈췄다. 그녀의 입술 앞에서 미끄러지듯 볼을 스쳐 사리진 은유의 입술이 그녀의 귀에 닿았다.

"급하단 말 못 알아듣나? 복수는 다음에 해. 우선은 차에 얌전히 타라고."

그가 손을 내려 문을 열고 이도를 그대로 밀어 넣었다. 보조석에 얌전히 올라탄 이도는 은유가 차를 돌아 운전석에 오르는 것을 멍하니 지켜보았다. 은유가 시동을 걸어 급히 차를 출발시키는 동안에도 이도는 그를 돌아보며 연신 고개를 갸웃거렸다.

"뭔가 다른 걸 기대했다면 그것도 다음에 하지."

다른 거? 정면을 주시한 채 유흥가로 차를 모는 은유의 입가에 조소가 서렸다. 그제야 정신이 번쩍 돌아온 이도가 창 쪽으로 급히 고개를 돌렸다. 그녀의 얼굴이 화끈 달아올랐다. 서이도, 대체 너 뭘 상상한 거야! 미쳤어!

"이런. 진짜 그걸 원한 거야?"

"아니요! 절대!"

과잉반응을 보이며 거세게 돌이질 치던 이도가 그를 향해 고개를 돌리던 자세 그대로 몸을 굳히고 말았다. 운전대를 잡은 채로 은유가 그녀의 입술을 머금었다. 강하게 그녀의 입술을 빨아 당긴 그가 이내 입술을 거두며 정면을 주시했다. 순식간에 일어난 일이라 입술에 촉감이 남아 있지 않았다면 거짓말이라고 생각했을 정도였다. 이도의 속눈썹이 파르르 떨렸다.

뭐지? 방금 그건?

"치료."

그녀의 생각을 읽기라도 한 듯 그가 답했다. 이도의 미간에 주름이 잡혔다. 치료? 무슨 치료?

"입술 터졌어."

"아."

무심결에 입술을 손으로 쓸자 피가 묻어났다. 입술을 너무 세게 깨물었던 모양이다. 이도가 멍하니 찢어진 아랫입술의 상처를 혀로 핥았다. 그를 은유가 슬쩍 곁눈질로 바라보며 보일 듯 말 듯 미소를 띠었다. 상처를 할짝이던 이도가 문득 뭔가 이상함을 깨닫고 그를 사납게 쏘아보았다.

"그런데, 내 입술을 왜 당신이 빨아요?"

"피 나잖아."

"그건 내 사정이지, 당신 피는 아니잖아요."

"상관있다며."

"네?"

신호를 받아 차를 멈춘 그가 포커페이스로 이도를 돌아보며 말했다.

"당신이랑 나 상관있는 관계잖아. 안 그래?"

"네? 아니, 그건."

"상관있잖아. 그렇지?"

지그시 바라보는 은유의 눈길에 쉽게 거역할 수 없는 뭔가가 있었다. 저도 모르게 숨을 깊이 들이쉰 이도가 눈을 덧없이 깜빡거렸다.

"한 번 뱉은 말은 지켜야지. 안 그럼."

운전 한번 겁나게 한다. 거칠게 차를 출발시킨 은유가 백미러를 바라보며 야릇하게 입가를 끌어 올렸다.

"골로 가는 수가 있어."

이도는 여태 잊고 있었던 안전벨트를 그제야 다급히 맸다. 똥 피하려다 똥차에 치였다더니. 지금 이도의 상태가 딱 그 꼴이었다. 이도는 품에서 낑낑거리는 개를 꼭 끌어안으며 무릎을 세워 몸을 움츠렸다. 이거 왠지 예감이 좋지 않았다.

삐삐. 삐삐.

이도의 손목시계 타이머가 멈췄다. 약속한 한 시간이 되었음을 의미했다. 첫사랑을 만나야 할 시간에 이상한 놈과 함께 있다니. 영지의 말을 듣는 건데, 잘못했다.

"운명의 시간이군."

은유의 입에서 흘러나온 알 수 없는 말에 이도는 홀린 듯 그를 돌아보았다. 뭔가 중요한 일을 하기 전 그녀가 습관처럼 내뱉는 말이었다. 그 말을 다른 사람에게서 들으니 뭔가 기분이 묘했다. 이도의 시선을 느낀 듯 은유가 고개를 돌렸다. 둘의 시선이 허공에서 맞물렸다. 잠깐의 침묵이 흐른 후 그가 물었다.

"혹시 정자 필요해?"

이도의 눈이 커졌다.

정자라니? 무슨 정자? 설마 풍경 좋은 곳에 자리한 그 정자를 말하는 건가? 그걸 왜 나한테 준데? 그거 가져서 뭐 하게?

몇 번 눈을 깜빡이며 잡념에 빠져 있는 이도에게서 시선을 돌린 은유가 마치 일상적인 대화를 나누듯 아무렇지 않게 말했다.

"난 난자가 좀 필요한데."

스륵. 은유의 길게 찢어진 눈이 미러 속 이도를 직시했다. 매혹적으로 끝이 살짝 말려 올라간 눈매가 야릇한 분위기를 흘려냈다. 본능적으로 위험을 감지한 이도의 몸이 절로 문에 밀착됐다. 저도 모르게 팔에 힘이 들어가 품에 안긴 개가 낑낑거렸다. 좀 전보다 더 커진 눈으로 그를 바라보며 이도가 숨을 삼켰다. 이 인간이 지금 뭐래니?

은유의 시선이 슬쩍 아래로 향했다. 룸미러를 통해 보는 것인데도 어쩐지 그 시선이 너무 적나라하게 느껴져 이도도 따라 제 아랫배를 내려다보았다. 멍하니 제 다리 사이를 응시하고 있는 이도의 귀에 담담한 그의 목소리가 들렸다.

"성격만큼 난자도 통통 튀나? 이왕이면 생명력이 강하면 좋겠는데. 어때?"

"뭐, 뭐가요?"

이도가 조심스럽게 그를 돌아보며 물었다. 이도는 자신의 귀를 의심했다. 분명히 자신이 뭔가를 잘못 듣고 있는 것이라고. 보통의 남자 입에선 쉽게 나올 수 없는 단어였다. 정자니 난자니 그 말이 중요한 게 아니라. 이건 섹스에 관한 일반적인 대화 이상의 엽기적인 단어의 선택이었다. 사람이 동물도 아니고 어떻게 교배를 논하듯 그렇게 나는 생명력 강한 난자가 필요하니 혹시 정자가 필요하면 내 정자를 줄게라고 말할 수 있느냔 말이다. 정신병자가 아닌 이상 그런 말을 저리 쉽게 내뱉을 수는 없었다.

"당신 난자 말이야. 쓸 만해?"

이도의 입이 쩍 벌어졌다. 잘못 들은 게 아니었다. 평범을 넘어 시크하기까지 한 얼굴로 참 잘도 묻는다. 은유는 직설적이다 못해 보통의 상식으론 받아들이기 힘든 충격적인 질문을 던지고 있었다. 이도의 난자가 쓸 만하냐고.

그걸 내가 어떻게 알아? 난자를 꺼내 현미경으로 팔딱팔딱 뛰어다니는 걸 보며 '너희 건강하니?' 물을 수 있는 것도 아니고. 당최 묻는 의도를 알 수가 없었다. 난자가 쓸 만하면 어쩌려고?

"이 미친!"

이도가 눈을 부라리며 그대로 발을 뻗었다. 그 발을 은유가 보지도 않고 덥석 붙잡았다.

"어어."

이도의 종아리를 잡은 채로 핸들을 꺾어 차선을 아슬아슬하게 넘은 은유가 급브레이크를 밟았다. 그 덕에 이도의 몸이 제멋대로 휘청거렸다. 길가에 차를 세운 은유가 시리게 차가운 시선으로 이도를 돌아봤다. 그 서슬에 이도가 움찔해 꿀꺽 마른침을 삼켰다. 절로 몸이 움츠러들었다.

그가 이도의 다리를 제 어깨 위에 올려놓았다. 그리고 그대로 몸을 앞으로 내밀자 이도의 다리가 절로 벌어졌다. 그 사이로 은유가 조금 더 몸을 밀착시켰다. 그가 이도의 가슴 쪽으로 손을 뻗었다. 놀란 이도가 반사적으로 경계를 하며 더듬거렸다.

"뭐, 뭐, 뭐 하려고."

그가 거침없이 이도의 재킷을 헤집고 뭔가를 꺼냈다. 이도는 가슴이 허해지는 것을 느끼며 눈앞에서 대롱거리는 하얀 털 뭉치를 바라보았다. 은유에게 목덜미가 잡힌 개는 끽 소리도 내지 못하고 몸을 말고 있었다. 은유가 날카롭게 개를 쏘아보자 개가 바르르 몸을 떨었다. 그의 붉은 입술이 달싹거렸다.

"얌전히 있어."

잡은 손길에 비해 부드러운 말투였다. 뒷좌석에 개를 놓아주자 마치 알아듣기라도 한 것처럼 개가 얌전히 누웠다. 개를 따라 눈동자를 움직이던 이도가 벌떡 몸을 일으키려 하자 은유가 마치 보고 있는 것처럼 자연스럽게 그녀의 가슴을 손으로 지그시 눌렀다. 정확히 쇄골과 가슴 중간이었다. 이도가 눈을 부릅뜨고 제 가슴을 누른 손과 그를 번갈아 노려보았다.

"이거 안 치워요!"

그의 팔목을 붙잡아 떼내려 했지만 꿈쩍도 하지 않았다. 은유가 고개를 돌려 지그시 이도를 응시했다. 긴 속눈썹 아래 시리게 번뜩이는 그의 검은 눈동자가 자신을 직시하자 절로 입이 꾹 다물어졌다. 이 남자, 이상하게 사람을 압도해 침묵하게 만드는 재주가 있었다. 은유의 손목을 잡은 손에 찌릿하게 전류가 흘렀다.

"원한다면 해주지."

뜬금없이 뭘 해준다는 말인지, 이것도 뭔가 의심스러웠다. 파르르 속눈썹을 떨며 이도가 조심스럽게 입을 뗐다.

"원하다니, 뭘요?"

은유의 손이 가슴을 떠나 그녀의 허리 옆을 짚었다. 다리를 걸쳐 놓은 쪽 손이 그녀의 허벅지를 잡아당기자 순식간에 이도의 몸이 시트에 눕혀졌다. 헉! 놀란 이도의 외침을 집어삼키며 은유가 팔을 굽혀 몸을 아래로 내렸다. 그의 눈이 이도의 눈 바로 앞에 있었다. 꿀꺽. 마른침이 절로 넘어갔다. 부릅뜬 채로 굳은 이도의 눈을 야릇하게 내려다보며 은유가 조금 고개를 틀었다. 그의 입술이 제 입술 위에서 닿을 듯 말 듯 위태하게 움직였다.

"난자 확인."

"……!"

어떻게 저런 말을 저리도 태연히 할 수 있는지, 이도는 은유의 입이 달싹거릴 때마다 흠칫 몸을 떨었다. 그의 시선이 적나라하게 이도의 몸을 훑어 내렸다. 은유의 시선이 닿는 부위마다 뜨거운 열기가 느껴졌다. 그 열기에 몸이 서서히 달아오르고 있었다. 이게 아닌데…… 이러면 안 되는데…….

은유의 시선이 배꼽을 경계로 아래로 향하려 하자 이도가 덥석 그의 어깨를 붙잡았다. 곧 그의 눈이 이도의 얼굴을 응시했다. 숨이 가쁜 이도와 달리 그는 호흡 하나 흐트러지지 않았다. 결국 혼자만 흥분해 몸이 달아오른 꼴이었다. 얼굴이 화끈거렸다.

이런, 너무 쉽게 달아올랐어!

"왜?"

그가 시니컬하게 물었다. 왜라니? 그걸 지금 몰라 묻나? 마주한 이도의 눈썹이 못마땅하게 들썩거렸다. 우연찮게 두 번 마주친 남자에게 제 난자를 검열당하게 생긴 황당하기 그지없는 상황에서 그럼 얌전히 그렇게 하라고 해야 하나? 막는 게 당연하지! 이 사람이 정말!

"이건 제 난잡니다!"

순간, 그때까지 전혀 변함없던 은유의 미간이 살짝 좁혀졌다. 심각하게 내뱉은 이도의 입도 쩍 벌어졌다. 하려던 말은 이게 아닌데. 말이 이상하게 이렇게 나와 버렸다.

내 남자도 아니고, 내 난자라니. 맙소사! 왜 이런 어처구니없는 말을 자신이 하고 있어야 되는지 모르겠다. 모든 게 이 이상한 인간 때문이었다.

이도의 눈 끝이 치켜 올라갔다. 발끈 오기가 치민 이도가 주먹을 불끈 쥐었다. 그리곤 은밀히 은유의 다리 사이에 끼워진 오른 다리를 꼼틀거렸다. 여차하면 그의 중심을 차버릴 요량이었다. 이도의 생각을 읽은 듯 은유가 시선을 내려 그녀의 다리를 바라보았다. 그의 시선이 닿자 이도의 다리에 찌릿한 전류가 흘렀다. 그녀기 움찔하며 동작을 멈추자 은유가 다시 시선을 들어 그녀를 응시했다. 죄지은 것도 없는데 이상하게 심장이 졸아들었다.

은유가 몸에 은근히 힘을 실어 이도의 다리를 눌렀다. 이도의 눈이 절로 부릅떠졌다. 다리를 통해 그의 은밀한 부위가 느껴졌다. 불이라도 난 것처럼 얼굴이 화끈거렸다. 어찌할 바를 몰라 부질없이 눈만 깜빡거리는 이도를 무표정하게 내려다보던 은유의 한쪽 입꼬리가 비릿하게 말려 올라갔다. 그의 비틀린 입술이 위험하게 달싹거렸다.

"해봐."

나직하게 속삭이듯 흘려낸 은유의 말에 이도가 꿀꺽 마른침을 삼켰다. 뭘? 이도의 눈이 하는 말을 알아챈 듯 이도가 비식이 웃으며 더 가까이 몸을 기울였다. 그의 은밀한 부위가 더 밀착되자 이도의 숨이 딱 멈췄다. 은유의 입술이 사악하게 말려 올라가며 이도의 입술 위에서 움직였다.

"책임질 수 있으면 어디 한번 건드려 봐. 대신 당신 것도 내놔야 할 거야."

"……와아."

막혔던 숨과 함께 어이없는 감탄사가 터져 나왔다. 이 남자 정말 핵폭탄이다. 하는 말마다 기함을 금치 못할 수준이다. 이도가 놀라 기겁을 하든 말든 저완 아무 상관 없다는 듯 지극히 태평한 얼굴로 그가 살짝 고개를 틀었다. 그리곤 예고도 없이 그녀의 입술을 덮쳤다. 그와 동시에 이도의 벌어진 입술 사이로 혀가 밀려 들어 왔다.

'내 입안에서 멋대로 몰캉거리는 이게 대체 뭐야?'

마치 제 것인 양 너무도 당당하게 이도의 입안을 세밀히 핥고 탐닉한 은유가 덮쳤던 것과 마찬가지로 순식간에 물러났다. 어깨에 걸쳐진 이도의 다리를 운전석 좌석 위에 올려두고 그가 태연히 시동을 걸었다. 엉거주춤한 자세 그대로 굳은 이도의 몸이 차가 출발하는 반동에 의해 휘청거렸다.

"생각 있으면 말해. 흔쾌히 내 정자를 공유해 줄 테니까."

공유를 어디다 갖다 붙이는 건지. 거기다가 뭘 공유해? 번쩍 정신이 돌아온 이도가 몸을 뒤틀었다. 어떻게 꼬아났는지 자세를 바로 하는 것조차 버거웠다. 망할. 한참 만에 자세를 가다듬은 이도가 거친 숨을 몰아쉬며 그를 흘겼다.

"이 사람이! 보자 보자 하니까 내가 보자기로 보이나!"

"이런."

버럭거리는 이도의 따발총 소리가 무색하게 그는 지독히 건조하고 낮은 목소리로 짧게 말했다. 마치 혼잣소리 같은 한마디를 흘려낸 그가 룸미러로 단숨에 이도를 훑어 내렸다. 시선을 느낀 이도가 미간을 찡그렸다. 은유가 한 손으로 여유롭게 핸들을 움직이며 느긋하게 턱을 쓸었다. 그의 동작 하나하나가 이도의 신경을 거슬렀다. 또 무슨 말을 하려고?

"미안. 보자긴 줄 몰랐어."

"그게 아니잖아!"

"그래? 보자기 아니야?"

"아, 혈압."

"그럼 곤란한데."

"또 뭐가요?"

뒷골을 잡고 찌릿하게 째려보는 이도를 무표정하게 돌아보며 그가 심드렁하게 툭 내뱉었다.

"혈압. 그거. 혹시 섹스에도 영향을 미치나?"

이 남자 매우 특별한 재능을 추가로 가지고 있었다. 사람 허파가 활딱 뒤집어질 정도로 기막히게 하는 재능. 더 상대했다가는 아주 미쳐 버릴지도 모르겠다. 멘탈이 정상 궤도를 한참 벗어난 사람이었다. 이도는 고개를 절레절레 흔들며 문손잡이를 붙잡았다.

"내려주세요."

"여기가 집이야?"

"그냥 여기서 내릴랍니다."

"그래?"

혹시 내려주지 않을지도 모른다는 생각에 이도는 여차하면 뛰어내릴 생각으로 은근히 열림장치로 손을 내렸다. 그가 갑자기 급브레이크를 밟았다. 그 바람에 이도의 몸이 앞으로 쏠려 글러브박스에 머리가 부딪혔다.

"악!"

통증으로 얼얼한 머리를 붙잡고 은유를 사납게 돌아보았다. 정말 운전 이따위로 할 거야? 눈이 마주치자 그가 시크하게 말했다.

"내려."

"……?"

이도가 벌떡 몸을 일으켜 창밖을 두리번거렸다. 도로 한중간이었다. 그것도 차가 쌩쌩 달리는 팔차선의 한가운데. 이도가 동그랗게 눈을 뜨곤 그를 돌아보며 물었다.

"여기서요?"

“내린다며. 내려.”

“누구 죽일 일 있어요? 여기 팔차선이거든요? 차가 저렇게 겁나게 달리는데 내리라니, 지금 나더러 죽으란 말이에요?”

“‘그냥 여기서 내릴랍니다.’ 라고 말했지, 정확히 2분 15초 전에 당신이.”

“그래도 여긴 아니죠! 적어도 살아서 돌아갈 수는 있게…… 해줘야지.”

기세 좋게 버럭 했던 것과 달리 말끝은 흐릿해졌다. 지나가는 차들의 시끄러운 경적 소리가 도로 위를 점령했다. 갑자기 달리던 차가 멈춰 서 차도를 딱 막고 있으니 당연한 일이었다. 차창을 내리고 욕지거리를 쏟아내는 이들도 더러 있었다. 은유는 낯이 벌겋게 달아오를 상황임에도 여전히 태연했다. 얼굴이 화끈거려 낯을 가리기 바쁜 건 오히려 이도였다.

“어디야, 집이?”

“그건 알아서 뭐 하게요?”

사람들의 시선을 피해 잔뜩 목을 움츠린 이도가 곱지 않은 말투로 은유의 말을 되받아쳤다. 은유가 건조하게 그녀를 바라보며 말했다.

“여기서 내리던가. 아니면 집까지 얌전히 가던가.”

“……”

“입이 안 다물어지거든 얘기해. 내가 닫아줄게.”

“예?”

“내가 벌린 입을 다물게 하는 방법은 딱 하난데. 또 해줘?”

“……하아.”

"어디야? 난 두 번 묻는 거 싫어해."

협박도 가지가지다. 이도는 그가 말한 입을 다물게 하는 방법을 떠올리며 눈을 게슴츠레하게 떴다. 불만 가득한 얼굴로 입을 삐죽이며 그를 쏘아보자 그가 또 불쑥 다가섰다. 놀라 저도 모르게 열림장치를 당겨 버렸다. 몸이 옆으로 쏠리며 열린 차 문 밖으로 밀려 나갔다.

"으아아악!"

이도는 미친 듯 팔을 휘저으며 밖으로 떨어지지 않으려 버둥거렸다. 찰나의 순간 차 한 대가 아슬아슬하게 그녀의 머리 가까이 지나갔다. 뒤로 떨어지던 이도의 몸이 순식간에 안으로 끌어당겨졌다. 은유가 이도의 허리를 휘감아 제 품으로 당기며 문을 닫았다. 순발력이 대단했다.

두근두근.

이도의 심장이 미친 듯 뛰어댔다. 오늘 황천 구경 제대로 할 뻔했다. 저도 모르게 은유를 끌어안은 팔이 바들바들 떨렸다. 제 볼을 간질이는 이도의 머리카락을 은유가 입바람으로 살짝 불어 밀어냈다. 은유의 숨결이 귓가에 닿자 이도가 움찔거렸다. 그 와중에도 느끼다니, 참 대단한 여자다. 은유의 입가에 살며시 미소가 머금어졌다.

"위험한 여자군. 한시도 눈을 뗄 수가 없어."

은근히 의도적인 속삭임이었다. 은유는 일부러 간간이 뜨거운 숨결을 흘려내며 이도의 귀에 입술을 대고 속삭였다. 이 여자, 성감대가 꽤 섬세한 모양이다. 조그만 자극에도 즉각 반응하는 것이 꽤 흥미로웠다. 갑자기 궁금해졌다. 그녀와의 섹스는 어떨지. 하지만 조급함은 금물이다.

"집. 어디야?"

"이, 이도동물병원."

"이도?"

그의 입술 위로 이도의 귀가 움직였다. 그녀가 고개를 끄덕였기 때문이다.

"당신 이름?"

그녀가 또 고개를 끄덕였다. 그리곤 움찔. 그의 입술이 닿을 때마다 이도의 목이 조금씩 붉어졌다. 귓불까지 빨갛게 달아오른 이도가 주춤 팔에 힘을 빼며 몸을 뒤로 물렸다. 보조석에 반듯하게 앉아 정면을 주시하는 이도를 지그시 바라보며 은유가 살며시 입꼬리를 말아 올렸다.

"이도…… 좋군."

차는 섰던 것과 다르게 부드럽게 움직였다. 이도는 다소곳이 손을 맞잡았다. 그냥 병원에 도착할 때까지 얌전히 입 닫고 있는 게 좋을 것 같았다. 이 남자를 말로 이기겠다는 생각은 애초에 글러먹었다. 말로 사람 하나는 거뜬히 죽일 수도 있는 남자였다. 그와 말싸움을 한다면 상대가 혈압으로 먼저 쓰러지지 싶었다.

"도. 이틀 주지."

아무것도 안 들려 포스로 얌전히 앉아 있는 이도를 은유가 건조하게 돌아보았다.

"튼튼한 난자 하나면 돼."

"……."

"섹스 상대로 내가 부족하진 않잖아?"

“헉.”

“손해 보는 장사 아닐 거야. 잘 생각해 봐.”

가만히 입 닫고 귀 닫고 있으면 될 거라 생각했다. 그런데 뚫린 게 귀라고 은유의 적나라한 목소리가 유유히 귓속을 파고들었다. 집 알려달란 게 그런 속셈이었어? 계속 찾아올 거란 말이야? 섹스면 섹스지 난자는 또 뭐야? 임신이라도 하란 말이야?

“우리 영감이 핏줄이 그립다네. 망할.”

“핏줄?”

“손주가 갖고 싶대.”

“손주?”

“그래서 말이야.”

“…….”

이도는 두려웠다. 은유의 입에서 또 무슨 말이 나올지 덜컥 겁이 났다. 은유가 말하면 꼭 그렇게 될 것만 같아서 더 불안했다.

“당신, 나랑 결혼할래?”

난자와 정자의 결합이 태아를 말하듯, 그가 말한 섹스는 임신을 위한 것이었다. 고로 그 모든 것이 결혼으로 결론지어진다. 다시 말해 이건 이은유식 ‘내 아를 낳아도’ 인 것이다.

동물병원 앞 도로에 차가 서자마자 뛰어내리다시피 차에서 내린 이도는 마치 뭐 마려운 강아지마냥 뛰었다. 인사도 없이 줄행랑치는 이도를 은유가 무심한 눈으로 바라보았다. 저만치 달아나던 이도가 다시 발을 돌려 차로 돌아왔다. 망설이던 것도 잠시, 뒷문을 열어 낚아채듯 개를 안고는 슬쩍 은유의 눈치를 살폈다.

탁탁.

은유가 말없이 핸들을 손끝으로 두드렸다. 천 마디 말보다 그게 더 위협적이었다. 어설프게 반쯤 차 안에 몸을 디밀고 있던 이도가 슬그머니 엉덩이를 뒤로 뺐다. 그와 동시에 은유가 목을 이리저리 움직이며 두둑 소리를 냈다. 단순히 목 근육을 푸는 것뿐인데도 묘하게 긴장감을 형성했다.

이도가 눈치를 살피며 도둑고양이처럼 슬금슬금 몸을 빼 얼굴만 남았을 때, 은유의 나직한 목소리가 들려왔다.

"도둑도 낯짝은 있어야 하는 거 아닌가?"

"뭔 둑이요?"

은유의 말을 알아듣지 못한 이도가 멍하게 되물었다. 룸미러를 통해 은유와 눈이 마주치자 이도의 몸이 절로 움찔거렸다. 은유의 날카로운 눈매가 매끄럽게 치켜 올라갔다. 그 눈빛에 찔끔해 이도가 마른침을 삼키며 눈을 깜빡거렸다. 은유의 입술이 작게 달싹거렸다.

"개. 도. 둑."

은유의 말을 알아듣는 데는 약간의 시간이 필요했다. 뭐라 반박하려 입을 뻥긋거리는 이도를 은유가 정면으로 돌아봤다. 그의 얼굴을 마주하자 말문이 탁 막혔다. 틀린 말은 아니었다. 개를 훔치긴 했다. 하지만 그건 개의 생명을 구하기 위해서였지 불순한 의도는 절대 아니었다. 나름의 이유를 내세워 자신의 행동을 정당화시켜 보려 했지만 마주한 은유의 눈은 그것을 인정하지 않는 듯했다. 내면까지 속속들이 들여다보는 듯한 눈빛으로 은유가 그녀를 직시했다.

"그래요. 훔쳤어요. 그래서 뭐, 그렇게 따지고 들면 뭐, 댁도 공범 아닌가?"

"공범?"

"같이 튀었잖아요."

말은 당당하게 하면서 시선 처리는 어설펐다. 은유의 눈썹이 모로 휘었다. 그가 턱을 쓸며 시리게 이도를 응시했다. 그 눈빛이 마치 진실을 추궁하는 것 같아 괜스레 가슴이 뜨끔했다. 도와달라고 붙잡긴 했지만…….

"그래, 이것도 내 차잖아."

이도의 말에 은유의 한쪽 입꼬리가 비스듬히 치켜 올라갔다. 그게 마치 그걸 이제 알아챘냐는 비웃음 같았다. 이도의 입이 삐죽이 내밀어졌다. 왜 몰랐을까? 여태 그가 자기 차를 몰고 있었다는 사실을. 마치 이도가 그의 차를 얻어 타고 있는 것 같은 착각을 불러일으킬 정도로 은유는 너무 태연하고 자연스럽게 행동했다. 뻔뻔함의 지존이라 해도 전혀 손색이 없을 위인이었다.

"난 또 필요 없어서 버리는 줄 알았지."

"이걸 왜 버려요? 아직 할부도 다 안 끝났는데?"

"이런 차도 할부로 사나?"

그가 믿을 수 없다는 듯 차를 휘둘러봤다. 경차는 할부로 사면 안 된다고 누가 그래? 이것도 벼르고 별러 산 것이었다. 처음 차를 인수받고 얼마나 가슴이 뛰었는데 저따위 하찮다는 눈빛으로 차를 본단 말인가. 발끈해 눈을 부라리는 이도를 시큰둥하게 돌아보며 그가 히죽 웃었다.

그러더니 말없이 차에서 내려 이도 옆으로 다가섰다. 그에 급히 머리를 빼다 차에 부딪힌 이도가 인상을 찌푸리며 머리를 문질렀다. 미처 정신을 차리기도 전에 뭔가가 이도의 면전으로 날아왔다. 반사적으로 그것을 받아 든 이도가 손바닥을 펼쳐 물건을 확인했다. 차 키였다.

번쩍 고개를 들자 코앞에 이도의 가슴이 있었다. 기척도 없이 다가선 은유가 대뜸 그녀의 턱을 손끝으로 들어 올렸다. 시선이 맞물린 짧은 순간 그의 입술이 이도의 입술을 스치듯 지나쳐 그녀의 이마를 가볍게 눌렀다. 기분 좋은 따스함이 이마에 긴 여운을 남겼다.

"차비."

감미로운 목소리가 머리 위로 내려앉았다. 은유가 다가섰던 것처럼 망설임 없이 몸을 돌려 멀어졌다. 그의 거침없는 발걸음 뒤로 시크한 그림자가 뒤따랐다. 은유의 입술이 닿았던 부위를 조심히 문지르며 이도가 멀어지는 그를 눈으로 좇았다.

"뭐가 다 제멋대로야? 누가 차비 달래?"

느닷없이 나타나 강한 인상을 심어준 은유처럼 이마에 새겨진 입술의 감촉도 쉽게 사라질 것 같지 않았다.

〈이 벨소리가 니 벨소리다.〉

갑작스러운 벨소리에 화들짝 놀란 이도가 심장을 쓸어내리며 주머니를 뒤적여 휴대폰을 꺼내 들었다. 영지였다. 그제야 이도는 약속을 떠올렸다. 은유 때문에 새까맣게 약속을 잊고 있었다. 이도는 아차! 하며 서둘러 휴대폰을 귀에 댔다.

[야! 서이도!]

받자마자 영지의 고함이 귀청을 울렸다. 이도가 잠시 휴대폰을 뗐다 다시 대며 쩝 입맛을 다셨다.

"쏘리, 깜빡했어. 지금 가, 지금."

[정수 얼마 못 있는다고 했단 말이야. 계집애들이 얼마나 달라붙는지. 아주 눈에 불을 켜고 달려든다.]

"방어 잘 하라니까."

휴대폰을 어깨와 귀 사이에 끼우고 개를 품에 안은 채 힘겹게 병원 문을 열었다. 입으로는 계속 수다를 떨면서 어둠을 더듬어 익숙하게 케이지 앞으로 걸어간 이도가 조심히 개를 내려놓았다. 팔팔하게 대들던 걸 감안해 짐작해 보건대 상태가 그리 심각한 것 같지는 않았다. 아침에 살펴봐도 될 것 같았다.

"잘 자."

휴대폰을 물리고 작게 개에게 속삭인 후 케이지를 잠그고 돌아섰다. 들어섰던 것처럼 빠르게 병원을 빠져나온 이도는 단장을 할 틈도 없이 그대로 자신의 차에 올랐다.

"10분. 아니, 15분. 조금만 기다려."

이도가 탄 차가 스피디하게 도로 위를 질주했다.

은유가 품에서 담배를 꺼내 물었다. 그는 인도를 두고 굳이 그 아래 도로를 따라 걸었다. 위험천만한 그의 행보에 차들의 경적이 요란스레 뒤따랐다. 경적과 더불어 욕지기가 날아들었다. 그에 아랑곳없이 느긋이 담배를 머금은 은유가 희뿌연 연기를 내뿜었다.

그의 입을 벗어난 연기가 옅은 운무처럼 흩어졌다. 그 운무 사이로 차게 식은 은유의 얼굴이 신비롭게 비쳤다. 살벌함의 극치인 차들을 제치고 무서운 속도로 차 한 대가 달려 나갔다. 눈에 익은 차였다. 차 번호판을 확인한 은유의 눈이 가늘어졌다.

기껏 얌전히 집에 데려다 줬더니 그사이를 못 참고 또 도둑질이라도 하러 나가는 모양이다.

"이번엔 또 뭘 훔치러 가시나."

피식. 비스듬히 끌어 올린 입가에 야릇한 미소가 더해졌다. 느릿하게 걷는 그의 곁으로 차 한 대가 멈춰 섰다. 조수석 창문이 열리고 여지없이 욕지거가 날아들었다. 은유의 걸음이 우뚝 멈췄다. 삿대질까지 곁들인 걸쭉한 육두문자가 거침없이 들려왔다. 은유가 차를 향해 고개를 돌렸다. 눈빛이 마주치자 그때까지 기세등등하던 남자의 입이 딱 다물어졌다.

은유가 발길을 돌려 차를 향해 다가갔다. 그가 가까이 다가설수록 남자의 안색이 서서히 질려갔다. 은유가 열린 창을 짚고 허리를 숙여 안을 훑었다. 그가 다른 손으로 입에 문 담배를 빼 들고 마저 창을 짚었다. 담뱃재가 소리 없이 차 안으로 떨어졌다. 와락 얼굴을 구긴 남자가 입을 씰룩이며 은유를 노려봤다. 슬쩍 치뜬 그의 눈과 허공에서 맞물렸다. 짐짓 아무렇지 않은 척 헛기침을 하던 남자의 손이 저도 모르게 덜덜 떨렸다.

"혹시 재떨이 있나?"

부드럽지만 차가운 목소리였다. 남자가 선뜻 답하지 못하고 머뭇거리자 은유가 담배를 들어 가볍게 튕겼다. 튕긴 담배가 그대로 남자를 향해 날아갔다. 급하게 숨을 삼킨 남자가 기겁하며 몸을 움츠려 방어했다. 방어가 무색하게 담배는 운전석 창에 부딪힌 뒤 남자의 무릎 위로 떨어졌다.

"으악!"

남자가 호들갑스럽게 담배를 털어냈다. 바닥에 떨어진 담배는 이미 불씨가 꺼져 있었다. 남자가 멍하니 담배를 쳐다보고 있는 사이 허리를 곧게 편 은유가 고개를 모로 기울이며 시니컬하게 내뱉었다.

"다음엔 그 입이 재떨이가 될지도 몰라. 그러니까, 당신 주둥이 단속 잘해. 함부로 나불거리다가 다신 그 입 열지 못할 수도 있으니까."

다시 인도 옆 도로를 따라 걷기 시작한 은유가 휴대폰을 꺼내 단축번호를 눌렀다. 경적은 여전히 요란스럽게 도로 위를 점령했다. 이번엔 은유가 아닌 도로 위에 멈춰 선 차를 겨냥한 것이었다. 벨이 울리기가 무섭게 전화를 받는 소리가 들렸다. 은유는 상대의 말을 기다리지 않았다.

"나다. 이도동물병원에서 500미터."

[이도동물병원입니까? 어느 구역입니까?]

"네비 찍어."

전화는 걸었던 것과 마찬가지로 은유 쪽에서 일방적으로 끊었다. 그는 가로수에 몸을 기댄 채 가만히 밤하늘을 올려다보았다. 초롱초롱 빛나는 별 하나가 건방지게 그를 내려다보고 있었다. 은유의 눈빛이 시큰둥해졌다. 그가 심드렁하게 혼잣소리를 했다.

"습관이야. 훔치다 못해 이젠 훔쳐보기까지 하고. 이틀이야. 하든 말든 그건 네 자유. 이왕이면 해줬으면 좋겠는데, 결혼."

결혼이란 말을 내뱉고는 비식이 웃는다. 웃겼다. 자신의 입에서 그런 말이 서슴없이 나온다는 게. 귀찮아 죽을 것 같던 일을 아주 쉽게 해결할 수 있을 거라 생각해 뱉은 말이었다. 말에는 언령이 있다더니. 이젠 이왕이면 그 여자였으면 좋겠단 생각이 들었다.

"그만하면 딱 좋은데 말이야."

그가 가만히 아랫입술을 손으로 쓸었다.

'이봐, 당돌한 개 도둑. 그냥 부담 없이 내 정자도 훔쳐 가면 안 되나?

무표정하던 은유의 입술이 위험스럽게 말려 올라갔다.

광폭하게 주차장으로 들어선 이도의 차가 거친 마찰음을 내며 멈춰 섰다. 아슬아슬하게 벽면 앞에 멈춘 차에서 이도가 내리자 주차요원의 눈이 휘둥그레졌다. 바로 옆 차를 발레파킹하고 내리던 참이었다. 놀라 굳은 주차요원에게 가볍게 눈인사를 건네곤 그대로 입구를 향해 내달렸다.

'썸레드' 입구를 통과하자마자 걸음을 늦췄다. 이도는 거친 호흡을 가다듬으며 홀 쪽으로 걸음을 옮겼다. 벽면에 설치된 거울에 제 모습이 비추자 놀라 흠칫거리며 옷맵시를 가다듬었다. 생각보다 몰골이 더 험했다. 조금 늦더라도 옷을 갈아입고 나올 걸 그랬나? 맞고 찌그러지고 죽다 살아난 그 모든 행적들이 고스란히 구겨진 옷에 드러났다.

쩝. 짧게 입맛을 다신 이도가 구겨진 미간을 손가락으로 쓱쓱 문지르는 사이 누군가 그녀의 뒷덜미를 낚아챘다.

"컥!"

목이 옷에 졸린 채로 어딘가로 끌려간 이도가 이번엔 벽에 밀쳐졌다.

"서이도, 너 제정신이야? 이 몰골로 어딜 나타나."

"킥킥. 벗고 있는 것도 아닌데 뭘. 이 정도면 양호하지."

"양호? 이 거지 같은 몰골 어디에 양호란 말이 붙는 건데?"

얼굴도 확인하기 전에 서슬 퍼렇게 몰아붙이는 영지의 목소리가 따갑게 귓전을 울렸다. 영지의 성깔에 꼬락서니라는 말을 안 붙인 게 용했다. 이도는 졸린 목을 문지르며 콧김을 뿜어내는 영지의 콧구멍을 물끄러미 바라보았다. 방어가 꽤 힘들었던 모양이다. 이렇게 격하게 반기는 걸 보면.

"정수는?"

은근슬쩍 영지의 손을 밀어내며 밖으로 고개를 빼던 이도의 눈앞을 손 하나가 가로막았다. 눈썹을 들썩이며 이도가 새침하게 영지를 돌아봤다. 한시가 급하다던 사람이 꽁무니가 빠져라 달려온 사람을 화장실에 가둬두고 이게 대체 뭐 하는 짓인지.

"왜?"

"이 몰골로 정수를 보겠다고?"

"뭐 어때서?"

"다른 년. 아니, 다른 여자애들이 얼마나 치장하고 온 줄 알아? 거의 변신 수준이야. 그런데 넌 이렇게 하고 가겠다고? 어림 반 푼어치도 없는 소리하고 자빠졌네."

영지의 말이 점점 거칠어지고 있었다. 이도가 없는 동안 상당히 스트레스를 받았던 모양이다. 이럴 땐 고분고분 영지의 말을 따라주는 게 상책이었다. 거품 물고 육두문자 남발하기 전에 그녀의 뜻에 따라줘야 일신이 평안해진다.

"쏘리, 내가 급히 달려오느라 신경을 못 썼다."

"닥치고. 벗어."

"여기서?"

"Shut Up."

"OK. 지퍼락."

이도는 억지웃음을 지으며 입에 지퍼를 채우는 시늉을 했다. 그제야 한풀 성미를 죽인 영지가 맨 끝 고장이라 적힌 화장실 문을 열었다. 문 안쪽 옷걸이에 걸린 이브닝 탑 드레스가 주름 한 점 없이 아름다운 자태를 드러냈다. 섹시함이 한껏 드러난 레드 드레스에 이도가 나직하게 휘파람을 불었다.

"어서 갈아입어. 시간 없어."

이도는 대답 대신 손으로 오케이 사인을 보내곤 그대로 화장실로 들어가 문을 걸어 잠갔다.

잠시 후, 드레스로 갈아입은 이도가 모습을 드러내자 영지가 그에 맞춰 구비한 힐을 흔들어 보였다. 이도가 슬쩍 눈을 흘기며 새침하게 입술을 모았다.

"역시, 최영지다."

"너 오늘 제대로 정수 못 낚으면 네가 미끼 대신 낚싯대에 걸릴 줄 알아."

"걱정 붙들어매셔. 이 몸은 이제 부끄럼 많던 그 시절의 서이도가 아니란 말씀. 산전수전 공중전을 두루 섭렵한 철판 서이도님이란 말씀."

"곧 죽어도 입은 살아서 나불거리지."

"레츠 고!"

"야, 서이도."

섹시한 자태로 동창회가 한창인 홀을 향해 이도가 도도하게 걸어갔다. 그런 이도를 총총걸음으로 뒤따르던 영지의 곁을 누군가 스치고 지나갔다. 은은하게 코끝을 자극하는 향수에 영지의 걸음이 우뚝 멈춰졌다. 감미로움과 신비스러움이 묘하게 어우러진 향이었다. 사람의 발걸음을 절로 멈추게 만드는 마력이 깃든.

"대박."

향의 이미지는 깔끔히 잊히게 만드는 외모의 소유자가 이도의 뒤를 바짝 따르고 있었다.

마치 모델이라도 된 것마냥 제 모습에 도취되어 있던 이도는 조금 낮은 위치에 자리한 홀의 계단에 한 발을 디뎠다. 평소 신던 것보다 굽이 높은 힐이 삐끗거렸다. 때마침 바로 뒤에 들어서던 누군가 그녀의 몸을 가볍게 부축했다. 이도는 휘청거리며 넘어질 뻔한 위기를 가까스로 모면했다. 잘못해 나자빠졌으며 아주 재밌는 구경거리로 전락할 뻔했다.

"감사합니다."

인사를 건네며 돌아서려는 이도를 곧게 세우고 남자는 순식간에 그녀에게서 멀어졌다. 홀 한쪽에 마련된 바로 걸어간 남자는 이도를 등지고 바텐더와 인사를 나눴다. 어딘가 묘하게 뒤태가 낯이 익었다. 이도가 고개를 갸웃하며 남자에게로 한걸음 떼려는 순간 영지가 그녀의 등짝을 철썩 후려치며 아래로 떠밀었다.

"하여간 허둥거리긴."

"안 넘어졌잖아. 그럼 됐지. 정수는 어디 있어?"

"저기."

홀로 내려선 영지가 턱으로 중앙을 차지하고 있는 한 무리의 사람들을 가리켰다. 영지의 말대로 십여 명이 넘는 여자들에 둘러싸인 채 어색한 미소를 짓고 있는 남자의 모습이 보였다. 정수였다. 단정한 차림새는 예나 지금이나 변함이 없었다. 혀로 마른 입술을 살짝 핥아 축인 이도가 크게 숨을 들이쉬며 정수가 있는 곳으로 걸어갔다.

이도의 등으로 손을 뻗던 영지가 뭐라 입을 열려다 다물었다. 분명히 등 쪽 지퍼가 제대로 다 안 채워져서 팬티 라인이 슬쩍 보였는데, 어느새 말끔히 채워져 있었다. 등에 구멍이 뚫린 탑 스타일이라 위쪽 말고 골반 위쪽이 지퍼가 끝나는 부분이었다.

"이상하네? 아깐 분명히 다 안 채워졌었는데. 언제 채웠지?"

갸웃 기운 영지의 시선이 바에 앉아 있는 남자에게 닿았다. 넘어지려는 이도를 그가 붙잡아 일으키는 것을 분명히 보았다. 그럼 저 남자가 혹시 지퍼를 올려준 건가? 묘한 시선으로 남자를 바라보며 영지가 은밀하게 눈을 반짝였다. 뭔가 그에게서 선수의 냄새가 물씬 풍겼다.

"흠, 느낌 있네. 그래도 일단은 저기가 먼저니까. 아쉽지만 그쪽은 패스."

아쉬워하며 영지가 이도의 뒤를 쫓는 사이 은유는 주문한 칵테일 잔을 받아 가볍게 한 모금 들이켰다. 잔을 잡은 손의 감촉이 묘했다. 이도는 넘어지지 않으려 안간힘을 쓰느라 은유의 손이 몸에 닿는 것도 몰랐다. 아슬아슬하게 팬티 라인을 비추던 지퍼를 채운 건 은유였다. 그 결에 손이 그녀의 맨살을 스쳤다.

"하루 사이에 두 번이라. 꽤 드라마틱한 우연이야."

"네?"

"아니."

차를 주차시키느라 조금 늦게 들어선 우철이 옆자리에 앉으며
물었다. 비식이 웃은 은유가 고개를 저으며 무심히 말했다. 에메
랄드빛으로 투명하게 일렁이는 칵테일을 입술에 머금으며 은유는
야릇하게 입꼬리를 말아 올렸다.

이쯤 되면 우연이 아니라 필연이라고 해야 하는 거겠지?

등 뒤로 간드러지는 이도의 웃음소리가 들렸다. 조금 오버스럽
지만 애교도 있고, 먼저 대쉬할 줄도 알고. 확실히 보통은 넘는 여
자였다.

“재밌네.”

“뭐가 말입니까?”

돌아보는 우철의 얼굴을 보지도 않고 손끝으로 쓸어내리며 은
유가 심드렁하게 말했다.

“있어, 그런 게.”

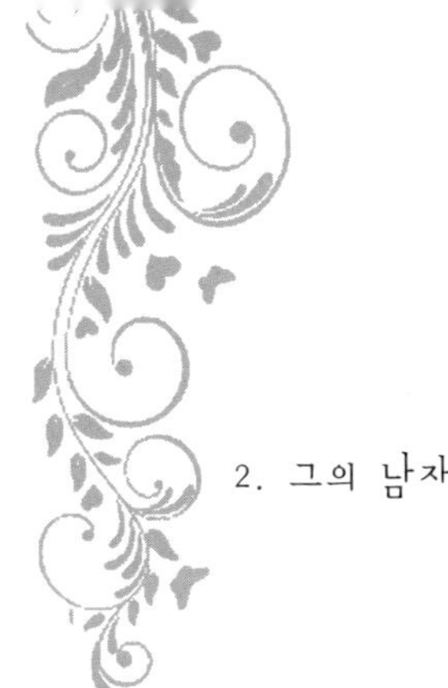

2. 그의 남자

무대는 홀의 중앙.

공연의 내용은 동창회를 빌미로 한 솔로 탈출.

칵테일 바를 통째로 빌리기에는 턱없이 부족한 여력으로 다른 잡스러운 공연과 함께 소란스럽고 번잡스러운 그들의 연극은 계속 이어지고 있었다.

오늘의 고가 퀄리티를 자랑하는 수컷에게 붙은 암컷은 대략 열여섯. 그놈 한번 낚아보겠다고 놓아대는 덫이 어찌 그리 죄다 허접한지. 그냥 딱 봐도 내가 너 오늘 찜했어. 이리 와. 내게 넘어와 봐, 하는 수작질이 뻔히 다 보였다.

저 추접스런 어장에 꼭 발을 담가야 하나 망설일 틈도 없이 이도는 돌직구를 훅 날렸다. 그깟 추접쯤은 스물아홉 찍고 서른에 발을 올려놓는 순간 레벨업된 뻔뻔함과 능청으로 쉽게 걷어낼 수 있었다.

전설의 마담 뚜 배정인 여사의 금지옥엽 막내딸로 태어난 이도는 이율배반적이게도 낯부끄러운 쪽박의 연애사를 기록해 모친의 무전무패라는 경이로운 경력에 유일무이한 오점을 남겼다.

그리하여 기어이 꽉 찬 서른이란 타이틀을 달고 배 여사의 온갖 구박과 협박에 선 시장에 얼굴을 팔린 지도 어언 일곱 달하고 12일째. 서른두 번의 선 중 퇴짜 맞은 게 스물다섯 번, 어퍼컷을 날린 게 다섯 번, 만남조차 불발된 게 두 번이었다. 대체 계란 한 판을 왜 서른 개로 만들었는지. 처음 그걸 만든 사람이 누군지 찾아내 주리라도 틀고 싶은 심정이었다.

서른은 새로운 시작이지 결코 끝이 아니라고 다시 한 판을 만들 수 있지 않느냐고 강력히 항의하다 배 여사에게 비 오는 날 먼지 털듯이 맞았더랬다.

금지옥엽은 개뿔. 심심풀이 오징어 땅콩이다. 젠장.

낯부끄럽다는 배 여사의 입에 박힌 잔소리가 아니더라도 이젠 정말 그 지긋지긋한 꽉 찬 계란 한 판을 탈출해 알콩이 달콩이 쑥쑥 낳으면서 행복하게 살고 싶었다. 이왕이면 드라마틱이라고 첫사랑 정수와 함께 말이다.

완벽한 엔딩을 위하여 멋지게 숏 들어가시고.

영지의 부추김이 없어도 알아 눈웃음을 남발하며 정수의 곁으로 단숨에 다가간 이도가 반색하며 그의 면전에 얼굴을 바짝 디밀었다. 움직임은 자연스러웠으나 철벽 수비를 뚫고 가는 길은 매우 험난했다. 보이지 않는 암컷들의 사투는 보다 은밀하고 사나웠다. 자신을 가로막는 수많은 손들을 치열하게 걷어내고 정수 앞에 도착한 이도가 그를 마주 보며 약간의 오버 액션을 첨가해 놀랍다는 듯 말했다.

"어머! 이게 누구야? 정수. 너 강정수 맞지?"

보면 몰라? 경멸과 질타의 시선들이 그녀의 얼굴과 뒤통수에 집중포화됐다. '알아. 아니까 이러지, 이 잡것들아.' 쏟아지는 시선들을 후루룩 떨쳐 내고 이도가 생글생글 웃는 낯을 유지했다. 그에 뒤섞여 '생전 동창회에 얼굴도 안 비치던 것' 이란 말은 귓등으로 훅 날려 버렸다.

불쑥 다가선 이도의 얼굴에 놀라 주춤했던 정수가 미간을 살짝 찌푸리며 뭔가 생각하는 듯하더니 이내 아! 하고 아는 체를 했다. 그렇게 깊이 생각해야 할 정도로 몰라볼 얼굴은 아닌데. 정수 너, 그동안 시력이 많이 나빠졌나 보네. 그것참 안습이다.

이도는 겸연쩍음을 정수의 시력 탓으로 돌리며 샤방샤방 사람 좋은 미소를 지어 보였다.

"서이도! 너 이도구나. 와아, 정말 반갑다."

그럼 이도지 삼도겠어? 정말 놀랍다가 함축된 눈 크기의 변화와 위아래를 빠르게 훑는 시선에 이도가 살짝 몸을 틀어 모델 뺨치는 포즈를 취하며 도도하게 턱을 치켜세웠다. 거만하지 않은 적당한 정도의 도도가 딱이었다. 하늘 높은 줄 모르고 콧대를 치켜 올렸다간 자칫 콧구멍을 훤히 내보이는 추한 몰골이 되고 만다.

"많이…… 변했구나. 몰라볼 뻔했어."

정수가 필요 이상의 고개 저음을 남발하며 다시 한 번 이도를 쭉 훑었다. 정수의 말이 끝나기가 무섭게 키득거림이 뒤따랐다. 변함없이 화사한 이도의 얼굴에 힘줄 하나가 툭 불거졌다.

그래, 촌년 상경이란 별명을 들었던 때와 비교하면 지금은 인간 승리라고 부를 말도 하지. 그렇다고 의학의 손을 빌린 너희들의 페이스&바디 리모델링만큼 하겠니?

고교 졸업 앨범에서 자기 사진 안 오려낸 인간 닥치고 손들어 봐. 없지? 그럼 이번엔 다들 콧구멍 좀 제발 막아라. 그 앵앵거리는 소리 정말 듣기 거북하거든? 전부 한 의사한테 수술했나. 콧소리가 왜 한 음이야? 소름 끼치게.

"반갑다, 서이도."

정수가 악수를 청하며 손을 내밀었다. 활짝 입가를 끌어 올린 정수의 입술 사이로 하얗게 빛나는 가지런한 치열이 보였다. 봐라, 이것들아. 보이냐? 강정수 한 큐에 뻑 간 거? 하긴 서이도가 이렇게 우아하게 변했을 줄은 상상도 못했겠지.

이도가 정수가 내민 손을 바라보며 자뻑의 클라이맥스를 향해 급속도로 정주행하고 있을 때 짜증의 정점을 찍은 아란이 엉덩이 밀치기를 감행하며 중간에 끼어들었다.

"우리 인사도 대충 끝났는데 이쯤에서 건배 한번할까? 정수 귀국 환영 축하도 겸해서."

말끝에 아란이 정수를 향해 윙크를 날렸다. 아란의 엉덩이 한 방에 옆으로 밀려났던 이도가 그 모습을 보고 욱하며 헛구역질을 했다. 윙크를 하려면 윙크만 하던가 입은 왜 비틀어 벌린데? 추하게스리.

이도가 떨어져 나간 틈을 노려 정수를 에워싼 무리들이 너나 할 것 없이 잔을 들며 호들갑을 떨어댔다. 마치 이 연극의 주인공은 자신이라는 듯이. 오버가 지나쳐 추함의 경지를 이루었다. 그 추함에 혀를 내두르며 고개를 젓는 이도의 옆구리를 영지가 쿡쿡 찔러댔다. 돌아보자 영지가 입을 씰룩거리며 뭐라 열심히 중얼거리고 있었다. 눈이 쭉 찢어진 채 암컷 무리들을 향한 것이 독이 제대로 올랐다.

육성이 제외된 영지의 입을 한참 바라보던 이도가 한쪽 눈썹을 치켜 올리며 슬쩍 고개를 돌렸다. 귀로 듣지 않으면 아무도 상상하지 못할 것이다. 서른임에도 불구하고 아직 귀염성 돋는 외모를 잃지 않은 영지의 입에서 풍문으로나 들었을 법한 거친 육두문자가 지금 초스피드로 쏟아져 나오고 있음을.

시선을 돌려 외면하자 연속 옆구리 공격이 이어졌다. 공격당한 옆구리를 쑥쑥 집어넣느라 부자연스럽게 몸이 옆으로 꺾였다. 그리고 보았다, 며칠 사이 완벽하게 눈에 익은 어떤 인간의 뒤태를……. 꿈에 볼까 겁나는 그 섬뜩한 뒤태가 지금 그녀의 시야를 어지럽히고 있었다. 왜? 왜 여기 있는 거지? 도대체 왜? 이도의 고개가 모로 꺾였다.

허리와는 반대 방향으로 묘하게 꺾인 머리가 각기춤을 연상시켰다. 혹은, 주온의 각기귀신이거나. 그 반증으로 둘러싼 여자들을 헤집고 나온 정수가 이도를 보고 놀라 헉 하고 거친 숨을 몰아쉬며 비틀거렸다.

"이, 이도야?"

이도는 정수의 부름에 답할 정신이 없었다. 눈앞에 보이는 저 너른 등짝의 주인이 진짜인지 가짜인지가 더 중요했다. 머릿속이 혼란스러웠다. 은유와 헤어진 지 불과 한 시간도 채 되지 않았다. 그런데 또다시 마술처럼 짠 하고 눈앞에 나타나다니. 이게 있을 수 있는 일이냔 말이다. 지가 무슨 홍길동 후손도 아니고.

뭐야, 혹시 나 미행당하고 있는 거야?

이도의 따가운 시선을 느꼈는지 은유가 슬쩍 고개를 돌려 옆얼굴을 비쳤다. 그의 무심한 입매가 보일 듯 말 듯 미미하게 위로 말려 올라갔다. 그 미묘한 움직임에 이도가 흠칫해 숨을 멈추고 눈을 부릅떴다. 저 웃음의 의미가 뭘까? 이도의 단순한 뇌가 빠르게 회전했다. 계속 회전만 했다, 아주 스피디하게.

그는 이미 이도의 존재를 알고 있는 듯했다. 진짜 뭐야? 우연이라고 하기엔 너무 조작의 냄새가 났다. 그렇다고 일부러 뒤쫓았다고 하긴 좀 억지스러운 게, 그에겐 동행이 있었다. 이도 저도 아니면 대체 뭐지? 인연? 헉! 설마. 이도는 진저리를 치며 냉큼 떠오른 생각을 지워 버렸다. 원인 모를 섬뜩함에 이도의 등줄기를 따라 으스스 소름이 돋았다.

반갑게 다가섰던 것이 거짓말인 것처럼 불러도 답 없는 이도 앞으로 정수가 다가섰다. 이도의 넋이 반쯤은 나간 듯 보였다. 애들에게 밀리다 어디를 다친 건 아닌지 걱정스러웠다. 정수가 걱정스러운 얼굴로 허리를 굽혀 이도의 얼굴을 좀 더 자세히 살폈다.

얼굴빛이 파리한 게 어딘가 많이 불편해 보였다. 하긴 얼굴이 아니라도 불편함을 알아보긴 쉬웠다. 옆으로 굽힌 허리가 꽤 버거울 것 같아 잠시 머뭇하던 정수가 이도의 몸에 손을 대며 조심스럽게 물었다.

"괜찮아?"

"하아아……."

이도의 몸을 바로 세우자 참았던 숨을 내뱉느라 입에서 풍선 바람 빠지는 소리가 났다. 그와 동시에 허리를 잡은 정수의 손이 간지러웠던지 이도가 움찔움찔 몸을 비틀었다.

'수작도 참 가지가지다.', '뭐니, 진짜!' 등 뒤에서 들리는 시샘과 질타의 목소리가 정수의 신경을 거슬렀다. 모두 이도를 향한 수군거림이었지만, 정작 이도는 잘못한 것이 아무것도 없었다. 이도 앞에 나선 것도, 허락 없이 몸에 손을 댄 것도 정수였다. 그런데 욕은 이도 혼자 다 듣고 있었다. 괜스레 입안이 씁쓸했다.

여자들의 질투란 참 어이가 없었다. 이래서 안 나오려고 했었는데. 못마땅함에 미간을 찌푸린 정수가 이도의 허리에서 손을 뗐다. 한 걸음 뒤로 물러서려 발을 빼는 순간 이도의 몸이 앞으로 기울었다. 정수가 반사적으로 움직여 이도를 받아 안았다.

"어어."

정적이 감돌았다. 이어 봇물 쏟아지듯 더 거센 웅성거림이 이어졌다. 아무래도 혼자 서 있기는 버거운 모양이었다. 쓰게 웃은 정수가 조금 편한 자세로 고치려고 몸을 움직이자 어깨 위에 올려진 이도의 턱이 움직였다. 이도가 작게 뭐라고 웅얼거렸다. 혼잣소리 같은 속삭임이었다.

"응?"

"……자 필요 없어."

정수가 귀를 더 바짝 댔다. 그제야 속삭임이 좀 더 뚜렷하게 들렸다.

"그딴 정자 필요 없다고."

"정…… 뭐?"

정수는 자신의 귀를 의심했다. 혹여 이도가 자신의 이름을 잘못 말한 건 아닌가 했다. 정수를 정자라고. 자신을 씹어대는 말을 듣고 발끈한 이도가 정수가 필요 없다고 말하는 거라 여겼다. 그게 아니고선 도저히 이해가 되지 않는 말이었다. 정자라니. 그게 여기서 갑자기 왜 튀어나온단 말인가.

하지만 다음 순간 정수의 눈이 당혹감으로 빠르게 깜빡거렸다. 그의 물음에 답하듯 이도가 친절하게도 조금 전 한 말을 되새김질해 준 탓이었다.

"망할 놈의 정자. 꼬리를 뚝 떼어서 고양이 먹이로 던져 주겠어."

아, 꼬리 달린 정자라. 그런 정자라면 제 몸속에도 아주 많이 살아 움직이고 있을 텐데. 좀 더 느릿하게 움직이던 정수의 눈꺼풀이 위로 바짝 밀려 올라갔다. 움찔, 굳은 정수의 얼굴이 서서히 달아오르기 시작했다.

서이도. 안 본 사이에 참 많이 과감해지고 화끈해졌다. 얌전한 척 새침하게 꼬리 치는 다른 여자들과는 전혀 색다른 유혹이었다. 돌직구적인 성격과 발언이 조금 당황스럽기는 하지만 왠지 싫지는 않았다. 정수의 얼굴에 엷은 미소가 번졌다.

"재밌네."

"네?"

줄곧 잔만 기울이던 은유가 엷게 웃으며 툭 내뱉는 혼잣말에 우철이 고개를 갸웃하며 물었다. 우철의 물음을 깔끔히 무시한 은유는 언제 웃었냐는 듯 무표정한 얼굴로 잔을 내려놓았다. 한 손으로 톡톡 관자놀이를 두드리던 은유가 심드렁하게 말했다.

"그건 내 건데 말이야."

계속되는 은유의 혼잣말에 우철이 어깨를 가볍게 으쓱하며 잔을 기울였다. 우철은 이미 이런 식의 무시에 익숙했다. 저러다가 필요하면 부르니 그때까진 그냥 기다리기만 하면 된다. 무심히 술을 목 뒤로 넘기던 우철이 힐끔 은유를 바라보았다.

"그렇게 함부로 손을 대면 곤란하지."

내 거. 손을 댄다. 대체 무엇을? 은유가 툭툭 내뱉는 말을 조합해 보건대. 자신의 소유물에 누가 손을 댔다는 말인 것 같은데. 감히 누가? 우철이 아는 한 은유의 물건을 함부로 탐할 사람은 아무도 없었다. 목숨을 내놓지 않은 다음에야 어찌 그런 생각을 할 수 있을까. 어림없다.

"하아."

은유가 옅은 숨을 토해내며 나른하게 입술을 엄지로 쓸어냈다. 손을 바꿔 얼굴을 비스듬히 기댄 은유의 시선이 홀 중앙으로 옮겨졌다. 따라 우철의 시선도 그쪽으로 쏠렸다. 웬 남자가 정신이 온전치 못해 보이는 여자를 안고 있었다. 우철의 미간이 좁아졌다. 둘을 둘러싼 사람들의 시선이 곱지 않았다. 이건 또 무슨 그림이지?

고개를 갸웃한 우철이 별스럽지 않다 여기며 다시 위스키를 머금었다.

"그건 내 난자야."

"푸읍! 컥컥. 콜록. 콜록."

은유의 말에 우철이 급작스럽게 술을 뿜어내며 기침을 했다. 차게 날아든 은유의 눈빛에 움찔한 우철이 입을 가린 채 고개를 푹 숙였다. 혀 차는 소리와 함께 탁탁 옷을 터는 소리가 들렸다. 위스키 몇 방울이 튄 모양이다.

다른 때 같았으면 곧 날아들 응징에 대비해 마음을 굳게 먹었을 테지만 지금은 그럴 여력이 없었다. 우철은 은유가 조금 전 뱉어낸 충격적인 말에 정신이 혼란스러웠다. 설마 그럴 리가 없다. 고개를 저으며 부정하던 우철의 귀에 다시 은유의 시니컬한 목소리가 들렸다.

"이봐. 내 남자에 함부로 손대면 큰일 난다니까."

은유가 일어서자 우철의 몸이 절로 움찔거렸다. 그가 천천히 몸을 돌려 홀 쪽으로 걸어갔다. 멀어지는 은유를 멀뚱히 바라보던 우철이 다급하게 바텐더를 돌아보며 물었다.

"너도 들었어?"

"네?"

"분명히 보스가…… 내, 남……."

"무슨 말씀이신지."

영문을 모르겠다 묻는 바텐더를 멀뚱히 바라보다 우철이 눈을 깜빡거렸다. 너무 놀라 은유가 싫어하는 호칭을 뱉어버렸다. 그것보다 더 충격적인 뒷말을 차마 꺼내지 못하고 그대로 멈춘 우철이 고개를 푹 숙여 양손으로 감싸곤 혼잣소리를 중얼거렸다.

"내 남자라니. 내 남자라니. 여자 싫어하는 건 알았는데 설마 그런 쪽일 줄이야……."

정신적 충격이 꽤 컸던 모양이었다. 염불 외듯 한참을 중얼거리던 우철이 슬쩍 고개를 들어 은유를 바라보았다. 그리고 그 모습 그대로 굳어버렸다. 의심이 확신으로 바뀌는 순간이었다.

웅성웅성, 모인 사람들 사이를 유유히 걸어가는 은유에게서 범접할 수 없는 아우라가 느껴졌다. 자기들만의 세계에 빠져 있던 무리들도 하나둘 그것을 느꼈던지 그를 돌아보며 저도 모르게 길을' 터주었다. 홍해 바다가 갈리듯 은유가 걸음을 옮길 때마다 서서히 길이 만들어졌다.

정수에게 안겨 있던 이도의 눈이 점점 커졌다. 아니다, 그럴 리가 없다. 잘못 본 것이다. 스스로에게 끝없이 주문을 외던 것이 무색하게 은유가 자신을 향해 곧장 다가서고 있었다.

"히끅."

딸꾹질이 이상하게 나와 버렸다. 민망함에 이도의 얼굴이 붉어졌다. 얼굴에 드리운 그림자를 거슬러 그녀의 시선이 슬쩍 위로 올라갔다. 꿀꺽. 마른침이 삼켜졌다. 정수의 바로 등 뒤에 멈춰 선 은유가 시크하고 거만한 눈으로 무심하게 이도를 내려다보았다.

씨익. 감정이 담기지 않은 은유의 입꼬리가 한쪽만 말려 올라갔다. 일촉즉발의 순간이었다. 뭔가 대단히 위험스러운 일이 벌어질 것만 같은 그런 묘한 기류가 흘렀다. 웅성거리던 소리가 일제히 잠잠해졌다.

"흐음."

은유가 낮은 신음을 야릇하게 흘리며 한 손은 바지주머니에 찔러 넣고, 다른 한 손은 천천히 위로 들어 올렸다. 그 우아한 움직임에 왜 몸이 움찔거리는지 알 순 없었지만. 그의 움직임 하나하나가 이상하게 위화감을 조성했다. 쫄지 마. 쫄면 지는 거다.

이도가 말도 안 되는 주문으로 스스로를 다독이고 있을 때 은유는 유연한 손놀림으로 한쪽 눈썹을 느긋하게 쓸었다. 우로 기운 고개가 다시 좌로 기운다 싶던 순간 그가 눈썹을 쓸던 손을 이도 쪽으로 뻗었다.

“왜?”

반사적으로 몸을 움츠리며 한 손을 번쩍 들어 얼굴을 가리는 이도의 급작스런 움직임에 정수가 고개를 갸웃하며 물었다. 그 물음에 대한 답을 듣기도 전에 정수의 몸이 누군가에 의해 강제로 돌려 세워졌다. 이도가 기댄 반대편 어깨에 올려진 낯선 손을 알아채지도 못할 만큼 순식간에 벌어진 일이었다.

“어.”

이도 대신 눈앞에 나타난 낯선 남자를 정수가 멀뚱히 바라보았다. 자신보다 머리 하나는 커 보였다. 정수는 그제야 남자의 손이 제 어깨 위에 올려져 있음을 깨달았다. 기댈 곳을 잃은 이도의 머리는 남자의 다른 손에 의해 저지되었다.

정수가 제 어깨를 지나 길게 뻗은 은유의 팔을 더듬어 시선을 옮겼다. 이도의 이마와 은유의 손바닥이 철썩 달라붙어 있었다. 좀 전의 그 찰진 소리가 아마도 둘이 부딪히는 소리였던 모양이다. 상당히 굴욕적인 장면이었다.

아팠겠다. 살짝 미간을 찌푸린 정수가 다시 은유를 돌아봤다. 아무리 생각해 봐도 전혀 기억에 없는 얼굴이었다. 동창생 중에 이런 사람은 없었던 것 같다. 대체 누굴까?

“저기.”

조심스럽게 입을 연 정수가 뭐라 말하기도 전에 은유의 붉은 입술이 달싹거렸다.

“이러면 곤란해.”

“네?”

나직한 저음의 듣기 좋은 목소리였다. 의미를 알 수 없는 은유의 말에 정수가 의아해하며 되물었다. 그 말을 깔끔히 무시하며 은유가 다시 말했다.

"이틀이라고 했잖아. 그전에 이러면 내가 상당히 기분이 나쁘지."

"무슨."

의미를 알 수 없는 말만 내뱉던 은유의 입이 위험스럽게 말려 올라갔다. 그의 시선은 줄곧 정수 등 뒤에 서 있는 이도를 향해 있었다. 제게 하는 말인 줄 다 알아들은 이도의 몸이 움찔거렸다. 그러나 고개는 들지 않았다. 양팔을 축 늘어트린 채 난 여기 없다. 난 투명 인간이다, 소용없는 주문을 수없이 되새기고 있었다. 쪽팔림은 순간이지만, 굴욕은 영원히 남는다. 아무리 낯짝 두꺼운 이도라도 이 장면에선 절대 얼굴을 들 순 없었다. 소리로 유추해 보건대 아마도 마빡이 화려한 빛깔로 물들어 있으리라. 고개를 들면 단숨에 웃음거리가 되겠지.

"알아들어?"

말인즉, 주어진 기한만큼은 얌전히 제게 던져진 과제에 대해서만 올인하라는 건데. 그걸 왜 억지로 충실히 이행해야 하는지 이도는 도저히 이해를 할 수가 없었다. 강제로 이래도 되는 거야? 스멀스멀 반항의 기미를 보이는 이도를 유심히 지켜보던 은유가 슬쩍 손을 물렸다. 즉시 이도의 이마가 달라붙었다.

자석이 따로 없네. 피식. 은유가 바람 새는 소리를 내며 싱겁게 웃었다. 그 웃음마저 금세 지워졌지만.

성큼. 정수 곁으로 더 바짝 다가선 은유가 고개를 살짝 기울여 귀 가까이 입술을 내렸다. 그에 정수가 움찔하며 은유를 경계했다.

"그러니까, 이렇게 자극하지 마."

"대체 무슨 말씀을 하시는 건지."

"내가 무슨 짓을 저지를지 모르니까."

"네?"

뭔가 이상했다. 입고 있는 옷이나 말짱하게 생긴 얼굴을 봐서 예의를 갖춰 상대한 것인데. 왠지 말하는 게 제정신이 아닌 것 같았다. 고개를 갸웃하며 돌아본 은유의 입술이 사악하게 치켜 올라갔다.

"내 거니까, 건드리지 마."

탁. 이도의 머리를 밀친 은유가 정수의 팔을 붙잡아 끌며 성큼성큼 홀을 빠져나갔다. 모두의 시선이 일제히 둘에게 쏠린 가운데 바 한쪽에서 갑자기 와장창 유리 깨지는 소리가 들렸다.

충격에 비틀거린 우철이 격하게 몸을 움직이느라 테이블 위의 잔들이 바닥으로 곤두박질쳤다. 요란한 소리를 내며 의자와 함께 넘어진 우철의 옆으로 포커페이스의 이도와 손이 잡힌 채 당황한 기색이 역력한 정수가 스쳐 지나갔다.

우철이 멍하니 정수의 뒷모습을 좇으며 혼잣소리를 중얼거렸다.

"내 남자……."

정수는 이 난감한 상황을 어떻게 대처해야 할지 쉽게 감을 잡지 못했다. 분야가 달라 정신적인 진단은 어려웠지만 그냥 보기에도 눈앞의 남자는 굉장한 나르시시즘. 다시 말해 자기애가 심각하게 강한 사람처럼 보였다.

다짜고짜 건물 밖으로 끌려 나온 지 삼십 분이 흘렀다. 그 긴 시간 동안 남자는 정수가 입을 열려는 타이밍을 교묘하게 파악해 검지를 입술 위에 우아하게 댔다. 한마디로 조용히 입 닥치고 있으라는 의미였다. 그럼 남자는 대체 그 시간 동안 뭘 했을까?

지포라이터의 표면에 비치는 제 모습을 감상하고 있었다. 그것도 아주 섬세하고 여유롭게. 시간이 갈수록 정수의 표정이 점점 심각하게 일그러졌다. 언제까지 이러고 있어야 하는지. 미칠 지경이었다. 무어라 입을 열라 치면 남자가 즉시 가늘게 내려뜬 눈으로 노려보았다. 그 찰나의 눈빛이 어찌나 서늘하던지 절로 입이 다물어졌다.

"흐음."

정수의 입에서 억눌린 한숨이 새어 나왔다. 잘근 아랫입술을 깨물다 고개를 저었다. 아무리 생각해도 이렇게 계속 있을 수는 없는 일이었다. 남자의 정체도 모르고 무작정 끌려 나왔다. 더군다나 이 애매모호한 상황이 언제 끝날지도 기약할 수 없었다. 꾹 다문 입술에 힘을 주고 숨을 깊이 들이쉰 정수가 막 입을 열려는 순간이었다.

핑. 탁.

남자가 지포라이터를 켰다. 불이 일렁이는 그것을 남자가 불쑥 정수 앞에 내밀었다. 바짝 긴장해 있던 정수가 놀라 주춤 뒤로 물러섰다. 동그랗게 커진 눈으로 정수가 불과 남자를 번갈아 바라보았다. 살며시 모로 고개를 기울인 남자가 느긋하게 다른 손을 바지주머니에 찔러 넣고 붉은 입술을 달싹였다.

"담배 있습니까?"

문득 남자의 말을 알아듣지 못해 정수가 눈을 깜빡거렸다. 남자의 한쪽 입술이 비스듬히 말려 올라갔다. 웃는 것 같은데 전혀 웃음기가 없는 얼굴로 남자가 다시 물었다.

"담배 없습니까?"

탁.

불이 꺼졌다. 빛의 잔상에 눈이 어지러웠다.

핑. 탁.

다시 불이 커졌다. 정수가 반사적으로 손을 들어 빛을 가렸다. 한 걸음 더 가까이 다가선 남자가 고저 없는 목소리로 건조하게 말했다.

"불은 있는데 담배가 없어서. 혹시 없습니까?"

"……담배 말입니까?"

"네, 담배."

"하아."

고작 담배 하나 때문에 자신을 무작정 끌고 나왔단 말인가? 너무 어이가 없어 헛웃음만 나왔다. 한껏 미간을 좁힌 정수가 고개를 저으며 담배 케이스를 꺼냈다. 케이스를 열어 담배 한 개비를 빼려는데 머리 위에서 남자의 심드렁한 목소리가 들렸다.

"있구나, 담배."

"예, 여기."

괜한 시비에 말려들기 싫어 서둘러 남자에게 담배를 내밀었다. 빨리 건네주고 자리를 뜨려는 심산이었다. 그런데 남자는 물끄러미 내민 담배를 바라만 볼 뿐 받아 들진 않았다. 고개를 갸웃한 정수가 더 가까이 담배를 내밀자 남자가 정수의 눈을 직시했다.

"그걸 왜 나한테 주지?"

시리게 차가운 목소리였다. 줘서는 안 될 것을 권한 것처럼 남자의 말투에는 상당한 반감이 깃들어 있었다. 정수의 미간이 좁혀졌다. 담배를 손에 든 채로 굳은 듯 정수가 남자를 올려다보았다.

"담배 찾으신 거 아닙니까?"

라이터를 접어 주머니에 넣은 남자가 가만히 턱을 쓸었다. 뭔가를 생각하는 듯하던 그가 느릿하게 입을 열어 물었다.

"담배 있냐고 물었지 달라고 하진 않았는데."

"……예?"

"불 있다고 했지, 그걸로 뭘 할 거란 말은 안 했는데."

"……."

남자가 한 걸음 더 바짝 다가섰다. 움찔하는 정수의 귓가로 슬며시 고개를 내린 그가 나지막이 속삭였다.

"그러니까, 함부로 추측하고 나서면 안 되는 겁니다. 상대가 무슨 의도로 말을 했는지, 어떻게 행동을 하는지, 이 사람을 내가 건드려도 되는지. 쉽게 판단하지 말란 말입니다."

모르겠다. 당최 이 남자가 무슨 말을 하는 건지 알아들을 수가 없었다. 난데없이 이 무슨 마른하늘에 날벼락이란 말인가. 자다가 남의 다리 제대로 긁어준다. 그것도 간지럽지 않은 다리를. 어쩌라고.

정수의 뒤를 향해 짧게 명령하며 남자가 돌아섰다.

"가자."

입구 안쪽 그늘에 몸을 숨긴 채 둘의 모습을 지켜보고 있던 우철이 즉시 튀어나와 앞서 걷는 은유의 뒤를 따랐다. 툭. 우철이 정수의 어깨를 치고 지나갔다. 정수가 돌아보자 우철이 험악한 눈빛으로 그를 매섭게 쏘아보았다. 꿀꺽. 마른침을 삼킨 정수의 손에서 담배가 힘없이 떨어졌다. 멀어지는 둘의 모습을 바라보며 정수는 숨을 깊게 들이쉬었다.

정수는 멍하니 서서 한참을 생각했다. 대체 내가 무슨 잘못을 한 거지? 난 왜 여기서 이런 일을 당하고 있는 거지? 아무리 생각해도 답을 찾을 수가 없었다.

"오지 말걸."

나오기 전에 셔츠 단추가 떨어져 바닥에 나뒹굴었다. 다른 셔츠로 갈아입으면서 왠지 모르게 기분이 찝찝했었다. 나가지 말까 했지만 빗발치게 쏟아지는 동창들의 독촉에 할 수 없이 나온 길이었다. 그랬는데. 멀쩡하게 생긴, 아니, 자기애가 이해될 정도로 잘생긴 남자에게 끌려 나와 이렇게 농락을 당하게 될 줄이야. 생긴 것만 아니었음 정말 정신병자로 생각할 정도로 남자의 정신세계는 독특했다.

"나 불 있고, 너 담배 있고."

멍하니 자신의 담배를 내려다보며 정수가 후 하고 긴 한숨을 내뱉었다. 케이스를 닫아 슈트 안주머니에 챙겨 넣고 돌아서며 설레설레 고개를 저었다.

"그런데 피우지는 않는다. 그럼 왜 끌고 나온 거지? 하아. 정말 이해가 안 가네."

터덜터덜 입구로 걸어가던 정수가 그대로 걸음을 멈춰 한참 서 있다 발길을 돌려 주차장으로 향했다. 다시 여자들에게 둘러싸여 시달리고 싶지는 않았다. 오늘은 여기서 접어야 할 것 같았다. 심신이 너무 괴로웠다.

여기 정신적인 충격에 고뇌하는 길 잃은 양이 한 마리 더 있었다.

차가 세워진 곳으로 걸어가 은유가 탈 수 있게 뒷좌석 문을 연 우철이 슬쩍 그의 눈치를 살폈다. 무표정한 얼굴로 차에 오른 은유는 차창에 팔을 기대 나른하게 턱을 괴었다. 그 모습을 유심히 바라보던 우철이 눈을 가늘게 뜨고 고개를 갸웃했다.

"닫아."

쳐다보지도 않고 어떻게 저리도 잘 알까? 우철은 즉시 아무 일도 없었다는 듯 정중히 고개를 숙이고 문을 닫았다. 우철이 보조석 손잡이를 잡으려는 찰나 은유가 운전석을 향해 짧게 말했다.

"가."

차는 그대로 우철을 두고 떠났다. 엉거주춤 멀뚱히 서 있던 우철이 마른침을 꿀꺽 삼키며 머쓱해 일어섰다. 술을 마실 거라 예상했기에 미리 김 기사를 불러놨었다. 은유를 안전하게 귀가시키고 자신도 그 차를 이용해 돌아갈 예정이었다. 그런데 은유가 야속하게도 자신을 두고 떠나 버렸다.

조금 대놓고 뚫어져라 보긴 했지만, 아주 잠깐이었다. 그게 기분 나빠 그런 거라면. 어쩔 수 없었다, 은유가 워낙에 멋대로 하는 사람이니. 그건 그렇다 치고, 이 찝찝하고 뭔가 뚫리다 만 듯한 기분은 대체 어떻게 해야 시원하게 풀릴까?

"직접 물어볼 수도 없고. 난감하군."

어린 시절부터 곁을 지킨 24년 동안 단 한 번도 그의 성 정체성에 대해 의심해 본 적이 없었다. 여자에 관심이 없는 건 그렇다 치고 남자에게도 그다지 호의를 보이지는 않았다. 아니, 적대에 가깝다고 해야 옳다.

밟고 무너트리고 올라서고. 그의 일상은 오로지 그것만 되풀이
하며 흘러갔다. 그것만이 삶의 전부인 듯 그렇게 살아왔다. 그런
그가 누군가에게 관심을 보였다. 그것도…… 남자에게. 이 일을
어쩌면 좋단 말인가.

"그냥 쥐도 새도 모르게 묻어버릴까?"

그랬다간 당장에 제 목이 비틀어지겠지. 사랑하는…… 사이라
는데. 상대가 어찌 되었거나 나름 첫사랑인데. 얼마나 강렬하고
애틋할까? 금지된 사랑이라…….

"에휴……. 사장님, 왜 하필이면 남자를 사랑하게 되셨습니까?
이건 이뤄질 수 없는 사랑입니다."

차가 사라진 방향을 아련하게 바라보며 우철이 깊고 한스러운
한숨을 내뱉었다.

고요하지도 거룩하지도 못한 밤, 우철의 엉뚱한 고뇌는 끝없이
이어졌다.

째깍. 째깍.

시계추 돌아가는 소리가 신경을 거슬렀다. 하루가 24시간이고
이틀이면 48시간인데. 은유가 말한 이틀의 기한은 무엇을 기점으
로 흘러가고 있는지 알 길이 없었다. 헤어진 순간부터? 아니면 골
목에서 우연히 마주친 그때부터? 이도 저도 아니면 그날 아침부
터?

이도는 벌써 삼십 분째 혼잣소리를 하는 중이었다. 그녀는 내진
을 위해 진찰대 위에 올려놓은 고양이를 마치 떡 주무르듯 만지작

거리며 고개를 갸웃거리는가 하면, 세차게 도리질 치기도 하고, 그러다 이를 빠득거리면서 누군가를 잘근잘근 씹어댔다.

"쌤."

곁에서 보조하던 왕빛나 간호사가 그런 이도의 옆구리를 푹푹 찔렀다. 이도가 물끄러미 바라보자 왕빛나 간호사가 눈을 쭉 찢으며 마치 복화술사처럼 작게 중얼거렸다.

"고양이를 그렇게 막 주무르시면 어떡해요. 그것도 주인이 바로 코앞에서 지켜보고 있는데."

"아."

진찰대를 마주하고 서 있던 고양이 주인의 눈이 동그랗게 커져 있었다. 무슨 내진을 이렇게 험악하게 하냐는 뜻이 고스란히 담긴 눈빛으로 이도를 뜨악하게 바라보고 있었다. 돌을 삼킨 것 같아서 걱정돼 죽겠는데 그걸 저렇게 막 주물러 대니 경악할 밖에. 그러다 터지면 어쩌려고! 주인의 섬뜩한 눈빛에 뜨끔한 이도가 히죽 어색하게 웃었다.

그제야 퍼뜩 정신을 차린 이도가 주무르던 손을 멈추고 부드럽게 고양이를 쓰다듬어 헝클어진 털을 정돈시켰다. 처음엔 발작하듯 나대던 고양이도 저보다 더 험악하게 다루는 손길에 놀라 겁을 먹었는지 고분고분 이도의 손길에 몸을 맡겼다.

"엑스레이 한 번 찍어보죠. 손으로 만져지는 건 아무것도 없는데. 돌이 아주 작은 건가 보네요. 하하. 그럼 똥 때리면 나올 겁니다. 어디쯤 있는지 상태를 보고 관장하죠."

주인은 말이 없었다. 단지 마뜩찮게 한쪽 눈썹을 치켜 올릴 뿐. 눈치 빠른 왕빛나 간호사가 재빨리 배를 드러내고 벌렁 누워 있는 고양이를 안아 올렸다.

"베르베르사땡. 우리 꼭꼭 숨은 돌멩이 찾으러 가볼까? 어느 장기에 꼭꼭 숨었을까나?"

입에 착착 감기는 베르베르사땡의 이름을 콧노래까지 겸해 흥얼거리며 왕빛나 간호사가 나가자 진료실 안에 정적이 감돌았다. 가늘게 찢어진 사땡 주인의 눈을 마주 보며 이도가 하하 하고 멋쩍게 웃었다.

"밖에 나가서 잠시 기다리시면 결과 나오는 대로 알려 드리겠습니다."

이도가 얼굴 가득 미소를 띠고 친절하게 말하는데도 사땡 주인의 표정은 풀리지 않았다. 마지막까지 흘김을 잊지 않고 문을 나서는 통에 낯이 뜨거웠다. 문이 닫히자마자 경련이 일 것 같은 입 근육을 크게 벌려 이리저리 움직여 풀었다. 그대로 굳는 줄 알았네.

이게 다 그 망할 놈의 은윤지 뭔지 하는 인간 때문이었다. 하루가 지났지만 어제의 그 낯 뜨거움은 결코 쉽게 사라지지 않았다. 이도는 무수하게 쏟아진 시선들이 바를 나서는 은유와 정수에게 집중된 사이 소리 없이 그림자처럼 그곳을 빠져나왔다. 그 여파가 계속 이어져 지금도 이 모양 이 꼴이 나고 말았다.

"그놈이랑 만나고 나선 제대로 되는 일이 하나도 없어."

좌절 모드로 엎어지는 대신 이도는 연장을 들었다. 진료 전에 못질을 하느라 쓰고 둔 망치를 불끈 거머쥐고 은유를 떠올리며 차마 입으로 내뱉지 못할 욕을 육성 없이 조잘거렸다. 저주를 퍼붓는 무당처럼 살벌한 오라를 뿌리는 그때 촬영을 마친 베르베르사땡을 안은 왕빛나 간호사와 주인이 문을 열고 들어섰다. 평소와 다른 업그레이드된 친절과 과장된 미소로 사땡의 주인을 구슬리던 왕빛나 간호사가 이도를 보곤 한쪽 입술에 경련이 인 것처럼 부들거리더니 그대로 문을 닫고 나갔다.

"오호호호. 오늘 우리 원장님이 레드 데이라 공포, 스릴러가 끌리는 모양이에요. 오호호호."

꿀꺽. 닫힌 문밖에서 들리는 왕빛나 간호사의 분노가 담긴 억지웃음을 들으며 움찔 굳어 있던 이도가 쿵 하고 이마를 책상에 찧었다.

된장에 코 박고 쩔어 죽을 인간. 고작 이걸 컨트롤 못해서 진료를 이따위로 망치다니. 그나마 있던 고정 고객도 다 떨어져 나갈 판국이다. 하루가 멀다 하고 봉사한답시고 밖으로 나돌아 운영도 힘든 판에 이젠 사이코 수의사라고 소문까지 나게 생겼다. 이거 진짜 파리 날리게 생겼네.

불끈 모드에서 좌절 모드로 급선회한 이도가 책상에 널브러져 있는 사이 엑스레이상 아무 이상이 없는 것으로 판명 난 베르베르 사땡은 미심쩍음을 지우지 못한 주인의 손에 무사히 넘겨져 집으로 돌아갔다.

찰칵.

고운 주홍빛 노을이 스며든 이도의 진료실 문을 반쯤 열고 안을 들여다보던 왕빛나 간호사가 짧게 혀를 쯧쯧 차며 주머니에 손을 찔러 넣고 심드렁하게 말했다.

"원장님, 해 떨어졌어요. 더불어 손님도 떨어졌고요. 퇴근합시다, 퇴근. 내일은 또 멋모르는 손님이 들어올지도 모르니 힘내자구요."

덜그럭 소리를 내며 망치가 손에서 풀려났다. 쌔근쌔근 고른 숨소리를 내며 깊은 수면에 빠진 이도의 모습에 못마땅하게 입을 씰룩거린 왕빛나가 '밥 좀 주소' 노래를 중얼거리며 문을 거칠게 닫았다. 그 소리에 움찔해 몸을 들척이던 이도는 이내 입맛을 다시며 다시 단잠에 빠져들었다.

'태평. 태평. 저런 천하태평은 처음 본다.' 이도동물병원의 유일한 직원 왕빛나의 퇴근 레퍼토리가 된 투덜거림이 들렸던지 잠결임에도 이도가 귀를 휘적거렸다.

이도의 곤한 잠을 깨운 건 미친 듯이 울려대는 휴대폰 벨소리였다. 입가에 흐른 침을 본능적으로 손등으로 닦으며 휴대폰을 집어든 이도가 잠에 취한 목소리로 중얼거렸다.

"네, 이도동물병원입니다."

[망할 년.]

접착제라도 붙인 듯 딱 달라붙어 있던 이도의 눈이 힘겹게 떨어졌다. 게슴츠레하게 눈을 뜨고 흐릿한 시선으로 휴대폰을 물끄러미 바라본 이도가 망할 년이 되어 짧은 한숨을 내쉬었다.

"오냐."

[넌 작금의 이 환장할 상황에서 잠이 오냐? 잠이 와?]

"친구야, 네가 뭘 잘 모르나 본데, 환장해도 잠은 온다. 사람은 기본적으로다가 잠을 못 자면 견디지 못하게 만들어졌단다."

졸린 눈을 비벼 시각을 확인한 이도가 허탈하게 고개를 저으며 몸을 일으켜 앉았다. 오랜 시간 엎어져 있던 터라 몸이 비명을 질러댔다. 저리고 결린 몸을 이리저리 움직이며 이도가 끙끙 앓는 소리를 냈다. 전화기를 통해 들린 이도의 신음에 즉시 영지의 신랄한 비난이 쏟아졌다.

[나이를 그렇게 먹고도 근육통으로 신음이나 흘리는 불쌍한 놈. 섹스로 남발해도 모자랄 신음을 그따위로 허비하다니. 인생이 굴욕이다.]

얼마나 잤는지 머리가 다 지끈거렸다. 온종일 골 때리는 고민에 온 신경이 다 쏠려 있던 터라 잠을 잤음에도 피로가 가시질 않았다. 눈 사이를 손가락으로 주물러 피로야 가라를 속으로 외치며 이도가 심드렁하게 답했다.

"섹스도 합이 맞아야 훅 가는 거지. 섹스에서의 신음은 오르가즘으로 통하는 전주곡이야. 아무 때나 남발하면 안 되지. 격조와 우아를 고루 겸비해 섹스에 적절하게 가미해야 하는 거야."

[격조? 우아? 정신이 육체를 이탈하는 그 환락의 순간에 그런 게 가능하기나 할 거라고 생각해? 이것아, 이론 말고 실습을 해, 실습을.]

영혼의 육체 이탈을 피곤으로 승화시키며 이도가 의자에 기대 몸을 축 늘어트렸다. 재수 없는 인간은 간장 종지에도 코를 박아 죽는다더니, 하필이면 첫사랑의 암흑사를 새롭게 해피엔딩으로 뒤바꾸려는 역사적인 순간에 그런 말도 안 되는 방해꾼이 생길 줄이야.

아후. 골치야.

"실습 잘못했다가 평생 코 꿰는 수가 있다."

은유가 말한 정자와 난자의 서프라이즈한 결합 조건을 떠올리며 이도가 진저리를 쳤다. 사람마다 섹스와 결혼의 정의는 다른 것이다. 섹스 상대론 부족함이 없다는 자아도취적인 발언은 뭐 그런대로 수긍 가능했다.

가만히 서 있어도 모델 포스가 물씬 풍기는 근사한 슈트 차림의 은유를 한 겹씩 벗겨내는 상상을 하며 이도는 나른하게 턱을 괬다. 확실히 벗은 몸도 근사할 것 같았다. 츠릅. 저도 모르게 입가에 흐른 침을 닦으며 음흉하게 눈을 빛내던 그때 이도의 상상을 깨트리며 영지가 찬물을 끼얹었다.

[그러다 평생 한쪽 코도 못 꿰어보고 나자빠지는 수가 있다. 이놈이다 싶을 때 확실하게 붙들어야지. 침만 발랐다가 홀랑 남한테 뺏기지 말고.]

"나도 그러고 싶었지. 그래서 낯짝에 철판 깔고 흥흥거린 거 아니냐. 판 다 깨졌지만."

[아참. 근데 정수는 대체 어떻게 된 거래?]

"정수가 왜? 무슨 일 있대?"

그러고 보니 은유에게 끌려 나간 뒤로 어떻게 됐는지 물어보지도 못했다. 연락처라도 미리 받아둘걸. 엄포를 놓고 데려간 걸로 봐선 어디 몇 군데 부러트려 길거리에 패대기칠 기세였다. 내 코가 석 자라 널 챙기지 못했다. 쏘리하다, 정수야.

[어제 킹카한테 낚여서 나갔잖아. 둘이 완전 그림이 환상적이던데. 무슨 일 있는 건 아니겠지? 정순 그런 쪽 아니었던 걸로 기억하는데. 그새 바뀌었나?]

말도 안 되는 소리. 아무리 둘이 그럴싸한 그림을 연출한다고 해도 절대 그럴 사이가 아닙니다요. 둘이 패고 맞고 했다면 이해가 가도 절대 하트 뿅뿅할 사이는 아니었다. 이도의 난자에 집요한 관심을 가지고 있는 은유가 다른 남자를? 어림도 없지.

"절대 그럴 일 없다."

[남 일은 모르는 거야. 그런 남자가 유혹하면 난 바로 꼴깍 넘어간다.]

"영지야, 정수랑 넌 염색체가 다르잖아. 게다가 누누이 말하지만 낯짝 잘난 놈이라고 꼭 쌈박한 정신의 소유자라고 단정 지을 순 없단다. 그렇게 유혹해서 미친놈처럼 허리에 띠 하나만 차고 채찍 휘두를지 누가 아냐? 빤추는 아무 데서나 벗는 게 아니란다, 친구야."

[설마. 완전 뻑 가던데? 너 그거 모르지? 너 계단에서 비틀거릴 때 그 남자가 뒤에서 받쳐 준 거. 매너도 굿이더라.]

심드렁하게 듣고 있던 이도가 벌떡 자리를 박차고 일어섰다. 계단에서 비틀거릴 때 이상하게 멀쩡하다 했더니 그런 거였어? 몰랐다. 하도 순식간에 일어난 일이어서. 정수에게 정신이 팔려 다른 건 생각할 틈도 없었고. 뭔가 등에 살짝 닿았다고 생각했는데 그게 은유의 손이었다니. 생각과 동시에 등줄기를 타고 으스스 소름이 돋았다.

"선수다, 그것도 현역 프로."

[뭐? 누가? 너 아직도 잠꼬대하는 거야?]

털썩.

다리에 힘이 풀려 의자에 주저앉은 이도의 고개가 등받이 뒤로 휙 넘어갔다. 축 늘어트린 팔 아래 손에 들린 휴대폰에서 연신 영지의 카랑카랑한 목소리가 들렸다. 남은 시간을 속으로 곱씹으며 이도가 허무하게 고개를 저었다.

"걸려도 아주 오지게 걸렸다."

은유는 손에 든 타이머를 무심한 눈으로 내려다보았다. 남은 시간은 16시 34분 54초. 어떤 답을 내놓든 상관은 없었다. 거절하면 조금 아쉬울 뿐. 껄끄럽지 않은 상대와 서로의 생식 세포를 공유하는 것이지 거기에 사랑이니 육체적 탐닉이니 하는 따위의 행위는 존재하지 않는다.

공생공사(共生公私), 누이 좋고 매부 좋은 뭐, 그런 단순한 일일 뿐이었다. 단지 처음으로 은유가 먼저 조건을 걸었다는 것만 빼면 말이다.

톡톡.

은유가 턱을 괜 손을 내려 팔걸이의 끝을 가볍게 두드렸다. 과연 그 겁 없는 간덩이는 어떤 답을 내놓을까? 이럴 경우 머리 회전 빠른 여자라면 그의 배경을 먼저 조사해 계산기를 두드릴 것이다. 하지만 이도라면 단순히 좋고 싫고 그 두 가지에만 중점을 두겠지. 그래서 내린 결론은 하나일 테고.

피식. 은유의 한쪽 입꼬리가 비릿하게 말려 올라갔다. 느른히 턱을 어루만지던 그가 빠르게 바뀌는 타이머의 숫자를 의미심장하게 바라보았다. 다물려 있던 은유의 붉은 입술이 위험스럽게 달싹였다.

"진짜 카운트는 타이머가 멈추고 시작하는 걸지도 모르지."

쾅!

안락하기 그지없는 그의 거처에 난데없는 굉음이 울려 퍼졌다. 그것을 시작으로 깨어지고 부딪치는 소란스러운 소리가 이어졌다. 거친 소리는 점점 커졌다. 누군가 맞고 때리는 리얼한 폭력의 강도도 꽤 거세지고 있었다.

여전히 포커페이스를 유지한 채 자리를 지키고 있던 은유가 들고 있던 타이머를 테이블 위에 내려놓았다. 그와 동시에 닫힌 문이 열리고 구겨진 재킷을 바로잡으며 우철이 들어섰다. 은유의 곁으로 곧장 다가선 우철이 호흡을 가다듬으며 다급하게 말했다.

"포획 지령이 떨어진 모양입니다."

포획이라는 말에 은유의 고운 미간이 살짝 찌푸려졌다. 사냥도 아니고, 매번 포획은 무슨 얼어죽을 포획이란 말인지. 쯧. 짧게 혀를 찬 은유가 곧게 몸을 펴 일어서며 우철의 배를 가격했다.

"윽."

금방 맞은 곳을 어떻게 그렇게 정확하게 알아채고 가격하는지. 급습에 배를 움켜잡은 우철이 통증을 꾹 눌러 참으며 신음을 삼켰다. 그런 우철의 뒤통수를 시원하게 후려치며 은유가 곁을 지나쳤다.

"맞고 다니지 말랬지."

"옙."

"영감이 보낸 놈들이라고 봐주지 마. 놈들이 언제 사정 봐주고 때리는 거 봤어? 한 번만 더 맞고 다니면 갈비뼈 새로 맞추게 해주겠어. 알아들어?"

"예."

우철이 그림자처럼 그의 뒤를 따랐다. 새로 만든 은신처도 이렇게 들통이 났으니 좀 더 은밀한 곳으로 다시 찾아봐야겠다. 안 하겠다는 것도 아니고, 조건만 맞으면 깔끔하게 정자를 내주겠다는데 왜 그렇게 사람을 못 믿어서 이 난린지. 은유는 영감의 불같은 성미를 도무지 이해할 수가 없었다.

"철아."

"예."

"병원 좀 알아봐라."

"예? 어디 아프십니까?"

"나 말고 영감 검사 좀 시키게. 저렇게 팔팔한데 자식이 나밖에 없다는 게 도무지 이해가 안 가서 말이야. 정력과 번식력은 별갠가? 그 어마어마한 정자들은 대체 왜 난자랑 협상을 못한데? 성미 급한 것도 닮나?"

긴 지하 복도를 걸으며 신랄하게 아버지의 번식력을 도마 위에 올려 씹어대는 은유를 우철이 걱정스럽게 바라보았다. 아버지는 그렇다 치고, 정작 본인은 엉뚱한 곳에 씨를 뿌리려 하고 있으니 걱정이 이만저만이 아니었다.

씨 위에 씨를 뿌린다고 싹이 나지는 않는다. 퇴비가 됐으면 됐지. 썩어 묵혀질 가엾은 것들에게 묵념.

짧은 순간 눈을 감았다 뜬 우철의 얼굴로 뭔가가 훅 날아들었다. 복도 끝 위장 용도로 입구에 쌓아놓았던 봉제인형 박스였다. 우철이 반사적으로 팔을 들어 막자 박스가 부딪혀 바닥에 떨어지면서 인형이 사방으로 흩어졌다.

부도로 경매에 넘어간 봉제 공장을 명의를 달리해 사들인 것이었다. 그걸 또 어떻게 알아내서 덮친 것인지. 이 부자의 일상은 참으로 스펙터클하고 스릴 넘쳤다.

눈 없는 흉측한 몰골로 발아래 나뒹구는 인형을 무심하게 바라보던 은유가 슬쩍 한쪽 눈만 치켜 올려 바짝 긴장한 채 서 있는 일단의 검은 정장 무리를 바라보았다. 은유가 바지주머니에서 손을 빼 재킷 아래 묻은 먼지를 탈탈 털어냈다.

"흐음."

은유의 눈빛을 다이렉트로 받고 선 사내가 낮은 신음을 흘렸다. 마주한 은유의 표정은 포커페이스 그 자체인데 풍겨 나오는 분위기가 예사롭지 않았다. 빈틈을 보이는 순간 넌 죽는다. 검게 빛나는 그의 눈동자가 그렇게 말했다.

"철아."

그가 다시 주머니에 손을 찔러 넣고 삐딱하게 서서 우철을 불렀다. 즉시 곁으로 다가선 우철이 고개를 숙이자 그가 손가락에 낀 날개반지를 빙글빙글 돌리며 말했다.

"영감한테 전화해서 미리 말해놔라. 보낸 놈들 중에 건방지게 앞길 막는 놈 있음 다 병신 만들어 보낸다고."

"……예."

슬쩍 눈치를 살핀 우철이 조용히 물러나 휴대폰을 꺼내 들었다. 우두둑. 우두둑. 목을 이리저리 움직여 굳은 근육을 푼 은유가 주머니에서 손을 빼내 이미 형체가 지워져 본모습을 유추하기 힘든 날개반지를 눈앞에서 만지작거렸다.

표면이 거칠어진 날개 부위를 위로 한 채 주먹을 꽉 움켜쥔 은유가 그를 경계하며 늘어선 사내들을 직시한 채 서늘하게 시린 섬뜩함이 느껴지는 목소리로 말했다.

"입 꽉 깨물어라. 이 반지에 피 튀면 진짜 죽는다."

우철의 통화가 끝나기도 전에 은유가 터벅터벅 걸음을 옮겼다. 망설임 없이 다가서는 은유의 행동에 움찔한 사내들이 저도 모르게 뒷걸음질을 쳤다.

씨익. 은유의 입술이 사악하게 말려 올라감과 동시에 그의 주먹이 허공을 가로질렀다. 몸에 익은 민첩성으로 날아드는 주먹과 발길질을 피해 날렵하게 주먹을 휘두르며 은유가 거침없이 그들 사이를 뚫고 지나갔다. 그 뒤를 우철이 따르며 남은 잔해들을 걷어 냈다. 입구를 막은 두 놈을 마지막으로 깔끔하게 침입자를 해치운 은유가 주먹을 폈다 쥐며 알싸한 기운을 몰아냈다.

옷에 튄 피를 짜증스럽게 털어낸 그가 힘차게 문을 밀쳤다. 그리곤 그대로 멈춰 섰다. 은유의 얼굴에서 웃음기가 싹 가셨다. 고운 미간을 찌푸리며 손으로 얼굴을 쓸어낸 은유가 거친 한숨을 토해냈다.

"회, 회장님."

은유의 뒤에서 무슨 일인가 싶어 밖을 살피던 우철이 놀라 말을 더듬었다. 열린 문 앞에 은유의 아버지 이수근 회장이 테이블과 의자까지 겸비해 느긋하게 앉아 기다리고 있었다. 비서가 따라주는 금방 내린 차를 한 모금 들이켠 이수근 회장이 만족의 미소를 띠었다.

"망할……."

잘근 아랫입술을 깨문 은유가 분하다는 듯 잇소리를 내뱉었다. 그런 은유를 내려깐 눈으로 바라보며 이 회장이 나직하게 명령했다.

"꿇어."

은유의 인상이 팍 구겨졌다. 어떻게 저 멘트는 세월이 지나도 변하질 않는지. 개 버릇 남 못 준다더니, 십 년 세월이 무색하게 리액션까지 똑같다. 이 회장은 어둠의 세계에 있던 사람이었다.

그로 인해 은유는 어린 시절의 절반을 어둠 속에서 보내야만 했다. 지금은 빛의 세계에 있지만 어린 시절의 영향 때문인지 은유는 둘의 양면성을 함께 지니고 있었다.

그는 머리가 좋은 사람이었다. 은유는 둘의 이점을 적절히 이용해 자신에게 유리하게 쓸 줄 알았고, 그건 이 회장도 마찬가지였다. 부전자전. 다만 다른 점이 있다면 이 회장은 그 힘을 가끔 이렇게 아들을 위협하는 데 쓰곤 한다는 점이었다.

거만하게 턱을 치켜 올린 은유가 주머니에 손을 찔러 넣고 비스듬히 선 채로 심드렁하게 말했다.

"싫습니다."

고고하게 차를 들이켜던 이 회장의 입가가 부들거렸다. 이 회장의 이마에 깊은 주름이 잡혔다. 부들거리던 입술에서 짙은 신음이 흘러나옴과 동시에 찻잔이 허공을 날았다. 은유가 정확히 머리 쪽으로 날아든 그것을 고개를 살짝 틀어 피하자 뒤쪽에서 파사삭 벽에 부딪혀 산산조각나는 소리가 들렸다. 눈 하나 깜짝 않고 여유롭게 대처하는 은유의 모습이 또 이 회장의 심기를 거슬렸다.

파파박!

허공에서 맞물린 네 개의 눈에서 스파크가 일었다. 살벌한 오라를 뿌리는 늙은 호랑이와 그 오라를 덤덤히 받아 튕기는 젊은 사자의 겁 없는 뻔뻔함에 지켜보는 이들의 간담이 서늘해졌다. 언제 무슨 일이 일어나도 하나 이상할 것 없는 일촉즉발의 순간이었다.

꽉 움켜쥔 이 회장의 손등으로 굵은 심줄이 돋아났다. 접힌 손바닥이 붉게 질리도록 힘을 주던 이 회장이 느슨하게 손에 힘을 풀었다. 은유는 미동도 없이 무표정하게 이 회장의 얼굴을 바라보았다. 둘 사이의 얇은 유리막처럼 아슬아슬한 신경전을 먼저 무너트린 것은 이 회장이었다.

타닥. 타닥.

이 회장의 손가락이 리듬을 타며 팔걸이 끝을 두드렸다. 느긋하게 자세를 바꾼 이 회장이 좁혀진 미간을 꿈틀거리며 눈을 가늘게 늘였다. 한순간 이 회장의 눈동자가 은밀하게 움직였다. 은유의 뒤쪽에 시립하고 있던 검은 정장들이 이 회장의 눈빛을 읽어내고 움찔거렸다. 아직 맞은 부위가 아린 탓도 있었지만 빈틈을 보이지 않는 은유에게 섣불리 덤벼들기가 망설여졌다. 백발백중 맞고 나가떨어지는 쪽은 검은 정장들일 테니까.

부자간의 기 싸움에 등골이 휘고 몸이 망가지는 건 그들이었다.

쉽게 다가서지 못하고 눈치를 살피는 정장 무리들의 태도에 이 회장이 입을 씰룩거렸다. 때 맞춰 은유가 지루하다는 듯 하품을 했다. 빠직. 손잡이가 부서질 듯 움켜잡은 이 회장이 자리에서 벌떡 일어나자 은유의 눈이 번쩍 빛났다.

'드디어 포기를 하실 참인가?'

은유의 입가에 옅은 미소가 번졌다. 그와 같은 미소가 이 회장에게도 떠올랐다. 그를 발견한 은유의 고개가 살짝 모로 기울어졌다. 또 무슨 꿍꿍이를 숨기고 있는 건지도 모른다는 불안감이 스침과 동시에 그의 몸 위로 뭔가가 떨어져 내렸다. 촘촘하게 얽힌 실들이 어지럽게 눈앞을 물들였다. 그게 뭔지 깨닫기도 전에 은유의 몸이 아래로 눌려졌다.

"사장님!"

우철의 목소리가 들렸지만 모습은 보이지 않았다. 우철은 은유보다 먼저 결박을 당한 채 바닥에 무릎 꿇렸다. 돕고 싶어도 도울 수가 없었다. 이미 반항은 무의미한 것이었다. 우철의 안타까운 외침을 귓등으로 흘리며 은유가 저를 덮친 물건을 노려보았다. 그물이었다. 짐승도 아니고, 물고기도 아니고 사람을 그물로 잡다니. 비열하게.

한쪽 무릎을 꿇린 채 눈을 부릅떠 사납게 노려보는 은유를 느긋이 뒷짐을 진 이 회장이 의미심장한 눈빛으로 내려다보았다. 만족의 미소를 띠며 다시 자리에 앉은 이 회장이 손을 내밀자 시립했던 비서가 새 찻잔에 차를 따라 건네주었다. 눈을 지그시 감고 향을 맡은 뒤 차를 한 모금 머금은 이 회장이 흐뭇한 미소를 지어 보였다.

"이 차 이름이 뭐라고?"

이 회장의 물음에 비서가 다소곳이 고개를 숙여 보이며 설명했다.

"중국의 3대 차 중 하나인 덴훙입니다."

"덴훙."

이 회장은 비서의 말을 곱씹으며 잔을 빙글 돌려 차의 빛깔을 감상했다. 붉은 것이 꼭 맑은 핏빛을 닮았다. 저놈을 한 대 치면 이보다 더 고운 빛깔의 피를 볼 수 있으려나? 부드럽던 미소에 장난기가 살짝 깃들었다. 슬쩍 눈을 들어 절대 굴복하지 않는 반항의 눈빛을 보이는 은유를 바라보았다.

'눈 깔아.'

엄하게 내리누르는 이 회장의 눈빛에도 전혀 주눅 들지 않고 은유가 오히려 더 사납게 이를 빠득거렸다. 마음만 먹으면 언제든지 지금 자신을 에워싸고 있는 무리들을 죄다 때려눕히고 달아날 수 있는 놈이었다. 그런 놈이 참고 있는 것은 아마도 황당하고 어이없는 아비의 작태에 분노한 때문일 것이다. 하다하다 이제는 이런 꼼수까지 부리나 싶었을 테지. 그러거나 말거나 잡기만 하면 그만이지. 잡힌 놈이 바보고 잡은 놈은 능력자가 되는 거다. 그게 세상의 이치였다.

"5분 드리겠습니다."

이를 드러내며 은유가 짧게 말했다. 이 회장의 눈썹이 갈지자로 휘었다.

'자식, 선심 쓰듯 말하기는.'

마음에 들진 않았지만 무시할 수는 없었다. 자기 자식이긴 했지만 한다면 하는 놈인데다 대상을 가리지도 않는 무자비한 성격이었다. 5분이 한계치라는 은유 나름의 경고에 이 회장이 쓴웃음을 지었다. 누가 피를 보든 끝까지 가겠다는 뜻이었다.

"내놔."

본론을 넘어 다짜고짜 생떼를 쓰는 이 회장의 말에 은유가 지겹다는 듯 고개를 흔들었다. 둘은 물론 주변을 둘러싼 모두가 대화의 내용을 이미 알고 있었다. 몇 년 동안 계속된 실랑이에 둘의 대화는 점점 줄어들었고 필요한 낱말만 툭툭 던지는 식으로 바뀌었다. 그래도 의사소통에 무리는 없었다.

"아버지 걸로 하시면 되잖습니까."

"새끼야, 내 거랑 네 게 같냐? 손주랑 아들이 같아? 내가 원하는 건 손주야, 손주!"

"그러니까 딴 자식한테서 보시라고요. 전 자식 낳을 생각 없으니까."

이 회장의 코 평수가 넓어졌다. 금방이라도 화염을 뿜어낼 것처럼 씩씩거리던 이 회장이 버럭 소리를 질렀다.

"이 나이에 언제 자식 낳고 길러서 손주를 봐! 천지간에 자식이라곤 네놈 하난데. 어서 내놔, 내 손주!"

"그게 주문만 하면 배달되는 홈쇼핑이랍니까? 남녀 선택 사항이에요? 성격은 옵션이고? 말이 되는 소릴 하세요."

"그러게 진작 내가 골라주는 여자랑 결혼했으면 됐잖아."

"여자도 여자 나름이지, 죄다 싫다고 도망가는데 잡아다가 억지로 감금시키면 결혼이 됩니까?"

"누가 그러래! 꼬셔야지!"

"싫다는 사람 붙잡아 애원하고 구걸할 정도로 절박하지 않습니다."

오늘따라 말이 많고 길어지는 둘 사이를 수십 개의 눈이 부지런히 움직이며 눈치를 살폈다. 이러다 누구 하나 뒷골 잡고 넘어가거나, 피떡이 되게 터지거나, 끝내는 무슨 사단이 나지 싶었다.

"이노무 새끼! 나는 절박해! 간절하다고! 내가 준 피고, 내가 준 살이고, 내가 준 번식력이야. 그러니까 갚으라고!"

어느 부모가 자식에게 저런 소리를 하나 꺼리는 구석도 없이 막 해댈까? 그건 이 회장이기에 가능한 일이었다. 네 모든 건 내가 준 것이니 그대로 갚아라. 내 피가 이어진 자손으로. 손주가 보고 싶다는 간절한 바람이 이상하게 발전한 케이스가 아닐 수 없었다. 모든 생명체의 존재 이유가 종족 보존에 있다지만 하나 예외를 둔다고 해도 큰일 날 일은 없었다. 더군다나 이 몹쓸 유전자와 피를 왜 계속 이어야 하는지 은유는 그 필요성을 느끼지 못하고 있었다.

"가져가세요, 그딴 거 필요 없으니까."

차게 말하는 은유의 무표정한 얼굴을 사납게 노려보며 이 회장이 입을 꾹 다물고 뒷목을 붙잡았다. 그게 가져가란다고 가져갈 수 있는 것도 아니고, 필요 없다고 반품할 수 있는 것도 아니었다. 그걸 뻔히 알면서 말하는 은유의 뻔뻔함에 이 회장이 이빨을 꽉 깨물었다. 분한 듯 부르르 떨리는 이 회장의 주먹 쥔 손을 바라보며 은유가 한쪽 입꼬리를 비스듬히 치켜 올렸다.

'그러게 괜히 혈압 올리지 마시고 포기하시라니까.'

참을 만큼 참았다. 더 이상은 놈을 그냥 두고 볼 수가 없었다. 이 회장의 눈이 번쩍 빛을 발하는 순간 위험을 감지한 은유가 등 뒤 감춰뒀던 무기를 꺼냈다. 위급한 순간 방어 수단으로 사용하는 특수 제작한 도(刀)였다. 그믐달 모양으로 끝이 휜 도는 날이 바깥쪽으로 나 있는 다른 공격용 무기에 반해 안쪽에 날이 서 있었다.

"쳐!"

기절시켜서라도 데리고 가리라는 이 회장의 강한 의지가 담긴 명령에 은유의 어깨를 누르고 있던 사내 중 한 명이 반사적으로 몸을 움직였다. 그보다 은유가 빨랐다. 도(刀)로 그물을 끊고 은유가 제압에서 풀려나자 검은 정장들이 일제히 긴장하며 경계 태세를 갖췄다. 반면 적당한 거리를 유지하고 선 은유는 여유롭게 옷에 묻은 먼지를 털어내고 목을 이리저리 움직여 굳었던 근육을 풀었다. 헝클어진 앞머리를 쓸어 넘기는 것으로 준비를 마친 그가 정장들을 향해 손가락을 까닥거렸다.

"와라."

그것을 신호로 어깨들의 싸움에 버금가는 험악한 혈투가 벌어졌다. 사정을 봐주었다간 이쪽이 당한다. 한 치의 양보도 없는 치열한 싸움을 관망하듯 바라보며 이 회장은 느긋이 차를 마셨다. 수단과 방법을 가리지 않고 포획해 따끔한 맛을 꼭 보여주리라. 이 회장의 머릿속엔 이미 며느릿감으로 점찍은 후보들이 쭉 나열되고 있었다.

이도의 퇴근은 간단했다. 동물병원 간판에 불을 끄고 문을 안으로 걸어 잠근 뒤 진료실 옆 '관계자 외 출입금지' 팻말이 붙은 문을 열고 들어가면 끝이었다. 얼굴만 마주치면 쏟아지는 엄마의 잔소리를 피해 도피성 독립을 감행한 지 어언 3개월.

물품 창고로 쓰던 곳을 정리해 방으로 만들었다. 좁긴 해도 제법 아늑한 게 혼자만의 고독을 즐기기엔 안성맞춤이었다.

축 늘어져 있던 몸을 일으켜 진료실을 나온 이도는 곧장 케이지 쪽으로 걸어갔다. 피곤에 찌든 몸을 흐느적거리며 얼마 전 데려와 치료 중인 망이 앞에 섰다. 누렁이와 슈나우저의 믹스견으로 보이는 망이는 은유와 두 번째로 마주친 날 이도가 구조했던 개였다.

망이는 머리는 슈나우저요, 몸은 노루 새끼처럼 생긴 묘한 매력을 지닌 누렁이였다. 원래 이름은 알 수가 없었다. 견주가 부르는 걸 몇 번 들은 적이 있긴 한데 그건 이름이라기보단 그냥 욕이었다. 특별히 애정을 담은 이름이 있는 게 아니라 그냥 '이 새끼' 중간에 갖가지 욕지거리를 섞어 부르는 것이 고작이었다.

망이는 이도가 지어준 이름이었다. 뒤에 한 글자가 더 있긴 했지만 그걸 굳이 붙여 부르진 않았다. 은유와의 만남을 기념해 지은 것이라, 둘을 붙이면 그리 좋은 뜻이 되지 못했다.

‘할.’

속으로 뒷말을 읊조리며 이도가 미간을 좁혔다. 망이는 사람에게 입은 상처가 컸던지라 쉽게 마음을 열지 않았다. 이젠 붙고 으르렁거리지는 않았지만, 여전히 사람을 경계했다.

성격 더러운 견주가 행여 해코지를 하지 않을까 염려했지만, 그날 이후 이상하게 아무런 연락도 오지 않았다. 이도는 은유의 아우라가 좀 셌나 보나 생각하며 그냥 무심히 넘기기로 했다. ‘오면 폭행으로 진단서 끊어서 유치장에 확 넣어버리면 되지 뭐.’ 콧방귀를 뀌며 이도가 등을 꾹꾹 눌렀다. 그날 맞은 자리가 아직도 욱신거리는 것 같았다.

“폭력은 아무리 지우려 해도 지워지지 않는 상처를 남기지. 네 마음, 이 누나가 충분히 이해한다. 천천히 가자, 천천히.”

섣불리 다가서기보단 조금씩 경계를 무너트리는 방법을 택한 이도가 케이지 밖에서 눈을 맞추며 마음을 전했다. 바짝 긴장해 바라보던 망이도 조용히 바라만 볼 뿐 별다른 움직임을 보이지 않았다. 상당한 호전을 보이며 완쾌되어 가고 있는 망이의 상태에 흡족해하며 고개를 끄덕인 이도가 밤 인사를 건네며 돌아섰다.

“자아, 이제 나도 그만 퇴근해 볼까?”

기지개를 쭉 켜며 병원 안을 건성으로 휘 둘러본 이도가 입구 쪽으로 걸음을 옮겼다. 하품을 하느라 눈가에 맺힌 눈물을 손등으로 쓸어내고 위에 달린 잠금쇠로 손을 뻗던 참이었다. 잠근쇠를 잡아 막 돌리려는 순간 문이 밖으로 확 열렸다. 덩달아 은유의 몸도 급격히 앞으로 쏠렸다.

“어어어.”

넘어지기 직전의 이도의 몸을 누군가 받아냈다. 안도의 한숨을 푹 내쉬던 이도의 눈에 뭔가 검붉은 것이 들어왔다. 이게 뭔가 깨닫기도 전에 익숙한 냄새가 먼저 후각을 자극했다. 피다!

이도는 본능이 시키는 대로 자신을 받아낸 사람의 목덜미에 코를 박고 킁킁거렸다. 거친 콧김을 내뿜으며 냄새 맡기에 열중한 이도가 발을 돋워 귀에 이어 입술로 코를 옮겼다. 입술 끝에 피가 말라 붙어 있는 것이 보였다. 여기군, 터진 곳이.

수맥을 찾듯 피의 근원지를 찾아 제 입술을 뚫어져라 노려보며 눈을 번뜩이는 이도를 은유가 건조하게 내려다보았다. 문을 열자마자 기다렸다는 듯이 안기더니, 이 노골적인 행동은 또 뭐란 말인지. 아닌 척, 모른 척하더니 하는 행동은 완전 선수급이다.

"왜, 내 상천 당신이 핥아주게?"

붉은 입술이 눈앞에서 달싹거렸다. 상처와 피에만 집중하고 있던 이도의 눈이 위로 올라갔다. 어딘가 익숙한 목소리에 절로 등골이 섬뜩해졌다. 목소리의 주인공을 확인한 이도의 눈이 동그랗게 커지며 마른침이 꼴깍 삼켜졌다.

"진도를 빼고 싶으면 먼저 내 제안에 동의를 해야지. 그전에 이런 식의 음흉한 터치는 사절이야."

은유가 고저 없이 말하며 제 가슴 위에서 꼼지락거리는 이도의 손을 잡아 떼어냈다. 절대 고의가 없었음에도 얼굴이 화끈 달아오른 이도가 도리질을 치며 화다닥 그에게서 물러섰다. 뭐가 손에 걸리기에 더듬어본 것뿐인데, 생각해 보니 가슴에 돌기가 있을 곳은 딱 한 군데밖에 없었다.

'이런, 썩을 잡것! 하필이면 젖꼭지를 만지냐!'

온갖 질책의 단어를 남발하며 제 손을 철썩철썩 엄벌하는 이도의 행동에 은유의 한쪽 눈썹이 묘하게 치켜 올라갔다. 제 몸을 스스로 단죄하다니, 참 볼수록 새롭고 이색적인 캐릭터다. 몸과 마음이 따로 논다는 의미인가? 단순해서 재밌군.

"12시간 47분 25초가 남긴 했지만, 결론이 났다면 지금 얘기해도 돼."

은유가 스톱워치를 확인하며 단조롭게 말했다. 무미건조한 그의 눈을 마주 바라보며 이도가 고개를 갸웃했다. 그가 말한 시간의 의미를 정확히 인지하지 못한 듯했다. 그가 낮은 한숨을 내쉬며 한 걸음 이도의 곁으로 다가섰다. 이도가 움찔하며 뒤로 주춤 물러서자 그의 눈이 가늘어졌다.

제 발에 닿았다 찌푸려진 채로 힐끔 제 눈을 직시하는 은유의 날카로운 눈빛에 이도의 발이 묶인 듯 바닥에 철썩 달라붙었다. 눈빛만으로도 사람의 의지를 좌지우지하는 은유의 서슬 퍼런 기세에 이도는 절로 주눅이 들었다.

옴짝달싹 못하고 눈만 동그랗게 뜬 채로 자신을 응시하는 이도의 코앞으로 은유가 바짝 다가섰다. 바지주머니에 느긋하게 손을 찔러 넣은 은유가 물끄러미 그녀를 내려다보았다. 그 덕에 이도의 머리가 뒤로 한껏 젖혀졌다.

그로부터 5분도 채 되지 않아 이도가 벌겋게 달아오른 얼굴로 뒷목을 잡고 인상을 구기며 입을 삐죽거렸다. 은유가 너무 가까이 얼굴을 내린 터라 그를 피하느라 이도의 목이 너무 뒤로 확 꺾였다. 은유를 바라보는 시선이 싹 변했다. 움찔과 주눅에서 적의와 반항으로.

'뭐야, 이거. 여긴 내 영역이잖아. 갑자기 쳐들어온 건 저놈인데 왜 내가 주눅이 들어야 돼? 이건 말이 안 되는 거지!'

순식간에 돌변해 머릿속 생각을 고스란히 드러내는 이도의 얼굴을 바라보던 은유의 입가에 엷은 미소가 떠올랐다. 어떻게 저렇게 감춤 없이 생각한 대로 드러낼 수가 있지? 은유의 눈이 반짝 빛나며 고개가 조금 더 아래로 내려왔다.

'아, 목 저려.'

더 이상 젖혀지지도 않을 각도였지만 뻐근함을 견디기도 힘들었다. 저림을 풀기 위해 절로 고개가 들렸다. 아래로 내려오던 은유의 입술과 위로 올라가던 이도의 입술이 얼떨결에 맞닿았다.

순간 정적이 흘렀다. 잠시 서로의 눈을 응시한 채 멈춰 있던 둘이 상반된 반응을 보이며 떨어졌다. 가벼운 접촉사고에 놀란 이도가 입을 가린 채 재빨리 뒷걸음질을 치며 물러선 것과 달리, 잠깐 멈칫했던 은유의 입가가 사악하게 말려 올라갔다.

은유의 붉은 혀가 날름 상처를 핥았다. 말라붙은 피를 핥아내자 찌릿한 통증이 느껴졌다. 아문 상처에서 다시 피가 비쳤다. 비릿한 피 맛에 살짝 미간을 찌푸렸던 은유가 씨익 웃으며 걸음을 옮겼다.

"뭐, 뭐, 뭡니까?"

다가선 거리만큼 뒤로 재빨리 물러서며 이도가 다급함에 말을 더듬었다. 다시 무표정하게 얼굴을 굳힌 은유가 성큼성큼 다가서며 슈트 재킷을 벗었다. 물러서던 이도의 허리 뒤로 딱딱한 것이 닿았다.

왕빛나 간호사가 간략하게 동물들의 상태를 살펴보는 간이 진료대였다. 이번에는 목이 아니라 허리를 꺾을 셈인가? 멈춤 없이 저돌적으로 다가오는 은유를 이도가 부릅 치뜬 눈으로 노려보았다. 이대로 당할 순 없었다. 손을 더듬어 공격할 것을 찾던 이도의 손에 뭔가가 잡혔다. 그것을 불끈 거머쥔 이도가 눈을 꼭 감은 채 그것을 미친 듯이 휘둘렀다.

"멈춰! 안 그럼 가만 안 둘 거야!"

"정말?"

"정말이지. 그럼 이게 지금 장난 같……. 어머나."

어쩐지 말투가 심드렁하더라니. 하필이면 집어도 이런 걸 집을 게 뭐람. 감았던 눈을 떠 흥분한 채로 은유와 그를 협박하려 든 물건을 바라보던 이도의 눈이 덧없이 깜빡거렸다. 당황을 넘은 황당함에 얼굴이 홍당무처럼 붉어졌다.

"그걸로 맞으면 치명적인 상처를 입을 수도 있는 건가?"

신기하다는 듯 이도의 손에 들린 것을 가리키며 은유가 물었다. 장난기가 전혀 없는 목소리가 더 재수 없었다. 차라리 그냥 대놓고 웃던가. 그 차분한 목소리는 대체 뭐냔 말이다, 기분 나쁘게.

대형견을 위해 구비해 놓은 특대형 뼈다귀인형을 게슴츠레한 눈으로 바라보며 이도가 눈썹을 들썩거렸다. 왜 항상 은유와 마주치면 이런 개떡 같은 상황이 연출되는지 알다가도 모를 일이었다. 이걸로 때리면 정말 치명상을 입힐 수 있으려나?

은유의 질문에 스스로 질문을 던지며 이도가 고개를 갸웃했다. 되레 맞을 확률 60%. 힐끔 은유의 얼굴을 본 이도가 급히 프로를 수정했다. 75%.

놈은 충분히 저 말끔한 얼굴로 아무렇지 않게 인형을 빼앗아 칠

수 있는 무신경의 소유자였다. 약간의 협상의 여지를 감안해 25%
는 남겨두었다.

"장난입니다."

서둘러 인형을 등 뒤로 감추며 이도가 뻔뻔스럽게 말했다. 언제
는 장난 같냐고 잘도 협박을 해대더니 이젠 장난이란다.

건조하게 이도를 바라보던 은유가 어깨를 으쓱하며 벗어 들고
있던 재킷을 던졌다. 제 옆을 통과해 진료대에 안착한 슈트를 곁눈
질로 바라본 이도가 이내 아무렇지 않은 얼굴로 은유를 돌아봤다.

"으흠."

이도의 입에서 낮은 신음이 흘러나왔다. 입술만 터진 줄 알았더
니 셔츠 곳곳에 피가 묻어 있었다. 어디서 한바탕 패싸움이라도
한 건가? 피가 튄 자국으로 봐선 제 피 말고도 타인의 피도 상당
부분 있는 것 같았다.

불신에 가득 찬 이도의 눈을 재밌단 듯 마주 응시하며 은유가
셔츠의 단추를 풀었다. 그의 셔츠 단추가 하나하나 해제될 때마다
이도의 눈이 커졌다. 은유의 단단한 가슴이 시야를 가득 채울 무
렵 이도가 두 팔을 크로스해 방어막을 펼쳤다. 그에 은유의 손이
멈췄다.

"당신, 동의 없이 덮칠 만큼 매력적이진 않아."

"허어."

거참 알짤 없이 치명적인 못질이다. 웃어야 할지 울어야 할지
그 어이없는 경계에서 움찔움찔 주먹을 움켜쥐는 이도의 심정은
아랑곳없이 그는 단추를 마저 풀어냈다. 덮치지도 않을 건데 옷은
왜 벗어젖히는 건지 가늘게 치뜬 눈으로 불만스럽게 은유를 노려

보던 이도의 시선이 갑자기 한곳에 집중됐다.

"무 썰다 다친 건 아닐 테고. 뭡니까?"

허리 바로 위쪽으로 길게 베인 상처가 나 있었다. 겉으로 봐선 그리 깊은 상처는 아닌 것 같은데 아직 피가 흘러나오고 있었다. 제 몸에 난 상처를 마치 남의 것 보듯 심드렁하게 내려다보며 은유가 말했다.

"그러게, 칼질이 좀 서툴러서 여길 썰 뻔했네. 치료 좀 해주지?"

"내가 왜요?"

"의사잖아."

"수의삽니다."

"수의산 의사 아닌가? 사람이나 동물이나 집고 가르고 꿰매는 건 똑같지 않나?"

말은 참 청산유수다. 자신을 동물과 동격화시키다니. 당최 감을 잡기 힘든 캐릭터였다. 언제는 제 위에 하늘도 없는 것처럼 도도하고 거만하게 굴더니. 이젠 그 살이나 이 살이나 마찬가지 아니냐고 말한다.

"약품이 다릅니다. 사람 살 꿰매본 적도 없구요."

"괜찮아. 그 정돈 아니야. 간단하게 소독하고 드레싱만 하면 될 것 같은데."

팔짱을 끼고 불퉁하게 은유를 바라보며 톡톡 쏘던 이도가 눈을 가늘게 흘겼다. 못한다고, 안 한다고 에둘러 말하는 걸 굳이 하라고, 해달라고 고집을 부린다. 저걸 그냥 스템플러로 확 찍어버려? 이도의 눈썹이 의미심장하게 치켜 올라갔다. 그를 물끄러미 바라보던 은유가 불쑥 상체를 숙여 이도의 양옆 진료대를 짚었다.

순식간에 은유의 두 팔에 감금당한 이도의 미간이 좁혀졌다. 뭐 하려고? 의심 가득한 이도의 눈을 뚫어져라 직시하며 은유가 뭔가를 집어 들었다. 이도의 눈동자가 눈앞에서 흔들리는 것을 따라 이리저리 움직였다.

"가만 생각해 보니 이걸로도 치명상을 입힐 수 있을 것 같아."

조금 전 이도가 들고 협박용으로 썼던 뼈다귀인형이었다. 귀를 쏙쏙 파고드는 그의 목소리가 왠지 모르게 진실처럼 들렸다. 꿀꺽. 이도의 목으로 침이 넘어갔다. 어쩐지 은유라면 충분히 그럴 수 있을지도 모른다는 생각이 들었다.

씨익. 호선을 그리며 올라가는 은유의 입매에 등 뒤로 으스스 소름이 돋아났다.

"아이고, 이거 아주 예술적으로 얄팍하게 베었네. 간단한 처치만 해도 괜찮을 것 같은데요? 하하."

급히 허리를 옆으로 꺾어 은유의 허리를 파고든 이도가 힐끔 시선을 올려 그의 안색을 살폈다. 내려뜬 은유의 시린 눈과 딱 마주치자 오금이 절로 저려왔다. 히죽. 억지웃음을 짓는 이도의 얼굴에 그가 무표정으로 답했다. 젠장.

"드, 드레싱이 어디 있더라. 캑."

이도의 목이 은유의 팔과 허리 사이에 끼었다. 그 결에 이도의 볼에 피가 묻었다. 캑캑거리며 살기 위해 필사적으로 버둥거리는 이도를 무미건조하게 바라보며 은유가 물었다.

"거기서 뭐 해?"

허어. 이도의 눈이 부릅떠졌다. 눈을 희번덕거리며 등을 찰싹 때리자 그가 팔에 힘을 풀어 느슨하게 했다. 풀려난 이도가 목을 잡고 캑캑거리는 모습을 물끄러미 바라보던 은유가 손을 뻗어 그녀의 턱을 잡아 들어 올렸다. 이도가 도끼눈을 하고 노려보는 것도 아랑곳 않고 그가 턱을 한쪽으로 돌리며 나직하게 말했다.

"이런, 피가 묻었네? 닦아야겠다."

그렇게 말하며 은유가 혀로 제 입술을 야릇하게 핥았다. 지금 그 혀로 내 볼을 핥겠다는 거야? 발끈한 이도가 은유의 손을 쳐내며 눈을 부라렸다.

"됐거든요!"

볼을 손등으로 쓱쓱 문지르고 그를 밀치며 성큼성큼 약품 보관대로 향하는 이도의 등 뒤로 은유의 시니컬한 목소리가 날아들었다.

"농담인데. 진담인 줄 알아나 봐?"

우뚝 멈춰 선 이도가 사납게 돌아보자 은유가 손에 묻은 피를 혀로 핥으며 눈으로 웃었다. 댁은 농담을 그딴 식으로 하십니까? 시니컬하게 차가운 얼굴로 협박하듯 말한 주제에 농담이라니. 씨알도 안 먹힐 소릴 어디서 나불거리는 거야?

불끈거리는 이도의 얼굴을 무표정하게 바라보며 은유가 고개를 끄덕였다.

'어, 농담이야.'

진심이니까 믿으라는 눈빛으로 직시한다. 미친다. 어쩌다가 내가 저런 개또라이와 엮이게 된 거지? 이도는 자신의 재수 없음을 한탄하며 고개를 절레절레 흔들었다.

은유의 말대로 상처는 깊지 않았다. 살짝 베인 정도로 특별히 다른 조치가 필요해 보이진 않았지만, 적어도 십 센티는 넘는데다가 피까지 나와 심각해 보였던 것 같다.

"맞고 다닐 타입은 아닌데. 진짜 뭐 하다가 이랬어요?"

드레싱을 일부러 찰싹 소리가 나게 옆구리에 붙이며 이도가 물었다. 찌릿한 통증에 살짝 미간을 찌푸린 은유가 돌아보자 천연덕스럽게 약품을 챙기며 이도가 자리에서 일어섰다. 그런 이도를 따라 시선을 움직이며 은유가 말했다.

"당신 때문이야."

약품들을 제자리에 돌려놓던 이도의 한쪽 눈썹이 치켜 올라갔다. 이건 또 무슨 버전의 농담이란 말인가. 상처 치료를 해준 것 말곤 달리 한 것도 없는데 그게 왜 제 탓이라는 건지. 이도의 얼굴 가득 불만이 자리 잡았다.

빙글 돌아선 이도가 팔짱을 끼고 따지듯 물었다.

"혹시 내가 꿈에 나타나서 발로 밟고 서서 흥부네 박인 줄 알고 당신 옆구리에 톱질이라도 합디까?"

물론 이건 희망사항이었다. 할 수만 있다면 나이트메어처럼 놈의 꿈에 나타나 슬금슬금 톱질이라도 해서 두 동강을 내줄 텐데. 그러면 속이 좀 시원할까?

"아니."

그럴 줄 알았다. 아쉬움에 입맛을 다시던 이도가 입을 삐죽이며 다시 물었다.

"그런데 왜 그게 내 탓이란 말입니까? 몽유병이 있는 것도 아니고, 난 댁 옆구리를 찌른 기억이 전혀 없는데."

"그게 문제지."

피 묻은 셔츠를 그대로 걸치며 은유가 무신경하게 답했다. 그래, 그게 문제지. 이도가 속으로 맞장구를 치며 고개를 끄덕였다.

찌르지도 않은 옆구리를 왜 찔렀다고 말도 안 되는 소리를 하느냔 말이다. 셔츠의 단추를 잠근 은유가 그녀를 직시했다. 뚫어지게 바라보는 시선에 슬쩍 볼을 붉적인 이도가 심드렁한 눈빛으로 그를 마주 보았다.

시선이 맞물리자 은유의 한쪽 입꼬리가 비스듬히 치켜 올라갔다. 역시 전혀 웃지 않는 얼굴로 입만 움직인 비웃음이었다. 대체 저런 표정은 어떻게 만드는 거야? 볼수록 신기한 표정에 이도가 고개를 갸웃 기울였다.

은유가 손을 들어 검지를 폈다. 그 검지가 곧게 이도를 가리켰다. 손가락을 중심으로 모아진 눈동자를 머리를 흔들어 바로잡은 이도가 미간에 한껏 힘을 주며 은유를 노려보았다.

"왜 안 찌르지?"

"뭘 말입니까?"

"내 옆구리."

"그걸 왜 찌른답니까? 내 옆구리도 심심해 죽을 판에 남 옆구리를 왜 찌릅니까."

말도 안 되는 소릴 한다는 식으로 이도가 말하자 은유가 기다렸다는 듯 손가락을 부딪쳐 딱 소리를 냈다.

"그러니까!"

"뭐가 그러니까?"

"심심한 옆구릴 왜 그냥 두냐고. 찌르고 만지고 채워야지."

"네?"

은유와 말을 섞으면 섞을수록 이상하게 말려들어 묘하게 흘러가고 만다. 왠지 모를 불안함을 느끼며 이도가 은근히 경계하는 눈빛으로 그에게서 조금 더 멀어졌다. 뒤로 물러서는 이도의 발을 물끄러미 바라보던 은유의 고개가 모로 기울었다. 그가 눈을 가늘게 내려뜨며 낮은 목소리로 말했다.

"시간, 더 필요해?"

"무슨 시간?"

"내 제의에 답할 시간."

은유의 제의에 대해 잠깐 생각하던 이도가 곧 머릿속에 떠오른 것에 인상을 팍 구겼다. 정자와 난자의 결합 운운하던. 그 얼토당토않은 결혼에 대한 제의를 빌미로 삼은 반 협박성 발언에 대한 답을 말하는 모양이었다.

지금 그 답을 몰라 묻는 거야?

어림없다 딱 잘라 말하는 이도의 얼굴을 무심히 바라보며 은유는 가만히 날개반지를 빙글빙글 돌렸다. 아무렇지 않은 척 무표정하게 앉아 있긴 했지만 지금 제일 초조한 건 바로 은유였다.

치열하고 유치하기 짝이 없던 혈투에서 작은 상흔을 입은 채 빠져나온 은유는 지금 몹시 피곤했다. 볼모로 잡힌 우철의 안위는 걱정되지 않았다. 어차피 며칠 있으면 피골이 상접한 채로 제 앞에 나타날 테니까.

이 회장의 온갖 협박과 회유 속에 시달리다 풀려나면 약간의 정신적인 압박과 스트레스를 받긴 하겠지만 그것도 이젠 습관이 돼서 제법 견딜 만할 것이다.

그에 상관없이 은유가 초조한 것은 다음에 잡히면 정말 실험실의 생쥐처럼 수술대에 눕혀진 채 정자를 갈취당할 수도 있다는 사실 때문이었다. 이 회장은 충분히 그러고도 남을 위인이었다.

치욕스런 장면을 연출하기 전에 타협이든 계약이든 어떤 수단과 방법을 죄다 동원해서라도 이도와 결혼을 성사시켜야만 했다. 이 여자라면 그나마 거부감이 들진 않을 것 같았다. 그가 원하는 건 단순했다. 이 회장의 집착에서 벗어날 유일한 수단인 자신의 피가 섞인 아이. 그 하나면 되었다. 나머진 서로의 사생활에 간섭만 하지 않는다면 무조건 오케이할 생각이다. 그게 어떤 것이 되었건 간에.

"나이는 꽉 찬 서른. 요즘으로 치면 그리 늦은 나이는 아니지만, 부모님의 성화가 유난스러워 결혼에 대한 심한 압박을 받고 있는 상태고."

"뭐야. 뒷조사까지 했습니까?"

"딱히 할 필요도 없지. 나이야 저기 나와 있고, 다른 것들이야 그동안의 행동으로 충분히 유추해 볼 수 있는 거니까."

이도의 시선이 은유가 턱으로 가리킨 의사 면허증에 닿았다. 주민번호를 가린다는 게 귀찮아서 그대로 뒀더니 만천하에 나 서른이요, 하고 소문내는 꼴이 되고 말았다. 그동안의 행동이란 동창회에서 정수에게 추근거린 것을 두고 한 말일 것이다. 급한 년이 먼저 꼬리 친다고, 그 여우들 사이에서 필사적으로 추파를 던져 댔으니 결혼 못해 환장한 것처럼 보였을 게 틀림없었다.

망할. 개 쪽이다.

쪽팔림을 무릎 쓰고 뻔뻔하게 고개를 치켜든 이도가 그게 뭐 별거냐는 식으로 은유를 바라보았다.

"유추를 잘못하셨네. 나 그렇게 궁하지 않거든요."

속이 뜨끔했지만 내색을 하진 않았다. 그런 이도를 은유가 직설적으로 빤히 바라보았다. 낯이 뜨거웠다. 그의 붉은 입술이 위험스럽게 달싹였다.

"정말?"

"정말."

이도가 단호하게 고개를 끄덕이는 순간 전화벨이 울렸다. 묘한 신경전이 벌어지는 한가운데 요란하게 울려대던 전화벨이 끊기고 자동응답 모드로 넘어갔다.

[에, 또 이도입니다. 외출 중이구요. 메모 남기시려거든 짧게 하세요. 잔소리는 사절입니다.]

특정인을 대상으로 한 멘트인 듯 말투가 다소 딱딱했다. 그 대상으로 추정되는 목소리가 삐 소리 후 뒤를 이었다.

[이 썩을 년. 너 자꾸 엄마 전화 피할 거야? 그런다고 엄마가 포기할 것 같아? 아무리 요즘 추세가 서른 넘어가는 게 대세라 해도 그것도 레벨 나름이야. 넌 이미 경매 넘겨도 팔릴까 말까야! 잔말 말고 이번 주말에 시간 비워놔. 이번에도 토끼면 개줄 딱 채워서 데려갈라니까 명심해.]

따발총에 버금가는 속도감으로 말을 쏟아낸 배 여사의 전화가 끊기자 실내에 묘한 정적이 감돌았다. 속이 뜨끔한 이도가 힐끔 곁눈질로 은유를 살폈다. 아니나 다를까, 은유의 입꼬리가 전과 달리 의미심장함을 담고 야릇하게 말려 올라갔다.

'으아아. 망신, 망신, 개망신.'

아까 팔렸던 쪽은 쪽도 아니었다. 망신도 이런 망신이 없었다. 타이밍도 참 절묘하지, 어떻게 지금 딱 전화를 해서 공개방송(?)을 하는지. 그것도 둘의 대화에 딱 들어맞는 말로 결론까지 깔끔하게 지어주면서 말이다.

은유가 느긋하게 턱을 쓸며 이도를 은근한 눈빛으로 바라보았다. 절로 찔끔해 그 눈빛을 질책으로 받아들인 이도가 먼저 콧대를 도도하게 세우며 실토했다.

"그래요. 저 궁합니다. 그것도 엄청 궁해요. 그래서 뭐요."

뻔뻔해지려고 해도 자꾸만 얼굴이 붉어졌다. 자아비판도 아니고, 대체 이게 무슨 말이람. 뱉어놓고 보니 차라리 입을 다물고 있는 쪽이 훨씬 나을 뻔했다는 생각이 번뜩 들었다. 배 여사의 말처럼 이놈의 입이 방정이었다. 입만 다물고 있으면 그나마 반은 먹고 들어가는데 말이다.

생각보다 먼저 벌어진 입을 탓하며 손바닥으로 입술을 단죄하는 이도를 은유가 재밌다는 듯 빤히 바라보았다. 그 눈빛을 느낀 이도가 정면으로 받아치며 뿌루퉁하게 말했다.

"왜요. 제 얼굴에 뭐라도 묻었어요?"

"성격 때문인가?"

"뭐가요?"

"말이 오락가락하는 거. 그 변화무쌍한 성격의 영향 때문인가 해서 말이야."

"오락가락?"

"경어 썼다가, 반 경어 썼다가, 반말했다가. 말이 갈팡질팡이야."

"지금 그게 뭐가 중요해요. 말투가 어때서. 내 맘이지."

"신기해서."

"별게 다 신기하셔."

툴툴거리는 반항적인 이도의 말투가 이상하게 싫지가 않았다.

웬만해선 대화라는 걸 잘 하지 않는 은유였다. 그런 그가 자꾸만 이도를 자극해 대화를 끌어내고 있었다. 재밌었다. 툭툭 건드리면 건드리는 대로 반응하는 그녀가.

"하자."

"뭘요?"

뜬금없이 또 뭘 하자는 거지? 이도가 의구심 가득한 눈으로 바라보자 은유가 가만히 턱을 괴고 지그시 그녀를 바라보았다. 그 올곧은 시선에 괜히 머쓱해진 이도가 검지로 쓱쓱 볼을 긁적였다.

"결혼."

"네?"

"일단은 거기까지. 다음 문제는 진도 빼고 나서 생각해 보자고. 지금 서로에게 시급한 건 그거니까."

선심 쓴다는 듯 말하는 은유의 거만함에 이도는 기가 딱 막혔다. 어째 하는 말마다 돌직구를 던져 대는지. 맞는 사람 생각도 좀 하면서 던져야지, 이건 뭐 연타로 날려대서 정신을 차릴 틈이 없다.

"많이 들어봤잖아, 계약결혼. 서로에게 이득이 되는 조건부 결혼. 그걸 하자는 거야."

"싫습니다."

딱 잘라 거절하는 이도를 노골적으로 쏘아보며 은유가 한쪽 입꼬리를 위험스럽게 치켜 올렸다. 그를 바라보던 이도의 등이 긴장으로 뻣뻣해졌다. 슬머시 미간을 좁히며 속으로 릴랙스를 외치던 이도의 귀에 은유의 낮게 가라앉은 목소리가 들려왔다.

"하는 게 좋을 거야. 안 그러면 아주 많이 귀찮고 피곤해질 테니까."

"지금 협박하는 겁니까?"

이도가 못마땅하게 눈을 치뜨며 말하자 은유가 사악하게 입가를 끌어 올리며 보일 듯 말 듯 고개를 끄덕였다.

"어, 협박이야."

"하아. 그게 통할 거라고 생각해요? 겁먹을 줄 알고? 택도 없어요."

"통할 거야. 당신이 오케이할 때까지 여기서 한 발짝도 안 움직일 거거든."

이도의 미간이 심하게 일그러지며 입이 허 벌어졌다. 그런 이도를 여유롭게 바라보며 은유가 피 묻은 셔츠를 활짝 벌렸다. 상처 부위를 적나라하게 드러낸 건 둘째 치고, 이도의 눈이 자꾸만 그의 헐벗은 상체를 더듬었다.

'맙소사. 왕빛나 오면 눈 뒤집히겠다.'

이도는 병원 업무에 지장을 받는 것은 염두에 두지도 않고 오로지 왕빛나가 군침을 삼키며 눈을 빛낼 것을 걱정했다. 하지만 본인은 이런 자신을 미처 깨닫지 못하고 있었다.

"그러니까. 하자, 결혼."

이도가 눈을 가늘게 내려뜨며 은유을 뚫어져라 직시했다. 얼마 전까지 정자가 어떻고 난자가 어떻고 하며 '애 하나만 낳아도'를 무슨 테이크아웃 주문하듯 말하던 남자가 이젠 결혼을 들먹인다. 진실성이라곤 눈곱만큼도 없어 보이는 남자가 과연 결혼 상대로 적합한가 묻는다면 당연히 '노'라고 외칠 것이다.

저 인간에게 나의 신성한 난자를 희생시킬 순 없어. 네버.

전염성 강한 은유의 대화체에 이도는 저도 모르게 물들어가고 있었다.

"그건 다음이라니까. 일단 결혼부터 하고 서로 시간 좀 벌어보잔 거야."

이도의 생각을 꿰뚫은 듯 그가 콕 집어 말했다.

"미쳤어요? 아니다 하면 돌아갈 수 있는 그런 간단한 문젭니까? 결혼이?"

"비밀로 하면 되지 않나? 각자 부모님께만 소개하고 사실혼 관계만 유지하면 되지 싶은데. 기한은 1년. 그 안에 각자 다른 파트너를 찾는다면 계약은 종료. 깔끔하게 이전으로 돌아가는 거야. 어때?"

말이 안 되는데, 말이 되는 것 같다. 이도가 눈동자를 굴리며 고개를 갸웃했다. 그 모습을 유심히 바라보고 있던 은유가 단번에 몰아붙였다.

"서로의 부모님만 속이면 되는 거잖아. 안 그래?"

"그야 그렇지만."

"시간만 벌자는 거야. 숨통이 트여야 연애를 해도 할 거 아니겠어?"

"그도 그렇지만."

"생각이 많으면 결론을 내기가 힘들어지지."

벌떡 자리에서 일어선 은유가 골똘히 생각에 잠긴 이도를 향해 성큼성큼 다가섰다. 제 얼굴에 드리운 그림자를 느끼며 무심히 고개를 들던 이도의 시선을 갑자기 뭔가가 가로막았다. 하얀 건 종이요, 검은 건 글씨렷다. 근데 이게 대체 뭐지?

동그란 눈을 말뚱거리며 종이를 훑는 이도의 손을 은유가 잡아 올렸다. 이도가 멀뚱히 은유에게 잡힌 손을 바라보았다. 잡힌 손에서 엄지를 치켜세운 은유가 그것을 제 입술로 가져갔다.

상처 앞에서 잠시 멈춘 그가 이빨로 입술을 짓씹었다. 그러자 상처가 다시 벌어져 피가 흘러나왔다. 이도가 저도 모르게 흠칫거렸다. 그를 무시하며 은유가 그녀의 엄지를 상처에 댔다. 이도의 엄지에 은유의 피가 묻어났다.

"에?"

이도의 눈이 점점 커지며 은유의 입술과 제 손을 번갈아 바라보았다. 왜 그 피가 여기 묻어 있는 건지 묻는 듯했다. 보고도 몰라? 시크한 묵살로 답을 대신한 은유가 피 묻은 이도의 엄지를 종이 위에 꾹 눌렀다.

이게 무슨 일인지 파악이 되지 않는 듯 이도의 눈이 부지런히 깜빡거렸다. 그녀의 엄지를 풀어준 은유가 테이블 쪽으로 걸어가 펜을 집어 들고 서류에 뭔가를 휘갈겼다.

"됐어. 이로써 계약 완료."

"……?"

피 얼룩이 새겨진 제 엄지를 물끄러미 바라보던 이도의 시선이 사악하게 웃고 있는 은유의 얼굴로 향했다. 계약 완료라니? 표정으로 질문을 대신하는 이도에게 은유가 척 하니 종이를 들어 보였다. 의아해 기울던 이도의 고개가 번쩍 들렸다. 스피디하게 은유에게 다가선 이도가 종이를 거칠게 낚아채 내용을 확인했다.

계약결혼 서약서라는 얼토당토않은 제목을 달고 있는 종이는 서로의 사생활에 절대 간섭하지 않는다는 간략한 문구와 함께 각자의 이름이 적힌 서명란이 사이좋게 위아래로 위치해 있었다.

"이건 말도 안 돼!"

제 이름 옆에 선명하게 찍힌 지장을 이도가 죽일 듯 뚫어져라 노려보았다. 기막혀 거세진 콧김을 쌩쌩 뿜어내며 위로 올린 이도의 눈에 이은유란 이름과 멋들어지게 휘갈긴 그의 사인이 보였다.

이도가 바르르거리며 이도의 면전으로 종이를 들이밀었다.

"왜 당신은 사인이고 난 지장인 건데?"

은유의 한쪽 눈썹이 묘하게 치켜 올라갔다. 이 여자, 확실히 특이하다. 억지 계약에 대해 화가 난 게 아니라, 누군 사인이고 누군 지장인 게 문제라니. 차별 운운하며 거칠게 항변하는 이도를 은유가 흥미롭게 바라보았다.

은유의 눈꼬리가 야릇하게 말려 올라갔다.

"절대 무를 수 없거든, 피의 맹약은."

이건 또 무슨 개풀 뜯어 먹는 소리야? 사납게 치켜 올린 이도의 눈을 지그시 마주 응시하며 은유가 매끄럽게 입술을 움직였다.

"어기면 죽어."

달콤한 목소리와 달리 말의 의미는 무척 살벌했다. 그제야 이도는 자신이 들고 있는 종이가 어떤 의미인지 깨달았다. 맙소사. 나 지금 낚인 거야?

둘의 눈이 허공에서 맞물리자 파지직 스파크가 일었다. 먼저 시선을 피한 건 이도였다. 눈싸움에서 밀린 이도가 종이를 내려다봤다. 다음, 이도는 생각할 틈도 없이 종이를 입에 구겨 넣었다.

종이를 다 밀어 넣기도 전에 은유가 그녀의 턱을 붙잡았다. 턱을 움직일 수 없어 종이를 씹지 못하는 이도의 입에서 은유가 여유롭게 종이를 꺼냈다. 이도의 침이 묻은 종이의 한쪽을 조심스럽게 집게손가락으로 잡은 은유가 건조하게 그것을 바라보았다.

"타액까지 묻어서 더 확실한 증거가 될 수 있겠어. 이렇게까지 할 필욘 없었는데. 결혼이 많이 간절했던 모양이야."

"마도 아 되(말도 안 돼)."

턱이 잡혀 말이 제대로 나오지 않았다. 종이를 뺏으려 이도가 팔을 마구 휘두르자 그것을 그대로 바지주머니에 밀어 넣은 은유가 순식간에 그녀의 팔을 제압해 등 뒤로 모아 한 손으로 결박했다. 다시 턱을 부드럽게 감싼 은유가 부드럽게 입꼬리를 말아 올렸다.

그를 지켜보던 이도의 미간이 불만스럽게 찌푸려졌다.

이도의 얼굴 가까이 제 얼굴을 기울인 은유가 붉은 입술을 작게 달싹였다.

"입에 넣을 건 그것 말고도 많아. 예를 들자면 이런 거?"

그가 단숨에 이도의 입술을 덮치며 입속으로 혀를 밀어 넣었다. 이도의 눈이 튀어나올 듯 동그랗게 커졌다. 숨 막히게 꽉 들어찬 그의 혀가 그녀의 혀를 찾아 휘감고는 강하게 빨아들였다. 그녀의 입안 곳곳을 샅샅이 탐한 은유가 겹쳐진 입술 사이로 틈을 만들어 그녀의 입속에 감미롭게 속삭였다.

"결혼 축하해."

3. 작전명 유혹

이도는 누가 제발 자신을 붙잡아 흔들며 이건 꿈이라고, 그러니까 어서 깨라고 말해주길 바랐다. 하지만 바람은 바람으로 끝났다. 그녀가 있는 현실에선 아무도 그렇게 말해주지 않았다.

꿈은 개뿔. 정신 사나워 잠도 제대로 자지 못했는데 무슨 꿈을 꿀 수나 있었을까.

퀭한 눈으로 멍하니 허공을 응시하고 있는 이도 앞으로 다가선 왕 간호사가 눈앞에서 손을 흔들었다. 바람이 일 정도로 세게 흔드는데도 무반응이다. 왕 간호사가 입을 삐죽하며 어깨를 으쓱거렸다. 아주 넋이 제대로 나갔다. 대체 간밤에 무슨 일이 있었기에 사람이 이 지경이 된 거지?

"귀신이라도 봤나?"

왕 간호사의 혼잣소리를 듣기라도 한 것인지 이도가 불쑥 고개를 들어 음산한 눈으로 그녀를 올려다보았다. 흠칫 놀란 왕 간호사가 시선을 피해 슬금슬금 뒷걸음질을 쳐 거리를 두자 드르륵드르륵 소리를 내며 이도가 바퀴 달린 의자를 밀고 바짝 다가섰다.

마치 공포영화의 한 장면을 연상케 하는 섬뜩함에 왕 간호사가 놀라 급한 숨을 삼켰다.

"왜, 왜, 왜요?"

따귀라도 때릴 기세로 매섭게 노려보는 이도의 눈빛에 겁을 먹은 왕 간호사가 그녀답지 않게 말을 더듬거렸다. 이도가 눈을 가늘게 내려 치뜨며 눈썹을 들썩였다. 그리곤 아무 말 없이 뭔가를 생각하듯 가만히 턱을 쓸더니 고개를 끄덕이며 중얼거렸다.

"그래, 귀신. 난 귀신을 잘못 본 거야."

"네? 정말요? 귀신을 봤다구요? 어디서요? 혹시 여기서?"

놀라 묻는 왕 간호사를 빤히 바라보며 이도가 씨익 이를 드러내 괴상한 웃음을 지어 보였다. 어째 그 모습이 귀신보다 더 귀신 같았다. 머리끝이 쭈뼛 서는 것을 느끼며 왕 간호사가 마주 어색한 미소를 띠자 언제 그랬냐는 듯 이도의 얼굴이 금방 무표정하게 변했다.

그리곤 또 혼잣소리를 중얼거렸다.

"어제 여기 사람은 나 혼자만 있었던 거야. 그래, 그랬어. 그랬던 거야."

주문을 외듯 혼잣소리를 중얼거리는 이도를 왕 간호가사 뜨악하게 바라보았다. 병원 운영이 안 될 정도로 손님이 떨어졌다 싶더니 기어이 정신줄을 놓은 모양이다. 이거 굿이라도 해야 하나? 왕 간호사가 심각한 표정으로 이도를 살피는 가운데 책상 위에 널

브러져 있던 이도의 핸드폰 벨이 울렸다.

〈뭐 해? 전화 안 받아? 귀 먹었어? 전화가 오면 받아야……〉

언제 바뀌었는지 잔소리 모드로 바뀐 벨 소리에 둘의 시선이 멀거니 핸드폰으로 향했다. 저런 시건방 모드를 언제 벨소리로 지정했지? 이도의 고개가 갸웃 기울었다. 말투가 꼭 누구를 빼닮았다.

왔던 길을 되돌아 의자를 밀고 책상으로 다가간 이도가 멀뚱히 핸드폰을 바라보다 느릿하게 손을 뻗어 그것을 집어 들었다.

액정을 바라보는 이도의 한쪽 눈썹이 못마땅하게 치켜 올라갔다. 배 여사다. 격전의 현장에 직접 폭탄을 투여해 초토화를 만들어놓은 장본인. 레이저라도 쏠 기세로 핸드폰을 뚫어져라 쏘아보던 이도가 마지못해 통화버튼을 누르며 귀에 가져다 댔다.

"왜."

전혀 달갑지 않은 투박하기 그지없는 외마디로 인사를 대신한 이도에 반해 수화기 너머로 들려오는 목소리는 무척이나 상냥했다.

"우리 따알, 출근은 잘 했고?"

멈칫했던 이도가 다시 액정을 확인하며 눈살을 찌푸렸다. 이 양반이 아침을 잘못 잡셨나 갑자기 왜 이런데? 미덥지 않은 표정으로 휴대폰을 째려보던 이도가 조심스럽게 물었다.

"엄마, 혹시 나 말고 딸이 또 있어?"

"그게 무슨 말이야? 우리 집 금지옥엽은 너 하나뿐이지."

"헉."

별명인 양 원수처럼 내뱉던 이년이 아니고 금지옥엽이란다.

"우리 딸, 아침은 먹고 출근한 거야?"

잠시 입을 꾹 다물고 있던 이도가 휴대폰에 대고 정중하게 말했다.

"아무래도 전화를 잘못 거신 것 같습니다. 님께서 말하신 금지옥엽인 그 딸이 이 딸이 아니지 싶지 말입니다. 다시 확인하시고."

전화를 끊으려는 이도의 의도를 파악한 배 여사가 다급하게 욕지거리를 날려 그것을 저지시켰다.

[야, 이년아. 딸도 못 알아보는 미친 에미가 세상천지 어디 있냐! 이년은 꼭 욕을 해야 말귀를 알아듣지.]

그렇지, 이래야 진정 나의 모친 배정인 여사지. 그제야 수긍하며 고개를 끄덕인 이도가 심드렁하게 말했다.

"아, 엄마구나."

[그래, 이 썩을 것아.]

확실히 욕을 먹으니 그제야 안정감이 들며 이 엄마가 네 엄마구나 싶었다. 배 여사의 다정다감은 이도가 스물여덟을 넘던 해에 이미 훨훨 멀리 떠나 버렸다. 대신 그 자리를 차지한 건 퇴물이 되어버린(지극히 배 여사의 기준에서만) 딸내미와 그 사실에 광분한 욕쟁이 배정인 여사였다.

욕으로 시작해 욕으로 마감한 세월이 어언 2년을 넘어서는 것을 기점으로 하루라도 욕을 듣지 않으면 이건 울 엄마가 아니다, 라고 이도의 뇌리에 낙인이 딱 하고 찍혀 버렸다.

이건 내 잘못이 아니라고, 귀에 착착 감기는 엄마의 찰진 욕지거리가 문제인 거지. 아무렴. 인간도 결국은 익숙한 것에 길들여지는 동물의 습성을 그대로 가지고 있지 않은가. 이도는 그에 충실하게 반응하고 있을 뿐이었다.

그건 그렇고, 본론으로 넘어가서.

"이 꼭두새벽부터 웬 전화셔?"

[꼭두새벽은 무슨, 열 시가 넘었구만. 잠 좀 작작 자. 그래 가지고 어디 시집가서 살림이나 제대로 하겠니? 소박이나 안 맞으면 다행이다.]

그러고 보니 어제 전화로 선 운운하며 따르지 않으면 목줄 어쩌고 하지 않았나?

"쳇, 또 결혼 얘긴가? 난 아직 생각 없다니까 그러네."

[말은 바로 해야지. 그동안 네가 시집을 못 간 건 생각이 없어서가 아니라 데려갈 사람이 없어서야.]

"나이스. 적중하셨습니다. 그래서 좋으십니까?"

[뭐야? 이 망할 것, 하여튼 넌 그 입이 문제라니까. 쓸데없이 나불거릴 거면 그냥 딱 다물고 있으라고 했지?]

계속되는 배 여사의 잔소리를 귓등으로 넘기며 이도가 귀찮다는 듯 귀를 휘적거렸다. 이도가 손에 묻어난 귓밥을 입바람으로 후 날려 보내곤 심드렁하게 말했다.

"용건만 간단히 몰라? 대기 중인 응급 손님이 한 트럭이 넘어. 바쁘니까 할 말 없음 전화 끊어."

앞에서 듣고 있던 왕 간호사가 주변을 두리번거렸다. 대체 어디 손님이 있냐는 리액션을 아주 적나라하게 하며 가늘게 눈을 흘겼다. 덩달아 저도 모르게 헛웃음이 튀어나왔다. 비웃으려고 했던 건 아닌데 본의 아니게 타이밍이 딱 그렇게 됐다. 그도 그럴 것이, 눈을 씻고 봐도 병원 안에 손님이라곤 코빼기도 안 보이는데 병원이 미어터진다는 식으로 말을 하니 어이가 없어서였다.

즉시 이도의 눈썹이 갈지자로 휘었다. 아무리 그래도 이건 아니지. 난 고용자고 당신은 고용인이야. 아무리 고용자가 헛소리를 지껄였기로서니 헛웃음이라니. 이건 좀 아니지 않나?

"쯥. 가서 일 봅시다."

이도가 휴대폰을 막고 눈을 부라리자 머쓱해진 왕 간호사가 아무 일도 없었다는 듯 시치미를 떼며 밖으로 나갔다.

그 순간에도 휴대폰에선 연신 배 여사의 잔소리가 이어지고 있었다. 끊으라니까 거참 되게 말 안 들으시네. 늘 듣던 레퍼토리를 귓등으로 흘리며 의자에 몸을 기대 다른 손으로 볼펜을 들어 손가락 사이로 돌려댔다. 지루하게 이어지는 잔소리에 길게 하품을 하던 이도가 이번엔 잔소리에 맞춰 볼펜을 휘저어 지휘하는 시늉을 했다. 차라리 교양곡이라고 생각하고 즐기자 싶었다.

[그래서, 언제 올 거니?]

"가다니, 어딜?"

[네 애인 언제 데리고 올 거냐고.]

"애인?"

이게 웬 자다가 봉창 두드리는 소리람? 애인이라니? 선이 어쩌고 하던 사람이 갑자기 왜 없는 애인을 데리고 오래?

기댔던 몸을 일으키며 미간을 확 구긴 이도가 퉁명스럽게 말했다.

"그건 대체 어디서 파는 거래? 슈퍼 가면 파나? 골라서 가져가면 돼?"

[애가 또 무슨 헛소리야? 너 결혼한다며.]

"결혼? 누가, 내가?"

[아침에 전화 왔었어, 네 애인이라는 사람한테서. 결혼할 생각이라고 조만간 인사드리겠다고.]

"……꿈 꾼 거 아냐?"

과도한 바람으로 배 여사가 꿈을 현실로 착각한 거라 생각했다.

[휴대폰에 떡하니 번호도 저장돼 있거든? 이름이 은유? 가만 보자, 그래, 이은유라던데?]

"누, 누구라고?"

[이은유.]

이제야 알겠다. 욕쟁이 배 여사가 아침부터 전화해 금지옥엽 운운하며 다정다감 모드를 연출했던 이유가 이거였군.

그나저나, 은유 이 인간이 드디어 미쳤군. 어디다 전화를 해서 결혼을 들먹인 거야! 이 인간을 잡아 당장 주리를 틀리라 주먹을 불끈 움켜쥐던 이도는 이어 머릿속에 스멀스멀 떠오른 간밤의 기억에 허무하게 팔을 툭 떨어트렸다.

그냥 하는 말인 줄 알았더니 결국 일을 저지르고 말았다. 자기가 다 알아서 할 테니 그냥 따라만 오라는 말이 빈말인 줄 알았다. 하긴 결혼계약 자체를 심술 맞은 장난으로 생각했으니까 은유가 이렇게 하리라고는 상상도 하지 못했다.

언제 올 거냐며 재촉하는 배 여사의 말은 이미 이도의 귀에 들어오지도 않았다. 이어질 은유의 괴팍한 행적에만 온통 정신이 뺏겨 무척 혼란스러웠다. 머릿속이 엉킨 실타래처럼 엉망이 되어 생각을 할 수가 없었다.

"이 인간이 지금 무슨 짓을 저지르고 있는 거야. 누구 신세를 망치려고."

울먹이는 목소리로 말을 끝맺은 이도가 허무하게 허공을 멍하니 응시했다.

하느님, 대체 제가 뭘 어쨌다고 이런 시련을 주십니까? 아무리 곤경에 처한 생명을 구하는 것이 제 사명이라곤 해도 저런 사이코 구제불능은 저도 어쩔 수가 없단 말입니다. 부디 굽어 살피시어 저를 이 악몽에서 꺼내주시옵소서.

"어머, 우리 베르베르사땡. 이번에는 또 뭘 꿀떡 삼켰을까나? 요 귀염둥이 호기심 덩어리. 오호호호."

좀처럼 익숙해지지 않는 오버스러운 왕 간호사의 간드러진 웃음소리가 병원 안을 가득 메웠다. 다루기 힘든 포악한 성질 때문에 다른 곳으로 발길을 돌렸다 다시 찾아온 사땡을 움직이지 못하게 꽉 붙잡아 안고 진료실로 들어서던 왕 간호사가 들어서던 모습 그대로 잠시 멈췄다. 그리곤 그대로 몸을 돌려 나갔다.

의자 위에 사지를 늘어트리고 반쯤 넋을 놓고 염불과 기도문을 섞어 정신없이 나불거리는 이도와 그녀의 손에 들린 채 육두문자를 남발하는 휴대폰을 차마 손님에게 개방할 수는 없었다.

"선생님께서 외근 나가신 걸 깜빡했네요. 우선 엑스레이부터 찍어볼까요. 오호호호."

문밖에서 들리는 왕 간호사의 애절하게 둘러대는 목소리가 허무하게 진료실을 맴돌았다. 이미 이도의 정신은 저 멀리 안드로메다를 헤매고 있었다.

〈사랑해, 사랑해. 사랑해.〉

언제 끊겼는지 모를 전화가 다시 울렸다. 이번엔 전혀 다른 벨소리를 토해내며 부드럽게 울려대는 휴대폰을 이도가 물끄러미 내려다보았다. 발신인 '내 정자'. 액정을 바라보던 이도의 한쪽 눈썹이 묘하게 치켜 올라갔다.

내 정자라니? 이게 뭐지? 이런 걸 저장해 놓은 기억이 없다. 게다가 저 낯간지러운 벨소리까지 지정되어 있다니. 이게 내 폰이 맞긴 한가 하며 이도가 휴대폰을 이리저리 살폈다. 분명 제 폰인데 뭔가 아닌 것 같은 기분이 들었다. 귀신에 홀렸나?

의문은 곧 풀렸다.

의아해하며 통화버튼을 누른 이도의 귀에 이젠 낯익다 못해 짜증스러운 은유의 목소리가 들려왔다. 내 정자의 정체가 이은유라니. 그러고 보니 어제 은유가 한참 이도의 폰을 만지작거렸다. 하도 정신이 없어서 거기에 미처 신경을 쓰지 못했는데. 휴대폰에 장난을 쳐놓은 모양이다.

자신은 사랑해라는 벨소리가 울리게 해놓고 나머진 아까처럼 어이없는 시건방 벨소리가 나게 하고. 참 기가 막히고 코가 막힐 노릇이다.

[나와.]

허얼. 통성명도 없이 그냥 나오란다. 그런다고 나갈 내가 아니지.

"어디로?"

벌떡 자리에서 일어선 이도가 한판 붙을 기세로 말했다.

[앞이야.]

이런 짓을 하고도 겁도 없이 제 발로 병원 앞에 왔단 말이지. 답도 없이 냉정하게 전화를 끊은 이도가 소매를 동동 걷으며 호기롭게 진료실 문을 나섰다.

이도가 정신을 차리기를 기다리며 사땡 주인의 기분을 맞춰주고 있던 왕 간호사의 눈이 쌩하니 곁을 지나치는 뭔가를 발견하고 동그랗게 커졌다. 투지를 불사르며 어딘가로 향하는 이도의 모습을 눈으로 좇던 왕 간호사의 볼이 따끔거렸다. 슬쩍 고개를 돌리니 사땡의 주인이 게슴츠레한 눈으로 자신을 바라보고 있었다.

"오호호, 아까 볼 땐 없었는데 똥 때리고 계셨나?"

어설픈 조작의 낌새를 눈치챈 사땡 주인이 눈으로 물었다. '어디서? 진료실 바닥에서?' 슬며시 시선을 피하며 이마에 맺힌 식은땀을 쓸어낸 왕 간호사가 혼잣소리 같은 넋두리를 중얼거렸다.

"몰라서 그래요. 알고 보면 상당히 엽기적인 분이죠. 충분히 그러고도 남으리라 생각합니다."

병원을 나선 이도가 씩씩거리며 주변을 두리번거렸다. 만나면 멱살이라도 잡고 흔들 거라 굳게 다짐하고 나선 길이건만 그 대상인 은유의 모습은 어디에도 보이지 않았다.

"뭐야. 또 낚인 거야?"

눈에 쌍심지를 켜고 부르르거리는 이도의 등 뒤로 누군가가 바짝 다가섰다. 이도는 제 목에 닿는 부드럽고 말랑하고 따스한, 낯선 촉감에 화들짝 놀라 한 발 물러섬과 동시에 몸을 돌렸다.

찌릿한 느낌이 그대로 남아 있는 목을 문지르며 제 목에 닿았던 것이 뭔지 찾았다. 누군가 느긋하게 손을 들어 손가락을 움직였다. 해를 등지고 선 터라 눈이 부셔 상대를 제대로 파악하기가 힘들었다.

겨우 손 그림자를 만들어 눈이 빛에 익숙해지기를 기다리는데 선명하게 드러난 붉은 입술이 부드럽게 달싹였다.

“안녕, 마이 달링?”

성큼 이도 앞으로 다가선 은유가 그녀의 허리에 자연스레 팔을 휘감으며 다정하게 속삭였다.

럴수, 럴수, 이럴 수가! 다, 다, 달링?

믿을 수 없다는 듯 고개를 번쩍 들고 바라보는 이도의 이마에 은유가 지그시 입술을 눌렀다. 그의 숨결이 고스란히 이마 위로 흩어졌다. 입술을 떼고 내려다본 이도의 얼굴이 마치 슈렉이라는 애니에 나오는 장화 신은 고양이를 닮아 있었다. 은유의 품 안에 갇힌 채 두 손을 가지런히 그의 가슴 위에 올려놓은 것까지 완벽한 포즈였다.

멱살을 잡겠다던 굳은 의지도 깜빡 잊고 말똥말똥한 눈으로 자신을 올려다보는 이도의 얼굴 가까이 은유가 고개를 숙였다. 이도의 입술 위로 제 입술을 내린 은유가 입술을 매끄럽게 끌어 올리며 작게 속삭였다.

“이런, 미안. 깜빡했다.”

“……뭘요?”

멍하니 묻는 이도의 입술에 제 입술을 겹치며 이도가 달콤하고 위험스러운 유혹을 그녀의 입속에 흘려 넣었다.

“사랑의 묘약. 모닝 키스.”

조금 떨어진 곳에서 그들의 모습을 지켜보고 있던 우철의 낮빛이 창백해졌다. 평소 은유의 수행비서 역할을 충실히 행하다 보니 그와 비슷한 습성을 지녀 무표정이 트레이드마크처럼 붙어 다니던 우철이었건만 이상하게 요즘은 표정 관리가 잘되지 않고 있었다.

특히나 충격의 도가니였던 그날 이후로 줄곧 힘든 일만 겹쳐 일어나는 통에 놀라 당황하는 일이 잦아졌다.

대기하고 있으라는 은유의 지시에 차 밖으로 나와 담배를 꺼내 물려던 우철은 뭔가를 발견하곤 그대로 들고 있던 담배를 떨어트렸다. 굳은 듯 석상처럼 멈춰 있던 우철의 몸에서 유일하게 움직인 건 속눈썹이었다. 파르르 떨리던 속눈썹이 번쩍 위로 치켜 올라갔다.

"흐음."

눈을 부릅뜬 채 제가 본 것을 믿지 못하겠다는 듯 우철이 낮은 신음을 흘려냈다. 키스라니! 그것도 은유가 직접 여자에게 입을 맞추다니. 이건 도저히 눈으로 보고서도 믿을 수 없는 일이었다.

얼마 전, 여자 보기를 돌같이 하던 은유의 감춰진 진실을 알게 된 우철로서는 더더욱 믿기 어려운 광경이었다. 저 감미롭게 닭털 훌훌 날리는 멘트를 남발하고 있는 것이 정녕 은유가 맞는지 그것부터가 의심스러웠다.

"그 남자와의 사랑을 감추기 위해 저런 행동까지 서슴없이 하시다니. 정말 위대한 사랑이야."

감탄과 경악을 넘나드는 이루 말할 수 없는 감정의 소용돌이 속에서 우철은 새벽녘 급작스럽게 자신을 호출해 늘어놓던 은유의 말을 다시 떠올렸다.

'이번 작전명은 유혹이다.'

처음 그 말을 들었을 때는 의아했다. 작전명이 유혹이라니. 그건 또 뭔가 싶었다. 그러나 이어진 은유의 말에는 왠지 모르게 등골이 오싹거렸다.

‘이건 다른 것과 달리 마음을 휘어잡아 몸을 획득하는 스릴만 점의 프로젝트가 될 거야.’

은유의 포커페이스가 그렇게 위험스럽게 느껴지기는 처음이었다. 차라리 사악하게 웃는 게 더 나을 것 같았다. 그런데 대체 무엇을 하려고 마음과 몸을 운운하는 것일까?

그에 대한 궁금증이 바로 지금 풀렸다.

인수합병에 버금가는 치밀한 시나리오를 위해 심혈을 기울이던 은유의 모습과 지금, 우철이 처음 보는 여자에게 서슴없이 입을 맞추는 완벽에 가까운 그의 열연이 겹쳐지며 뭔가 뭉클한 것이 우철의 가슴을 물들였다.

“그렇게도 그분이 좋으신 겁니까? 다른 사람을 희생시켜서라도 지켜 드리고 싶을 만큼?”

우철은 은유의 그 남자를 떠올리며 서글프게 혼잣소리를 읊조렸다. 이 화장의 바람은 손주 한 번 안아보는 것이었고, 은유의 사랑은 그것을 이뤄줄 수 없는 금지된 것이었다. 그 대책으로 내세운 것이 바로 저 여자인 모양이라고 생각하며 우철은 측은한 눈으로 이도를 바라보았다.

“도, 돌았어요!”

은유의 작전대로 휘둘리는가 싶던 이도가 팔을 파닥거리며 거센 반항을 했다. 화가 난 듯 파르락거리며 눈을 치켜뜬 채 따다닥 쏘아대는 이도의 모습에 우철이 멍하니 눈을 깜빡거렸다. 유혹에 넘어가는가 싶던 이도가 순식간에 돌변해 반격을 가했다. 이게 아닌데 하는 눈으로 우철이 은유를 돌아보았다.

“음. 돌았어.”

은유가 수긍하며 순순히 고개를 끄덕이자 이도의 미간이 확 찌푸려졌다. 지그시 내려뜬 눈으로 자신을 바라보며 빙긋이 입매를 끌어 올리는 은유의 모습에 심장이 배신을 때렸다. 두근거리는 심장을 억지로 외면하며 은유의 가슴을 거칠 게 밀쳐 품에서 벗어난 이도가 척 하니 팔을 허리에 올렸다. 도도하게 턱을 치켜든 이도가 눈을 가늘게 흘기며 쏘아붙였다.

"자신이 제정신이 아니라는 걸 스스로도 인정하는 거죠?"

"물론."

"아니 다행이네요. 그럼 본론으로 넘어가서."

"난 지금 당신한테 온통 정신을 빼앗겨서 도저히 정신을 차릴 수가 없으니까."

"헐."

배 여사에게 장난친 것을 따져 물으려던 이도의 몸이 순간 휘청거렸다. 충격에 몸이 휘청거린 건 비단 이도만은 아니었다. 둘을 지켜보던 우철이 놀란 숨을 삼키며 힘이 빠져 비틀거리는 몸을 간신히 차에 기댔다.

은유의 입에서 흘러나오는 저 정체 모를 단어들을 우철은 도무지 겸허하게 받아들일 수가 없었다. 저런 말들은 대체 어디서 습득한 건지, 은유가 내뱉는 말마다 닭살을 넘어 소름이 돋았다. 배워도 참 더럽게 재수 없는 말들만 배웠다. 이도 대신 우철이 그 앞에서 저런 멘트를 들었다면 아마도 참지 못하고 바로 구역질을 했을 것이다.

"비위 하나는 대단히 좋은 여잔가 보군."

우철이 머쓱거리는 속을 달래며 이도를 두둔하고 있을 때 갑자기 은유가 이도를 달랑 들어 어깨에 둘러멨다. 느끼하게 쏟아내던 멘트와는 전혀 매치가 되지 않는 행동이었다. 닭살 멘트에 오그라든 이도를 냉큼 들어 차로 다가오며 은유가 우철과 시선을 맞췄다. 무언의 대화가 오가고 은유의 턱짓에 우철이 급히 뒷문을 열었다.

“뭐야. 왜 이래. 날 어디로 데려가는 거야?”

이도는 뒷좌석에 내동댕이쳐진 지 한참이 지나고서야 정신을 차렸다.

처음 은유를 봤을 때는 이런 사람인 줄 전혀 몰랐다. 서늘하게 내려뜬 눈과 차가운 말투에 섣불리 다가서기 힘든 사람일 거라 생각했었다. 하지만 만나면 만날수록 점점 안드로메다로 치닫는 그의 언행에 이도는 경악을 금치 못했다.

대낮에 도심 한복판에서 납치라니! 이건 정말 말도 안 돼! 이사람, 진짜 정체가 뭐야?

탈출을 시도하며 문손잡이를 잡아 흔들었지만 부질없는 짓이었다. 분주하게 탈주로를 찾아 눈동자를 굴리며 문짝에 달라붙은 이도에 반해 곁에 앉은 은유의 모습은 너무나도 여유로웠다. 이 모든 사건의 주범이면서 마치 아무 일도 없다는 듯이 유유자적이었다.

“이거 당장 열어요.”

다른 탈주로를 찾지 못한 이도가 우철을 향해 협박조로 말했다. 우철이 룸미러로 힐끔 눈에 한껏 힘을 주고 노려보는 이도와 은유를 번갈아 바라보았다. 은유에게서 별다른 지시가 없자 우철이 이도를 외면하고 운전에 열중했다.

“긴장할 필요 없어.”

우철을 노려보던 시선이 즉시 은유에게 돌려졌다.

'긴장? 넌 지금 내가 긴장한 걸로 보이니? 이건 긴장이 아니고 환장이거든?'

입을 열면 배 여사에 버금가는 육두문자가 쏟아질 것 같아 꾹 다문 채 모든 분노를 담아 눈을 희번덕거렸다. 하지만 그 모든 것을 무용지물로 만드는 은유의 나몰라 모드가 이도의 불난 가슴에 기름을 퍼부었다.

긴 다리를 느긋하게 꼬고 한쪽 손으로 머리를 받쳐 우아한 포즈를 연출하고 있는 은유를 죽일 듯 노려보며 이도가 주먹을 불끈 쥐었다. 여차하면 한 대 날릴 기세였다. 힐끔 이도를 돌아본 은유가 부르르 분노로 떨리는 그녀의 손을 제 손으로 부드럽게 감쌌다. 이도의 시선이 거기에 닿자 은유가 그녀 쪽으로 몸을 기울이며 다정하게 속삭였다.

“그렇게 떨 거 없어. 내가 다 알아서 한다고 했잖아. 당신은 그냥 가만히 있기만 하면 돼.”

은유의 말에 이도의 눈이 더 커졌다. 뭘 또 알아서 하겠다는 말인지, 그 알아서 하겠다는 말이 주는 불안감을 그는 전혀 모르는 것 같았다. 이도가 뭐라 따져 물으려는 찰나 은유의 긴 검지가 그녀의 입술을 세로로 꾹 눌렀다.

“쉿. 부담 갖지 않아도 돼. 내 브레인은 한도가 없거든. 이 정돈 아무것도 아니야.”

'부담돼! 된다고! 내 브레인은 지금 과부하로 폭발 직전이라구!'

그를 떨궈내려 이도가 강하게 몸부림치자 은유가 그녀를 제 가슴팍으로 끌어당겼다. 남자의 너른 가슴이 이렇게 부담스럽기는 처음이었다. 숨 쉬기도 벅찰 정도로 이렇게 강렬한 허그를, 그것도 남자에게 당하다니. 평소 같았으면 신에게 감사하며 더 바짝 안겼겠지만. 이번만큼은 극구사양하고 싶었다.

벗어나고픈 강한 바람을 담아 이도가 은유의 등을 힘껏 때리자 그의 입꼬리가 사악하게 치켜 올라갔다. 그가 손에 더 힘을 줘 이도의 뒷머리를 꾹꾹 누르며 쓰다듬었다. 이도의 귀에 지그시 입술을 누른 은유가 감미롭기 그지없는 목소리로 은밀하게 속삭였다.

"좋아? 물론 나도 좋아."

'좋기는 개뿔. 숨 막혀 죽을 것 같다고, 이 미저리 같은 놈아!'

"곧 우리는 원하는 자유를 얻을 수 있을 거야. 그러니까 그때까지만 참아."

'자유로워지기 전에 명줄 끊기겠다고, 이 양반아!'

이도의 소리 없는 아우성과 은유의 자아도취적인 발언이 이어지는 가운데 차는 목적지를 향해 쉼 없이 내달렸다.

대낮 납치극의 주인공이 되긴 했지만, 두렵다거나 불안하지는 않았다. 아니, 살짝 상기된 볼에 아직까지도 열기가 남은 것으로 보아 끌려온 것이 무작정 싫기만 한 건 아니었던 것 같다. 여자 마음은 갈대라더니, 서이도, 너도 참 별수 없네.

찻잔의 움직임을 좇아 이도의 시선도 따라 움직였다.

찻잔의 손잡이를 잡고 있는 굵고 짧은 손이 이도는 마냥 신기했다. 손에 비해 찻잔이 너무 작아 어린 시절 소꿉장난에 쓰였던 장난감처럼 보였다. 그것보다 더 이도의 시선을 사로잡은 건 바로 저짓! 어울리지 않는 귀여움을 강요하며 홀연히 치켜세워진 새끼손가락!

제발 그것만은 거두어주시옵소서!

간곡한 바람을 담아 뚫어져라 새끼손가락을 바라보는 이도를 이 회장이 찻잔 너머로 세밀히 살폈다.

여간해서는 견디기 힘든 이 회장의 시선을 묵묵히 받아내고 있는 이도의 배짱이 의외였다. 보통의 남자들도 이 회장의 직설적인 시선을 받으면 주눅이 들게 마련인데 은유가 배필이라며 데려온 여자는 오히려 눈에 더 힘을 주고 도전적으로 마주 노려보기까지 했다. 배포 하나는 봐줄 만했다.

"그래, 이름이 뭐라고?"

"이도입니다."

찻잔을 내려놓으며 이 회장이 묻자 이도를 대신해 은유가 즉시 답했다. 이 회장이 마뜩찮은 시선으로 은유를 쏘아보았다. 그러거나 말거나 은유는 표정 변화 없이 처음 그대로 이 회장을 마주했다. 넌 입 닫고 가만히 있으라는 무언의 압력을 눈 부라림으로 대신하며 이 회장이 이도를 돌아보았다.

"이가인가?"

집중하던 새끼손가락이 사라지자 시선 둘 곳을 잃고 멍하니 허공을 응시하고 있던 이도가 한발 늦게 이 회장을 바라보며 되물었다.

"네?"

"이씨인가 물었네."

"아, 아닙니다. 서씨입니다."

"서이도?"

"그냥 이도 아니었어?"

"서이돈데요."

몰랐다는 듯 묻는 은유를 돌아보며 이도가 딱 짚어 말해주었다. 어쩐지 느끼하게 자꾸 도도 거리더라니. 성이 이고 이름이 도라고 알고 있었던 모양이다.

수의사 자격증 볼 때 뭐 하셨나? 이름은 확인하지도 않고 주민 번호로 나이만 유추하다니. 필요한 것만 캐치해 내는 당신은 정말 진정한 능력자임.

스무고개도 아니고 이름 하나에 무슨 질문이 이리도 많은지. 결혼할 사람이라고 데려온 여자의 이름도 제대로 모르고 있었다고 아비에게 소개하는 자리에서 고백 아닌 고백을 하는 자신의 한심한 아들을 못마땅하게 쏘아보며 이 회장이 눈살을 찌푸렸다.

"흠. 그래, 우리 아이와 결혼을 하겠다고?"

돌아본 이 회장의 표정이 좋지 않았다. 꿰뚫어 보는 듯 적나라한 이 회장의 시선에 이도가 슬며시 제 옷차림을 훑었다. 이도동물병원이라고 적힌 진료복을 입고 삼색이 슬리퍼를 신고 있는 모습이 자신이 봐도 참 아니다 싶었다. 정상적인 루트대로라면 장래의 시아버지를 만나는 자린데 차림이 완전 NG였다. 마음에 들 리가 없었다.

고개를 든 이도의 한쪽 눈썹이 의미심장하게 들썩였다. 어설픈 미소를 띠며 이도가 작게 고개를 끄덕이자 이 회장이 낮은 신음을 흘렸다.

역시 마음에 차지 않는 눈치다. 차라리 잘됐다. 이 결혼은 절대 안 된다고 이 회장이 반대하고 나선다면 이 허무맹랑한 계약은 이뤄지지 않을 것이다. 아쉽게 됐다. 다른 여자와 더 좋은 조건으로 행복한 결혼을 이루길 바란다. 가벼운 리액션만 취해주면 모든 게 다 제자리로 돌아가리라.

이도는 곧 이어질 이 회장의 말을 기다리며 그의 입을 주시했다.

이 회장이 이도의 몸을 천천히 훑어 내리며 진중하게 입을 열었다.

"그래, 그 자궁은 안녕하신가?"

이도의 눈이 깜빡거렸다. 방금 이 회장이 한 말이 뭔지 모르겠다는 듯 이도가 은유를 돌아보았다. 눈이 마주치자 은유가 힐끔 그녀의 아랫배를 내려다보았다. 그의 시선이 닿은 곳이 욱신거렸다. 이도가 아랫배를 얼른 손으로 감추고 믿을 수 없다는 듯 이 회장을 돌아보았다.

"방금 뭐라고 하셨습니까? 제가 뭘 잘못 들은 것 같은데⋯⋯."

보통 이런 자리에서 오가는 질문이라면 당연히 부모님이 계신가, 경제적 능력은 어떤가, 등등. 상대 집안에 관해 묻는 것이 관례였다. 그런데 이 회장의 질문은 그 범위를 넘어선 아주 비정상적인 것이었다. 이도가 들은 것이 정확하게 맞다면 말이다.

"자네 자궁이 건강한지 물었네만."

'난 지금 무지 진지해.' 하는 얼굴로 자신을 바라보는 이 회장과 시선이 마주치자 이도가 저도 모르게 흠칫 몸을 떨었다. 이도는 본능적으로 손을 허리에 둘러 배를 보호했다.

부전자전. 그 아버지에 그 아들이라더니. 유전자를 그대로 빼다 박은 이 부자는 비정상적인 정신세계까지 하나 틀린 게 없이 똑같았다. 어찌해서 결혼의 조건이 자궁과 난자의 건강 여부가 되는 건지. 게다가 그걸 당사자를 앞혀놓고 일상 대화 나누듯 아무렇지 않게 물어보는 저 뻔뻔함이라니.

"그걸 어떻게 압니까? 자궁을 꺼내서 본 것도 아니고. 너무 비상식적인 질문 아닙니까?"

기분 나쁜 투로 이 회장에게 따지듯 말한 건 이도가 아니라 은유였다. 그건 당신이 할 말이 아니라고 보는데. 뜨악해 바라보는 이도를 힐끔 돌아본 은유가 일시에 그녀를 무시하며 다시 이 회장을 몰아붙였다.

"그리고 제 여자 자궁을 왜 아버지가 궁금해하십니까? 제 것입니다. 관심 끄십시오."

"그게 왜 네 거야."

이 회장의 일침에 이도가 맞장구를 치며 고개를 끄덕였다. 자궁에 대한 관심은 은유도 끊어야 함이 마땅했다. 그건 어디까지나 이도의 신체 일부였으니까.

"우리 집안의 일이다. 손주가 자랄 곳인데 그게 어떻게 네 거야, 우리 거지."

스르르 슬로모션처럼 천천히 돌아간 이도의 고개가 이 회장을 향한 채 멈췄다. 쩌억 벌어진 이도의 입에서 바람 빠진 풍선 소리가 흘러나왔다. 무슨 이런 황당한 일이 다 있나 싶었다. 하다하다 이젠 이도의 자궁이 '집안의 거룩한 자궁'으로 지위 상승까지 했다. 기막힘을 넘어 이제는 대체 이 사람들의 정체가 뭘까 심히 궁금해지기까지 했다.

"제 씨가 자랄 자궁입니다. 함부로 넘보지 마세요."

"그 씨는 거저 생겼더냐? 내가 줬으니까 생겼지. 그 자궁에 대한 권리는 내게도 있어."

이것 좀 보시라고요들. 왜 남의 자궁에 대한 권리를 그쪽에서 운운하시냐고요. 그놈의 씨는 누가 받아나 준답니까? 정작 주인은 아무 말도 않는데 왜 댁들이 싸우고 난리냐고요.

대화의 수준이 위험 수위를 넘어서고 있었다. 결혼은 이미 그들의 관심사가 아니었다. 이도의 자궁을 두고 벌어지는 설전에 정작 당사자인 이도는 제외되었다.

지극히 정상적이고 평범한 삶을 살아오던 이도의 관점으로는 도저히 이해 불가능한 대화였다. 치열한 공방전이 벌어지는 한가운데 덩그러니 앉아 있던 이도의 머릿속이 복잡하게 얽혔다. 터질 듯 과부하 현상을 불러일으키는 머리를 미친년마냥 헝클어트리던 이도가 급기야 벌떡 자리를 박차고 일어서며 고함을 내질렀다.

"닥치세요! 이 자궁은 내 겁니다! 아무한테도 양도 못해요!"

순간 주변이 쥐죽은 듯 고요해졌다.

뒤죽박죽 뒤엉킨 사자 머리를 하고 무섭게 눈을 부라리는 이도의 광년이 포스에 둘의 입이 딱 다물어졌다. 조용한 가운데 이 회장의 눈알이 부산스럽게 움직였다. 인사하러 온 것치곤 패션이 상당히 특이하다 생각하긴 했는데 그보다 저 굴함 없이 대찬 성격은…….

"원더풀!"

환희에 가까운 이 회장의 탄성에 즉시 이도의 날카로운 눈빛이 날아들었다. 이게 지금 원더풀할 일이냐 따져 묻는 질책의 눈빛이었지만, 이 회장은 전혀 개의치 않았다. 격한 환영의 박수까지 가미한 이 회장의 눈이 반짝 빛을 발했다.

처음 은유가 누군가를 데리고 오겠다고 했을 때는 믿지 않았었다. 결혼을 하겠다고, 그러니 더 이상의 간섭은 삼가달라고 했을 때도 코웃음을 쳤었다. 또 뻔한 눈속임으로 위기를 모면하려는 것이라 생각했다.

한데 정말 여자를 데리고 왔다. 그것도 당차다 못해 배포가 사내 못지않은 여자를.

여자에 대해 잘 모르는 은유가 어떤 연유로 이도를 결혼 상대로 선택했는지는 알 수 없으나, 장담컨대 아마 오래지 않아 은유는 제가 파놓은 함정에 제가 빠져 허우적거리게 될 것이다. 서이도라는 최대 변수를 가진 여자에게 홀릭되어서 말이다. 그것을 상상하는 것만으로 행복해지는 이 회장이었다.

"딱이야, 딱. 음하하하!"

딱이라니, 뭐가? 봇물 터지듯 쏟아지는 이 회장의 괴상망측한 웃음에 이도의 미간이 한껏 찌푸려졌다. 아무래도 이 부자, 뭔가 상당히 위험해 보였다. 이도는 혹여 자신이 정신병동에 잘못 들어와 있는 건 아닌지 의심스러웠다.

주변을 정신 사납게 휘둘러보던 이도의 몸이 한쪽으로 기울며 뭔가에 폭 감싸였다. 목을 휘감은 건 은유의 팔이었다. 아니, 안으려면 어깨를 잡던가. 레슬링하는 것도 아니고 왜 남의 목을 죄고 난리냔 말이다.

빠져나오려 발버둥거리는 이도의 목을 더 꽉 조이며 자리에서 벌떡 일어섰다. 덩달아 이도의 몸도 일으켜 세워졌다.

"컥. 컥. 이것 좀 놓고……."

대체 어느 누가 결혼할 여자를 이렇게 함부로 다룬단 말인가. 배려는커녕 짐짝 다루듯 하는 통에 여자로서의 체면 따윈 차릴 틈도 없었다. 사람 몰골이나 하고 있으면 다행이었다. 이도의 다급한 외침은 들리지도 않는지 은유는 그녀를 더 가까이 끌어당겼다.

"오늘 도야 상태가 조금 안 좋은 것 같으니까, 다음에 다시 뵙도록 하겠습니다."

'도야 아니라니까! 느끼하게 왜 자꾸 도도 거리냐구! 상태가 안 좋은 건 댁들이지, 난 지극히 정상적인 사람이야. 이런 식의 모함은 사절이라구! 당장 이것 안 놔!'

환장할 심정을 온몸으로 표현하며 자유를 향해 허우적거리는 이도의 몸부림을 은유는 딱 한 마디로 정의했다. 지랄발광. 광분하는 이도의 머리를 다른 손으로 지그시 누르며 은유가 조곤조곤 달래듯 나직하게 말했다.

"괜찮아. 괜찮아. 곧 약 먹여줄 테니까, 조금만 참자."

약이라니, 금시초문이다. 몸부림치던 것을 멈추고 이도가 눌린 머리를 억지로 들어 시선을 맞추자 은유가 입꼬리만 살짝 올려 웃었다. 그 웃음이 어째 사악하게 느껴진다 싶던 순간 은유의 입술이 소리 없이 달싹였다.

'더 가면 죽어.'

뭐라? 어딜? 영문을 알 수 없는 은유의 수수께끼 같은 말에 이도가 고개를 갸웃하자 그가 귓가에 입술을 대고 작게 속삭였다.

"지금 당장 침실로 끌려갈 수도 있단 말이야."

그녀의 머리를 부드럽게 쓸어 넘기며 시선을 맞춘 은유가 다정하게 물었다.

"그다음은 뭘 것 같아?"

그가 답을 기다리지 않고 말했다.

"감금."

설마! 믿지 못하겠단 듯 눈을 부릅뜨고 바라보는 이도를 물끄러미 내려다보던 은유가 그녀의 머리를 잡아 이 회장 쪽으로 돌렸다. 이도의 눈이 튀어나올 듯 커졌다.

"헉."

놀란 숨을 삼키는 이도의 귀로 은유의 목소리가 스며들었다.

"내 말 이해하지?"

충분히 이해하고도 남는다. 이도가 머리가 잡힌 채로 고개를 빠르게 끄덕였다. 그도 그럴 것이, 돌아본 이 회장은 어울리지 않게 반짝반짝 빛나는 눈으로 팔을 활짝 벌린 채 이도를 황홀하게 바라보고 있었다. 여차하면 와락 달려들 기세였다. 차라리 이 팔이 낫지 저 팔에 잡혔다간 몸이 으스러지지 싶었다.

이도의 머리가 빠르게 회전했다.

난자와 정자와 결혼과 아이. 더 가면 죽는다는 은유의 말은 즉, 이 자리를 빨리 벗어나지 않으면 이 회장의 손에 잡혀 곧장 거룩한 자궁에 씨를 투척하러 가야 할지도 모른다는 뜻이었다. 아마 그리된다면 결과물을 얻을 때까지 감금 아닌 감금을 당하게 되지 않을까. 이 회장의 아이에 대한 집착으로 유추해 보건대 능히 그리 하고도 남음이 있었다.

생각만으로도 끔찍해 이도가 진저리를 치며 몸을 떨자 은유가 그럴 줄 알았다는 듯 의미심장한 미소를 띠며 이도를 안은 채 몸을 돌렸다. 그러자 이도의 시선에서 이 회장이 완벽히 사라졌다. 이도에게 닿는 이 회장의 시선을 은유가 제 몸으로 완벽하게 차단시킨 것이다.

"이놈, 나도 내 며느리 한 번 안아보자. 그것도 안 되냐?"

심술이 묻어나는 이 회장의 말에 은유가 피식 웃으며 고개만 돌려 냉정하게 딱 잘라 말했다.

"안 됩니다."

"치사한 놈."

"아버지에 비하면 새 발의 피죠."

"뭐야?"

"아버진 제가 어머니 몸에 손대는 것도 싫어해서 모유도 못 먹이게 했잖습니까. 그에 비하면 이건 아무것도 아니죠. 안 그렇습니까?"

대화가 이어지면 이어질수록 유치함의 극치를 달리는 부자였다. 이도는 어서 이곳을 벗어나고 싶은 생각에 은유의 얼굴을 잡아 제게로 돌려놓았다.

"약 안 줍니까? 약. 약. 어서."

자유를 갈망하는 간절한 이도의 눈빛을 무표정하게 마주한 은유가 한쪽 눈썹을 살짝 치켜 올렸다.

"그렇지, 약. 깜빡했네."

이도의 손목을 꽉 붙잡은 은유가 성큼성큼 입구로 걸어가자 이 회장이 불퉁하게 물었다.

"무슨 약이기에 그렇게 서둘러? 그게 지금 꼭 먹어야 하는 거야?"

손잡이를 비틀어 문을 연 은유가 심드렁하게 이 회장을 돌아보며 성의 없이 답했다.

"네."

눈을 가늘게 내려뜨고 불만스럽게 노려보는 이 회장을 똑바로 직시하며 은유가 건성으로 말했다.

"애 잘 들어서는 약이거든요. 밤이 오기 전에 지금 미리 먹여둬야죠."

마주한 이 회장의 입술이 매끄럽게 말려 올라가는 것을 보며 은유가 한쪽 입꼬리를 의미심장하게 치켜 올렸다.

은유에게 잡힌 손목을 흔들며 빨리 나가자 재촉하던 이도의 움직임이 딱 멈췄다. 뭐라? 이도가 자신의 귀를 의심하며 은유를 올려다보았다. 힐끔. 이도를 곁눈으로 내려다본 은유가 입을 가린 채 작게 속삭였다.

"훼이크야."

속임수라. 정말이겠지? 어쩐지 믿음이 가지 않는 은유를 따라 호텔을 빠져나오며 이도는 잘근 아랫입술을 깨물었다. 일이 자꾸만 이상한 방향으로 흘러가고 있었다.

그래서 지금 결혼을 한다는 거야 만다는 거야? 약간 어지러운 머리를 잡아 진정시키며 이도가 구시렁거리자 은유가 잡은 팔을 흔들어 그녀의 시선을 제게 집중시켰다.

"잘했어. 다음은 그래도 쉬울 거야."

잘하긴. 내가 개냐?

부드럽게 머리를 헝클이는 은유의 손길에 이도가 찌릿하게 그를 흘겼다. 머리 위에 올려진 그의 손을 신경질적으로 툭 쳐내며 이도가 심드렁하게 말했다.

"피곤한데 오늘은 여기서 접죠."

정신적인 혼란과 정서적인 충격으로 이도의 심신은 지금 무척 피로했다. 이 이상의 진도는 사양이다. 이대로 쓰러져서 기절하듯 자면 딱 좋겠다고 생각하며 이도가 자신의 손목을 잡고 있는 은유의 손을 붙잡았다. 떼어내려는데 꼼짝을 않는다. 불퉁한 눈으로 올려다보자 그가 무표정하게 내려다보았다.

"뭐, 그 정도야."

무심한 표정과는 달리 고개를 끄덕이며 은유가 팔을 놓았다. 그제야 한숨을 푹 내쉬며 인사를 하기 위해 고개를 숙이던 이도의 몸이 그대로 푹 접혔다. 자신의 발이 눈앞에서 어른거렸다. 이도가 눈을 깜빡이며 사태 파악에 열중이던 그때, 머리 위에서 은유의 목소리가 들렸다.

"정확하게 반 접어서 이동하도록 하지. 그게 덜 피곤하다니, 어쩔 수 없군."

지그시 제 목을 누르던 은유의 손이 허벅지로 옮겨지는가 싶더니 또 다른 손이 허벅지를 감쌌다. 은유의 말대로 정확히 반이 접힌 채로 번쩍 들려진 이도의 몸이 허공을 날아 어딘가로 옮겨졌다.

"열어."

"……!"

대기하고 있던 우철이 그 모습을 보고 입을 떡 벌렸다. 엉덩이가 하늘로 향한 채 반이 접힌 이도를 안고 은유가 태연하게 다가오고 있었다. 어떻게 여자를 저렇게 다룰 수가 있는지. 어깨에 들쳐 멘 건 그렇다 치고, 이건 좀 과하게 엽기적이었다. 여자가 불쌍했다.

"뭐 해."

은유의 질책에 그제야 정신이 번쩍 든 우철이 즉시 뒷문을 열었다. 은유가 가볍게 여자를 뒷좌석에 내려놓았다. 가로 본능의 좋은 예를 보여주며 뒷좌석 전체를 차지하고 앉은 이도에게 은유가 다정하게 말했다.

"편해? 그럼, 가는 동안 그렇게 편하게 쉬어. 난 배려 차원에서 앞에 앉아 갈 테니까."

부끄러워 차마 고개를 들지 못하는 이도를 남겨두고 부드러운 미소를 지어 보이며 은유가 뒷문을 닫았다. 그와 동시에 은유의 얼굴에서 미소가 사라졌다. 우철은 들었다, 그가 스쳐 지나며 혼잣소리처럼 내뱉은 말을.

"어디서 반항이야, 죽을라고."

보조석 문을 열고 올라타는 은유의 모습을 물끄러미 바라보며 우철이 속으로 중얼거렸다.

차라리 죽는 게 낫지, 저렇게 개 쪽 파는 것보단.

문이 닫히는 소리에 시선을 돌린 우철이 움찔거리는 이도의 손가락을 보며 한숨을 푹 내쉬었다. 얼마나 쪽팔리면 고개도 못 들까. 창문이 열리고 찌릿하게 쏘아보는 은유의 시선에 서둘러 차를 돌아 운전석으로 걸어가며 우철이 이도를 위해 짧게 기도했다.

'부디 이 개 쪽이 마지막 쪽이 되길. 나무아미타불.'

이도는 콧김을 푸푸 내쉬며 화르륵 끓어오르는 분노를 억눌렀다. 이대로 폭발하면 차를 뒤집어엎을지도 몰랐다. 그럼 복수도

하기 전에 황천 구경부터 하게 되겠지. 삼십 평생을 살며 오늘 처음 깨달았다. 쪽에는 한계가 없다는 것을.

내가 이렇게 유연했던가는 뜬금없이 든 엉뚱한 생각이었다. 접혀도 어떻게 이렇게 잘 접힐 수가 있을까. 이도는 은유에게 들린 채 차로 이동하는 동안 간간이 들리던 웃음소리를 떠올리며 부르르 몸을 떨었다. 누가 캡처해서 인터넷에 올리는 건 아니겠지?

그나마 다행인 건 얼굴이 드러나지 않았다는 점이었다.

무슨 말을 하는 건지 작게 소곤거리는 앞좌석의 대화에 이도가 이를 뿌득 갈았다. 두고 봐라, 이 원수는 꼭 갚는다. 이도는 눈을 가늘게 빛내며 주먹을 불끈 쥐었다. 지금까지 경험한 그 모든 것을 능가하는 쪽으로 확실하게 되갚아주리라. 꽉 움켜쥔 이도의 손이 부르르 떨렸다.

"너무 편해서 내리기 싫은 거야? 내가 옮겨줘?"

머리 위에서 갑자기 들린 은유의 목소리에 이도가 번쩍 고개를 들었다. 언제 멈췄는지 차는 시동이 꺼진 채였고, 열린 뒷문 안으로 몸을 기울인 은유가 그녀를 내려다보고 있었다. 그가 할 수 없다는 듯 손을 뻗자 놀란 이도가 서둘러 허리를 펴며 손을 내저었다.

"아니요! 혼자 할 수 있어요."

이도가 극구 사양하며 눈을 부라리자 그가 어깨를 으쓱하며 물러섰다. 슬금슬금 차에서 내린 이도의 등을 부드럽게 감싸며 은유가 그녀를 리드했다.

"이쪽이야."

은유가 가리킨 곳을 무심히 바라보던 이도의 눈이 동그래졌다.

"여긴……."

은유를 돌아보자 그가 작게 고개를 끄덕였다. 다시 정면을 주시한 이도가 헉 하고 낮은 신음을 토해냈다. 이놈의 망할 추진력은 왜 브레이크가 없는 건지. 은유는 아예 오늘 하루 모든 걸 다 해치우기로 완전히 날을 잡은 모양이었다.

낯익은 초록색 철문을 뜨악하게 바라보며 이도가 고개를 절레절레 흔들었다.

"배 여사 눈 뒤집어지겠네."

"배 여사?"

이도의 혼잣말에 은유가 고개를 갸웃하며 물었다. 그를 깔끔히 무시하며 이도가 입을 삐죽거리는 사이 굳게 닫혔던 철문이 열렸다.

"어머! 이게 누구야? 마이 도럴."

과한 혀 굴림과 오버액션을 구사하며 자신을 향해 팔을 활짝 벌리고 달려오는 배 여사의 모습에 이도가 흠칫 몸을 떨었다. 흡사 그 모습이 동굴에서 반지를 보며 마이 프레셔스라고 탐욕스럽게 외치던 골룸과 겹쳐 두려움을 유발했다.

움찔움찔, 이도의 눈썹이 꿈틀거렸다. 와락 자신을 껴안는 배 여사를 향해 이도는 속으로 외쳐 물었다.

진정 당신의 도럴이 제가 맞습니까?

안겼다고 말하기도 뭣한 2, 3초가 지나고 그토록 사랑해 마지않는다던 도럴을 후딱 던지다시피 밀친 배 여사가 눈을 반짝반짝 빛내며 은유에게로 다가섰다.

"그런데 이 사람은 누구?"

진정 몰라서 묻는 뉘앙스가 아니었다. 배 여사의 세심하고 예리한 눈이 스피드하게 은유의 머리부터 발끝까지 훑어 내렸다. 그런 시선에 몹시 익숙하다는 듯 아무렇지 않게 옷을 정돈하며 은유가 매끄럽게 입꼬리를 끌어 올렸다. 그리곤 이도가 은유를 만나 후 단 한 번도 볼 수 없었던 정중한 태도로 깍듯이 고개를 숙여 인사를 건넸다.

"처음 뵙겠습니다. 이은유라고 합니다."

"아, 그때 잠깐 전화로 통화했던 우리 이도 애인?"

"네, 맞습니다, 어머님."

"어머머, 어쩜 사람이 이렇게 넉살이 좋아? 그래, 우리 이 서방은 무슨 음식을 좋아하나?"

"얼씨구."

아주 쿵짝이 잘 맞아떨어진다. 짜고 치는 고스톱도 이렇게 척척 잘 맞을 수가 없다. 언제 봤다고 금방 어머니 소리가 저렇게 자연스럽게 나올 수가 있는지. 게다가 이 서방이라니. 누가 누구의 서방이란 말인가! 이런 어처구니없는 짜깁기 각본에 누가 놀아날 줄 알고?

"엄마, 뭔가 오해가……."

손바닥을 주먹으로 치며 결심을 내린 이도가 단호하게 이것은 오해라고 말하려 입을 열었을 땐 이미 그곳엔 저 혼자만 덩그러니 남겨져 있었다. 호들갑스럽게 담장을 넘는 배 여사의 웃음소리에 천천히 대문으로 고개를 돌린 이도의 눈에 마당을 가로질러 현관으로 향하는 두 사람의 다정한 모습이 보였다.

"……있지 말입니다."

허탈하게 남은 말을 토해내며 게슴츠레하게 대문을 쏘아보던 이도가 성큼성큼 그 뒤를 쫓았다. 결혼 당사자를 자꾸만 제외시키는 이 황당한 시추에이션을 즉시 멈춰야만 했다. 눈 뜨고 코 베어 간다더니, 이건 눈 깜짝할 사이에 혼인신고서에 지장 찍고 있을 판국이었다.

"이것 봐요. 내 의사도 좀 존중을 해줘야 하는 거 아닙니까?"

슬리퍼를 훌렁훌렁 벗어 던지며 안으로 들어서던 이도가 그대로 동작을 멈추고 가만히 눈동자를 굴렸다. 나갈 때와는 판이하게 다른 집 안 분위기에 이 집이 과연 우리 집이 맞는지 의심부터 들었다.

"배 여사."

이도의 나직한 부름에 배 여사가 무심히 뒤를 돌아보았다. 들어서던 동작 그대로 눈동자만 굴리던 이도가 물끄러미 배 여사를 바라보며 물었다.

"혹시 계 탔어?"

"무슨 계?"

여전히 웃음기를 거두지 않은 상냥한 모드로 배 여사가 되묻자, 이도가 미간을 좁혀 가늘게 뜬 눈으로 이리저리 고개를 돌리며 심각하게 말했다.

"아니라면 어서 빨리 백스텝하셔."

"뭐?"

"이렇게 모던하고 우아한 집은 절대 우리 집이 아니야. 난지도……."

이도의 말은 거기서 뚝 끊겼다. 말보다 빠른 배 여사의 손놀림으로 쏜살같이 날아든 슬리퍼가 정확히 이도의 입을 강타하고 뚝 떨어졌다. 입술에 알싸한 통증이 느껴졌다. 은유를 등지고 선 배 여사의 입이 알아보기 힘들 정도로 빠르게 움직였다. 소리 없이 쏟아지는 신랄한 육두문자를 정면으로 접한 이도의 눈썹이 꿈틀 거렸다.

그래, 저것이 진정한 배 여사의 참모습이지.

"어머, 얘는. 집에 한동안 안 오더니 넌 집이 어땠는지도 까맣게 잊어버렸니? 이 마미, 너무 속상하려고 그런다."

눈에서 광선이라도 쏠듯이 매섭게 노려보며 입으로는 여전히 다감 모드를 연출하고 있는 배 여사의 연기력에 이도는 할 말을 잃었다. 대체 시집이 뭐기에 배 여사를 저토록 능청스럽고 치밀하 게 만들었단 말인지.

반쯤 넋이 나간 채로 배 여사의 손에 끌려 강제 압송당한 이도 가 정신을 차렸을 때는 이미 제 앞에 커피잔이 놓여져 있었다.

"그래, 지금 하는 일은 뭔가?"

"조그만 금융회사를 운영하고 있습니다."

마치 겸손이 몸에 밴 사람처럼 다소곳이 명함을 내미는 은유에 게서 그것을 받아 확인하던 배 여사의 눈과 입이 순식간에 커졌 다. '미래캐피탈 대표 이은유'라고 적힌 명함을 눈앞으로 바짝 당 겨 확인한 배 여사가 함지박만 하게 웃으며 그의 손을 덥석 붙잡 았다.

월척도 이런 월척이 없었다.

배 여사의 머리가 그 어느 때보다도 빠르게 돌아갔다. 자신의 딸 어디에 어떤 매력이 있어서 이런 월척을 건졌는지는 몰라도 그의 눈에 씐 콩깍지가 벗겨지기 전에 서둘러 둘을 맺어주어야만 했다.

"미래캐피탈 대표? 얼마 전에 대표가 바뀌었다고는 하던데, 이거 도통 그런 데 관심이 없어서. 호호."

새빨간 거짓말이다. 어디가 얼마나 이자가 비싸고 환율이 높은지 죄다 꿰고 있는 배 여사가 그걸 모를 리가 없었다. 믿음이 가지 않는다는 듯 게슴츠레하게 배 여사를 힐끔 올려다보던 이도가 고개를 갸웃하며 은유를 돌아보았다.

"미래캐피탈 대표예요, 당신이?"

은유가 말없이 고개를 끄덕였다. 비록 계약결혼이지만 사태가 이 지경에 이르도록 상대의 신분도 제대로 몰랐다니. 이도가 자신의 무심함에 뜨악해하는 사이 같은 심정으로 배 여사가 한심한 눈으로 그녀를 흘겼다. 그 눈빛을 손을 들어 막고는 이도가 흘러가는 소리처럼 물었다.

"그럼 아버님은?"

커피를 한 모금 마시고 우아하게 찻잔을 내려놓은 은유가 이번에는 그다지 내키지 않는다는 듯 심드렁하게 말했다.

"SW금융 이수근 회장이십니다."

말을 들음과 동시에 배 여사와 이도의 눈이 딱 마주쳤다. 둘의 눈이 다른 의미로 번뜩거렸다. 횡재도 이런 횡재가 없다 기쁨에 겨워 어쩔 줄 모르는 배 여사와 달리 이도는 황당함에 믿을 수 없다 고개를 절레절레 내저었다. 도저히 매치가 되지 않았다. 우리나라 금융을 이끌어가는 5대 기업 중 하나인 SW의 카리스마 회장이 설마 조금 전 봤던 그 막무가내 할아버지라니.

"그래, 부친은 알고 계신가? 우리 이도와 둘 사이에 대해서?"

"네. 적극적으로 밀어주고 계십니다."

"어머, 이렇게 고마울 데가."

"그래서, 어머님만 괜찮으시다면 결혼을 좀 서둘렀으면 합니다."

"아휴, 괜찮다마다. 당장 다음 달이라도 준비되는 대로 해도 되지."

"준비는 따로 하지 않으셔도 됩니다. 모든 건 이미 다 준비되어 있습니다. 도는 몸만 오면 됩니다."

"도?"

"네, 우리 사랑스러운 도."

도가 대체 누구냐 묻는 배 여사의 눈빛에 은유가 닭살 멘트를 서슴없이 날리며 다정하게 이도를 돌아봤다. 그제야 도의 정체를 간파한 배 여사가 어색한 미소를 띠며 고개를 끄덕였다. 천하의 배 여사도 은유의 애칭에는 적잖이 당황스러운 모양이었다.

평소 자신이 상상하던 이미지와는 전혀 매치가 되지 않는 이 회장의 모습을 떠올리며 멘붕을 경험하고 있던 이도는 자신의 손목이 누군가에게 잡혀 어딘가로 덥석 양도되는 것을 마치 타인의 것인 양 멍하니 바라보았다.

"우리 이도 많이많이 사랑해 주게."

"예, 걱정 마십시오."

"그래, 내 자네만 믿고 맡기겠네."

"네, 어머님."

이게 대체 무슨 말인가. 누구를 누구에게 맡긴단 말인가. 좀 전엔 자궁의 소유권을 두고 왈가왈부하더니, 이제는 주인의 의사와 상관없이 멋대로 남의 몸뚱이를 전당포에 맡기듯 훌렁 넘기고 있었다. 여보세요. 나도 생각이 있고 주관이 있는 사람입니다.

퍼뜩 정신이 든 이도가 막 입을 열려는 찰나 자리에서 번쩍 일어선 은유가 그녀의 입을 막아 제 품으로 끌어당기곤 서둘러 작별 인사를 했다. 세상에! 과부 보쌈 하는 것도 아니고, 어떻게 이렇게 작당을 하고 사람을 훅 보낼 수 있단 말인가.

모친! 지금 당신의 딸이 어떤 위기에 봉착했는지 사태 파악은 제대로 하고 계신 겁니까?

이도가 눈을 부라리며 막힌 입으로 욱욱거리는 소리를 일부러 외면한 배 여사가 나오지도 않는 눈물을 손등으로 훔쳤다.

세상 천지에 이런 날치기 결혼이 어디에 있단 말인지. 결혼식장에서 '나는 이 결혼 반댈세' 하고 신부가 판을 뒤집어봐야 이 사람들이 정신을 차리지. 이도는 절대 쉽게 이 사람들이 원하는 대로 결혼식을 올리진 않으리라 굳게 다짐했다.

결혼식은 없었다.

하다못해 둘이서 성당에서 서약만 하는 간단한 식도 올리지 못했다. 양가 어른들이 증인으로 나서서 작성한 혼인신고서를 접수하는 것만으로 모든 것이 순식간에 끝나 버렸다. 그냥 부모님을 속여 사실혼 관계로 1년만 유지하고 있자던 은유의 말은 새빨간 거짓이었다.

혼인신고를 하던 날이 양가 부모님의 첫 대면이라고 생각했던 건 아마도 이도만의 착각이었던 모양이다. 어떻게 그렇게 손발이 척척 잘 맞아떨어지는지, 오고 가는 눈빛이 예사롭지 않았다. 친근함과 끈끈함으로 남다른 결속력을 유발하는 뭔가가 두 분 사이에 있는 것 같았다. 대체 그게 뭘까?

쉽게 수궁하고 넘어갈 배 여사가 아닌데 어떻게 구워 삶았는지 혼인신고를 하면서도 가타부타 말이 없었다. 뭔가 모종의 뒷거래가 있지 않았을까 심히 의심이 되었다. 딸이 제대로 된 결혼식도 못 올리고 팔려가듯 남의 호적으로 떡하니 옮겨 타는데 어쩜 저리 태연할 수가 있는지. 자기 입으로 금지옥엽이라고, 사랑스런 도럴이라고 해놓고 말이다. 생각하면 할수록 기가 막혔다.

"최면이라도 걸었나?"

"무슨 최면?"

이도의 혼잣소리를 들은 듯 스탠드 테이블로 걸어가던 은유가 물었다. 이도가 게슴츠레한 눈으로 은유를 바라보았다. 그가 지금 왜 자신과 함께 있는지도 이도는 이해할 수 없었다. 그것도 이 어두운 밤 단둘이서만 호텔방에 있다니. 결혼식도 없이 무슨 신혼여행이란 말인지. 이 사람들 단체로 뭘 잘못 먹은 거 아냐?

숨을 깊게 들이쉬며 호흡을 안정시킨 이도가 우선 제일 궁금한 것을 물었다.

"배 여사, 아니, 우리 마미는 어떻게 설득한 겁니까? 이렇게 홀라당 넘어갈 사람이 아닌데 이상해서요."

와인과 잔을 들고 돌아서며 은유가 별거 아니라는 듯 싱겁게 웃었다.

"소소한 약속 한두 가지?"

가까이 다가오는 은유를 의심 가득한 시선으로 바라보며 이도가 심도 깊게 파고들었다.

"그 소소한 한두 가지가 뭐랍니까?"

"혹시 네가 겁을 먹고 달아날지도 모르니 일단 혼인신고하고 애부터 갖자는 짜여진 각본대로의 미끼와 그런 다음 초호화 유람선에서의 선상 결혼식, 한 달 코스의 유럽 여행? 뭐, 그 정도?"

은유의 말이 길어지면 길어질수록 이도의 입과 눈이 커졌다. 과연 배 여사답다.

"그래서, 그 말도 안 되는 미끼에 홀라당 넘어갑디까?"

곁에 앉아 와인을 따며 은유가 고개를 끄덕였다.

"바로 콜 하시던데? 확실히 말이 아주 잘 통하시던데?"

그게 말이라서 통한 겁니까? 머니가 따르니까 통한 게지?

"하아, 뭐, 이런 개 같은 경우가 다 있어."

헛웃음이 절로 터져 나왔다. 와인을 따르던 은유가 친절하게도 토를 달아주었다.

"세상을 살다 보면 이런 경우가 허다하게 일어나기도 하지."

매끄럽게 올라간 은유의 입술을 얄밉게 노려보며 이도가 톡 쏘아붙였다.

"댁한텐 허다한 일인지 모르지만 난 생애 한 번 있을까 말까 한 일이거든요. 이건 완벽한 사기예요."

"신고서에 사인한 건 본인이야. 낙장불입. 이미 던진 패는 물릴 수가 없어."

낙장불입 좋아하네. 이게 고스톱 판인가? 결혼이 애들 장난이냐고!

"그게 어떻게 내가 한 겁니까? 댁이 이 손을 강제 점거해서 억지로 쓴 거 아닙니까. 난 절대 승복 못해요.”

“뭐, 그건 나도 어쩔 수 없는 일이었어. 솔직히 혼인신고까지 할 생각은 없었는데 말이야. 일이 묘하게 꼬였어.”

거짓말이다. 그렇게 말하면서 야릇하게 말려 올라가는 은유의 입꼬리를 이도는 놓치지 않았다. 절로 삐죽 튀어나온 이도의 입술이 불만스럽게 이죽거렸다.

“그러게, 꼬여도 아주 오지게 더럽게 꼬였지.”

혼잣소리처럼 뱉은 말이 제법 컸다. 일부러 들으라고 한 말이라는 걸 다 알면서도 은유는 쉽게 말려들지 않았다. 잔 사이로 마주한 눈에서 불꽃이 튀었다. 보일 듯 말 듯 한쪽만 살짝 말아 올린 은유의 입술이 언제 그랬냐는 듯 순식간에 제자리를 찾았다.

“그럼 이제 좀 씻을까?”

은유가 잔을 내려놓고 느긋하게 자리에서 일어섰다. 그와 동시에 이도의 시선이 위로 올라갔다. 씻다니, 왜? 이도의 눈에 깃든 의문을 읽은 은유가 눈을 가늘게 내리뜨곤 의미심장하게 웃었다. 글쎄, 왜일까?

은유가 선 채로 입고 있던 셔츠의 단추를 하나씩 풀어 내렸다. 지켜보던 이도의 눈이 번쩍 커졌다. 단추를 다 푼 은유가 셔츠를 벗어 소파에 던지자 이도가 지레 움찔거렸다. 완벽한 바디를 자랑하며 눈앞에 어른거리는 은유의 상체를 이도가 저도 모르게 뚫어져라 대놓고 훑었다.

그런 이도를 속눈썹 아래로 지그시 내려다보던 은유가 테이블을 돌아 가까이 다가갔다. 조금씩 가까워지는 은유의 몸에 이도의 고개가 갸웃 기울었다. 유독 시선을 잡아끄는 젖꼭지 두 개가 이상하게 나풀거리며 시야를 혼란스럽게 만들고 있었다.

'호오.'

저도 모르게 손을 들어 그것을 만지려던 이도가 문득 낯선 시선을 느끼며 고개를 젖혔다. 살짝 미간을 찌푸린 은유가 이도의 손과 그녀의 얼굴을 번갈아 바라보고 있었다. 헉스. 내가 지금 무슨 짓을 하려고 한 거지? 아무리 사람이 본능에 충실한 동물이라고 해도 이성이라는 것이 있거늘, 이렇게 무방비하게 유혹에 훌렁 넘어가다니.

'네 정녕 미친 게냐!'

화들짝 놀라 얼른 뻗었던 손을 잡아 내리며 손등을 찰싹찰싹 응징했다. 원맨쇼의 확실한 예를 보여주며 혼자 북 치고 장구까지 치는 이도의 모습에 은유의 눈꼬리가 파르르거렸다. 조금만 더 밀당을 하면 어쩌면 아주 쉽게 훌렁 넘어올 수도 있겠다 싶었다.

"이 몹쓸 것, 아무리 굶어도 그렇지. 손댈 데 안 될 데 분간을 잘 해야지."

구시렁거리며 손 단속에 여념이 없는 이도 앞으로 은유가 불쑥 몸을 숙였다. 이번엔 젖꼭지가 아니라 은유의 얼굴이 눈앞에 있었다. 쫑알거리던 이도의 입이 쑥 들어갔다. 눈만 말똥말똥 뜬 채로 은유의 얼굴을 바라보던 이도가 퍼뜩 정신이 들었던지 팔을 크로스해 가슴을 가렸다. 방어 본능이 뒤늦게 발동이 걸린 모양이었다.

말똥거리던 눈을 가늘게 늘이고 경계심을 가득 드러내며 이도가 턱을 곧추세웠다. 해볼 테면 해보라는 식의 도발이었다. 은유의 한쪽 눈썹이 치켜 올랐다가 내려왔다.

'그렇게 유혹해 봤자 절대 안 넘어가.'

불끈 의지를 다잡는 이도의 눈앞에서 은유의 얼굴이 사라지고 다시 젖꼭지가 어른거렸다. 꿀꺽. 의지와 상관없이 목으로 침이 넘어갔다. 그의 상체가 더 깊숙이 다가오자 이도의 몸이 소파 등받이를 타고 주르륵 미끄러져 내렸다. 힐끔. 은유가 제 발 아래로 떨어진 이도를 바라보았다. 눈이 마주치자 이도의 얼굴이 화르륵 타올랐다.

아니다, 아니다, 하면서 자꾸만 은유의 젖꼭지로 시선이 가는 것을 막지 못했다. 그의 탄탄한 복근을 따라 아래로 시선을 옮겼다가 허리선 밑 중앙으로 저도 모르게 눈길을 줬다가 화들짝 놀라 고개를 들었다.

그가 싱긋이 웃으며 야릇하게 말했다.

"먼저 씻을래?"

"……네?"

"무척 더워 보여서."

"아, 안 더운데요."

"그래?"

화끈거리는 얼굴을 세운 무릎 사이로 감추곤 눈만 빠끔히 드러 낸 채 이도가 고개를 흔들었다. 씻으려면 혼자 씻지 왜 갑자기 다른 사람까지 끌어들이고 그런대? 젖꼭지에 떨린 가슴, 단어 하나에도 뒤숭숭해진다는 걸 아는지 모르는지. 은유는 묘하게 귀에 거슬리는 단어만 나열하며 은근히 이도를 자극하고 있었다.

"그런데 얼굴이 왜 그렇게 붉지? 꼭 섹스에 목말라 후끈 달아오른 사람처럼 말이야."

그렇게 말하며 은유가 허리춤에 손가락을 넣어 바지를 살짝 내렸다. 덕분에 섹시미가 철철 흘러넘치는 골반이 아슬아슬하게 보였다. 다분히 의도적인 행위였다.

깊은 밤, 한참 성욕이 활발한 삼십대의 남녀가 한방에 같이 있다는 것 자체만으로도 충분히 위험한 상황이었다. 그것도 여자의 신성한 자궁과 튼튼한 난자에 지대한 관심을 가지고 있는 남자와 함께라는 건 호랑이 굴에 알아서 목욕재계하고 들어간 토끼나 진배없는 꼴이었다.

하지만 이 토끼는 상당히 음흉한 놈이었다. 아니, 논이라고 해야 옳다. 혈기 왕성한 수호랑이의 꾐에 홀딱 넘어가 제 발로 굴에 들어섰으니까. 아닌 척하지만 어쩌면 호랑이보다 더 위험한 놈이 토끼일 수도 있었다.

왜냐하면.

그 토끼는 제대로 해소하지 못한 엄청난 욕정을 꾹꾹 억누른 채 삼십 년을 살아왔으니까. 본인도 미처 깨닫지 못한 불타는 정욕이 내면 깊숙이 도사리고 있었다. 그리고 그것이 폭발하면 어찌 될지는 아무도 알지 못했다.

토끼를 꼬드긴 호랑이조차도.

"농담. 긴장 풀라는 소리야."

작전은 속전속결도 중요하지만 치밀함도 그에 못지않게 중요하다. 은유는 적당히 이도를 자극한 뒤 그녀가 끌려올 수 있도록 여유를 두고 물러섰다. 정신이 혼미해진 틈을 타 절대 빠져나갈 수 없는 유혹의 덫을 치면 그걸로 끝. 그녀는 다시는 헤어 나올 수 없는 늪에 빠진 채 허우적거리게 될 것이다.

언제 그렇게 웃었냐는 듯 시니컬하게 말하며 무표정하게 돌아서 욕실로 들어서는 은유를 이도가 은밀하게 눈으로 좇았다. 그녀의 눈썹이 갈지자로 휘었다. 여기까지 정신없이 휘둘려 끌려온 것도 분통이 터져 미칠 지경인데, 사람을 농락하며 제멋대로 가지고 놀기까지 하다니.

"아주 제대로 토끼의 코털을 건드려 주신다 이거지."

가끔 호랑이가 간과하고 실수로 지나치는 게 있는데, 호랑이만 코털이 있는 건 아니라는 거였다. 토끼도 코털이 있고 건드리면 때론 폭주를 하기도 한다. 지금이 딱 그때였다.

대체 무슨 생각으로 자신을 여기까지 끌어들였는지는 알 순 없지만, 이대로 그냥 당하고만 있을 이도가 아니었다. 지피지기면 백전백승. 손주를 원한다고 했겠다. 하지만 하는 행동으로 봐선 은유는 사랑 따윈 애초에 필요도 없는 사람이 분명했다.

애만 낳아주면 어떻게 되든 상관없다는 식의 뉘앙스를 풍기던 처음의 은유를 떠올리며 이도가 예리하게 눈을 빛냈다.

허리를 펴고 고개를 든 이도가 은유가 벗어놓고 간 셔츠를 바라보다 히죽 웃었다. 호랑이만 토끼를 가지고 놀다 죽일 수 있는 건 아니었다. 토끼도 충분히 호랑이를 가지고 놀다 뛸 수 있었다.

당한 만큼, 아니, 그 배로 갚아주리라.

불끈 주먹을 쥐어든 이도가 벌떡 몸을 일으키다 허리를 잡고 엉거주춤 걸음을 옮겼다. 너무 쭈그려 앉아 있었던 모양인지 허리에 따끔하고 작은 충격이 왔다. 맞은편 소파에 있던 셔츠와 힘겹게 걸어 도착한 욕실 앞에서 바지와 속옷을 습득했다.

쾌재를 부르며 그것들을 들고 눈을 빛내 히죽 웃던 이도가 작전을 수행하기 위해 막 현관 쪽으로 발길을 돌렸을 때였다.

머리 위로 똑똑 물방울이 떨어졌다. 의아해 고개를 갸웃하며 들자 언제 열렸는지 욕실 문기둥에 한쪽 팔을 올려 기댄 은유가 느른히 내려뜬 눈으로 자신을 바라보고 있었다.

똑똑.

젖힌 이마 위로 물이 떨어졌다. 은유의 젖은 머리카락에서 떨어진 물방울이었다. 꿀꺽. 이도가 마른침을 삼키자 은유의 입술이 매끄럽게 치켜 올라갔다. 그의 붉은 입술이 부드럽게 달싹였다.

"어디 가, 허니?"

"……어. 그, 세탁."

히죽. 어설프게 웃는 이도의 얼굴 위로 은유의 얼굴이 드리워졌다. 그가 곁눈질로 그녀를 보자 등골이 싸해지며 소름이 돋았다. 은유의 길고 고운 손가락이 이도가 들고 있던 옷가지를 집어 들었다. 변명이 참 허접했다고 속으로 탄식하며 이도가 입술을 잘근 깨무는 사이 그가 어깨를 잡아 제 쪽으로 그녀를 돌려세웠다.

"왜, 왜요?"

그가 말없이 옷을 하나씩 집어 훌훌 날렸다. 사방으로 옷이 날아가 바닥에 널브러졌다. 옷을 죄다 들고 튀어 쪽팔림을 선사하겠다던 이도의 유치한 계획은 수포로 돌아갔다. 깨끗이 자신의 패배를 인정하며 짧게 아쉬움의 입맛을 다시던 이도의 몸이 순간 번쩍 들려 허공을 날았다.

출렁.

몸이 떨어진 곳은 다행히 침대 위였다. 그런데 뭔가 느낌이 다른 것이 이게 바로 말로만 듣던 물침대인 것 같았다. 출렁거리는 침대 위에서 균형을 잡으려 버둥거리던 이도의 몸을 뭔가가 갑자기 불쑥 덮쳐 왔다.

놀란 이도가 커진 눈을 깜빡거리자 은유가 손가락으로 부드럽게 그녀의 볼을 쓰다듬으며 달래듯 말했다.

"옷은 필요 없어, 베이비."

"베, 베, 뭐요?"

"옷 따위 감출 필요 없어. 난 영원히 당신 곁에 머무를 테니까."

능글 버전은 나름 참을 수 있었다. 하지만 느끼 버전의 은유는 도저히 참아줄 수가 없었다. 소름을 넘어 두드러기가 날 것만 같았다. 착각도 유분수지, 어떻게 자기를 선녀에 비유해 옷이 있어도 널 떠나지 않을 거야라고 말할 수가 있는지. 할 수만 있다면 망할 날개옷이라도 겹겹이 입혀서 아예 하늘로 추방시키고 싶었다.

이도가 손발의 오그라듦을 온몸으로 경험하고 있을 때 은유는 유유자적 시시각각 변하는 그녀의 얼굴을 감상하며 속으로 콧노래를 흥얼거렸다. 이도가 아무리 날고 뛴다 해도 결국은 은유의 손바닥 안이었다. 즐겁게 이도를 바라보던 은유의 눈이 조금 깊어졌다.

품에서 바스락거리는 이도의 몸이 자신의 몸에 닿을 때마다 왠지 모르게 기분이 묘했다. 이걸 뭐라고 표현해야 할지 달리 말을 찾을 수가 없었다. 이도의 몸부림에 은유의 목욕가운이 벌어졌다. 맨살에 이도의 손이 닿자 불에 데인 것처럼 화끈거렸다. 은유가 저도 모르게 몸을 흠칫 떨자 이도가 놀라 눈을 동그랗게 뜨고 그를 빤히 바라보았다.

눈이 마주쳤다. 그리고 보았다, 은유의 눈동자가 흔들리는 것을.

오호. 이것 봐라?

고단수처럼 굴더니 이거이거 완전 초짜 아니야? 흔들리던 은유의 눈이 딱 멈췄다. 유달리 반짝이는 이도의 눈빛에 그의 미간이 한껏 찌푸려졌다. 이도의 속내를 읽은 모양이다. 둘의 시선이 치열하게 얽혔다.

씨익. 도도하게 치켜뜬 이도의 눈이 의미심장하게 들썩거렸다. 은유의 가운 깃을 잡아 바짝 당기자 그의 눈이 당황해 커졌다. 처음 보는 당혹스러움이었다. 이것만으로도 왠지 즐거워지는 이도였다. 하지만 이도는 거기에서 만족하지 않았다.

그의 입술 아래 제 입술을 두고 닿을 듯 말 듯 아슬아슬하게 간격을 유지한 채 이도가 말했다.

"허니, 그래, 우리 아주 화끈한 밤을 보내보자고. 허니문이잖아. 안 그래?"

도발하듯 내뱉은 이도의 말에 잠시 의아해 굳었던 은유의 얼굴이 봄눈 녹듯 사르르 풀렸다. 그가 옷깃이 잡힌 채로 순식간에 몸을 뒤집어 옆으로 나란히 누운 채 한 팔로 머리를 괴곤 느릿하게 말했다.

"하긴, 이왕 이렇게 된 거, 서로 즐길 만큼 즐겨보지 뭐. 그래, 원하는 게 뭐야? 몸? 섹스?"

"……어라라?"

이게 아닌데 하는 이도의 얼굴을 지그시 바라보며 은유가 다른 손을 움직여 그녀의 블라우스 단추를 매만졌다. 이도의 눈이 첫 번째 단추에 머문 그의 손과 얼굴을 번갈아 보았다. 설마 하며 고개를 젓는 찰나 톡 하고 단추가 풀렸다. 매끄럽게 그 아래 단추로 손을 미끄러트리며 그가 감미롭게 속삭였다.

"우리 허니는 어떤 걸 원하시나? 하드? 네츄럴? 뭐든 말만 해. 서비스 확실하게 해줄 테니까."

톡. 두 번째 단추가 열렸다.

"만족할 때까지."

대신, 당신은 내가 원하는 걸 주면 돼. 지그시 내려뜨진 은유의 눈이 점점 깊어졌다.

세 번째 단추에 은유의 손이 닿았을 때 이도의 가출했던 정신이 후딱 제자리를 찾아 돌아왔다. 어찌하여 일이 이 지경이 되도록 두었을까? 여기저기 휘둘려 정신없이 끌려다니느라 정작 중요한 사실은 까맣게 잊고 있었다.

이로써 이도는 다시는 되돌릴 수 없는 강을 건너고 말았다. 그토록 달고 싶었으나 결코 이런 식은 아니었던 새댁이라는 타이틀. 게다가 호시탐탐 그녀의 자궁을 노리며 들이밀기에 열중인 이 남자. 자신의 호적에 떡하니 이도의 이름을 올려놓은 천하의 날도둑, 이은유.

서늘한 냉기를 뿜어내며 이도가 덥석 그의 배은망덕한 손을 덮쳐 진행을 저지시켰다. 긴 속눈썹 아래 차분히 가라앉은 은유의 눈동자가 그녀를 직시했다. 이대로 당신의 농간에 훌렁 넘어가지는 않겠다, 굳은 의지를 담아내며 이도가 눈을 빛냈다.

아무리 침 넘어가게 혹 가는 유혹이라도 이겨내야만 한다. 눈앞에서 유혹의 오라를 마구 남발하고 있는 은유의 잘난 면상을 이도가 손으로 가렸다. 손안에서 은유의 얼굴이 꿈틀거리는 게 느껴졌다.

말보다 몸이 앞서는 이도의 느닷없는 행동에 은유가 잠시 주춤거렸다. 갑자기 시야를 가리면서 덮쳐 온 이도의 손이 얼굴을 밀어내고 있었다. 손가락 사이로 마주친 이도의 눈이 이글거리고 있었다.

이런, 아직 정신을 차리면 안 되는데.

이도를 뚫어져라 직시하던 은유의 입술이 한쪽으로 비스듬히 치켜 올라갔다. 저항을 해보시겠다? 원래가 승부사의 기질이 다분한 은유였다. 하겠다고 결심해 나선 일에 한 번도 물러서거나 져본 일이 없는 그였다. 그래서 지금 이도의 도발은 꽤 흥미로웠다. 이겼다고 생각한 것을 자꾸만 엎어 원점으로 돌려놓는 이도의 발칙함에 스멀스멀 승부욕이 일었다.

은유의 눈이 사르르 감겼다 떠졌다. 손가락을 간질이는 속눈썹의 묘한 자극에 이도의 미간이 움찔거렸다. 손가락 사이로 보이는 은유의 눈빛이 왠지 모르게 섬뜩함을 자아냈다. 등골이 송골해지는 것을 기분 탓이라 일축하며 이도 또한 지지 않고 마주한 눈에 힘을 주었다.

"이렇게 도발적인 여자가 내 와이프라니, 이거 몹시 흥분되는데?"

비식이 올라간 입술 사이로 은유가 나직이 흘려낸 말은 신혼 첫날의 흥분이 아닌 다른 의미의 흥분을 담아내고 있었다. 파이트의 기질이 다분한 이글거리는 은유의 눈빛에 이도가 속으로 낮은 한숨을 삼켰다.

'싸우시겠다고요? 지금 나랑?

얼굴을 가린 이도의 손목을 잡아 떨어트리며 은유가 씨익 웃었다. 질 수 없다 불끈한 이도가 눈을 부릅뜨곤 입을 씰룩거렸다. 비록 유부녀 딱지를 붙이기는 했어도, 돌아갈 수 없는 강이라 해도 지워지지 않는 상흔 하나 새겨 돌아가면 까짓 못할 것도 없었다.

"돌싱이 요즘 대세라던데. 그까이 거 나라고 못할 이유 없지."

배 여사의 소원도 이만하면 완벽하게 들어준 셈이고. 배신의 정점을 찍으며 딸을 악의 소굴에 후룩 넘겨 버린 심 봉사보다 한술 더 뜨는 자신의 모친을 이도는 속으로 곱씹어 삼켰다. 배 여사, 내 이 은원은 꼭 갚아주리다. 단, 저놈 먼저 녹다운시켜 놓고.

"돌싱? 그건 1년 후에나 가능한 일 아닌가?"

"1년?"

"아무리 그래도 계약은 계약이니까. 혹시나 해서 공증도 받아 놨는데."

"공증은 또 왜?"

"사람에 속지 마라, 남는 건 서류뿐이다. 이게 내 신조거든."

잘났다. 오죽 성격이 모가 났으면 그런 걸 신조로 삼고 사는지. 댁을 상사로 모시고 있는 부하직원들이 참 가엾구려.

"아이구, 그러셨어요? 그럼 1년 동안 신나게 놀아드려야겠네?"

이도의 빈정거리는 말투가 묘하게 신경을 거슬렸다. 말속에 가시를 숨기고 여차하면 찌르겠다 협박 아닌 협박을 하는 것처럼 들렸다.

"신나게 논다라……."

이도의 말을 되새기며 은유가 잡은 손에 지그시 힘을 가했다. 아릿한 통증에 눈을 찡그린 이도가 거칠게 그의 손에서 팔을 빼냈다. 욱신거리는 손목을 주무르며 그를 얄밉게 쏘아보았다. 그 모습을 시니컬하게 바라보던 은유가 불쑥 이도의 면전으로 얼굴을 들이밀었다. 놀라 움찔하긴 했지만 이도도 물러서지 않았다. 뻣뻣하게 얼굴을 들고 어쩔 건데? 하고 묻는 이도의 눈빛에 그의 입술이 위험스럽게 천천히 말려 올라갔다.

"그래, 해보지. 1년의 기한 동안 누가 누구를 홀리고 승리를 거머쥘지."

"진 놈은 아주 처참하게 버려지겠지. 추하게 질질 짜지나 말아야 할 텐데. 걱정이네."

"걱정은 무슨. 축복의 열매를 맺게 될 텐데 울긴 왜 울어?"

"차인 놈이 열매는 무슨."

그전에 나한테 차일 텐데, 꿈도 야무지지. 택도 없는 꿈 꾸지도 마라 철벽방어를 펼치는 이도의 몸 위로 은유가 서슴없이 제 몸을 겹쳤다. 그리곤 눈을 희번덕거리며 버둥거리는 이도의 턱을 붙잡아 제게 고정시켰다.

여태까지와는 다른 시리게 차분한 눈빛으로 그가 이도를 직시했다. 하나하나 이도의 모든 것을 꿰뚫듯 세밀하게 그녀의 얼굴을 더듬어 내린 은유가 귓가에 입술을 내리고 소곤소곤 감미롭게 속삭였다.

"그럼 어디 한번 홀려봐."

"모, 못할 것 같아?"

당황해 말을 더듬는 이도의 입술 위로 은유의 입술이 짙은 그림자를 드리웠다. 닿을 듯 말 듯 아슬아슬한 위치에 입술을 두고 은유가 심리전을 펼치듯 뜨거운 숨결을 부러 그녀의 입술 위에 천천히 흩어놓았다.

은유의 숨결이 고스란히 이도의 입속으로 스며들었다. 그녀의 속눈썹이 파르르 떨렸다. 숨을 들이켜느라 부푼 이도의 가슴이 은유의 벗은 상체에 닿았다. 순간 화르륵 달아오른 이도의 얼굴을 재밌다는 듯 내려다보며 은유가 사악하게 입꼬리를 말아 올렸다.

"컴 온, 베이비."

놀리듯 말하는 은유의 목소리에 이도의 투지가 활활 불타올랐다. 이도의 눈썹이 의미심장하게 들썩거렸다. 그를 심드렁하게 바라보는 은유를 향해 이도가 마주 사악한 미소를 띠었다.

"정 원하신다면."

삼십 년간 묵혀왔던 마성의 본능을 숨김없이 발휘해 주지. 겁먹고 달아나지나 말라고. 허공에서 맞물린 시선에서 파바박 불꽃이 튀었다. 그리곤 누가 먼저랄 것도 없이 서로의 입술을 향해 돌진했다.

그 뒤로 그들이 거짓 신혼여행지로 잡은 호텔에선 때아닌 육탄전이 벌어졌다. 룸을 기준으로 옆과 아래위, 다른 곳에선 그들의 거친 호흡과 우당탕거리는 소리에 덩달아 후끈 달아오른 몸을 식히느라 뜨겁게 날밤을 꼬박 지새웠다.

다음날.

은유의 지시대로 슈트를 준비해 룸 앞에 선 우철은 벨을 눌러야 할지 노크를 해야 할지 망설이며 그 앞을 서성거렸다. 은유가 말한 시간이 다가올수록 초조함에 우철의 발걸음이 빨라졌다.

아무리 작전상 어쩔 수 없었다 해도 이건 한 여자의 일생이 걸린 문제였다. 아무것도 모르고 은유에게 낚여 어처구니없는 결혼

생활을 시작하게 된 이도에게 우철은 무한한 측은지심을 느끼고
있었다.

방황하던 우철의 발이 우뚝 멈췄다. 이왕 벌어진 일. 되돌릴 수
없다면 최대한 이도를 배려하며 그녀의 편에서 그녀를 지켜주는
수밖에 없었다. 엉뚱한 사명감에 불타오른 우철이 마음을 다잡고
조심스럽게 벨을 눌렀다. 지금 그가 할 수 있는 일이라곤 은유의
손아귀에서 한시라도 빨리 이도를 해방시켜 주는 것뿐이었다.

벨이 울렸음에도 안에서는 아무런 기척이 없었다. 빤히 문을 보
고 선 우철이 다급하게 다시 벨을 눌렀다. 은유 성격에 밤사이 무
슨 사단이 난 건 아닌지 걱정스러웠다.

다섯 번의 벨이 울리고 나서야 안에서 움직이는 기척이 들렸다.
잠금이 풀리는 소리를 들으며 우철이 긴장한 채 바짝 신경을 곤두
세웠다. 스르르 문이 열리고 누군가 모습을 드러냈다. 동시에 우
철의 눈이 동그랗게 커졌다. 그가 기다리던 인물이 아니었다.

당황해 할 말을 잃고 멍하니 자신을 바라보고 서 있는 우철을
심드렁하게 올려다보곤 이도가 문을 더 활짝 열고 앞으로 나섰다.
척 하니 팔짱을 끼고 도도하게 턱을 치켜세운 이도가 우철을 위아
래로 쓱 훑어 내리곤 흥 하고 콧방귀를 꼈다. 전에 자신의 말을 씹
어 묵인하며 은유의 말대로 움직였던 사람이었다. 덕분에 그날 곤
욕을 아주 제대로 치렀었다.

"볼일 보쇼."

하루 사이에 어떤 심경의 변화를 겪었는지, 완전히 돌변한 이도
의 투박한 말투에 우철의 한쪽 눈썹이 묘하게 치켜 올라갔다. 노
가다판에서 십 년은 굴러먹은 노장의 냄새가 물씬 풍기는 말투였

다. 그보다 더 우철을 당황하게 만든 것은 어제 산뜻하게 호텔로 들어서던 새 신부의 모습과는 판이하게 다른 이도의 모습 때문이 었다.

"그……."

남자들이 흔히 말하는 17대 일로 싸웠다는 전설 속 짱의 모습도 이러지는 않았을 것이다. 우철은 처참하기 그지없는 이도의 모습 에 인상을 구기며 차마 말을 잇지 못하고 머뭇거렸다. 우철이 걱 정 가득한 눈으로 자신을 세심히 훑자 이도가 '뭐요?' 하며 심드 렁하게 시선을 맞받아쳤다.

우철의 입에서 짙은 신음이 저도 모르게 흘러나왔다. 대체 저 몰골은 어떻게 만들어진 것일까? 아무리 그래도 대장이 여자를 저 지경까지 만들 천하의 몹쓸 놈은 아닌데 말이다.

머리에 와 닿는 우철의 시선에 이도가 가뿐히 머리카락을 손으 로 흩날려 주었다. 왜, 너도 뻑이 가니? 포스로.

이도는 아직 자신의 모습을 제대로 보지 못한 듯했다. 우철이 자뻑에 빠져 허우적거리는 이도를 안쓰럽게 바라보았다.

사자의 갈기를 연상시키는 엉망으로 헝클어져 부스스한 머리카 락이 하늘 높은 줄 모르고 사방으로 뻗쳐 있었다. 게다가 좀비 저 리 가라 해쓱해진 얼굴 위로 다크가 턱까지 길게 고속도로를 내고 있었고. 짐승이 물어뜯었다고 해도 믿을 정도로 단추가 서넛 떨어 져 나간 블라우스는 또 어떻게 해서 저 지경이 된 것인지. 그나마 구김이 많이 갔을 뿐 제 형태를 유지하고 있는 바지가 참 다행이 다 싶었다.

말을 잃은 우철의 인상이 점점 일그러지는 것을 심드렁하게 쳐다보며 이도가 뒤쪽을 턱으로 가리켰다.

"이건 새 발의 피올시다. 뒤쪽이 더 처참하거든."

우철이 고개를 갸웃하며 멍하게 물었다.

"뒤쪽이라 하면 누구……?"

엉겨 제대로 넘어가지 않는 머리를 넘기려 무심결에 손을 찔러 넣었던 이도가 빼도 박도 못하고 머리카락에 붙잡힌 손가락을 그대로 둔 채로 씨익 음흉하게 입술을 끌어 올렸다.

꿀꺽. 우철이 저도 모르게 마른침을 삼켰다.

은유와 이 회장 외에 자신에게 섬뜩함을 주는 웃음을 지을 수 있는 사람이 또 있으리라곤 생각지도 못했다. 그 둘을 제외하고 여간해선 긴장하는 법이 없는 우철이 지금 머리카락이 삐죽삐죽 곤두서는 것을 경험하는 중이었다. 그것도 제 가슴께밖에 닿지 않는 여자에게 말이다.

"훗. 글쎄올시다. 그게 누굴까나?"

리듬까지 가미해 말끝을 올린 이도가 어깨를 으쓱하며 우철을 검지 끝으로 살짝 밀쳤다. 아무 저항 없이 한쪽으로 밀린 우철이 지켜보는 가운데 이도는 콧노래까지 흥얼거리며 유유자적 복도로 나섰다.

그러다 뭔가 생각났다는 듯 홱 돌아보며 한쪽 코를 막고 흥 하고 콧바람을 불어 다른 쪽을 막고 있던 휴지를 날렸다. 그리곤 코를 씰룩거리며 쓱쓱 손등으로 문지르곤 지나가는 투로 툭 던지듯 말했다.

"거긴 아마 두 갤 겁니다."

"네?"

우철이 척 하니 세워진 이도의 검지와 중지를 바라보며 멍하게 물었다. 씨익 입만 끌어 올린 괴상한 얼굴로 이도가 큭큭거렸다. 어쩐지 등골이 서늘해졌다. 이거 어쩌면 저 여자가 아니라 대장이 잘못 걸린 걸지도 모르겠다는 생각이 문득 들었다.

이도의 정신 상태에 의문을 품기 시작한 우철에게 그녀가 '두 개'에 대해 친절하게 답해주었다. 자신의 콧구멍을 두 손가락으로 콕 찌르면서.

"막힌 구멍 두 개."

"……헉!"

"숨은 제대로 쉬나 몰라."

음험하게 눈썹을 들썩이며 득의양양하게 고개를 돌려 멀어지는 이도의 모습을 우철이 뜨악하게 바라보았다. 설마, 대장이 여자에게 맞아 쌍코피를 터트렸을 리가. 믿을 수 없다 고개를 젓던 우철이 문득 떠오른 생각에 불쑥 룸 안쪽을 돌아봤다.

분명히 남자를 좋아한다고 했었다. 내 남자라고 소리치며 대범하게 남자의 손까지 잡고 나갔었는데. 그런 사람이 여자와 섹스를 하다 쌍코피가 터졌다는 건 도무지 말이 안 되는 소리였다.

그럴 리 없다고 애써 부정은 하지만 눈으로 보지 않고는 믿을 수가 없었다. 은유가 쌍코피를 터트렸다는 것 자체만으로도 엄청난 사건인데. 그것이 섹스 때문이었다고 한다면 이건 정말 금세기 최고의 이슈거리였다. 그것도 여자를 허공에 떠다니는 먼지보다 더 하찮게 여기는 은유가 말이다.

한 발 한 발 현관을 향해 다가서던 우철이 뭔가를 발견하곤 그대로 우뚝 멈춰 굳어버렸다. 우철의 손에서 슈트가 뚝 하고 떨어졌다. 굳어버린 우철의 몸에서 유일하게 움직이는 눈동자가 또르르 분주하게 사방을 훑었다.

난장판도 이런 난장판이 없었다. 폭격을 맞았다 해도 믿을 만큼 룸 안은 초토화 상태가 되어 있었다. 발 디딜 곳을 찾지 못할 만큼 어지럽혀진 룸을 천천히 훑던 우철의 입에서 짙은 신음이 터져 나왔다.

"대체 이게 무슨……."

전쟁터의 한가운데 홀로 살아남은 패잔병처럼 우두커니 침대에 걸터앉아 있던 은유가 우철의 혼잣소리에 스르르 고개를 들었다. 그는 침대 시트로 얼굴을 반쯤 가리고 있었는데 손가락 사이로 핏빛으로 물든 부분이 선명하게 보였다.

"쌍코피……."

저도 모르게 우철이 입을 열었다. 가늘게 치뜬 은유의 두 눈이 날카롭게 번뜩였다. 흡사 광기에 찌든 살인귀마냥 섬뜩하게 무표정한 얼굴로 은유가 가만히 우철을 직시했다. 거리가 제법 있었음에도 우철의 눈에는 너무도 선명하게 보였다. 분노로 파르르 떨리는 은유의 눈가가. 은유의 붉디붉은 입술이 달싹거렸다.

"닥쳐."

음산하게 착 가라앉은 목소리에 우철의 귓가 솜털이 오스스 일어섰다. 부들부들. 우철의 입술 한쪽이 공포에 질려 제멋대로 떨렸다. 근래 저토록 분노하는 은유를 본 적이 없었다. 그리고…… 저토록 처절하게 망가진 은유 또한 본 기억이 없었다.

여자가 한을 품으면 오뉴월에도 서리가 내린다더니, 옛말이 틀린 게 하나도 없음을 우철은 오늘 또 새삼 깨달았다. 그건 어쩌면 여자의 무서움을 뼈저리게 느낀 선조들이 후손을 위해 남긴 조언일 것이다. 그러게 왜 아무 죄 없는 여자를 그 지경까지 몰아치십니까.

은유의 명령에 입을 꾹 다문 우철이 벌떡 몸을 일으켜 욕실로 향하는 그를 조용히 눈으로 좇았다. 그의 등을 본 우철의 입에서 억눌린 신음이 흘러나왔다. 등 곳곳에 남은 흔적으로 봐선 마치 미친 짐승에게 온몸이 물린 것처럼 보였다. 그 짐승이 이도임을 우철은 믿어 의심치 않았다. 참 교묘하게도 물어놨군.

"흐음."

행복은 아니더라도 이렇게 살벌할 필요까진 없었을 텐데. 허니문을 참 별스럽게도 보냈다. 장담컨대 둘은 세상에 두 번 다시없을 아주 독특한 부부가 될 것이다. 고개를 절레절레 흔들며 우철이 떨어진 슈트를 들어 탈탈 털었다.

욕실 안에서 샤워기 소리가 들렸다. 욕실 쪽을 바라보는 우철의 미간이 살짝 찌푸려졌다. 물에 닿으면 상당히 따가울 것 같던데. 아니나 다를까. 들릴 듯 말 듯 낮게 억눌린 신음이 물소리에 섞여 간간이 새어 나왔다. 우철의 눈이 가늘어지며 그 아픔이 상상이 되는 듯 따라 신음을 흘려냈다.

가만히 욕실 쪽을 주시하던 우철이 몸을 돌려 곧장 침대로 걸어갔다. 발로 대충 걸리적거리는 것들을 쓱쓱 걷어낸 뒤 피 묻은 시트를 물끄러미 내려다보고 섰다. 한참을 시트만 바라보던 우철이 욕실 쪽 인기척에 귀를 기울이며 재빨리 시트를 한 손에 돌돌 말아 들었다.

그리곤 깨끗해진 침대 위에 슈트를 다소곳이 내려놓고 돌아섰다. 그리곤 은유를 기다리지도 않고 시트를 말아 든 채 재빨리 룸을 나섰다.

복도를 나선 우철의 걸음이 빨라졌다. 그는 생애 최고의 기념품이 될 시트를 은유 몰래 빼돌리기 위해 부리나케 주차장으로 향했다. 그의 심장이 미친 듯이 뛰어댔다.

주차된 차의 트렁크에 은밀하게 시트를 감추며 우철은 바짝 긴장한 채 주변을 경계했다. 마치 누가 뺏기라도 할까 겁먹은 사람처럼 그의 움직임은 다급했다. 우철의 이마 위로 식은땀이 맺혔다.

"휴우."

낮은 숨을 내쉬며 손등으로 이마를 닦아낸 우철이 트렁크 문을 닫고 거기에 기댄 채 가쁜 숨을 다스렸다. 아무도 본 사람이 없음을 확인하고서야 마음이 놓였던 듯 우철이 갑갑하게 조여드는 꽉 채운 셔츠 단추 하나를 풀어내고 넥타이를 느슨하게 만들었다.

"흐흐흐."

우철의 입에서 이상한 웃음소리가 흘러나왔다. 좋은데 차마 그 기분을 대놓고 표출할 수 없는 억눌린 웃음이 그런 소리를 만들어냈다. 우직한 우철에게선 좀처럼 볼 수 없는 모습이었다. 묘하게 반달을 그리며 휜 우철의 눈이 반짝반짝 빛났다. 득템했다!

평생 이은유가 누군가에게 맞아 코피를 흘릴 일은 없었다. 피의 종류는 수없이 많고, 은유가 그동안 흘린 피도 적지 않았다. 그러나 여자에게 맞아 흘린 쌍코피는 생애 처음이었다. 그리고 이후, 다시없을 일이었다. 이것만이 은유가 흘린 유일한 쌍코피의 흔적이었다. 기념으로 길이길이 간직했다가 우울할 때 한 번씩 꺼내

보면 절로 힐링이 될 것 같았다.

"흠흠."

은유가 욕실에서 나오면 자신을 찾을 것을 떠올린 우철이 헛기침으로 기분을 전환했다. 정색하며 기댔던 몸을 일으켜 엘리베이터 쪽으로 걸어가던 우철의 어깨가 들썩거렸다. 억눌린 웃음이 신음처럼 흘러나오는 것을 주먹으로 꾹 눌러 삼키며 우철이 입술을 꽉 깨물었다.

그의 걸음에서 들뜬 기분이 물씬 느껴졌다. 부디, 은유 앞에선 아무런 내색을 하지 말아야 할 텐데. 듬직과 우직이 트레이드마크였던 우철이 오늘따라 가벼움을 콘셉트로 내세웠다. 어쩌면 이도가 우철의 나사를 몇 개 빼놓고 간 건지도 모를 일이었다.

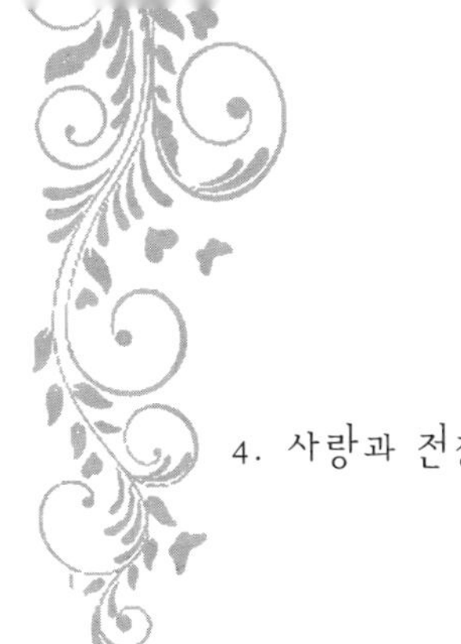

4. 사랑과 전쟁?

"컥. 뭐?"

영지가 마시던 오렌지주스의 파편이 맞은편에 앉은 이도의 손등까지 튀었다. 물에도 사레가 걸린다더니 주스도 예외는 없는 모양이었다. 하긴, 짧은 시간 이도가 겪은 기가 막히고 코가 막히는 스펙터클 엽기 웨딩스토리를 듣는다면 누구나 영지와 똑같은 반응을 보일 것이다. 아니, 더하면 더했지 덜하진 않으리라 이도는 확신했다. 냅킨으로 손등을 쓱쓱 닦아내며 이도가 심드렁하게 말했다.

"어디 그뿐이냐? 첫날밤 스토리는 더 대박이다."

첫날밤이라는 말에 영지의 눈이 번쩍 커지며 광채를 뿜어냈다. 남다른 이 부부의 첫날밤은 과연 어땠을까 몹시 궁금했다. 몸을 낮추고 테이블 위를 팔꿈치로 다다닥 다가온 영지가 낮고 은밀한 목소리로 물었다.

"왜? 왜? 어땠는데?"

정녕 그것이 알고 싶은 게냐? 묻는 이도의 눈빛에 영지가 고개를 끄덕였다. 깊은 한숨이 절로 흘러나왔다. 그날의 일을 떠올리니 또 혈압이 상승하는 것 같았다. 이도의 이마에 굵은 힘줄이 돋아났다. 그와 더불어 그녀의 한쪽 눈이 움찔움찔거렸다.

어쩌다가 승기를 쥐긴 했지만 그다지 유쾌한 기분은 들지 않았다. 뭔가 찝찝하고 거북스럽달까. 이도가 그 찝찝함의 원흉인 오른손을 책망 어린 눈빛으로 노려보자 손이 찔끔해 파르르 몸을 떨었다.

'네 죄를 네가 알렷다!'

궁금증을 자아내는 이도의 리얼한 표정에 영지가 참지 못하고 그녀를 재촉했다.

"어서 말해봐. 적을 알아야 쓰러트릴 계획도 세울 거 아니냐."

"흠. 그날의 격전은 정말 세기에 다시없을 치열한 전투였지."

"치열? 황홀 아니고?"

"황홀 아니고 처참."

"웁스."

치열을 넘어 처참이란다. 대체 그 밤 무슨 일이 있었기에? 갈수록 궁금증만 더해졌다. 생각하는 것도 싫다는 듯 이도가 진저리를 치며 말했다.

"아무튼 엎치락뒤치락 엉겨서 쟁탈전을 벌이다가."

"벌이다가?"

"내가 거길 꽉 움켜잡았지."

“잡아? 어딜?”

영지가 아리송한 표정으로 움켜잡을 만한 부위를 가늠하는 사이 이도가 손을 들어 뭔가를 확 잡아 쥐는 포즈를 취하며 시니컬한 표정을 지었다. 문제의 오른손이 부들거렸다.

“정자네 집.”

“뭐? 어디?”

쉽게 알아채지 못하고 영지가 되물었다. 갸웃하는 영지를 심드렁하게 쳐다보며 이도가 어깨를 으쓱했다. 입에 담기도 싫다는 표정이었다. 영지는 정자가 누구인가 곰곰이 생각했다. 남자와 정자의 상관관계에 이르러서야 기어이 결론이 났다.

영지가 설마 거기? 하는 표정으로 묻자 이도가 묵묵히 고개를 끄덕였다. 스르르 영지의 눈이 절로 불끈거리며 분노하는 이도의 손으로 향했다. 설마 터트린 건 아니겠지? 영지의 걱정은 기우에 그쳤다. 뭐, 사고를 칠 뻔한 건 맞지만 다행히 그 정도까지 가진 않았다.

조금만 더 힘을 가했다면 첫날 신랑을 고자로 만든 엽기녀로 인터넷을 뜨겁게 달굴 뻔했다. 사실 그것을 손에 쥐기까지 상대의 몸을 쟁탈하기 위해 더듬고, 만지고, 주무르고 무수히 많은 일이 있었지만. 그것도 남들이 생각하는 그런 19금 수위의 행위는 아니었다. 다분히 경쟁적인 우위 다툼이었다.

급속을 쟁취해 득의양양해진 이도가 은유의 중심을 잡고 광기어린 웃음을 흐흐 흘리자, 그가 놀라 그 참혹한 현장과 이도의 얼굴을 번갈아 바라보았다. 둘의 눈이 맞닿자 그제야 제가 한 짓을 인식한 이도가 당황해 앞뒤 분간 없이 그에게 펀치를 날렸다.

정말 살짝, 아주 살짝 스치듯 내지른 것뿐인데, 코피가 터져 버렸다. 그것도 쌍으로. 반면 이도의 코피는 벗은 은유의 몸을 보고 흥분한 나머지 피가 솟구쳐 저절로 터진 것이었다.

생애 처음 맛본 치욕에 멘탈이 붕괴된 채 굳은 은유는 더 이상 아무런 반항도 하지 못하고 속수무책 그녀에게 당하기만 했다. 그와 마찬가지로 너무 흥분한 나머지 정신을 살짝 놓은 이도가 이기고 말리라는 신념 하나로 무섭게 달려들어 그의 가운을 벗기고, 젖꼭지를 물어뜯고, 입술을 물어뜯는 등 광란의 질주를 펼쳤다.

확실히 그녀의 삼십 년 묵혀둔 성욕은 엄청난 파워를 숨겨두고 있었다. 평소 같았으면 엄두도 못 냈을 일을 순식간에 해치우며 거의 은유를 잡아먹기 일보 직전까지 몰아붙였으니까.

"왜 거기서 브레이크를 밟아? 확 밀어붙여야지!"

영지가 저도 모르게 흥분해 소리를 버럭 질렀다. 사람이 불도저도 아니고 어떻게 밀어붙이냐고 안면을 싹 바꾸고 얌전 모드로 도리질 치는 이도를 영지가 사납게 쏘아보았다.

남자 거시기를 쥐었으면 제대로 맛을 봐야지 왜 그걸 다시 놓아주냔 말이다. 칼도 들면 무라도 썰어야 된다는데. 월척도 그런 월척이 없거늘. 거시기를 쥐어 손맛을 봤으면 다음엔 시원하게 삼십 년 동안 막혔던 신비의 굴을 확 뚫어줘야지. 그걸 왜 또 도로 묵혀두느냔 말이다. 장 담그는 것도 아니고. 다시없을 좋은 기회를 그렇게 허무하게 놓치다니. 맹녀도 저런 맹녀가 없다.

답답해 죽겠다는 듯 못마땅해 쏘아보는 영지의 시선을 은근슬쩍 피하며 이도가 변명을 늘어놓았다.

"장갑을 못 끼웠거든."

“그따위 장갑이 뭐가 중요해. 깠으면 날름 삼켜야지. 뭘 또 끼워, 끼우길.”

“모르는 소리. 그게 내겐 가장 중요해. 절대 씨는 삼키면 안 되니까.”

“씨? 그 씨? 무슨 헛소리야. 오히려 삼켜서 꼭꼭 심어줘야지. 그런 거물급 엘리트가 또 언제 제 발로 걸어 들어올 것 같아?”

그깟 계약결혼이 뭐가 대수라고, 그걸 진짜로 만들 수 있는 길이 있는데 그걸 제대로 이용하지 못하는 이도가 영지는 너무 답답했다. 다른 누구도 아닌 이은유였다. 그 정도 스펙이면 대한민국 상위 1% 영애들이 줄을 서고도 남음이 있는 위치였다. 그런 남자가 제 발로 걸어 들어왔다. 그런데 그걸 마다하고 1년만 방패막이로 쓰겠다니. 말도 안 된다.

그냥 하소연이나 하고 속 좀 풀려고 영지에게 만나자고 한 것인데 이야기가 이상하게 흘러가고 있었다. 뭔가를 결심한 듯 오묘하게 번뜩이는 영지의 눈을 이리저리 피하며 이도는 무심히 제 앞에 놓인 음료만 빨대로 쪽쪽 빨아댔다.

영지가 덥석 이도의 손을 잡았다. 뭔가 알 수 없는 기운이 손을 통해 음산하게 전해졌다. 문득 시선이 마주친 이도가 흠칫 몸을 떨었다. 영지의 눈빛이 예사롭지가 않았다. 위험신호를 감지한 이도가 은근슬쩍 자리를 뜨려고 엉덩이를 떼자 영지가 어깨를 붙잡아 도로 앉혔다.

스르르 눈동자를 굴려 올려다보자 영지가 한껏 내려깐 눈으로 의미심장하게 바라보며 말했다.

“넌 이 언니만 믿어. 이제부터 확실하게 교육시켜 줄 테니까.”

"뭐, 뭘?"

다짜고짜 언니만 믿으라니. 대체 뭘 어쩌려고? 요사스럽게 빛나는 영지의 눈이 어쩐지 무척 위험하다고 느껴졌다. 이거 똥 피하려다 도리어 똥차에 치이는 건 아닌지 모르겠다.

영지는 백발백중 단 한 번도 찍은 상대를 놓쳐 본 적이 없는 연애의 고수였다. 그녀의 요염한 손짓 한 번에 일 개 중대 정도의 남자들이 홀딱 넘어왔다는 소문도 있었다. 물론 그건 확인된 적 없는 소문에 불과했지만, 잘나가던 시절 그녀가 클럽에 떴다 하면 뭇 남성들의 시선이 일제히 영지에게 몰린 건 사실이었다. 그녀는 클럽의 여왕벌이었다.

그다지 믿고 싶은 마음은 없었지만, 나폴레옹 버금가는 포스로 나를 따르라 외치는 영지를 차마 무시할 수 없어 마지못해 고개를 끄덕였다. 이도의 미심쩍은 눈초리를 감지한 영지가 제 가슴을 팡팡 두드리며 눈에 한껏 힘을 줬다.

언니 못 믿어?

일생일대 가장 치욕스러운 사건으로 기록될 그날의 일은 이미 은유의 기억에서 깔끔히 삭제되었다. 그 누구도 그 앞에서 첫날밤이니 허니문이니 하는 말은 꺼내지 못했다. 처음 눈치 없이 영업부장이 축하한다며 첫날밤은 어찌 잘 보냈느냐 아부성 발언을 남발하다 바로 모가지를 잘린 이후 그것은 금기의 단어가 되어버렸다.

연일 계속되는 은유의 저기압으로 회의실 분위기는 그야말로 살얼음판을 걷는 것처럼 아슬아슬했다. 누구 하나 헛발질을 했다간 그대로 수장될 분위기였다. 물론 살려고 발버둥 치는 간부의 머리를 밟고 죽어라고 외칠 이는 은유 단 한 사람뿐이었다.

진땀과 긴장의 연속을 달리던 회의 도중 갑자기 눈치 없는 전화벨이 울렸다. 즉시 회의실 안은 초긴장 상태가 되었고 모두 얼음처럼 굳어버렸다. 모두들 빠르게 눈동자만 굴려 자신의 휴대폰을 확인하는 한편 범인 색출에 열중했다.

자신의 전화가 아님을 확인한 이들의 얼굴에 안도감이 깃든 가운데 은유가 신경질적으로 들고 있던 펜을 테이블 위에 던져 놓았다. 그 둔탁한 소리에 움찔한 간부들의 시선이 일제히 테이블 위를 구르는 펜에 닿았다. 펜이 멈추자 모두의 숨도 멎었다.

"쯧."

은유의 짧게 혀 차는 소리 한 번에 꿀꺽 마른침 넘어가는 소리가 연이어 들렸다. 대체 누가 눈치도 없이 휴대폰을 끄지도 않고 계속 벨이 울리게 두나 모두 질책의 눈빛으로 서로를 흘겨보았다. 그 와중에도 나르시스의 성인 버전을 여지없이 시전하며 은유가 나른하게 테이블에 한쪽 팔을 올리고 턱을 괬다. 그가 무표정한 얼굴로 톡톡 테이블을 두드리며 붉은 입술을 달싹거렸다.

"장송곡치곤 지나치게 단조롭군."

장송곡. 일정한 음률을 따라 조용히 울려 퍼지는 벨소리를 은유는 장송곡이라 칭했다. 그건 벨소리의 주인은 곧 모가지를 당하게 될 거라는 사형선고와 같은 말이었다. 이렇게까지 말하는데도 벨소리는 끊이지 않았고 주인도 나서지 않았다. 벨소리의 근원지를 추적하던 눈들이 이번에는 다른 의미로 은유를 바라보았다. 그들의 눈에서 읽히는 '그 벨소리는 네 벨소리'를 거북스럽게 튕겨내며 은유가 그럴 리 없다 당당하게 제 휴대폰을 꺼내 들었다.

은유의 손에 들린 휴대폰이 환한 빛과 함께 요란하게 벨소리를 내며 몸을 떨어댔다.

"흐음."

휴대폰을 가늘게 노려보며 은유가 낮은 신음성을 내뱉었다. 스윽, 이마를 문지르는 손길에 은근한 불쾌함이 담겼다. 액정의 발신인을 확인한 그의 미간이 좁혀졌다. 거만하게 내려뜬 눈에서 쏘아낸 시린 냉기에 휴대폰이 바짝 얼어버릴 것만 같았다.

"안 받으십니까?"

옆에서 그를 보좌하던 우철이 귓속말로 속삭였다. 곁으로 바짝 다가선 우철을 부질없는 짓을 하고 있다 쏘아보곤 은유가 마지못해 통화버튼을 눌렀다. 머쓱해진 우철이 즉시 고개를 돌려 자세를 바로 했다. 휴대폰을 귀에 댄 은유가 자신에게 집중된 시선을 맞받아치며 싸늘한 기운을 흩뿌리자 모두들 약속이나 한 듯 일제히 서류에 코를 박는 등 다른 일에 열중했다.

마치 은유가 눈이 마주치면 돌이 되는 무시무시한 메두사나 되는 양 그의 시선을 회피했다. 하긴, 차라리 메두사가 낫다. 악독하기로 소문난 그녀도 제 손으로 남의 목을 치는 만행은 저지르지 않았으니까.

"어."

간단 무심한 말 한마디로 인사를 대신한 은유가 의자에 몸을 기대며 피곤한 듯 손끝으로 관자놀이를 지그시 눌렀다. 기다렸다는 듯 말을 토해낼 줄 알았더니 상대 쪽에선 오히려 할 말이 없는 듯 잠잠했다. 그럼 대체 전화는 왜 한 거야? 은유의 미간이 기분 나쁘게 찌푸려졌다.

"용건."

[저, 음. 그게, 그러니까.]

대체 무슨 말이 하고 싶어서 이렇게 질질 끄는 걸까. 괜스레 짜증이 일어 은유가 낮은 한숨을 흘려내자 다시 말이 뚝 끊겼다.

"할 말 없으면 끊지."

[어, 언제 마쳐요?]

말과 동시에 끊으려는 기척을 느꼈던지 이도가 다급하게 말했다. 뭔가 낌새가 이상했다. 그가 아는 이도는 이렇게 미련을 가지고 늘어지는 스타일이 아니었다. 또 무슨 꿍꿍이를 숨기고 있는 거지? 손을 내리고 자세를 바로 한 은유가 손짓으로 모두 나가라는 신호를 보냈다. 통화가 길어지면 무슨 말이 튀어나올지 예상을 할 수가 없었다. 전쟁을 선포한 이래 그들은 아슬아슬한 줄타기를 매일 반복하고 있었다.

평소 포커페이스가 트레이드마크였던 은유가 히스테릭하게 변한 이유도 거기에 기인했다. 그 사실을 알 리 없는 간부들은 일에 있어 철두철미한 은유가 회의도 중단시키고 전화에 열중하는 것을 그가 와이프에게 푹 빠져 헤어 나오지 못하는 거라 오해했다.

빙글 회전의자를 돌려 등을 보이는 은유를 야릇한 시선으로 몰래 훔쳐보며 하나둘 자리에서 일어섰다. 역시 사장도 건강한 사내였다. 음흉한 눈빛을 교환하며 은유가 전화에 집중할 수 있도록 배려하며 모두 서둘러 회의실을 빠져나갔다.

하지만 모두가 쓸데없는 오지랖이었다. 등 돌린 은유의 얼굴엔 수심이 가득했다. 이 여자가 대체 왜 이럴까? 그의 머릿속은 온통

그 생각뿐이었다. 입술을 검지로 천천히 쓸며 그가 단조롭게 말했
다.

"왜?"

[왜는. 그냥.]

그냥? 그 말이 더 불안해. 잔뜩 신경을 곤두세우고 귀를 기울이
고 있던 은유가 열심히 머리를 굴리며 그녀의 속내를 유추했다.
상대의 패를 알아야 내 패를 정할 수 있는 거니까 예민해질 수밖
에 없었다.

[······보고 싶어서.]

은유의 눈썹이 기묘하게 꿈틀거렸다. 이건 또 무슨 수작이지?

"도야, 혹시 점심에 상한 거 먹었어?"

[하아. 그렇지. 나도 사실 이런 내가 믿기지 않지만, 갑자기 보
고 싶어졌어. 자, 자.]

자자? 지금? 이 대낮에? 손목시계를 확인한 은유가 믿을 수 없
다는 듯 고개를 갸웃했다. 이도의 입에서 자자라는 말이 나오다
니. 확실히 점심을 잘못 먹은 게 틀림없었다.

[자, 자기야.]

한숨처럼 겨우 토해낸 말은 자자와는 좀 다른 의미의 호칭이었
다. 하지만 그 또한 믿기 힘들기는 마찬가지였다. 댁, 당신, 너를
두루 가리지 않고 내뱉던 은유에 대한 호칭이 갑자기 자기야로 바
뀐 이유가 뭘까? 은유는 제 팔을 타고 오스스 돋아나는 닭살을 물
끄러미 바라보며 숨을 깊이 들이켰다. 별로 달갑지 않은 호칭이었
다.

"약 먹어야겠다."

[약? 무슨 약?]

"거기 멘탈에 이상이 생겼을 때 먹는 그런 약 없나?"

[그게 뭐야?]

"아니면 광견병 주사라도 좀 맞던지."

[누가. 내가?]

"아무래도 도야 멘탈이 정상궤도를 벗어난 것 같아. 그런 닭살 멘트는 어울리지 않아. 버려."

사돈 남말 하시네. 소리 없는 메시지가 이도의 콧바람을 통해 은유의 머릿속에 그대로 전달되었다. 자신이 도도거리는 건 전혀 거북하다고 느끼지 못하면서 이도가 힘겹게 말한 '자기야'는 심하게 거부 반응을 일으키다니. 이쪽이 오히려 대패 클럽 정식 멤버로 가입할 판국이구만 누구더러 멘탈이 이상하대?

오기가 생긴 이도가 이를 악다문 채로 한 자 한 자 힘주어 말했다.

[울 자기, 오늘 아주 히스테릭하네? 회의가 영 탐탁찮았나 봐?]

회의 때문이 아니라 너 때문이라고 콕 짚어 말해주고 싶었지만 은유는 애써 시니컬하게 대처했다.

"일이야 늘 그렇지."

[마치고 바로 컴백 홈 할 거지?]

"흠. 글쎄, 석찬 모임이 있어서 늦을 것 같은데."

[그래요?]

"어."

그걸로 끝. 더 이상의 대화는 원하지 않는다는 뉘앙스로 은유가 딱 끊어 말했다. 한참 말없이 숨소리만 들려주던 이도가 그의 뜻대로 승복하며 전화를 끊었다.

머리가 지끈거렸다. 쉬울 것 같았는데 훌렁 넘어올 것 같던 이도는 오히려 그 뒤로 일정한 거리를 유지한 채 쉽게 다가서지 않고 있었다. 어쩌다 마주치는 일이 있으면 서로 간을 보며 어떻게 하면 우위를 점할까 머리 굴리기에만 급급했다. 그런 그녀가 콧소리까지 내며 '자기야'라고 은유를 불렀다. 말하는 자신도 거북스러워하는 게 확연히 느껴지도록 주저하면서 말이다.

"컴백 홈이라. 또 뭘 어쩌려고?"

손을 깍지 껴 그 위에 턱을 괸 은유가 지그시 눈을 내리떴다. 작전이 필요했다. 빠르게 머리를 굴리던 은유가 잘근 입술을 깨물며 낮은 한숨을 흘려냈다. 이도를 떠올리자 아랫도리가 저절로 뻐근해졌다. 그녀의 손길을 잊지 못해 자동으로 과민반응을 일으키는 아랫도리에 묘한 배신감을 느끼며 은유가 벌떡 자리를 박차고 일어섰다.

회의실 문을 나서는 은유의 기세가 무척 살벌했다. 대체 통화 내용이 어쨌기에 저리도 심기가 불편한 걸까? 성큼성큼 화난 걸음을 내딛는 그를 우철이 즉시 뒤따랐다. 복도로 나서 곧장 엘리베이터로 향하는 그의 곁으로 바짝 다가서며 우철이 걱정스럽게 물었다.

"사모님께 무슨 일이라도 생긴 겁니까?"

"아니."

"그럼 왜."

우뚝 엘리베이터 앞에 멈춘 은유가 시리게 닫힌 문을 쏘아보며 툭 던지듯 말했다. 그의 눈치를 살피며 우철이 버튼을 눌렀다. 은유가 혼잣소리처럼 낮게 중얼거렸다.

"뭔가 불길해."

"네?"

"상당히 기분 나쁜 일이 일어날 것처럼 불쾌하고 저조해."

"대체 무엇 때문에 그러시는 겁니까? 말씀만 하십시오. 제가 해결하겠습니다."

우철이 정색하며 말했다. 가늘게 눈을 늘인 은유가 때맞춰 열리기 시작한 문을 한껏 노려보며 고개를 저었다.

"네가 해결할 수 있는 문제가 아니야."

활짝 열린 문 안으로 들어서지 않고 은유가 짙은 한숨을 토해냈다. 그의 시선을 따라 엘리베이터를 돌아보던 우철이 흠칫하며 저도 모르게 주춤 한 발 뒤로 물러섰다. 이도였다. 그것도 평소의 그녀와는 완벽하게 다른 모습을 한. 꿀꺽. 우철의 목으로 마른침이 넘어갔다. 우철의 눈이 믿기 힘들다는 듯 그녀를 찬찬히 훑어 내렸다.

머리를 위로 질끈 묶어 올린 이도가 고양이처럼 앙큼하게 끝을 치켜 올린 눈을 야릇하게 뜨고 붉은 립스틱을 바른 입술을 도도하게 한쪽만 말아 올린 채 유혹하듯 은유를 바라보고 있었다. 시스루에 가까운 블랙 이브닝드레스는 끈 없이 아슬아슬하게 가슴을 가린 채 한쪽이 팬티 라인 아래까지 찢어져 있었다. 입고 거리를 활보하기엔 좀 과한 옷차림이었다.

"헙."

우철의 입에서 절로 거친 숨소리가 터져 나왔다. 사랑이 많이 고팠던 모양이다. 하긴 동성을 사랑하는 남자와 함께 산다는 건 정말 잔인한 일이었다. 쌍코피 사건이 터졌던 충격적인 그날의 일은 이미 우철의 머릿속에서 깔끔히 지워지고 이도를 향한 측은지심만 발동했다.

'얼마나 힘들었으면 저렇게까지 몸부림을 치실까. 가여워라.'

영지가 시키는 대로 하긴 하는데 이게 과연 제대로 하고 있는 것인지 의심스러웠다. 영지의 과한 교육열에 강제로 끌려가 맘에도 없는 남자 꼬시기 비법과 어색하기 짝이 없는 옷까지 입게 되었다. 처음엔 거부감이 일며 쓸데없는 짓이다 생각했던 것이 은유의 시큰둥한 도발에 확 불이 일어 저도 모르게 달려온 참이었다.

분위기를 잡으려면 준비가 필요하다는 영지의 부추김에 슬쩍 닭살 멘트를 날렸었다. 그런데 돌아온 은유의 반응이 영 꺼림칙했다. 무드는 개뿔, 밤까지 기다릴 필요도 없었다.

기껏 용기 내 한 말에 약이나 먹으라니. 약속이 있다니. 아무리 애정이 없는 사이라도 그건 좀 너무 매너가 없는 거 아닌가? 내가 그렇게 매력이 없단 말이지. 어디 한번 제대로 매력 발산을 해봐? 오늘 꼭 널 홀리고 말겠다는 오기가 발동한 이도가 더 유혹적인 자태로 몸을 꼬았다. 이래도 안 넘어오나 어디 보자고.

우철이 오해의 깊고 깊은 땅굴을 파고 있는 동안 은유는 주먹을 꽉 말아 쥐었다. 대체 저 몰골을 하고 어디를 돌아다닌 건지. 컴백홈을 외치며 전화를 할 땐 그럼 어디에 있었던 것일까? 수많은 의문이 그의 머릿속을 복잡하게 떠다녔다.

"뭐야?"

은유의 무심한 질문에 답 없이 벽에 한 손을 뻗어 비스듬히 자세를 잡고 선 이도가 유혹의 손 키스를 날렸다. 그것도 꺼림칙한데 그에 더해 윙크까지 날리자 은유의 입에서 더 짙은 신음이 새어 나왔다.

"자기가 무척 바쁜 것 같아서 내가 직접 찾아왔지. 찾아가는 서비스랄까?"

팔을 내리고 문으로 한 발 내딛는 이도를 지그시 바라보며 은유가 뒤로 한 걸음 물러섰다. 문이 닫히길 기다려 한 발 더 뒤로 내딛는 그를 가늘게 노려보며 이도가 열림버튼을 빠르게 눌렀다.

열린 문 사이로 뻗어 나온 이도의 손이 은유의 옷깃을 잡아 끌어당겼다. 눈치껏 뒤에서 밀어준 우철의 협력 덕분에 은유의 몸이 쉽게 끌려왔다. 은유가 들어서자마자 문이 닫혔다. 그를 벽으로 몰아붙인 이도가 얼굴을 바짝 그의 얼굴 가까이 디밀었다. 당황한 기색이 역력한 은유의 얼굴을 뚫어져라 바라보며 이도가 빙긋이 입꼬리를 말아 올렸다.

"도……."

눈을 살짝 찌푸리며 은유가 낮게 이도를 불렀다. 그의 부름에 눈을 감았다 뜨며 이도가 훗 하고 짧게 웃었다. 엘리베이터였다. 언제 누가 들이닥칠지 모르는 개방된 공간이었다. 그것도 은유의 회사 내에 있는 엘리베이터였다.

"여긴 웬일이야?"

애써 침착함을 되찾아 묻는 은유를 이도가 맑고 큰 눈으로 초롱초롱하게 응시했다. 내려다보는 은유의 눈과 이도의 눈이 허공에서 마주쳤다. 은유의 눈에 의아함이 깃들자 이도의 눈동자가 장난스럽게 반짝였다. 은유의 고개가 한쪽으로 기울자 이도가 살며시 발을 돌워 그의 입술 가까이 제 입술을 가져갔다. 이도의 도톰한 입술이 은유의 시야를 붙잡았다. 그의 눈이 지그시 내려떠졌다. 매끄럽게 끌어 올린 이도의 입술이 부드럽게 달싹였다.

"유혹하러."

옷깃을 따라 올라간 손이 그의 목을 휘감았다. 곁으로 드러난 매끈한 다리가 야릇하게 은유의 다리를 쓸어 올리며 그의 허리께에서 멈췄다. 목선을 따라 뜨거운 숨결을 흘리며 미끄러진 이도의 입술이 은유의 쇄골 위에 머물렀다. 슬쩍 떠올린 눈이 긴 속눈썹 아래에서 반짝 빛났다.

어때? 완전 유혹적이지? 안 넘어오곤 못 배기겠지?

"재밌네."

기대와 다른 멘트가 은유의 입에서 흘러나왔다. 이도의 미간이 살짝 찌푸려졌다. 앙큼하게 유혹을 하겠다고 작정하고 덤비는 이도의 도발이 꽤 흥미로웠다. 사나운 살쾡이처럼 달려들 때와는 사뭇 다른 느낌이었다. 생각보다 신선하고 재미있었다. 이런 짓도 할 줄 안단 말이지? 그럼 같이 장단을 맞춰서 반격을 해줘야겠지? 한쪽만 즐거운 건 그리 유쾌하지 못하니까.

그가 이도의 발칙한 허벅지를 잡아 자신의 허리에 둘렀다. 이도의 눈이 놀라 커지는 걸 기분 좋게 바라보며 그가 이번엔 이도의 허리를 팔로 감싸 당겼다. 헉 소리를 내며 바짝 붙은 이도의 몸이 긴장으로 굳는 게 느껴졌다.

"계속 해보지 그래."

"겁먹고 도망치지나 마."

역시 성격답게 도발엔 도발로 맞선다. 여기까진 그가 예상했던

대로였다. 이도가 지지 않고 목을 휘감은 팔에 힘을 주며 고개를 위로 올렸다. 은유의 입술에 과감하게 제 입술을 겹치며 그녀가 히죽 웃었다. 맞물린 입술의 부드러운 감촉을 그대로 흡수하며 은유가 이도의 입속으로 말을 흘려냈다.

"내 말이."

벌을 주듯 강하게 이도를 밀어붙이며 탐하던 은유의 입술이 처음의 격정적이던 것에서 조금씩 감미롭게 변해갔다. 입속을 헤집던 은유의 혀가 아직 망설임에 주춤하는 이도의 혀를 붙잡아 옭아 맸다. 달콤한 아이스크림처럼 부드럽고 말캉한 느낌이 좋아 흠뻑 빠져들고 말았다.

"흐음."

저도 모르게 은유의 입에서 낮은 신음이 흘러나왔다. 귀를 타고 파고든 신음성이 묘한 흥분을 불러일으켰다. 서로의 숨을 삼키며 점점 거칠어지는 호흡에 버거워질 때쯤 은유의 손이 자연스럽게 척추를 따라 올라가 이도의 드러난 날개 뼈 부위를 매끄럽게 어루만졌다.

이심전심. 은유의 흥분된 기분이 그대로 전이된 듯 이도의 몸도 절로 반응해 움직였다. 스르르 뒷목을 따라 올라간 손이 그의 머리카락 속으로 파고들었다. 손가락 사이를 스치는 머리카락의 간질거림이 그녀의 흥분을 가중시켰다.

조금 더, 조금만…….

쟁취를 향한 고지 탈환은 잊은 채 서로의 몸을 취하는 사이 난데없이 '핑' 하는 소리가 들렸다. 하지만 이미 한껏 달아올라 탐닉에만 열중인 그들에게 그 소리는 아무런 영향을 주지 못했다. 은유가 혀로 거침없이 이도의 입술을 핥아 머금는 순간 '헉' 하고 놀라 숨 삼기는 소리가 아카펠라처럼 높낮이를 달리해 엘리베이터 안을 향해 집중적으로 쏟아졌다.

"사, 사장님?"

누군가 말을 더듬으며 은유를 불렀다. 그제야 곁눈으로 소리가 들린 쪽을 힐끔거린 은유가 그대로 굳은 듯 동작을 멈췄다. 은유의 혀를 쫓던 이도의 혀가 혼자 날름거렸다. 쫓고 쫓기던 추격전이 한참이었는데 은유에게서 갑자기 아무런 반응이 없자 이도가 실눈을 뜨고 그를 올려다보았다. 은유의 입술 끝이 부들부들 떨리고 있었다. 의아함에 고개를 갸웃한 이도가 그를 따라 시선을 옮겼다. 오 마이 갓! 눈앞에 펼쳐진 믿지 못할 광경에 이도가 거친 숨을 격하게 삼키며 눈을 동그랗게 떴다.

그건 엘리베이터 바깥쪽도 마찬가지였다. 아니, 둘보다 오히려 더 심각한 상태였다. 전부 해머로 머리를 심하게 강타당한 듯 넋이 완전히 나간 표정을 하고 있었다.

'에헤, 엘리베이터 열렸는데 19금 생방중이라 많이 당황하셨구만요. 저도 당황했습니다. 뜻하지 않게 방청객이 너무 많아서. 하하.'

묘한 대치 상태가 이뤄지고 있었다. 선뜻 누구 하나 움직이지 못하는 가운데 이도 혼자 푸시시 김빠지는 한숨을 푹 내쉬었다.

어쩌다 방청객이 되어버린 직원들은 스톱버튼을 누른 것처럼 일시정지된 채로 요란하게 눈알만 굴려댔다. 이 엄청난 사태를 어떻게 받아들이고 어떻게 무마시켜야 할지 모두들 눈알만큼이나 분주하게 머리를 굴려댔다.

"대략난감일세."

이도의 작게 중얼거리는 소리에 모두의 시선이 그녀에게 쏠렸다. 히죽. 낯 뜨거운 상황에 직면한 이도가 할 수 있는 건 고작 바보처럼 웃는 것이 전부였다. 아무리 낯짝이 두꺼워도 뻔뻔하게 '내가 뭐 어쨌게? 당신들은 섹스도 안 하고 살아?' 라고 따질 수는 없었다. 섹스는 해도 그걸 이런 장소에서 공개방송하지는 않을 테니까. 그래도 키스만 하다 들켰으니 다행 아닌가? 진도 더 뺐으면 어쩔 뻔했어? 생각만 해도 아찔했다.

이도가 어색하게 웃으며 손을 흔들자 직원들의 인상이 일제히 꺼림칙하게 일그러졌다. 그래, 이 상황이 이런 인사를 하긴 좀 그렇지? 어설프게 흔들리던 이도의 손이 허공에서 멈췄다. 쩝. 그녀가 짧게 입맛을 다셨다. 차라리 그냥 얌전히 있는 게 나을 뻔했다.

"Backward."

머쓱해 얼굴을 긁적이는 이도의 머리를 은유가 슬쩍 손가락 끝으로 밀어냈다. 밀린 자세 그대로 고개가 기운 채 이도가 멀뚱히 눈동자를 굴려 그를 올려다봤다. '뭐지, 이건?' 이도의 눈에 떠오른 의문은 은유의 포커페이스와 함께 깔끔한 외면으로 묵살됐다.

자세를 바로잡고 선 은유가 너무도 태연자약하게 헝클어진 옷을 정돈했다. 그리곤 마치 아무 일도 없었단 듯이 무미건조하게 직원들을 천천히 훑었다. 거만하게 내려깐 은유의 눈이 한곳에서 딱 멈췄다. 이어 그의 길고 섬세한 손가락이 들어 올려졌다.

"거기."

지적을 받은 직원이 어리둥절한 눈으로 자신을 가리키자 은유가 짧게 고개를 끄덕였다.

"네, 사장님."

"손 치워."

"예?"

"거기서 당장 떨어져."

은유의 손끝이 정확히 직원의 손과 엘리베이터의 접점을 가리켰다. 자석에 끌리듯 일제히 시선이 그곳에 쏠렸다. 지적당한 직원이 흠칫 놀라며 즉시 손을 거뒀다. 갑자기 눈앞에 펼쳐진 장면에 너무 당황한 나머지 자기도 모르게 버튼을 계속 누르고 있었던 모양이다.

귀찮다는 듯 신경질적으로 내젓는 은유의 손짓에 직원들이 약속이나 한 듯 동시에 한 걸음 뒤로 물러섰다.

그가 닫힘버튼을 누르며 시리게 직원들을 쭉 훑었다. 그 눈빛에 오금이 저려 등줄기로 식은땀이 맺혔다. 문이 닫히기 직전 그들은 보았다. 은유의 손이 입 앞에서 한 번 벌어졌다 접혀진 뒤 스윽 목을 가로지르는 것을. 거참, 수신호 한번 살벌하네.

꿀꺽. 누군가 닫힌 문을 바라보며 마른침을 삼켰다. 엘리베이터의 층수가 변하는 것을 두려움 가득한 눈으로 바라보다 누가 옆에 선 동료를 팔꿈치로 찌르며 조심히 물었다.

"저거, 나불거리면 죽는다는 뜻이지?"

"한마디로 닥치란 말이지."

척 하면 착이다. 사신과 동기동창이라는 설까지 있는 은유였다. 한다면 하는 그가 '우리 대표는 엘리베이터에서 19금 찍다 걸렸다' 라고 화장실에 숨어 소리 죽여 말한들 못 알아챌 리가 없었다. 당나귀 귀를 가진 임금은 그래도 백성들 눈치나 봤지. 그들의 대표는 그 누구의 눈치도 보지 않는 유아독존계의 지존이었다. 닥치라면 알아 닥치는 게 상책이었다.

다음 엘리베이터를 기다리며 누군가 혼잣소리처럼 중얼거렸다.

"그런데 우리만 닥친다고 그게 없는 일이 될까?"

그의 눈이 사방에 설치된 CCTV에 머물렀다. 사람은 닥칠 수 있지만 기계는 그럴 수가 없었다. 그럼 저건 어떻게 죽여놓을까? 새삼 그것이 궁금했다.

"다음부턴 장소 선택을 좀 신중히 하는 게 어때?"

엘리베이터 안 천장 모서리에 설치된 CCTV를 뚫어져라 직시하며 은유가 지나가는 투로 툭 내뱉었다. 작전의 실패 요인에 대해 신중히 되짚어보던 이도가 물끄러미 은유를 돌아봤다. 자네, 그걸 지금 내 탓이라고 우기는 건가? 가늘게 내려떠진 이도의 눈이 한쪽만 불만스럽게 들썩거렸다. 자기도 좋아 같이 응해놓고 괜히 남 탓이라니. 먼저 시동을 건 건 이도였지만, 거기에 불을 붙인 건 은유였다. 이런 식의 책임 회피는 용납할 수 없었다.

"댁이 더 후끈 달아올랐거든요?"

"그러니까, 조심하라고."

뾰족하게 날을 세우고 돌격 태세를 갖추는데 은유가 의외로 순순히 수긍하자 오히려 이도가 겸연쩍어졌다. 어허, 갑자기 왜 방향을 틀고 이러실까? 당황스럽게? 머쓱함에 이마를 쓱쓱 긁으며 이도가 괜스레 대화를 다른 쪽으로 돌렸다.

"석찬 모임 있다고 하지 않았어요?"

"음."

간단히 답하며 손목시계를 확인한 은유가 핸드폰을 꺼내 어딘가로 전화를 걸었다. 그의 시선은 여전히 자신들을 감시하고 있는 CCTV에 머물러 있었다. 누군가 전화를 받는 소리가 들리자 그가 먼저 말했다.

"보안팀 가서 4번 엘리베이터 관련 5시 45분부터 6시 25분까지 CCTV 영상 모두 삭제시켜."

답도 듣지 않고 전화를 끊은 은유가 CCTV를 정면으로 노려보며 제 목을 긋는 시늉을 했다. 그런 은유의 모습을 한심스럽게 바라보며 이도가 콧방귀를 꼈다. 영화 촬영 하는 것도 아니고, 거기다가 컷 사인을 보내다니 그런다고 그게 끊기나? 괜히 쓸데없이 기계나 협박하고, 참 어이가 없다. 자신이 무슨 신이라도 되는 듯 거만하게 지시를 내리는 은유를 이도가 아주 곱게 속으로 씹어주었다.

그런데 다음 순간, 믿을 수 없게도 팟! 소리와 함께 CCTV가 꺼져 버렸다. 얼레? 꺼지네?

멍하니 천장을 바라보던 이도가 경이로운 시선으로 은유를 돌아봤다. 세상에, 정말 기계까지 죽여 버리다니. 참으로 기막힌 절단신공이었다. 오호! 하며 물개박수까지 치는 이도를 심드렁하게 외면하며 은유가 나 잘났어 포스로 도도하게 고개를 치켜들었다.

그래, 엄청 잘났다. 아주 퍼펙트하게 쩐다, 쩔어.

괜히 박수까지 쳤다. 삐죽이 골난 얼굴로 고개를 돌렸다가 은근슬쩍 곁눈질로 그를 살폈다. 정면을 주시하며 서 있는 은유의 입꼬리가 보일 듯 말 듯 말려 올라가 있었다. 그를 바라보는 이도의 고개가 살짝 기울었다. 웃는 건가? 알다가도 모를 추측 불가능의 정신세계를 소유한 은유가 이도는 조금 궁금해졌다.

지하주차장에 도착해 먼저 엘리베이터에서 내려선 은유가 곧장 자신의 차로 걸어갔다. 국내에 몇 없다는 최고급 세단 앞에 멈춰 선 그가 자동차 디지털 도어락을 누르자 쪼르르 뒤를 쫓던 이도의 입이 쩍 벌어졌다. 신기했다. 차 문에 도어락이 설치되어 있다니. 파란 불빛을 뿜어내며 현란하게 빛나는 그것을 마냥 신기해하며 이도가 그의 뒤에서 고개를 빠끔히 내밀었다.

"와우! 쩨끈하게 잘 빠졌네. 이게 댁 찹니까?"

만날 자신의 땅콩 차만 보다가 파리도 미끄러질 것처럼 늘씬함을 뽐내는 잘 빠진 세단을 보자 눈이 휘둥그레졌다. 검은 몸체를 따라 흐르는 광택에 눈이 부실 지경이었다. 코를 박을 듯이 킁킁거리며 차에 밀착되다시피 달라붙어 감탄사를 연발하는 이도의 모습을 무표정하게 바라보던 은유가 덥석 그녀의 뒷덜미를 잡아 일으켰다.

"못 먹어. 침 흘리지 마."

그의 핀잔에 은근 자존심이 상한 이도가 손등으로 몰래 입가를 훔치며 뻔뻔하게 그런 적 없다 발뺌을 했다.

"와아. 누굴 바보로 아나? 나도 이런 건 안 먹거든요?"

그래? 군침 흘린 적이 없단 말이지. 은유의 내려뜬 눈이 믿을 수 없다는 듯 한쪽만 치켜 올라갔다. 방금 전까지 차와 부비부비까지 하려 덤벼들던 인간이 시치미를 떼다니. 감히 누구 앞에서.

늘 그렇듯 변함없는 포커페이스로 속내를 숨긴 은유가 뒷덜미를 잡았던 손을 펼치자 이도가 구시렁거리며 목을 주물렀다.

"쳇. 그깟 차 한 번 구경했다고 더럽게 치사하게 구네. 세단이나 경차나 바퀴 네 개로 굴러가는 건 똑같구만.”

들으라고 구시렁거리는 소리를 못 들은 척 은유가 그녀를 그대로 스쳐 지났다.

“타.”

언제 조수석으로 걸어갔는지 문을 열고 한쪽으로 비켜서며 그가 차 안을 고갯짓으로 가리켰다. 지금 나더러 거기 타라고? 이도가 영문을 모르겠단 듯 고개를 갸웃하며 눈을 깜빡이자, 은유가 검지로 그녀의 이마를 콕 찍고 다시 조수석을 콕 찍었다.

“타.”

“……왜요?”

뭔가 꺼림칙했다. 이런 식의 배려는 그와 전혀 어울리지 않았다. 설마 하니 자신의 차로 그녀를 집까지 데려다 주겠다는 건 아닐 테고. 대체 무슨 꿍꿍이 속인지 알 수가 없다. 경계심 가득한 그녀의 눈을 못마땅하게 바라보며 은유가 낮게 한숨을 내뱉었다. 말 참 더럽게 안 듣는다. 그렇게 몸을 사릴 거면 애초에 여길 오지 말았어야지.

“왜일까?”

답 대신 오히려 부드럽게 반문하며 지그시 자신을 응시하는 은유를 이도가 불퉁하게 쳐다봤다. 느끼한 뉘앙스가 거북함을 불러일으켰다. 이상하게 그는 습관처럼 물음에 물음으로 답을 하는 경우가 많았다. 버릇인가?

은유의 입술이 매끄럽게 곡선을 그리며 올라갔다. 웃을 땐 눈도 같이 웃어야 진짜 웃는 거지. 입만 웃으면 무서움만 가중시킨다는 걸 그는 잘 모르는 모양이었다. 언제 한 번 거울로 직접 보여줘야 할 것 같았다. 자신도 자신의 모습에 아마 섬뜩함을 느낄 것이다. 저승사자 코스프레도 아니고. 그러지 맙시다, 정말.

왠지 이도의 눈엔 열린 차 문이 지옥문처럼 보였다. 이 정체 모를 꺼림칙함의 원인은 대체 뭘까? 또르르 이도의 머리 굴리는 소리가 은유에게도 선명하게 들렸다. 지켜보던 은유의 눈이 한껏 가늘어졌다. 겁 없이 덤비는 건 욱하는 성질 때문이고, 뒤늦게 움찔해 몸을 사리는 건 본능일 것이다. 알고 보면 겁도 많은 여자가 정의감만 투철해서는 앞뒤 분간 없이 몸부터 날리고 본다. 그래서 흥미롭긴 하지만. 그렇다고 이도가 은유를 상대로 대책도 없이 무작정 들이댈 위인은 아니었다.

옷차림부터 노골적인 멘트까지 그녀 혼자만의 발상은 아닐 것이다. 분명 누군가 그녀를 이곳으로 떠밀었다. 누굴까? 이 컨트롤 불가의 아바타를 뒤에서 조종하는 인간이.

헤어며 의상까지 꽤 신경은 썼다만 조종자가 하나 관가한 게 있었다. 서이도는 욱하면 눈에 보이는 것 없이 저돌적이 된다는 점. 게다가 비록 그것이 어떤 처참한 결과를 가져온다 해도, 일단은 밀어붙이고 보자는 막무가내 주위라는 것. 막가파 개 도둑의 근성이 그녀의 내면 깊숙이 뿌리박혀 있는 한 이도에게 세심하고 철두철미한 계획적 진행은 어려웠다.

“한마디로 판단미스란 말이지.”

“뭘 미스요?”

은유의 혼잣소리에 이도가 멍하니 눈을 깜빡이며 물었다. 그런 이도를 물끄러미 바라보다 은유가 성큼성큼 다가섰다. 코앞으로 다가온 은유를 고개를 젖혀 올려다보며 이도가 천천히 도리질을 쳤다. 절대 강제 연행은 당하지 않겠다 확고한 의지를 내보였으나 부질없는 짓이었다.

"역시 도야에겐 말보단 몸이지."

"몸?"

말과 동시에 이도의 몸이 허공으로 붕 떠올랐다. 대롱거리는 발과 기역자로 접힌 몸이 얌전히 보조석에 내려졌다. 미처 대처할 사이도 없이 은유의 의도대로 차에 올라타 버렸다. 물론 제 의사완 상관없이 이뤄진 일이었다.

"납치지, 이건."

이도의 볼멘소리에 은유가 천천히 그녀를 돌아봤다. 내려놓던 자세 그대로 고개를 돌린 터라 거리가 무척 가까웠다. 1센티. 서로의 숨결까지 느껴지는 아주 짧은 거리였다. 입술을 조금만 내밀어도 닿을 거리를 사이에 두고 서로가 서로를 관찰하듯 멈춰 바라보았다.

섬세한 손길처럼 세심하게 제 얼굴을 더듬어 내리는 은유의 눈길에 이도의 숨이 점점 가빠졌다. 시간이 멈춘 것처럼 공기의 흐름이 느껴지지 않았다.

은유의 시선이 이도의 반듯하고 불퉁한 이마에 닿았다. 약간 짱구구나. 가지런히 손질된 검은 눈썹이 그의 시선을 받아 꿈틀거렸다. 내려왔다 올라가길 반복하는 눈꺼풀에 풍성하게 달린 속눈썹은 윤기를 머금어 반질거렸다. 그 속에서 반짝이는 눈동자는 무척 검고 깊었다. 늘 왕성한 호기심과 가끔씩 보이는 진지함이 묘하게 어우러져 생기가 느껴지는 눈동자였다. 보고 있으면 빨려들 것 같아 상당히 위험한 구석이 있는. 앙증맞게 솟은 코는 꽉 깨물어주고 싶을 만큼 유혹적이었다. 게다가 그 아래 도톰하게 부푼 적당히 붉은 입술은…….

"죽여주는군."

죽여? 누굴? 나를? 삼단계로 점점 커진 이도의 눈이 튀어나올 기세로 부리부리하게 은유를 쏘아보았다. 납치도 모자라 이젠 죽이겠다고? 컴백 홈이 아니고 생매장하러 야산에라도 가겠다는 거야 뭐야. 그깟 쪽 조금 팔았다고 정말 그렇게까지 할 작정이야?

"그러다 과부하 걸려 자폭한다. 머리 그만 굴려."

부라림과 불안과 분노와 비굴의 경계를 넘나들며 분주하게 흔들리는 이도의 동공을 은유가 지그시 바라보다 손으로 눈꺼풀을 쓸어내렸다. 감겨진 눈으로도 은유가 멀어지는 것을 느낄 수 있었다. 손이 거둬지고 곧바로 문이 닫히는 소리가 들렸다. 스르르 떠올린 눈으로 차를 돌아 운전석으로 향하는 은유를 바라보았다. 이상했다. 그의 손이 닿았던 곳에 여전히 따스함이 감돌았다.

'손에 핫팩이라도 장착했나? 왜 아직도 따뜻하지?'

그가 운전석 손잡이를 잡았다가 다시 놓았다. 심장박동이 이상하게 빨라졌다. 주먹으로 묵직하게 왼편 심장 부위를 누르며 고개를 갸웃했다. 여자 얼굴을 가까이서 본 게 한두 번도 아닌데 왜 이런 반응을 보이는지 알 수가 없었다.

아닌 척 창을 통해 이도를 바라보았다. 두근두근. 심장의 울림이 손까지 전해졌다. 특별한가? 그의 눈이 가늘게 내려떠졌다. 흐음. 낮은 신음을 흘러나왔다. 그럴지도. 수긍할 건 수긍하고 그대로 받아들인다. 확실히 서이도는 이은유에게 특별한 존재였다. 이 생애 단 하나뿐인 그의 와이프니까. 인정.

간단하게 결론을 내린 은유가 주저 없이 손잡이를 잡아 차 문을
열었다.

"어디로 가는 거예요?"

차에 오른 이후 줄곧 침묵하며 운전에만 열중하고 있는 은유가
은근히 신경 쓰여 이도가 조심스럽게 물었다. 빤히 바라보며 묻는
데도 답이 없다. 여전히 포커페이스를 유지 중인 걸로 봐선 화가
난 건 아닌 것 같고. 대체 뭐가 문제지?

오른쪽 차선으로 이동하라는 내비게이션의 지시를 무시하고 은
유가 곧장 직선으로 차를 몰았다. 정확한 행선지를 알려주지도 않
고 좌, 우회전이 어려운 초보처럼 직진만 고수하는 은유가 내심
불안해졌다. 혹시 정신이 저 먼 안드로메다로 훌쩍 여행을 떠난
건 아닌지 의심스러워지기 시작했다.

"내비랑 의사소통에 문제가 있는 것 같은데. 여긴 병원 가는 길
이 아닌데요."

조금 더 은유 가까이 몸을 기울여 친절하게 그의 잘못을 지적해
줬다. 그럼에도 은유는 딴생각에 빠진 듯 낮은 한숨을 쉬며 이도
의 반대편 운전석 창에 한쪽 팔을 기대 이마를 손끝으로 쓸었다.
이봐, 나 안 보여? 은근 오기가 생긴 이도가 은유의 눈앞에서 손을
흔들었다.

"어쭈."

파리가 눈앞에서 날아다녀도 이렇게 무시하지는 않을 텐데. 마
치 아무것도 보이지 않는 듯 은유는 오직 앞만 주시했다. 운전은
제대로 하고 있긴 있는 건가? 혹여 2차전을 병원 응급실이나 저승
에서 하자는 건 아니겠지? 점점 높아지는 불안감에 이도가 더 이

상 참지 못하고 은유의 허벅지를 덥석 움켜잡았다.

"정말 이럴 겁니까?"

움켜잡는 강도가 셌던지 은유가 그제야 이도를 돌아봤다. 눈을 얇게 흘기는 이도를 마주 보다 시선을 내려 그녀의 손을 가만히 바라보았다. 따라 시선을 내린 이도도 제 손을 물끄러미 바라보았다. 그러다 슬쩍 들어 올린 시선이 마주쳤다. 위치가 애매모호하고 아슬아슬한 것이 손등에 뭐가 닿는다 싶더니 그게 그거였다. 정자네 집.

"거참, 그러게 말로 할 때 좀 듣지. 흠흠."

슬며시 손을 거두며 괜스레 은유를 타박했다. 엉거주춤 주먹을 말아 쥐는 사이 은유에게 손목이 잡혀 버렸다. 흠칫 놀란 이도가 격한 숨을 삼키며 눈을 동그랗게 뜨고 쳐다보자 은유가 무심하게 차를 한쪽으로 몰았다.

"이, 이거 왜, 왜 이러십니까?"

범죄 현장에서 딱 걸린 성추행범처럼 이도는 발뺌부터 했다. 나는 아무 죄가 없다. 나는 아무것도 한 것이 없다. 도리질 치며 손을 빼내려 발버둥 쳤다. 차를 멈춘 은유가 느긋이 안전벨트를 풀었다. 돌아보는 은유의 눈이 너무 매서워 덜컥 겁이 났다. 이러다 정말 저승 구경 제대로 하는 거 아닌가 싶은 생각까지 들었다. 손목을 잡은 채로 그가 불쑥 이도 쪽으로 몸을 기울였다. 급작스레 가까워진 거리에 이도가 숨을 딱 멈췄다. 그의 얼굴이 바로 코앞까지 다가왔다.

"이상해."

그가 자조적인 말투로 작게 말했다. 그래, 당신 지금 정말 이상

해. 그러니까, 이거 놓고 얼른 물러서. 차 안이라 자세도 묘해서
허리가 옆으로 꺾일 지경이었다. 이건 폴더도 아니고, 기형적으로
꺾인 몸이라도 제대로 폈으면 좋겠다 속으로 투덜거리며 이도가
꼼지락거리는 사이 은유가 몸을 조금 더 밀착시켰다.

"그러지 마."

"뭘요?"

"움직이지 마."

"그럼 좀 놔주던가요. 이 자세론 가만히 있는 게 불가능하단 말
입니다."

"그럼 자극을 하지 말았어야지."

"뭔 자극?"

"발뺌할 생각 마. 분명히 건드렸어. 주물럭거렸다구."

"허어, 환장하겠네. 전 그런 적 없거든요?"

"했어. 이 손으로 여길 이렇게."

더 이상의 발뺌은 용납하지 않겠다는 듯 은유가 현장 검증까지
감행했다. 은유의 손이 이도의 손을 잡아 제 다리 위에 올려놓았
다. 약간의 과장을 섞어 수위까지 업그레이드시켜서. 이도는 제
손바닥 안에서 물컹거리는 낯선 살덩이가 점점 부풀어 오르며 딱
딱해지는 신비로운 현상에 입을 쩍 벌렸다. 이건 억울한 누명이었
다.

"아니요! 앤 이놈을 절대 만지지 않았어요!"

"아니야. 분명히 만졌어. 그것도 조물조물거리면서."

능청스럽게 말하며 다가서는 은유를 피해 다른 손으로 의자를
더듬다 손에 잡힌 뭔가를 꾹 눌렀다. 그러자 시트가 훅 뒤로 젖혀

지고 덩달아 누운 자세가 되어버렸다. 얼떨결에 같이 겹쳐 누운 은유의 눈썹이 갈지자로 휘었다. 이래도 아니야? 그의 눈이 물었다.

거세게 부정하며 도리질 쳐보지만 부질없는 짓이었다. 은유의 얼굴에는 이미 다분히 의도적인 행동이라는 결론이 내려져 있었다. 억울했지만 달리 억울함을 호소할 명분이 없었다. 그럴 의도는 없었지만 결론적으론 이도의 원수 같은 손이 저지른 짓임은 분명했으니까. 하필 당겨도 그걸 당겨서 사태만 더 심각하게 만들어버렸다.

왼손이야 자폭한 거라 쳐도 오른손은 억울했다. 정말 그의 중심을 만지진 않았다. 그 바로 옆 허벅지를 짚은 것뿐이지.

"이 손은 절대⋯⋯."

오른손에 바짝 힘을 주며 억울함을 호소하던 이도가 말끝을 흐렸다. 그의 미간이 좁혀지며 짙은 신음성이 흘러나왔다. 깜빡했다. 아직 은유에게 손목이 잡힌 채로 그의 중심에 손이 놓여 있다는 사실을 간과했다. 그래서 또 의도치 않게 그의 중심을 꽉 움켜잡고 말았다. 말캉거리던 것이 딱딱하게 굳어갔다. 화난 남성이 이도의 손안에서 불끈불끈 성질을 냈다.

꿀꺽.

"이것 봐. 이상하잖아."

"뭐, 뭐가요?"

"여기서도 이상하게 맥이 뛰어, 마치 심장처럼."

"그야, 페니스에도 혈관이 흐르니까."

말을 하고 보니 이상하게 볼이 화끈거렸다. 페니스가 반응을 하고 맥이 흐르듯 팔딱팔딱 뛰는 것이 느껴지는 이유는 이성과의 섹스를 고대하며 잔뜩 흥분한 상태이기 때문이었다. 말인즉, 그의 페니스가 이도와의 섹스를 바라고 있다는 뜻이었다.

"당신 때문이야."

"내가 뭘요?"

불끈불끈 성난 페니스가 손안에서 요동을 쳤다. 그를 애써 외면하며 이도가 은근슬쩍 은유의 시선을 회피했다. 즉시 그의 손이 이도의 턱을 잡아 제게 집중하도록 돌려놓았다. 그러나 이도의 눈동자는 여전히 사시처럼 한곳으로 몰려 있었다. 말려들면 안 된다. 스스로를 다독이며 최대한 손을 움직이지 않으려 했다. 그를 눈치챈 은유가 저만 봐달라 투정부리듯 이도의 아랫입술을 살짝 깨물었다.

"아앗!"

"집중해."

이도의 입술 안으로 숨을 흘려내며 은유가 나직하게 속삭였다. 그의 심장도 이도만큼이나 벅차게 두근거리고 있는 모양이었다. 맞닿은 가슴으로 느껴지는 박동이 제법 빨랐다. 아릿한 입술을 달래듯 그가 혀로 핥고 입술로 빨아 당겼다. 묘한 기류가 차 안을 금세 물들였다. 서로의 숨소리만 들리는 가운데 은유가 이도를 지그시 바라보며 그녀의 머리카락을 천천히 쓸어 넘겼다.

"하고 싶다."

지극히 솔직한 은유다운 직설법이었다. 이도의 옆얼굴을 따라 손을 미끄러트린 은유가 그녀의 입술과 목에 키스를 했다. 그의 입술이 닿은 곳이 불에 덴 듯 화끈거렸다. 이전과는 뭔가 느낌이 달랐다. 부드럽고 감미로운 배려와 또 다른 무언가가 담겨 있었다.

그것이 뭘까? 목적을 향해 저돌적으로 내달리던 업무적인 성향이 아니라 감정이라는 것이 담긴 지극히 감성적인 뭔가가 느껴졌다. 왜?

그 의문에 답하듯 은유가 차분하게 자신의 심경을 드러냈다.

"진심으로 당신과 하고 싶어."

딸꾹.

저도 모르게 딸꾹질이 났다. 진심이 아닌 거짓으로 섹스를 하던 사람처럼 진지하게 자신의 심경을 말하는 은유를 이도가 놀란 눈으로 바라보았다. 고백처럼 들렸다. 내가 진심으로 하고 싶은 사람은 너 하나뿐이라는 무척 도발적인.

어쩌면 나는 정말 위험한 남자에게 낚인 건지도 모르겠다. 이 남자, 이상하게 사람을 압도해 자신만 바라보게 하는 묘한 마력을 지녔다. 누구야, 당신?

영지의 작전은 실패로 돌아갔다. 호기롭게 필승을 외치며 달려들었던 것과 달리 결과는 KO패. 오히려 은유에게 휘말려 정신만 더 혼란스러워졌다. 여차했으면 정말 끝까지 갈 뻔했었다. 마지막 순간 자신의 배란일을 떠올린 이도가 정신을 차렸기에 망정이지, 아니었으면 정말 큰일 날 뻔했다.

"휴우. 갈수록 태산이다."

"그러게요. 이러다 정말 병원 문 닫지 싶어요."

진료실 책상에 앉아 혼자 넋두리를 늘어놓던 이도의 말을 받아마침 안으로 들어서던 왕 간호사가 짙은 한숨을 토해내며 덧붙였다. 나날이 환자는 늘어가는데 실적은 완전 제로에 가까웠다. 입원실 절반을 차지한 구조견을 두고 뭐라 타박할 생각은 없었지만, 그래도 병원 운영에 대해 심각하게 고민을 해봐야 할 시점이었다. 정말 이대로 가다가는 간판 불도 켜기 어려운 실정이었다.

"원장님이 병원에 자주 안 계시니까 더 그래요. 좀 붙어 있으세요. 의지로 안 되면 의자에 접착제라도 뿌려 드려요?"

잔소리와 함께 왕 간호사가 고지서를 건넸다. 버는 건 없는데 여기저기 돈 내라는 건 정말 많았다. 뜻하지 않게 결혼이니 신혼여행이니 하며 이삼 일 병원을 비웠더니 왕 간호사의 잔소리가 더 심해졌다. 물론 왕 간호사에겐 출장이랍시고 둘러대고 말았다. 떠벌려 좋을 것도 없었고 어차피 계약에 얽힌 결혼이었다.

자세한 내막을 알 길이 없는 왕 간호사의 심도 깊은 잔소리를 귓등으로 흘리며 이도는 찬찬히 고지서를 살폈다. 조그만 동물병원에 바라는 게 뭐가 그리 많은지. 고지서의 합산 금액은 대충 통장을 탈탈 털어야 다 낼 수 있을 것 같았다. 나오느니 한숨이요, 들이쉬니 근심걱정만 쌓였다.

"그런다고 없는 돈이 나와요? 대책을 세워야지, 대책을."

"무슨 대책?"

왕 간호사를 올려다보는 이도의 이마에 깊게 주름이 새겨졌다. 왕 간호사가 짧게 혀를 차며 의자를 끌어다 가까이 앉았다. 대책회의랍시고 장장 한 시간 가까이 골머리를 싸매고 토론을 했지만 뾰족한 수가 나오는 것도 아니었다. 병원의 특성상 홍보를 한다고 북적거릴 곳도 아니었고, 1+1으로 끼워 팔기가 가능한 영업점도 아니었다. 신뢰가 바탕이 되어야 하는 곳인데 그게 어려우니 부지런히 발품을 팔고 입소문을 내야만 조금이나마 회복이 가능할 것 같았다. 그런데 모든 걸 다 배제하고서라도 정작 병원을 지켜야 할 의사가 저리 엉덩이가 가벼우니 그게 제일 큰 문제였다.

"앞으론 절대 업무 외의 외근은 안 돼요. 될 수 있으면 꼭 원내에 붙어 계시구요."

"노력할게."

단단히 다짐을 받아내는 왕 간호사의 포스에 이도가 기가 죽어 기어들어 가는 목소리로 답했다. 대화 자체만으로는 마치 왕 간호사가 이도의 고용주 같았다. 하긴 왕 간호사의 입장에선 월급을 받아야 하니 더 절박할 수밖에 없었다.

"계십니까?"

때마침 출입구 벨소리와 함께 굵직한 남자의 목소리가 들렸다. 놀란 둘의 시선이 마주치자 곧 히죽하고 벌어졌다. 손님이다! 기쁜 내색을 감추고 왕 간호사가 재빨리 접수대로 나갔다. 혼자 남은 이도는 다시 한 번 옷을 점검하고 열린 문 사이로 슬쩍 밖을 주시했다. 이 얼마만의 손님이란 말인가!

"네, 어떻게 오셨습니까?"

한껏 콧소리를 돋워 상냥하게 말하던 왕 간호사의 얼굴이 점점 웃음기를 잃어갔다. 검은 정장 차림의 한 덩치 하는 남자가 입술이 터지고 눈가에 멍이 든 채로 다가왔기 때문이다. 남자를 보고 얼른 떠오른 생각은 깍두기였다.

"여기가 서이도 선생님 병원 맞습니까?"

"……네, 그렇긴 한데."

왕 간호사의 눈이 빠르게 남자를 훑었다. 아무리 찾아봐도 남자에게선 동물 비슷한 형체도 찾아볼 수 없었다. 말을 하느라 다시 터진 입술의 상처에서 피가 흘렀다. 아무래도 병원을 잘못 찾아온 것 같았다.

"선생님 계십니까?"

험상궂은 얼굴로 공손하게 말하는 게 오히려 더 위협적이었다. 얼른 답하지 않고 어색하게 웃으며 뒷걸음질로 바로 뒤 진료실로 다가선 왕 간호사가 입을 가린 채 이도에게 작은 소리로 물었다.

"원장님, 혹시 사채 쓰셨어요?"

"무슨 채?"

"사채요, 사채."

"아니. 그런 걸 내가 왜 써?"

"그럼 저 깍두긴 대체 왜 원장님을 찾는 거죠?"

"깍두기가 날 찾아?"

"네."

혹여 남자가 들을 새라 소곤소곤 말하는 왕 간호사의 말에 고개를 갸웃한 이도가 이마를 긁적이며 자리에서 일어서 문 쪽으로 걸어갔다.

"참 신기한 일도 다 있네. 깍두기가 말을 다 하고."

당신이 생각하는 그 깍두기가 그 깍두기가 아니라고 말하고 싶었지만, 어느새 불쑥 다가선 남자 때문에 말을 삼킬 수밖에 없었다. 깍두기가 왕 간호사 뒤, 문 사이로 보이는 이도를 정면으로 바라보았다. 머리가 정말 깍두기처럼 네모나다 생각하며 이도가 감탄사를 내뱉는 사이 남자가 허리를 90도로 꺾으며 정중하게 인사를 건넸다.

"처음 뵙겠습니다."

"아, 네, 저도 처음 뵙습니다."

난데없는 인사에 이도가 덩달아 인사를 하며 문을 열고 나섰다. 이름까지 알고 있는 걸 보면 그냥 찾아온 건 아닌 것 같은데 죄지은 것도 없이 괜스레 움츠러드는 게 싫어 이도는 일부러 목소리에 힘을 실었다. 허리를 곧게 편 남자가 성큼 이도 앞으로 다가와 얼굴을 디밀었다.

"헉! 왜 이러십니까?"

"요기. 치료 좀 해주십시오."

"네?"

남자가 검지로 입술의 상처를 가리켰다. 부위가 부위이니만큼 어울리지 않는 귀염 포즈가 연출됐다. 덩달아 이도와 왕 간호사의 얼굴이 동시에 찌푸려졌다. 호동이가 저렇게 한대도 이보다 더 꺼림칙할 순 없었다. 차라리 호동이가 낫지. 곰 같은 몸집에 험악한 얼굴을 하고 저런 포즈를 태연하게 해대니 이건 뭐, 공포도 이런 공포가 없었다.

"저기, 여긴 동물병원입니다만."

"네, 압니다."

"사람은 사람을 치료하는 곳으로 가셔야죠."

"사람도 동물 아닙니까. 그냥 치료해 주십시오."

"그야 그렇긴 하지만, 치료는 좀 곤란합니다."

"약이 다 그게 그거죠. 소독만이라도 해주십시오. 그전엔 절대 못 갑니다."

갑자기 떼쟁이로 돌변한 남자가 치료해 주지 않으면 절대 움직이지 않겠다 굳은 의지를 내보이며 바닥에 철퍼덕 주저앉아 버렸다. 상처를 소독해 주는 건 어렵지 않았지만 왜 굳이 하고많은 병원, 약국 다 놔두고 동물병원에서 이러는지 도무지 남자의 속내를 알 수가 없었다.

"왕 간, 소독약 좀."

"아, 네."

일단 간단한 처치만 하고 얼른 돌려보내자 싶어 남자를 소파에 앉히고 왕 간호사가 가져온 구급상자를 열어 집게로 소독거즈를 집어 들었다. 상처가 따끔거릴 텐데도 깍두기라 그런지 인상 한 번 구기지 않았다. 간단하게 상처용 연고를 바르고 서둘러 마무리를 지었다.

"치료 끝났습니다. 다행히 상처가 깊진 않네요. 다음엔 꼭 병원으로 가셔야 합니다. 여기 말고요."

"감사합니다."

이도의 말엔 대꾸도 없이 자리에서 벌떡 일어서 인사를 마친 남자가 갑자기 주머니에서 지갑을 꺼내 수표를 내밀었다.

"여기 치료빕니다."

"무슨. 괜찮습니다. 이건 그냥 간단한……."

정중히 거절하는 이도를 제치고 왕 간호사의 손에 수표를 꼭 쥐어준 남자가 쌩 하니 뒤도 돌아보지 않고 밖으로 사라졌다. 남자가 사라진 출입구를 멍하니 바라보다 수표로 눈이 돌아간 둘의 시선이 맞물리고 약속이나 한 것처럼 눈과 입이 쭉 찢어졌다.

앗싸! 이게 웬 횡재냐!

덥석 손을 맞잡고 로또에라도 당첨된 것처럼 이걸로 수도세는 낼 수 있겠다며 기뻐하던 것도 잠시. 남자가 다시 오면 어쩌지? 그 냥 돌려줄 걸 그랬나 하며 수표를 뚫어져라 보던 그때 또다시 출입문 벨이 울렸다. 화들짝 놀란 왕 간호사가 반사적으로 저도 모르게 수표를 감췄다.

"여기가 서이도 선생님 병원 맞습니까?"

좀 전보다 더 반듯한 깍두기가 이번엔 이마가 찢어진 채로 걸어 들어오며 물었다. 피가 주르르 흘러 한쪽 눈을 다 적시고 있었는데도 남자는 전혀 개의치 않았다. 가운을 입고 있는 이도를 발견한 남자가 곧장 그녀에게로 다가왔다. 주춤 한 걸음 뒤로 물러선 그녀의 면전에 불쑥 이마를 들이밀며 남자가 말했다.

"이것 좀 치료해 주십시오."

"……저기, 그건 좀."

몇 바늘 꿰매야 할 상처로 동물병원을 찾는 이 남자는 과연 누구란 말인가. 남자가 아무렇지 않은 듯 눈 위로 흐른 피를 손등으로 쓱 문질러 닦았다. 휘둥그레진 눈으로 멀뚱거리는 둘을 두고 남자는 스스로 치료용품을 찾아 두리번거렸다.

"반창고 없습니까?"

"그 상처는 반창고론 안 됩니다. 꿰매야 될 것 같은데 빨리 외과로."

"괜찮습니다. 정 안 되면 스템플러로 몇 방 집어주십시오."

"여기가 서이도……."

누군가 또 병원으로 들어서며 이도를 들먹거렸다. 그러다 스템플러를 찾아 어슬렁거리는 남자와 눈이 딱 마주치자 보이지 않게 눈짓을 주고받았다. 들어선 남자도 같은 그릇에 담긴 깍두기처럼 보였다. 이번엔 팔이 아래로 축 처진 채 덜렁거리고 있었다.

맙소사.

그 뒤로도 연이어 들이닥치는 깍두기들의 행렬에 병원이 북적거렸다. 동물병원에 깍두기들만 득시글거리는 기현상이 일어났다. 깍두기들이 제각기 스스로 얼렁뚱땅 반창고를 붙이고, 요오드를 덕지덕지 바르고, 휙휙 던지는 수표를 받느라 정신이 없는 왕 간호사를 두고 이도는 접수대에 기대 팔짱을 낀 채 생각에 빠져들었다.

명탐정 코난 버금가는 추리력으로 추측해 보건대 이건 모종의 계략이 밑바탕에 깔려 있는 것이 분명했다. 일명 관심 끌기. 남들은 장미 한 송이, 한 송이를 타인을 통해 전달하며 이성의 관심을 끄는 데 반해, 엉뚱하게 깍두기로 현실성 돋는 머니를 전달하며 관심 끌기에 열중인 인물이 과연 누굴까? 깊이 생각할 필요도 없었다. 이런 식의 엽기 발상을 할 정도로 돈이 넘치고도 남는 인간이 그녀 옆엔 딱 하나밖에 없었으니까.

"이 군, 이건 대체 또 무슨 수작인가."

한차례 폭풍이 휘몰아친 것처럼 정신없이 깍두기들이 왔다 간 자리에 돈벼락 맞아 홍홍거리는 왕 간호사와 못마땅함에 꺼림칙한 표정을 짓고 있는 이도만 남겨졌다.

"세상에 참 별일이 다 있네요. 원장님, 언제 조폭이랑 일촌 맺으셨어요? 어쩜 우리 병원 몇 달 치 수입이 한꺼번에 들어왔어요. 완전 로또 맞았다."

"로또 아니고 쥐약이야."

"예?"

"홀랑 받아먹으면 죽을 수도 있어."

"에이, 설마요. 자기들이 치료했다고 스스로 주고 간 돈인데."

"그러니까! 난 손 하나 까딱 안 했는데 무슨 치료비냐고, 치료비가."

"하긴. 그럼 어떡해요?"

아쉬움 가득한 목소리로 수북이 쌓인 수표를 가리키며 왕 간호사가 물었다. 시큰둥하게 그것을 바라보던 이도가 손을 휘저었다.

"일단 금고에 넣어둬, 내가 돌려줄 테니까."

"어떻게요?"

"깍두기 잡아먹는 인간을 내가 알거든."

음침하게 말끝을 흐리며 눈을 가늘게 빛내는 이도를 뜨악하게 보다 깔끔하게 마음을 접은 왕 간호사가 수표를 챙겨 그동안 무용지물에 가까웠던 금고에 넣었다.

아무래도 내일부턴 동물 탈이라도 쓰고 길거리에 나가 홍보용 전단지라도 돌려야 하지 싶었다. 에휴. 괜한 한숨을 내쉬고 자리를 털고 일어선 왕 간호사가 멈칫거렸다. 방금 전까지 괴상하게 웃고 있던 이도가 눈 깜짝할 사이에 또 바람처럼 완벽하게 사라져 버렸다.

"이 망할 원장 같으니라고. 또 어딜 간 거야."

그렇게 쏘다니지 말라고 일렀는데 또 튀면 어쩌자는 건지. 팔뚝을 동동 걷어 올리며 병원 입구로 나선 왕 간호사가 매의 눈으로 사방을 샅샅이 훑었다. 하지만 그 어디에서도 이도의 모습은 찾을 수 없었다. 씩씩거리며 콧바람을 뿜어내던 왕 간호사가 어딘가에 숨어 지켜보고 있을 이도를 향해 포효했다.

"이럴 바엔 그냥 병원 문 닫으라니까요! 구호단체에 들어가서 봉사나 하던지. 그놈의 엉덩이는 어찌나 가벼운지 잠시를 못 앉아 있어요, 잠시를!"

일명 가벼운 엉덩이의 주인인 이도는 병원에서 몇 블록 떨어진 건물 모퉁이에 찰싹 등짝을 붙인 채 숨어 있었다. 다른 날이었다면 왕 간호사의 말처럼 학대당하는 동물들을 구조하러 발에 불이 나게 뛰어다녔겠지만 오늘은 다른 의미의 땡땡이를 좀 쳐야 했다.

일명 깍두기 보스 이 군 정탐 대작전.

명색이 우리나라에서 손꼽히는 금융회사의 아들이자 한 회사의 대표로 있다는 사람이 사고방식 면에서나 행동 면에서나 모든 것이 보통의 수준을 넘어서니 이건 뭔가 좀 다른 이면이 있지 않나 의심이 들 정도였다. 정신적으로 이상이 있는 건 아닌지 좀 더 철저히 조사해 볼 필요가 있었다.

머니도 달리고 인맥도 달리는 이도에게 최선의 방법은 발품을 팔아 열심히 그의 뒤를 밟는 것밖에 없었다. 아니, 그런 것을 차치하고서라도 확실히 그에 대해 궁금한 점이 많아진 건 사실이었다. 계약결혼이라고는 하지만 아무리 그래도 자신의 남편 자리를 꿰찬 이은유라는 사람에 대해 이도는 너무 모르고 있었다.

"오늘은 무슨 일이 있어도 꼭 정체를 밝혀내고 말 테다."

주먹을 불끈하며 왕 간호사의 동태를 살핀 이도가 싹싹 몸을 낮춰 자신의 차가 주차된 곳으로 재빠르게 다가갔다. 왕 간호사가 반대편으로 시선을 돌리는 순간을 노려 차 문을 열려고 조심스럽게 손을 뻗었다. 차 문이 열렸다가 다시 닫혔다. 이도를 여전히 차

밖에 둔 채였다.

눈앞에 뭔가가 보였다. 긴 기럭지를 자랑하며 차에 기대선 다리를 따라 이도의 시선이 천천히 위로 올라갔다. 은유가 지포라이터를 열었다 닫았다 하며 무심히 이도를 내려다보고 있었다.

"어디 가?"

지나는 투로 묻는 은유의 팔을 잡아 제 옆에 끌어 앉히며 이도가 그의 입술을 손으로 막았다. 얼떨결에 경차 옆에 몸을 숨긴 은유가 눈동자만 움직여 부지런히 주변을 경계하며 살피는 이도와 몸이 채 가려지지 않는 차를 번갈아 바라보았다.

"악."

은유가 제 입을 가린 이도의 손가락을 깨물었다. 놀란 이도가 손을 거두며 절로 나온 비명을 삼켰다. 그녀가 눈을 부라리며 제 손과 은유의 입을 가리키며 알아듣지 못할 수신호를 남발했다. 언뜻 보기엔 왜 남의 손을 물고 난리냐, 네가 개냐, 뭐 이런 의미인 것 같았다.

미간을 살짝 찌푸린 은유가 슬쩍 고개를 들어 이도가 살피던 곳을 보려 하자 이도가 즉시 그를 끌어안아 저지시켰다. 은유의 시선이 곧장 이도의 얼굴에 닿았다. 코앞에 머문 이도의 얼굴이 은유의 적나라한 시선에 조금 붉어졌다.

"흠. 고개 들면 안 돼요."

"왜?"

"엄청 무서운 감시자가 있거든요."

소곤거리느라 달싹거린 입술이 닿을 듯 가깝게 머물러 있었다. 제 입술 위로 흩어지는 이도의 가쁜 숨을 달게 삼키며 은유가 비식이 입가를 끌어 올렸다. 그가 이도의 허리에 팔을 둘러 서로의 간격을 더 좁혔다. 놀란 이도가 눈을 동그랗게 떴지만 개의치 않고 그녀의 입술을 혀로 핥았다.

"뭐, 뭡니까?"

갑작스런 은유의 대범한 스킨십에 당황한 이도가 말을 더듬거렸다. 그런 이도를 지그시 바라보며 살며시 입술을 겹친 은유가 주저 없이 말했다.

"보고 싶었어."

"……."

젠장, 전에 자신이 저 말을 했을 때 그가 어떤 기분이었을지 알 것 같았다. 아, 닭살 제대로다.

스르르 척추를 타고 올라온 은유의 손이 그녀의 머리카락 사이로 스며들었다. 품에 안기다시피 들어온 그녀를 반쯤 눕히며 은유가 단숨에 입술을 삼켰다. 이도의 눈이 튀어나올 듯 커졌다. 그런 이도의 모습을 제 눈에 담아내며 은유가 나지막이 속삭였다.

"보니까 안고 싶어졌어."

꿀꺽.

이 남자가 갑자기 왜 이러지? 밀어내야 되는데 손에 힘이 들어가질 않았다. 오히려 그의 목을 바짝 더 끌어안는 자신의 팔이 이해가 가지 않았다. 그녀의 몸은 항상 그녀의 의사와 상관없이 본능적으로 행동했다. 두근두근 페이스를 잃고 뛰기 시작한 그녀의 심장과 함께.

이런 배신의 아이콘들 같으니라고.

"당신이 갖고 싶어졌어, 진심으로."

왜? 그윽하게 자신을 바라보며 사근사근 쏟아내는 은유의 감미로운 속삭임에 이도는 고개를 갸웃거렸다. 갑작스런 은유의 심경 변화가 그녀는 당황스러웠다. 혹시 깍두기한테 맞아 나사가 왕창 빠진 건가? 겉으론 말짱한데 정신적으론 이상이 생긴 듯 보이는 은유를 묘하게 바라보며 이도는 입속을 파고드는 그의 혀를 냉큼 빨아들였다.

이도 본인은 느끼지 못하는 몸의 갈증에 은유가 야릇한 미소를 머금었다. 이상하게 이 여자가 자꾸 끌린다. 문득문득 눈앞에 어른거리며 정신을 빼앗을 만큼.

이상한 건 내가 아니라 당신이야. 왜 자꾸 날 유혹해. 모든 게 온통 당신으로 보여 미칠 것 같아.

"말해봐."

"……뭘요?"

"내게 무슨 약을 먹인 건지."

"약?"

"미치겠다. 당신만 생각하면 여기가 자꾸 뛰어대서."

이도의 손을 잡아 왼쪽 가슴 위에 올려놓으며 은유가 곤란하단 듯 말했다. 물끄러미 은유의 눈을 응시하며 그건 피장파장이라고 말하고 싶었지만 선뜻 입이 떨어지질 않았다. 나사 빠진 게 오히려 다행인가? 빤히 은유를 바라보며 그의 심장 위에 올려진 손가락을 꼼지락거렸다.

"여기도 반창고 발라 드려요?"

"반창고?"

"그, 흠. 조용한 데 가서."

슬며시 시선을 회피하며 볼을 붉힌 채 말끝을 흐리는 게 지금 그녀가 무슨 생각을 하고 있는지 훤히 알 수 있었다. 속을 꿰뚫는 듯한 은유의 눈빛에 괜히 머쓱해진 이도가 심드렁하게 툭 던지듯 말했다.

"2차전 합시다, 살벌한 육탄전으로다가."

뻔뻔하게 육탄전이라고 말하는 이도의 귓불이 붉어졌다. 이래서인가 보다, 자꾸만 서이도가 끌리는 이유가. 솔직 당당하게 꾸밈없는 그녀의 성격이 자석처럼 은유를 끌어들이는 모양이다.

"반창고 많이 준비해야겠네."

"박스로 구비해 놓죠."

쿡. 말하는 동안에도 쉼 없이 움직이는 그녀의 손놀림에 그만 웃음이 터지고 말았다. 도발엔 도발로 맞대응하는 그녀답게 금방 불타오른다. 오늘은 전에 없이 아주 과격한 육탄전이 될 것 같은 예감이 들었다.

육체는 거짓이 없었다.

만지고 싶고, 느끼고 싶고, 소유하고픈 솔직한 감정을 그들은 숨기지 않았다. 격전을 방불케 했던 그동안의 쟁탈전이 마치 거짓말인 것처럼 서로의 몸을 탐하는 것에 아무 거부감이 없었다.

어떻게 무슨 정신으로 그의 아지트까지 왔는지 모르겠다. 오직 감정과 본능에만 충실히 임할 뿐. 그 무엇도 그들을 제지하고 방해하지 못했다.

급하게 브레이크를 밟아 주차시킨 차가 들썩거렸다. 웬만해선 중형 세단의 묵직한 몸체를 흔들 수가 없음에도 차는 속절없이 흔들렸다.

차가 멈추기도 전에 안전벨트를 푼 은유가 이도의 머리채를 잡아 뒤로 젖힘과 동시에 그녀의 입술을 덮쳤다. 아픔과 놀람에 벌어진 이도의 입속으로 서슴없이 혀가 들이닥쳤다. 질척이며 입속을 헤집어 제 혀를 옭아매 강하게 빨아들이는 은유의 도발에 이도가 손을 뻗어 그의 뒷머리를 꽉 움켜잡았다.

'아.'

짧은 신음과 함께 그의 혀가 주춤거렸다. 그 찰나를 틈타 이도가 더 거칠게 그를 몰아붙였다. 은유의 슈트 재킷 앞섶을 잡아당김과 동시에 머리카락을 잡은 손을 더 힘껏 쥐었다. 은유의 몸은 더 가까이, 목은 더 뒤로 젖힌 상황에서 이도는 그의 몸을 점유하다시피 깊숙이 혀를 밀어 넣어 입안의 모든 것을 샅샅이 맛보았다.

'으음.'

입안 가득 고여드는 침을 공유하고 그의 혀를 뿌리가 얼얼하게 강하게 빨아들였다. 그들은 누가 먼저랄 것도 없이 서로의 입을 넘나들며 뜨거운 딥키스를 나누었다. 물고, 빨고, 끌어당기고, 도망치고, 쫓는. 입안과 밖에서 이어지는 실랑이마저 즐거운 유희였다.

감정에 취해 다급하게 그의 슈트를 잡아당기다 어깨 부분이 부욱 찢어졌다. '키득. 힘도 장사야.' 그의 목소리가 이상하게 이도의 입속에서 울려 퍼졌다. 새침하게 눈을 흘긴 이도가 나머지 팔마저 훅 잡아당겨 짝을 맞췄다.

'이게 바로 패션의 완성이지.'

히죽 웃는 이도의 입술을 장난스럽게 깨물며 은유가 입꼬리를 매끄럽게 끌어 올렸다. 방심한 틈을 타 순식간에 이도의 옷 속으로 파고든 발칙한 손이 브래지어의 버클을 해제시켰다. 휑한 바람이 부는 듯 느낌이 묘한 가슴을 이도가 멍하니 내려다봤다. 다행히 몸이 바짝 붙은 채라 앞은 그나마 온전하게 가름막 역할을 하고 있었다. 함께 이도의 시선을 따라 그녀의 가슴을 보던 은유가 슬쩍 시선을 올렸다. 얼굴에 와 닿는 따가운 시선에 이도가 고개를 들었다. 그와 눈이 딱 마주쳤다. 야릇하게 말려 올라가는 은유의 입술과 가늘게 늘인 눈이 왠지 모르게 꺼림칙하게 느껴졌다.

설마…….

설마는 항상 사람을 잡고 늘어진다. 지금 그 설마가 이도의 몸을 밀어내고 있었다. 자연스레 이도의 양 팔뚝을 잡은 은유가 천천히 그녀를 제 몸에서 떼어냈다. 그나마 가슴에 붙어 있던 브래지어가 따라 스르르 흘러내리기 시작했다.

"이건 반칙이지."

"반칙? 뭐가?"

"겉부터 벗겨야지 안부터 벗기는 게 어디 있어요?"

"그건 벗기는 사람 마음이지. 아래도 그렇게 해줄 수 있는데. 어때?"

"아래?"

말을 따라 자연스레 시선이 자신의 하체로 향했다. 푸른색 하의가 그나마 단정하게 입혀져 있었다. 뭐야, 그럼 바지 속 팬티도 벗겨주겠다고? 뜨악한 표정으로 이도가 올려다보자 은유가 지그시 내려뜬 눈을 들썩거렸다. 왜 못 믿겠어? 직접 보여줘?

"누가 먼저 알몸이 되는지 내기라도 해볼까요?"

찌릿하게 눈을 흘기며 도도하게 턱을 치켜세우는 이도의 거만 함에 은유가 쿡 하고 웃음을 터트렸다. 하나 지는 게 없다. 그가 경계를 넘어 완벽하게 그녀의 몸을 덮쳤다. 은유의 예고 없는 움 직임에 움찔한 이도가 급하게 바지를 움켜잡았다. 그를 비웃듯 보 조석 문손잡이로 손을 뻗은 은유가 느긋하게 문을 열었다.

찰칵 소리와 함께 열린 문으로 뜨거운 바깥의 열기가 스며들었 다. 이도가 열린 문과 은유를 번갈아 바라보며 고개를 갸웃했다. 그가 무표정하게 턱으로 문밖을 가리켰다.

"난 카섹스보단 편안한 룸섹스를 선호해."

구렁이 담 넘듯 매끄럽게 이도의 몸을 스쳐 문밖으로 나선 은유 가 벙찐 표정으로 멍하니 정면을 주시한 채 그대로 앉아 있는 이 도를 허리 굽혀 내려다보며 말했다.

"취향이 이쪽인가? 그럼 다시."

"아니요!"

다시 안으로 들어서려는 은유를 밀치고 이도가 급히 차에서 내 렸다. 씩씩거리며 콧김을 내뿜는 이도의 사나운 기세에 은유가 한 발 뒤로 물러섰다. 고개 숙인 채 주먹을 불끈 쥐고 있던 이도가 불 쑥 고개를 들었다. 귀밑까지 붉게 달아오른 게 꼭 홍시 같았다. 웃 지 않으려고 손으로 입을 가렸지만 부들거리는 입매를 다 감추기 는 힘들었다. 움찔움찔 폭발 직전의 감정을 고스란히 드러낸 이도 의 눈이 가늘게 빛났다.

'사람 놀리는 것도 아니고, 왜 작업을 하다 말어? 카섹스 네버, 룸섹스 콜? 그게 이 상황에서 구분되는 게 더 이상한 거거든요?'

잔뜩 골이 난 얼굴로 성큼 은유에게 다가선 이도를 그가 반짝 빛나는 눈으로 응시했다. 그런 그를 도도하게 쏘아보며 이도가 손을 뻗어 단번에 그의 멱살을 잡아 확 끌어당겼다. 즉시 그의 어깨가 아래로 쏠리며 이도의 얼굴과 닿을 듯 가까워졌다. 멀뚱히 쳐다보는 은유의 눈을 뜨겁게 직시하며 이도가 비스듬히 한쪽 입술을 끌어 올렸다.

"난."

불량스럽게 말아 올린 입술을 달싹임과 동시에 그녀가 그의 몸을 당겨 차 쪽으로 바짝 밀어붙였다. 등 뒤로 차의 딱딱한 감촉이 느껴졌다. 살짝 찌푸려진 은유의 미간을 지그시 쏘아보며 이도가 피식 웃었다.

"장소 불문 꼴리면 합니다."

"……아."

멱살을 놓은 손이 은유의 목에 휘감긴 넥타이를 붙잡았다. 처음 강하게 잡았던 것과 달리 부드럽게 넥타이를 따라 쭉 옮겨간 손이 넥타이의 중간쯤에 머물렀다. 마치 목줄을 잡아 주인임을 명시하듯 거만한 눈빛으로 자신을 바라보는 이도를 은유가 재밌다는 듯 마주 보았다. 그녀가 넥타이를 당기며 건물 출입문을 턱으로 가리켰다.

"하지만 또다시 19금 공개방송은 하고 싶지 않으니까. 일단 장소를 은밀한 곳으로 옮기는 데 동의하도록 하죠."

선심 쓰듯 뻔뻔스레 말하며 척척 앞서 출입문을 향해 걷는 이도를 따라 은유도 순순히 걸음을 옮겼다. 느슨하게 이도의 손에 쥐어 있는 넥타이가 이상하게 기분 좋았다. 소유에 대한 남다른 표현 같아 자꾸만 웃음이 났다. 어쩌면 모르는 사이 티격태격하다 서로에게 물들어 있었던 건 아닌지. 여자는 마음에 없는 남자에게 함부로 몸을 내어주지 않는다던데. 그런 의미에서 지금 이도의 태도는 '당신, 이제부터 온전히 내 거야'라고 말해주고 있는 듯했다.

손안에 잡힌 실크 넥타이의 부드러운 감촉에 이상하게 마음이 들떠 이도의 심장이 두근두근거렸다. 제 발소리에 맞춰 울리는 진중한 발소리가 귓속을 파고들어 묘하게 긴장감을 형성했다. 이도는 화르륵 타오른 볼을 감추려 일부러 꼿꼿이 허리를 펴고 뻔뻔스레 턱을 치켜들었다. 당당하게 걷는다고 한껏 힘을 주어 발을 움직이는데도 이상하게 다리에 자꾸만 힘이 빠지고 후덜거렸다.

코로 스며드는 은유의 시원하고 상쾌한 향수와 어우러진 남성적인 체취에 자꾸만 아랫배가 짜릿하게 욱신거렸다. 뻐근하기까지 한 통증에 한 발 한 발 움직이는 것조차 버거웠다.

삐리리. 작은 울림을 남기며 그의 아지트가 열리자 누가 먼저랄 것도 없이 서로를 향해 덤벼들었다. 먹이를 향해 달려드는 짐승처럼 으르렁거리며 달려든 은유가 이도를 벽에 거칠게 몰아붙였다. 등으로 느껴지는 통증은 갈증에 비할 바가 못 됐다. 거친 숨을 토해내며 열에 들뜬 눈으로 서로를 노려보다 탐욕스레 입술을 취했다.

신음과 함께 섞여 질척거리는 소리가 더 진한 감동의 소용돌이를 자아냈다. 이미 찢겨 나간 은유의 재킷을 손쉽게 벗겨 던져 버리고 다급하게 그의 넥타이를 풀어헤쳤다. 이도의 윗옷을 돌돌 말아 목까지 끌어 올린 은유가 잠시 호흡을 고르고 입술을 뗐다. 옷을 위로 걷어내는 짧은 순간조차 아쉬운 듯 이도가 참지 못하고 그의 입술을 머금었다.

아슬아슬하게 걸려 있던 브래지어가 이도의 손에 의해 허공을 날아 소파 등받이에 안착했다. 은유의 손이 그녀의 목덜미를 훑어 내려 쇄골을 맴돌다 젖가슴을 꽉 움켜쥐었다.

"아앗!"

절로 비명을 지른 이도가 가늘게 쏘아보자 은유가 유두를 툭툭 건드리며 그녀를 자극했다. 이대로 당할 이도가 아니었다. 바짝 약이 오른 이도의 손이 단추 풀어내기에 짜증이 났는지 그의 셔츠 옷깃을 잡아 양쪽으로 확 펼쳤다.

우두둑.

사방으로 단추가 튀며 셔츠가 벌어졌다. 야수같이 돌변한 그녀가 귀여워 은유가 키득거렸다. 무서운 야수가 아니라 앙큼한 야수여서 더 좋았다. 손목까지 단숨에 셔츠를 벗겨 내린 이도가 셔츠로 그의 팔목에 휘감았다. 은유의 눈썹이 위아래로 휘었다. 그를 깔끔히 무시한 이도가 수갑을 채우듯 두 손을 묶어놓고 바지 버클로 과감하게 돌진해 그의 하체를 무장해제시켰다.

"이런."

이도의 바지는 이미 그녀의 발목에 아슬아슬하게 걸린 채였다. 거추장스러운 듯 그것을 발끝으로 휙 차버린 이도가 결박당한 그의 손을 압박하며 그를 침대로 몰았다.

털썩. 은유의 몸이 침대에 눕혀지는 순간 히죽 올라가던 이도의 입술이 헉 소리를 내며 벌어졌다. 순식간에 상황이 역전되어 오히려 이도가 그의 몸 아래 깔리는 꼴이 되어버렸다. 아픈 듯 몸을 뒤트는 이도를 은유가 더 묵직하게 눌러 압박했다. 당황해 눈을 깜빡거리며 쳐다보는 이도의 목을 벌주듯 이빨로 깨문 은유가 나직하게 속삭였다.

"꽤 유용한 것 같지만 손을 묶어두는 데 굳이 이런 건 필요 없어."

팔 한쪽에서 달랑거리는 셔츠를 입으로 빼내 툭 뱉어내곤 그가 단숨에 이도의 손을 점령해 결박한 손에 지그시 힘을 가했다. 그의 말대로 이도의 손을 머리 위로 묶어두는 데는 굳이 다른 것이 필요치 않았다. 그의 큰 손 하나만 있으면 충분했다.

"자아, 그럼 이제부터 본격적으로 게임을 시작해 볼까?"

불퉁하게 고집을 드러내며 튀어나온 그녀의 이마에 검지를 내려 천천히 얼굴선을 따라 쓸어내렸다. 이도의 앙증맞은 콧대를 지나 불만 가득한 입술을 더듬자 입을 벌려 손가락을 꽉 깨물었다. 눈살을 살짝 찌푸린 은유가 야릇하게 입술을 끌어 올렸다. 불쑥 얼굴을 가까이 내리자 이도가 눈을 동그랗게 뜨고 경계했다. 그런 이도의 얼굴을 또 눈으로 훑다 제 손가락을 삼킨 입술을 지그시 바라보았다.

사락. 사락. 손가락을 움직여 입안을 만지작거렸다. 말캉한 혀가 자꾸만 손가락을 밀어내며 반항했다. 손가락을 뱉어내려는 듯 조금 느슨해진 입술 안으로 은유가 더 깊이 손가락을 밀어 넣었다. 턱을 움직이지 못하게 손으로 꽉 붙잡아 고정시키고 이도의 입안 곳곳을 손끝으로 느꼈다.

한껏 찡그린 이도의 눈에 눈물이 맺혔다.

"그러니까 왜 물어. 개처럼 함부로 깨물면 혼나."

"쳇."

은유가 손가락을 빼고 손을 거두자 이도가 촉촉이 젓은 눈으로 흘기며 입을 삐죽거렸다. 그리곤 얄미워 죽겠다는 듯 그의 입술로 달려들어 아랫입술을 잘근잘근 깨물었다. 입술의 아릿한 통증에 눈을 찌푸린 은유가 지지 않고 그녀의 가슴을 거칠게 움켜잡았다. 탄성인지 신음인지 모를 소리를 흘려내며 이도가 입술을 놓자 그가 거침없이 그녀의 가슴을 입안 가득 머금었다.

"아아아."

뜯어 먹을 듯 강하게 깨물었다 빨아 당기는 통에 놀란 이도가 몸을 들썩이며 다리를 동동 굴렀다. 혀로 물었던 자리를 핥으며 그가 경고했다.

"까불면 혼난댔지."

움찔한 이도가 몸에서 힘을 빼는 것이 느껴졌다. 속으로 엷게 웃은 은유가 결박했던 손을 놓아주고 그녀의 몸을 조심조심 섬세한 손길로 어루만졌다. 가슴을 머금고 핥던 혀가 그녀의 부드러운 살결을 따라 유연하게 아래로 흘러내렸다. 그의 혀가 움직일 때마다 이도의 몸이 꿈틀거렸다.

"하아, 거긴. 으으으."

아래로 내려온 은유의 혀가 움푹 들어간 이도의 배꼽을 공략했다. 그의 현란한 혀 놀림에 이상하게 발끝이 찌릿찌릿해졌다. 한껏 오므린 발가락이 시트를 마구 헤집었다. 그에 개의치 않고 조금 더 아래로 움직인 은유가 그녀의 팬티를 이빨로 살짝 들어 올렸다.

몸을 뒤틀며 상체를 살짝 일으킨 이도의 미간이 좁아졌다. 설마 입으로 그걸 벗기려고? 그에 답하듯 눈을 야릇하게 빛낸 은유가 팬티를 문 채로 천천히 머리를 움직였다. 엉덩이에 걸려 앞만 쭉 늘어진 팬티 사이로 그녀의 풍성한 숲이 드러났다. 둘의 시선이 동시에 그곳에 닿자 화들짝 놀란 이도가 다리가 모으며 급히 그를 밀어냈다.

"어딜."

그렇다고 쉽게 물러설 은유가 아니었다. 밀어내려 뻗은 이도의 손을 잡아 제 엉덩이에 올려두고 그녀의 다리를 벌려 허벅지를 제 다리로 꾹 눌렀다. 그리곤 조심스럽게 그녀의 숲을 더듬었다. 숲을 침범한 낯선 손길에 이도가 몸을 바르르 떨었다. 숲 깊이 감춰진 꽃잎을 자극하며 만지작거리자 짙은 신음과 함께 맑은 액체가 조금 비쳤다.

"아……."

이도의 꽃잎을 만지는 은유의 손끝이 파르르 떨렸다. 신비로웠다, 꽃 속에 꽃이 있다는 것이. 만지면 만질수록 더 깊이 파고들게 만드는 그 마력에 은유는 주체할 수 없는 뜨거운 성욕을 느꼈다.

조심스레 꽃잎 속으로 손가락을 밀어 넣자 블랙홀처럼 강하게 손가락을 빨아들였다. 따스하고 매끄러운 꽃잎에 흠뻑 취해 손을 움직이자 맑은 애액이 흘러나왔다. 꽃잎의 반응에 은유의 입이 한껏 벌어졌다. 거부 없이 받아들이는 그 솔직함이 고맙기까지 했다.

"하아. 아아. 뜨거워. 하아."

엉덩이와 등에 올려진 이도의 손에 바짝 힘이 들어갔다. 단정하게 손톱을 자른 터라 손톱이 살을 파고들진 않았지만 자국이 생길 정도로 제법 꽉 움켜잡았다. 손으로 느껴지는 단단한 근육의 감촉이 흥분을 더 가중시켰다.

　자신이 원하는 것을 찾아 그의 중심으로 이동한 이도의 손이 팽팽하게 일어선 페니스를 붙잡았다. 이도의 손길에 페니스가 불끈거렸다. 제 은밀한 부위를 내주었듯 그의 은밀한 곳 또한 자신이 소유할 권리가 있었다. 까슬까슬하기도 하고 부드럽기도 한 묘한 감촉을 손으로 느끼며 놈의 뿔난 머리를 만지작거리자 툭툭 성질을 내며 침을 뱉어냈다. 주인을 닮아 매우 건방진 놈이었다. 손바닥에 묻은 끈적이는 액체를 놈의 몸에 문지르자 더 발끈해 몸을 꼿꼿이 세웠다. '덤벼, 다 덤벼.' 놈이 호기롭게 외쳤다.

　흡족히 젖은 꽃잎도 더 발칙한 놈을 원하며 원추, 원추를 외쳐대자 은유가 손가락을 빼내 달짝한 애액을 혀로 핥아 달랬다.

　"헉. 머리까지 아찔해."

　이도의 솔직한 발언에 키득 웃은 은유가 뜨거운 숨결을 꽃잎 위에 흩어놓으며 경계를 허물고는 덥석 순식간에 머금었다. 파닥거리며 자지러지는 이도의 몸을 지그시 눌러 진정시키고는 보란 듯 야릇하게 혀로 입술을 핥았다. 이도의 얼굴이 단번에 붉게 타올랐다.

　"조심해. 꽤 건방진 놈이 들어갈 거니까."

　"응?"

　화르륵 달아오른 꽃잎 위로 페니스가 묵직하게 몸을 기댔다. 익숙해질 수 있도록 페니스를 살살 꽃잎에 문질러 애액을 유도한 은유가 조심스럽게 꽃잎을 향해 페니스를 밀어 넣었다.

　"아."

　"처음은 아플 거야."

"괜찮아요. 아프게 한 게 괘씸해서라도 본전 확실히 뽑을 테니까."

"훗. 크크."

급하지 않게 부드럽고 조심스럽게 그녀를 배려하며 천천히 허리를 움직여 꽃잎 안으로 스며든 은유가 한껏 인상을 찌푸린 채 두고 봐라 입을 앙다무는 이도의 얼굴을 보고 참지 못하고 웃음을 터트렸다.

도망가기만 해봐라. 힘껏 엉덩이를 볼모로 잡고 있는 이도의 손이 기분 좋았다. 엎치락뒤치락 전과 다른 격정적인 쟁탈전을 벌이며 둘은 온밤을 꼬박 지새웠다.

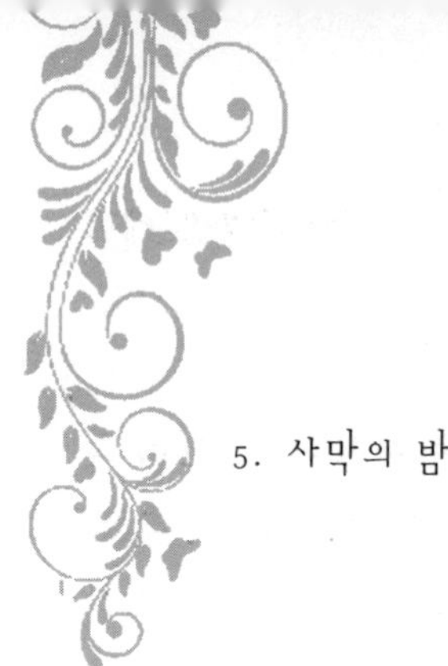

5. 사막의 밤

히죽히죽.

온종일 배시시거리며 허파에 바람이 든 것처럼 웃는 이도를 왕 간호사가 걱정스럽게 힐끔거렸다. 이도는 지금 자신이 앞에 앉은 깍두기의 이마에 요오드를 떡칠하는 만행을 저지르고 있음을 전혀 깨닫지 못하고 있는 것 같았다. 이러다가 깍두기가 오렌지 되게 생겼다.

"저기, 선생님?"

조심스런 뉘앙스와 달리 과격하게 팔꿈치 찌르기를 감행한 왕 간호사를 이도가 입이 한껏 찢어진 괴상한 얼굴로 올려다보았다. 평소에도 그다지 정상으로 보이진 않았지만 오늘은 정신이 그보다 배는 더 나간 듯했다. 저러다가 일 내지 싶었다.

"오호호, 샘도 참. 너무 프로정신이 투철하셔. 거긴 이미 아문 상처구요, 치료는 거기가 아니라 요기 하셔야죠."

정신을 못 차리는 이도의 어깨를 팡팡 두드리며 왕 간호사가 일부러 호들갑스럽게 말했다. '동물병원은 깍두기를 치료하지 않습니다.'라고 입구에 써놓으려다가 오히려 성질만 돋울까 싶어. '동물만 치료 가능'이라고 짧게 명시했더니, 이번엔 깍두기들이 동물을 데리고 나타났다.

왕 간호사의 손끝을 따라 시선을 옮긴 이도의 얼굴이 점점 아리송하게 변했다. 진료실에 마주 앉은 깍두기의 두터운 손에 깍두기의 엄지손가락만 한 햄스터가 대롱대롱 매달려 있었다. 엄지로 꾹 누르면 즉사할 정도로 햄스터를 들고 있는 깍두기의 손이 엄청 위험스럽게 느껴졌다. 이도의 눈이 이게 뭔가 하며 깜빡거리자 흠흠, 목을 돋운 깍두기가 햄스터를 손바닥으로 받치며 말했다.

"우리 예쁜 요를레이 치료 좀 잘 해주십시오."

손아귀에서 벗어나려 버둥거리는 햄스터를 제 얼굴 옆에 가져가 사랑스러워 죽겠다는 듯 비비적거리며 입을 동그랗게 모아 요를레이라고 말하는 깍두기의 모습에 왕 간호사와 이도가 흠칫 몸을 떨었다. 죽기 살기로 몸부림치는 회색의 햄스터는 전혀 요를레이스럽게 보이지 않았다. 곁에 있는 것만으로도 죽음의 공포에 시달릴 판국인데 노래가 부르고 싶겠냐고. 차라리 방생을 하라고 말하고 싶었지만 내뱉지 못하고 목구멍으로 꿀꺽 삼켜 버렸다.

"하하. 우리 요를레이는 어디가 안 좋아서 왔을까나?"

아픈 곳 찾기도 힘들 만큼 작은 요를레이는 그냥 보기엔 팔딱거리는 게 아주 건강해 보였다. 대체 어디가 아프다는 것일까? 왕 간호사의 콧소리를 무시하고 이도를 향해 요를레이를 척 내밀며 깍두기가 심각하게 말했다.

"말귀를 못 알아듣습니다."

"……네?"

"……헉."

햄스터가 말귀를 알아듣는다는 것 자체가 금시초문이었다. 개가 개도 아니고 어떻게 말을 알아듣겠냔 말이다. 대체 이걸 어떻게 해야 한단 말인가. 난감함에 어설픈 미소만 짓고 있는 둘을 멀뚱히 쳐다보던 깍두기가 옆에 있던 왕 간호사의 손을 덥석 붙잡았다.

"엄마야!"

깜짝 놀란 왕 간호사가 소리치며 손을 빼내려 하자 깍두기가 매섭게 노려보았다. 즉시 입을 꾹 다문 왕 간호사의 손바닥 위에 깍두기가 요를레이를 올려놓았다.

"잡으십쇼."

깍두기의 지시에 왕 간호사가 저도 모르게 덥석 손을 오므렸다. 손바닥에서 꿈틀거리는 요를레이의 몸짓이 그대로 느껴져 왕 간호사의 눈이 화등잔만 하게 커졌다. 깍두기의 포스에 이러지도 못하고 저러지도 못하는 왕 간호사를 깔끔히 무시하고 깍두기가 자리를 털고 일어섰다.

"그럼 부탁드립니다."

"아, 네."

깍듯이 허리를 굽혀 인사하고 진료실을 나가는 깍두기를 둘이 멀거니 쳐다보았다.

"샘, 앤 어쩔까요?"

"일단 손님이니 케이지에 넣어둬."

"어떻게 치료하시려구요?"

아무리 그래도 이건 도저히 불가능한 일이었다. 걱정스레 바라보는 왕 간호사를 지그시 응시하며 이도가 단호하게 말했다.

"자알."

"흐음."

신뢰와 믿음이 생명인 동물병원에서 불가능은 없다라고 이도는 늘 소리 높여 외쳤더랬다. 그럼에도 불구하고 바닥으로 떨어진 신뢰와 믿음으로 병원은 이미 도산의 위기에 처해 있었다. 그러던 것이 갑자기 깍두기들이 난입하면서 때아닌 성황을 이루게 되었다. 병원문 안 닫는 게 어디냐, 동물까지 데려와 치료해 달라는데 기꺼이 해주자, 둘이 합의를 본 게 바로 엊그제였다. 어처구니없는 병명이래도 일단은 접수하고 볼 일이었다. 누가 또 아나? 정말 햄스터가 말귀를 알아듣게 될지?

"다음 손님 들어오시라고 해."

"네."

행여나 요를레이가 탈출을 감행할까 조심조심 왕 간호사가 밖으로 나간 직후, 누군가 들어서며 진료실 문을 잠갔다. 찰칵 하는 단순한 소리에 무심히 고개를 들던 이도의 눈이 반달 모양으로 휘었다.

"이 시각에 웬일이에요?"

손목시계를 확인하며 이도가 들뜬 목소리로 묻자 성큼성큼 곁으로 다가선 은유가 마주 앉으며 우아하게 다리를 꼬았다.

"병원에 무슨 일로 왔겠어?"

"어디 아파요?"

금세 걱정스럽게 변한 이도의 얼굴 가까이 제 얼굴을 기울이며 은유가 능청스럽게 고개를 끄덕였다. 그리곤 어리광스러운 목소리로 말했다.

"응, 많이많이."

"어디가? 그럼 병원으로 가야죠."

"그래서 왔잖아, 병원."

"에이, 여긴 동물병원이잖아요."

"그러니까."

"응?"

"내가 곧 짐승이 될 거거든."

갸웃 기우는 이도의 얼굴을 사랑스럽게 바라보며 은유가 재킷을 벗어 옆에 있던 간이 진찰대 위로 툭 던져 놓았다. 그가 이도의 손을 잡아 부드럽게 끌어당겼다. 가볍게 입술에 입을 맞추곤 잡은 손을 제 가슴 위에 올려놓았다.

"여기가 너무 뛰어, 미친 듯이."

"……어."

주르르 미끄러트린 손이 배꼽을 지나 그의 아랫도리 위에 머물렀다. 어느새 은밀하게 빛나는 이도의 눈을 만족스레 바라보며 은유가 그녀의 귓가로 입술을 가져갔다.

"자아, 의사 선생님, 진단해 봐. 여긴 어떤 것 같아?"

은유의 중심에 닿았던 눈을 살짝 들어 올려 시선을 맞추며 이도가 배시시 웃었다. 그리곤 금세 의사 모드로 돌아가 심각한 얼굴로 느릿하게 말했다.

“어디 보자. 진맥을 먼저 좀 해볼까나?”

“아, 참 용하십니다. 동물병원에서 진맥도 다 하시고.”

“제가 좀 합니다.”

표정과 달리 은유의 손에 잡힌 것치곤 너무 자유롭게 이도가 그의 중심을 만지작거렸다. 마치 허준이 환생을 한 것처럼 명의다운 포스를 해 보이며 아주 능청스럽게 조물거리는 이도의 모습에 은유가 웃음을 터트렸다. 간간이 얼굴을 찌푸리며 낮은 신음을 흘리는 건 이도의 과한 진맥 때문이었다.

“음. 알겠군.”

“큭. 그래서 병명이 뭡니까?”

잡힌 손을 빼내 자리에서 일어선 이도가 근엄하게 은유를 내려다보며 딱 부러지게 말했다.

“욕구불만.”

“와우.”

은유의 탄성에 거만하게 한쪽 눈썹을 치켜 올리던 이도가 불쑥 다가서 그를 마주하고 그의 다리 위에 올라앉았다. 은유의 입술이 매력적으로 끌려 올라가는 것을 그냥 두지 못하고 이도가 제 입술을 겹쳤다. 은유의 목을 스쳐 뒷머리를 파고든 손이 꼼지락거렸다. 그 기분 좋은 자극에 은유가 엷은 미소를 머금었다.

“치료는 제가 직접 하도록 하겠습니다.”

“이런 황송할 데가.”

“우선, 벗고 시작할까요?”

타이의 매듭 부분을 손가락으로 톡톡 건드리며 이도가 진지하게 말했다. 싱긋 한쪽만 치켜 올린 은유의 입술이 매혹적으로 달싹였다.

"여부가 있겠습니까. 뜻대로 하소서."

한번 달아오르기 시작한 불꽃은 쉽게 사그라질 줄을 몰랐다. 늦게 배운 도둑질에 날 새는 줄 모른다고, 서로에게 빠져들기 시작한 이후 그들에겐 진격만 있을 뿐 스톱은 없었다.

"어라? 다들 어디 갔지?"

요를레이를 케이스에 넣고 돌아선 왕 간호사는 조금 전까지 북적거리던 대기실이 갑자기 한산해져 있자 당황했다. 소리도 없이 그 많은 사람들이 순식간에 사라져 버린 것이다. 대체 이게 다 어떻게 된 일인지 어리둥절하기만 했다. 깍두기의 손에 들려 있던 닭과 오리와 심지어 비둘기까지, 그 많던 동물들은 또 어디로 간 것일까?

멀뚱히 눈만 깜빡이다 진료실로 터벅터벅 다가간 왕 간호사가 닫힌 문을 의아하게 바라보다 막 손을 뻗었을 때였다. 누군가 그녀의 손목을 덥석 낚아챘다. 놀라 돌아본 왕 간호사의 눈이 번쩍 뜨였다. 당황과는 전혀 다른 번뜩임이었다. 유레카! 이런 핸섬 보이를 보았나. 깍두기와는 전혀 다른 잘난 면상을 대하자 눈에 하트가 절로 그려졌다.

"왜 이러세요."

말과 달리 오히려 찰싹 달라붙는 왕 간호사를 멀뚱히 내려다보며 우철이 살짝 몸을 뒤로 물렸다. 거리를 두려 한 것인데 오히려 그녀의 몸이 자석처럼 딸려왔다. 보일 듯 말 듯 미미하게 찌푸린 미간을 반반하게 펴며 그가 무표정하게 말했다.

"두십시오. 올바른 길을 가기 위한 몸부림을 방해해선 안 됩니다."

"네?"

"어렵게 결심한 일에 파토를 놓아서야 되겠습니까. 응원하고 밀어줘야 옳습니다."

당최 알아들을 수 없는 말을 주먹까지 불끈 쥐며 거룩하게 말하는 우철을 왕 간호사가 의아하게 올려다보았다. 약간 모자라 보이긴 한데 일단은 잘생겼으니 그것만으로도 용서가 되었다. 오랜만에 안구 정화나 실컷 해보자 싶어 왕 간호사는 알아먹지도 못한 우철의 말에 세차게 고개를 끄덕였다.

"걱정 꽉 붙들어매고 저만 믿으세요. 일단 여기 앉아서 차라도 한 잔 마시면서 좀 더 심도 깊은 대화를 나눠보죠."

"네?"

손을 잡힌 건 왕 간호사인데 이상하게 끌려가는 건 우철이었다. 우철을 소파에 앉히고 서둘러 차를 타온 왕 간호사가 굳이 다른 넓은 자리를 두고 그의 옆자리에 끼어 앉으며 의미심장하게 말했다.

"무척 긴 시간이 필요할 것 같은데, 셔터 내릴까요?"

"그럴 것까진 없습니다. 나가서."

"아, 그럼 같이 나갈까요? 두 분이서 오붓한 시간 보내시게?"

안에 누가 있는지는 알 수 없었지만 눈치로 보아 우철의 상사나 그 비슷한 사람이지 싶어 넘겨짚은 말에 우철이 넘어왔다.

"그, 그럴까요?"

망설이는 그의 팔에 살며시 팔짱을 끼며 왕 간호사가 먼저 자리에서 일어섰다. 엉거주춤 일어선 우철이 진료실을 돌아봤다. 굳게 닫힌 문은 열릴 기미가 보이지 않았다. 드디어 마음을 굳힌 건가 싶어 눈물이 왈칵 차올랐다. 하지만 사나이가 주책없게 질질 짤 수는 없었다. 애써 억누르긴 했지만 울컥한 마음은 쉽게 진정되지 않았다. 대장이 드디어 이성에 눈을 뜨기 시작했다. 이 얼마나 다행스러운 일인가 말이다. 부디 이대로 쭉 바른 이성관을 이어나가길 바라며 우철이 뜨거운 가슴에 주먹을 지그시 눌렀다. 그런 우철을 왕 간호사가 친절하게 병원 입구로 이끌었다.

'웬 횡재야? 오래 살고 볼 일이네. 원장님 덕분에 눈이 호강을 다 하고. 호호호.'

병원을 나선 왕 간호사는 우철을 잠시 기다리게 한 후 재빨리 문을 잠갔다. 아무도 들어가지 못하게 철저한 방어막을 친 뒤 해사하게 웃으며 그녀가 다시 우철의 팔짱을 꼈다.

"우선 간단하게 점심이라도 먹을까요? 그 뒤에 차라도 마시면서 이야기 나누는 게 어때요?"

눈치 하나는 죽여주게 빠른 왕 간호사였다. 멀뚱히 쳐다보는 우철에게 찡끗 윙크까지 하며 턱으로 안을 가리켰다. 우철의 시선이 병원 쪽을 향하자 왕 간호사가 바짝 다가서 귀엣말을 했다.

"두 분 사이가 더 깊어지길 원한다면 제 말대로 하는 게 좋을 겁니다."

악마의 속삭임 같았다. 우철에게서 상사에 대한 깊은 충직을 읽어낸 왕 간호가 의미심장하게 눈썹을 들썩였다. 병원과 왕 간호사를 번갈아 바라보던 우철이 작게 고개를 끄덕이자 그녀가 시커먼 속내를 숨기며 할 수 없이 자신이 희생해 주겠다고 말했다.

"고맙습니다."

일에 있어선 철두철미하고 냉철한 우철이 이성에 관계된 일엔 어수룩함을 드러냈다. 뭔가 이게 아닌데 하면서도 왕 간호사가 이끄는 대로 속절없이 끌려갔다. 어쨌든 이 모두가 대장을 위한 일이니 무엇이든 성심을 다해야 한다는 게 그의 생각이었다.

저녁에 있을 모임에 참석하려면 시간에 맞춰 가야 하는데 우철이 연락되지 않았다. 전화를 걸다 안 되겠다 싶어 은유가 직접 운전대를 잡았다. 이 회장을 대신해 나가는 자린지라 내키진 않았지만 반항하면 며느리와 함께 가겠다는 유치한 협박에 마지못해 수락하고 말았다.

모임이 있는 자이언트 호텔 입구에 차를 세우고 내리자 직원이 뛰어와 열쇠를 받아갔다. 뒤이어 도착한 차에서 내린 누군가가 은유를 불렀다.

"어이, 이 대표."

다소 건방진 말투에 은유가 걸음을 멈추고 고개만 돌려 상대를 확인했다. 반갑게 손을 흔들며 다가서는 나이 지긋한 남자의 모습에 은유의 얼굴이 싸늘하게 굳었다. 반듯하게 몸을 돌린 은유가 남자를 시리게 마주했다. 은유 앞에 우뚝 멈춰 선 남자가 비릿하게 입술을 치켜 올렸다.

"여전하군, 사람을 깔보는 그 눈빛은."

"사람 나름 아니겠습니까."

"나름이라. 내가 그렇게 하찮은 존재다 이건가?"

반갑게 은유를 부르던 것과는 달리 나오는 말은 잔뜩 비꼬는 투였다. 은유를 자극하기 위해 일부러 시비를 거는 게 확실했다. 날카롭게 쏘아보는 눈빛에 조소가 가득했다. 마주한 은유의 눈은 처음 그대로 시리게 차가웠다. 야비함이 취미생활인 사내였다. 그 속내를 뻔히 알고 있는 은유가 쉽게 휘말릴 리가 없었다.

"사람의 눈은 보고 싶은 것만 본답니다. 이사님이 보고 계신 것은 이사님의 눈부처 아니겠습니까."

남자의 비릿한 웃음이 더 짙어졌다. 제법이야. 이은유는 예전 두려움에 떨던 겁먹은 어린 짐승이 아니라 이젠 상대를 도발할 줄도 아는 야수가 되어 있었다.

드르륵.

손안의 동전을 긁어내리는 소리가 귀에 거슬렸다. 포커페이스를 유지하고 있던 은유의 미간이 미미하게 꿈틀거렸다. 그를 단번에 포착해 낸 남자가 즐거운 듯 가늘게 눈을 빛냈다. 사람이 아무리 가리고 지워내려 해도 제 의지와 상관없이 안 되는 게 꼭 하나씩은 있게 마련이었다.

트라우마.

은유에게 트라우마는 저주받은 핏줄과 이것. 신경을 자극하며 깊숙이 숨겨둔 두려움을 끌어내는 동전 긁는 소리였다. 어린 시절 끔찍했던 납치와 감금으로 어둠 속에서 줄곧 들어야만 했던 이 소리가 은유에겐 끔찍한 트라우마로 남겨졌다.

내색하지 않으려 애쓰는 은유의 얼굴을 즐겁게 바라보며 남자는 일부러 계속 동전을 긁어댔다. 비록 미미할지라도 은유에게 악영향을 끼칠 수 있다면 그것만으로도 만족스러웠다. 남자가 기쁜 기색을 숨기지 않고 뻔뻔하게 물었다.

"좋은 소식 들리던데."

들린 게 아니라 정탐꾼에게서 알아낸 것이겠지. 이번엔 은유가 입술을 비틀어 올렸다. 그의 무례에 계속 정중함으로 대할 필요는 없었다. 주머니에 한 손을 집어넣고 한 손으론 느긋하게 입술을 쓸며 내려깐 눈으로 남자를 바라보았다. 간담을 서늘하게 만드는 눈빛에 웬만해선 주눅이 들 만도 한데 남자에게선 아무런 동요도 없었다.

"신경 끄십시오. 과한 오지랖이 화를 부를 수도 있습니다."

"어허, 오지랖이라. 그참, 섭섭하군. 자네와 나 사이에 이 정도 담소도 못 나눈단 말인가."

"칼을 겨누던 사람과 담소라니. 미친 거지, 그건."

예의는 여기까지였다. 더 이상의 대화는 무의미했다. 이렇게 마주 서 있는 것조차도 오늘이 마지막이 될 것이다. 다음은 없다. 절대 용납하지 않을 테니까.

다소 거친 은유의 말에 남자가 싱겁게 웃었다. 그 얼굴이 역겨워 은유가 먼저 싸늘하게 등을 돌렸다. 멀어지는 은유의 뒷모습을 남자가 가소롭단 듯이 노려보았다. 감히 네 주제에 날 능욕해? 감정을 감추지 않고 팍 구겨진 얼굴로 남자가 휴대폰을 꺼내 들었다.

"나다. 준비해."

간단한 지시로도 모든 것이 가능한 남자였다. 그는 은유가 사라진 곳으로 천천히 발걸음을 옮겼다. 어차피 이렇게 돌아서도 가는 곳은 같았다. 정재계의 영향력 있는 인사들의 모임이었다. 남자는 오늘 그곳에 처음 참석하러 나선 길이었다.

늘 어둠 속에 은밀하게 숨어 검은 돈을 움직이던 남자가 왜 지금 굳이 수면으로 나오려는 것인지 그 이유를 알 수는 없었다.

지난날, 모든 것을 버리고 새롭게 시작하겠다며 어둠을 등진 이수근 회장을 향해 배신자라고 낙인을 찍었던 자였다. 복수심에 불타 그 아들인 은유를 납치해 감금했던 사람이 어떻게 뻔뻔스럽게 그들과 똑같은 길을 가겠다고 나설 수 있는 것인지. 은유가 그 사실을 알았다면 당장 면전에서 멱살을 움켜쥐었을 것이다.

하지만 그 사실을 아직 모르는 은유는 남자를 우연히 마주친 거라 생각했을 것이다. 남자에게 죄를 묻지 않은 건 아버지 이수근 회장의 만류 때문이었다. 한때 피보다 진한 의형제 사이였음을 들먹이며 그렇게 그를 용서했었다. 그 일로 아들의 가슴이 또 한 번 갈가리 찢긴 것은 모른 채.

"버리려면 철저히 버렸어야지."

남자가 서늘하게 혼잣말을 내뱉으며 연회장 문을 열었다.

사회 공헌을 빌미로 모인 이날의 만찬 모임은 늘 그렇듯 사사로운 인맥 다지기로 이어졌다. 모임이 길어질수록 지루함보다 불쾌함이 더 치밀어 은유는 계속 포커페이스를 유지하기가 힘들었다. 하마터면 저를 뚫어져라 쏘아보는 야비한 최선식 이사의 시선에 욕지기가 터져 나올 뻔했다.

정문에서 돌아서며 다시는 볼 일이 없으리라 생각했었는데 그 생각이 지워지기도 전에 그와 다시 마주쳤다. 빌어먹게도 은유는 그 사실을 알지 못했으나, 최 이사는 이미 알고 있었을 것이다. 그럼에도 모른 척 시치미를 떼며 은유의 속을 잘도 헤집어놓았다.

모임이 끝나기를 기다렸다가 나오는 것이 예의였지만 그럴 수가 없었다. 그대로 있다간 최 이사의 면전을 한 대 칠 것만 같아

무례를 무릅쓰고 회의실을 빠져나왔다. 뒤통수로 쏟아지는 따가운 시선들을 깔끔하게 무시하고 곧장 정문으로 나가 자신의 차를 기다렸다.

뭔가 예감이 좋지 않았다. 의도적으로 은유의 신경을 건드리며 자꾸만 눈앞에서 어슬렁거리는 최 이사의 눈빛이 마음에 걸렸다. 그가 들먹이던 '좋은 소식'이란 말도 다분히 계획적으로 흘린 말 같았다. 그 말의 한 부분을 차지하는 이도도 괜스레 신경이 쓰여 연회장에 있는 내내 마음이 불편했다.

"차 도착했습니다."

호텔 직원의 말을 듣고서야 자신의 차가 바로 앞에 있음을 알아챘다. 차 키를 건네받고 운전석에 오른 은유는 곧장 이도가 있는 병원 쪽으로 차를 몰았다.

사차선 도로를 달리며 은유는 휴대폰을 눌렀다. 그 잠깐의 순간 세 대의 검은 차가 은유의 차를 에워쌌다. 백미러와 룸미러를 통해 차를 확인한 은유가 순식간에 스피드를 높여 앞으로 치고 나갔다. 차들은 끈질기게 따라붙었다. 그의 행로를 방해하고 차를 소 몰듯 거칠게 몰아댔다.

"젠장!"

누구의 짓인지는 굳이 알아낼 필요도 없었다. 뱀처럼 자꾸만 앞을 막아서는 차들 때문에 쉽게 빠져나갈 수도 없었다. 신경질적으로 핸들을 내려친 은유가 질끈 아랫입술을 깨물었다. 주먹을 쥐었다 펴며 은유는 주변을 예리하게 살폈다. 빈틈을 찾으려고 했지만 그것조차 여의치 않았다.

[여보세용.]

스피커폰을 통해 이도의 상쾌한 목소리가 들렸다. 추격전에 온통 신경을 빼앗겨 통화버튼을 눌렀다는 걸 잊고 있었다. 이도의 목소리에 잠깐 주의를 딴 곳에 기울인 순간 차 한 대가 스파크를 일으키며 가로로 앞을 가로막았다. 그를 미처 보지 못한 은유의 차가 검은 차의 옆을 강하게 들이박고 멈췄다.

차체가 심하게 찌그러지고 연기가 피어올랐다. 두 대의 차가 뒤이어 멈춰 서고 멈춰 선 차에서 검은 정장의 덩치들이 내렸다. 그들의 손엔 쇠파이프와 야구방망이가 들려 있었다.

"하아."

핸들에 머리가 심하게 부딪혀 은유의 이마가 찢어졌다. 상처에서 흘러내린 피가 한쪽 시야를 붉게 물들였다. 신음을 흘리며 핸들을 꽉 붙잡아 고개를 들던 은유의 시야에 차 보닛으로 올라서 앞 유리를 향해 쇠파이프를 휘두르는 덩치의 모습이 보였다. 본능적으로 얼굴을 가리고 몸을 뒤로 뺀 은유의 몸으로 깨진 유리 파편이 쏟아졌다.

[에? 무슨 소리예요? 여보세요? 여보세요?]

깨진 앞 유리를 툭툭 발로 걷어차고 한쪽 무릎을 세워 앉은 덩치가 이도의 목소리가 울려 퍼지는 휴대폰을 물끄러미 바라보다 쇠파이프로 내리찍었다. 박살 난 휴대폰에선 더 이상 아무런 소리도 들리지 않았다.

가렸던 팔을 내리고 은유가 덩치를 죽일 듯 노려보자 덩치가 비릿하게 입가를 끌어 올리며 그다지 친절하지 못한 어투로 비아냥거리듯 말했다.

"이은유 대표님, 괜찮으십니까?"

은유는 남자를 직시한 채 천천히 손을 들어 시야를 가리는 붉은 피를 닦아냈다. 닦아낸 자리로 또다시 피가 흘렀다. 그걸 쳐다보던 덩치의 미간이 살짝 찌푸려졌다. 덩치가 안타깝다는 듯 혀를 차며 말했다.

"이런, 괜찮지 못한 모양입니다."

"용건이 뭐야?"

은유의 서늘한 물음에 덩치가 씨익 웃더니 쇠파이프로 보닛을 탕탕 내려쳤다. 일부러 겁을 주려 한 행동이었지만 그런 것에 움찔할 은유가 아니었다. 눈 하나 깜빡 않는 은유의 얼굴에 금세 흥미를 잃은 덩치가 다시 쇠파이프를 고쳐 잡으며 사납게 눈을 치켜올렸다.

"궁금하시다니 가르쳐 드리죠."

덩치가 말과 동시에 은유를 향해 쇠파이프를 휘두르자 사방에서 차를 내리찍기 시작했다. 머리를 가격당해 피를 흩뿌리면서 은유는 그들의 목표가 이도가 아니어서 천만다행이라고 생각했다. 통증과 함께 시야가 흐릿해졌다.

은유가 의식을 잃자 무차별적으로 이어지던 공격도 멎었다. 전면에서 지시를 내리던 덩치가 은유의 상태를 살핀 뒤 손을 까닥이자 누군가 차 문을 열고 은유를 끌어내렸다. 뒤에 세워둔 차 중 하나에 은유를 태우고 서둘러 차에 오른 덩치들은 마치 아무 일도 없었던 듯 유유히 그곳을 떠났다.

그들이 떠난 자리엔 엉망으로 찌그러진 은유의 차와 그의 차에서부터 뒤쪽으로 쭉 이어진 핏자국만이 덩그러니 남겨졌다.

이도는 아무런 응답도 없이 갑자기 끊긴 전화를 뚫어져라 바라보고 있었다. 전화를 건 은유의 목소리는 들리지 않고 귀를 찢을 듯한 이상한 굉음만 연이어 들리다 그마저도 뚝 끊겨 버렸다. 대체 무슨 일이 벌어진 것일까?

"뭐지? 이게?"

불길했다. 분명 휴대폰에 찍힌 건 은유의 번호였다. 그런데 그의 목소리는 들리지 않았다. 휴대폰을 잡은 이도의 손이 저도 모르게 부들거렸다. 그를 진정시키려 일부러 휴대폰을 꽉 움켜잡은 이도가 크게 심호흡을 했다. 그녀는 은유를 떠올렸다. 절대 누구에게 해를 당할 인물이 아니었다. 은유는 그를 믿기로 했다.

"진정해, 서이도. 침착해야 해. 자, 예감이 안 좋을 땐 어디에 전화를 해야 하지?"

가만히 휴대폰을 쏘아보던 이도가 전화번호부를 톡 눌렀다. 쭉 나열된 번호 중 하나에 이도의 시선이 고정됐다. 우철의 번호였다. 망설임 없이 번호를 눌러 통화가 되기를 기다렸다. 한참이 지난 후에 우철의 목소리가 들렸다.

[……네.]

망설임 뒤에 간략하게 말하는 우철의 목소리가 꽉 잠겨 있었다. 정말 은유에게 무슨 일이 생긴 것일까? 꿀꺽. 바짝 마른 목을 침으로 적시며 이도가 호흡을 가다듬었다. 그리곤 침착하게 물었다.

"은유 씨랑 같이 있나요?"

[아, 아닙니다. 저는 흠. 다른 곳에 잠시 억류되어 있습니다.]

"억류요?"

우철이 억류되어 있다니, 이건 또 무슨 말일까? 이도가 놀란 억양으로 되묻자 우철이 목을 가다듬고 자신의 상태를 정정했다.

[흠. 그게 억류가 아니라…… 잠시 다른 볼일로…….]

"아, 그럼 은유 씨는요?"

[대표님은 오늘 모임이 있으셔서 자이언트 호텔에 가셨습니다. 한 삼십 분 있으면 끝나실 겁니다.]

"확실해요?"

[네. 저도 지금 그쪽으로 가는 길입니다. 그런데 전화가 연결이 잘 안 되긴 합니다. 회의 중이라 꺼놓으신 것 같습니다만.]

"아니에요. 좀 전에 전화가 왔었어요."

[아, 그렇습니까?]

"그런데 좀 이상했어요. 아무 말도 없이 그냥 끊겼는데, 뭔가 깨지고 부서지는 요란한 소리가 들려서……."

[…….]

이도는 자신이 들었던 것들을 떠올리며 비교적 상세하게 설명하려 애썼다. 이도의 말을 듣고 있던 우철이 낮은 신음을 삼켰다. 은유가 워낙 기분파기는 하지만 그렇다고 이도에게 전화를 해서 그런 해괴한 소리를 들려주고 무턱대고 끊을 사람은 아니었다. 말을 듣고 보니 차를 몰고 가다 사고를 당한 것 같긴 한데 지금으로선 연락할 길이 없어 상황을 제대로 파악할 수가 없었다.

[알겠습니다. 제가 알아보고 연락드리겠습니다.]

"연락되면 꼭 알려주세요."

[네. 그럼.]

전화를 끊고도 불안은 가시질 않았다. 손톱을 잘근 깨물며 초조하게 진료실 안을 서성이던 이도가 결심을 한 듯 휴대폰을 들고 밖으로 나섰다. 때마침 고용인으로서의 본분도 잊고 사라졌던 왕 간호사가 기분 좋은 미소를 달고 나타났다. 나가는 이도와 들어서는 왕 간호사의 눈이 딱 마주쳤다. 의미심장한 눈썹 들썩임을 주고받으며 그들은 말없이 터치를 했다.

근위병들의 화려한 교대식보다는 못하지만 나름의 의식을 치른 후 병원을 나선 이도는 곧장 자신의 차로 걸어가 운전석에 오르며 또 어딘가로 전화를 걸었다.

[오냐, 우리 귀염둥이 새아가.]

우쭈쭈를 떠올리게 만드는 이 회장의 과한 애정 표현에 이도가 살짝 미간을 좁혔다. 이 회장의 거한 풍채와 근엄한 얼굴과는 전혀 매치가 되지 않는 말투였다. 난감한 듯 좁아진 미간을 쓱쓱 문질러 편 이도가 거치대에 휴대폰을 올려두고 스피커를 켰다.

"네, 아버님."

아버님 소리가 입에 붙지 않아 말을 하면서도 조금 닭살이 돋았다. 핸들을 잡은 팔을 쓱쓱 긁으며 보이지 않는 얼굴에 어설픈 미소를 떠올렸다. 확실히 같은 유전자를 소유한 집안답게 닭 공장 버금가는 닭살 멘트를 아무 거리낌 없이 남발한다. 아무리 들어도 이상하게 이 회장의 느끼함은 쉽게 적응이 되지 않았다. 본인은 아이스크림을 먹은 듯 달콤하고 부드러운 말이라고 자화자찬을 하지만 동조하기는 힘들었다.

[흐흐. 그래, 아부지지. 아부지.]

누가 들으면 딸바보라고 할 만큼 이도 앞에서만은 이 회장의 엄청난 카리스마도 무장해제되고 말았다. 지금도 전화를 받고 있을 이 회장의 얼굴이 어떨지 굳이 보지 않아도 짐작이 갔다. 흐뭇흐

물 녹아내리고 있을 터였다. 옆에 시립한 사람들은 티도 내지 못
한 채 속으로 경악을 금치 못하고 있을 것이고.

"은유 씨 위치를 좀 알고 싶어서요."

[그 녀석이 왜?]

단박에 목소리가 무뚝뚝하게 변했다. 감정 표현에 이렇게 솔직
한 사람도 드물 것이다. 싫고 좋음이 이렇게 팍팍 티가 나니 말이
다. 쩝. 짧게 입맛을 다신 이도가 조금 전 상황을 간략하게 설명하
며 도움을 청했다. 이도의 말을 가만히 듣고 있던 이 회장이 좀 전
과는 다른 진중한 목소리로 자세하게 이도가 미처 생각지 못한 상
황들을 짚어 물었다.

[사람이 많은 것 같더냐?]

"네? 아, 조금 부산스러웠던 것 같아요. 소리가 하나둘은 아니
었어요. 동시에 여러 곳에서 들린 걸로 봐선 사람이 많았던 것 같
아요."

[흠. 잠깐 기다려 보거라.]

전화기로 뭔가 지시를 내리는 듯한 이 회장의 목소리가 작게 들
렸다. 바쁘게 움직이는 소리와 기계음이 간간이 들리더니 곧 이
회장의 낮게 가라앉은 목소리가 들려왔다.

[누가 장난을 좀 친 모양이구나.]

"장난이요?"

[그래, 아주 질 나쁜 장난을 친 모양이다.]

장난이라는 말의 뉘앙스가 묘한 불안감을 불러일으켰다. 잠자
코 이 회장의 말을 기다리던 이도의 목이 바짝 말라갔다. 생각보
다 사태가 심각한 건 아닌지 괜히 불안해졌다.

[걱정할 것 없다. 두 놈 다 그리 멍청하진 않으니 일을 크게 벌이진 않을 게다.]

"두 놈이라니요?"

[내가 아끼던 아우가 하나 있는데 장난이 좀 심한 편이라서 말이다. 특히나 질투심이 강해서 은유에게 은근히 날을 세우곤 하지. 이번엔 심술이 좀 도가 지나쳤구나. 내가 알아서 처리하마.]

"처리…… 요?"

왜 처리라는 말이 꼭 '야산에 확 파묻어 버리겠어' 라는 말로 들리는지. 웃음기를 머금은 이 회장의 목소리가 어째 더 위험스럽게 느껴졌다. 이거 혹시 조폭들이 주고받는 흔한 농담 아닌가?

언젠가 은유에게서 이 회장의 과거에 대해 조금 들은 적이 있었다. 이야기를 듣고 나서야 이 부자의 유별난 관계에 대해 이해할 수 있었다. 그들의 가치관과 생활이 다른 사람들과 다른 이유도, 그래서 때론 예기치 못한 위험에 처할 수 있다는 것도 들어 알고 있었다. 하지만 막상 이렇게 직접 현실로 마주하고 보니 두려움이 앞섰다. 그런 이도의 마음을 잘 아는 듯 이 회장이 별것 아니라는 듯 계속 장난스런 투로 말하며 그녀를 안심시켰다.

[감시가 사방으로 붙어 다니는 놈인 걸 알면서 함부로 건드릴 어리석은 놈이 어디 있누.]

이 회장의 말대로 은유에겐 보이지 않는 감시가 따라다니고 있었다. 이 회장은 은유의 안전을 위해서라고 했고, 은유는 이 회장의 고약한 취미생활이라고 했다. 어찌 되었든 그들의 보고를 들은 이 회장이 저리 태연하게 반응하는 것을 보면 은유에게 아무 이상이 없음이 확실했다.

이 회장과 대화를 나누면 나눌수록 이상하게 그의 페이스에 말려들어 어느덧 이도도 같은 말투를 구사하며 아무렇지 않게 모든 것을 받아들이게 되었다.

[장난엔 장난으로 되받아쳐 줘야지. 크크크. 안 그러냐, 아가?]

"아, 네. 그런데 저도 그 장난에 좀 끼면 안 될까요, 아버님?"

이 회장의 말로 유추해 보건대 은유의 상태가 그다지 좋을 것 같지는 않았다. 네 일은 네가 처리해라고 항상 은유의 일에 시큰둥한 사람이 이 회장이었다. 그런 사람이 직접 나서겠다고 했을 때는 분명 심각한 일이 벌어지고 있다는 의미였다.

[그래? 그럼 여주인공은 좀 천천히 우아하게 나서야 되니까, 대기하고 있다가 내가 연락하면 그리로 오거라.]

"……아, 네."

이 상황에서 그런 말이 나옵니까, 아버님! 여주인공이라니! 우아한 등장이라니! 이게 삼류 멜로드라마도 아니고 말이 되냐고요! 속으로 울분을 터트리며 구시렁거리던 이도는 마지못해 그러마고 답했다. 룸미러에 비친 이도의 한쪽 눈썹이 불만스럽게 치켜 올라갔다. 일명 이수근 감독, 이은유, 서이도 주연의 스펙터클 멜로 액션 블록버스터가 되는 건가?

이런 영광스러울 데가. 정말 눈물겹다. 위험에 처한 남편을 구하러 사지로 나서는 굳센 서이도. 일발 장전하고 대기합니다요.

전화를 끊은 이 회장의 얼굴에 야릇한 미소가 떠올랐다.

"선식이 그놈이 또 수작을 부렸단 말이지."

느긋하게 입술을 손으로 쓸며 혼잣말을 내뱉던 이 회장이 손가락을 까닥이자 시립해 있던 자들 중, 하나가 급히 다가와 허리를 굽혀 눈높이를 맞췄다. 팔걸이에 기대 턱을 괸 이 회장이 조용히 지시를 내렸다.

"위치 파악됐으면 애들 풀고, 잔챙이들만 손보고 일단 보고해."

"예."

목례를 하고 물러선 남자가 나가자 검은 정장들이 일제히 그 뒤를 따랐다. 밑바닥 인생에서 손을 씻은 지는 한참이 지났다. 그럼에도 완벽하게 그들의 손에서 벗어나기는 힘들었다. 간간이 포부 좋은 놈들이 시비를 걸어올 때도 있었고, 과거사를 빌미로 금전을 요구하는 놈들도 있었다. 그럴 때마다 이 회장은 적절한 방법으로 현명하게 대처하며 위기를 넘겨왔었다. 그중에 최악이었던 게 바로 최선식이었다.

별다른 요구 사항도 없었다. 완벽하게 연락이 두절된 채로 은유를 납치해 감금하고 보름을 보냈었다. 산속 은둔지에는 최선식과 은유 딱 둘만 있었다. 은유는 두 눈이 가려진 채로 빛이 차단된 공간에서 360시간이 넘게 간단한 식수와 빵만 제공받았다. 빛만 단절된 건 아니었다. 소리로부터 철저하게 차단된 은유는 오로지 드르륵거리는 동전 긁는 소리만 들으며 그 긴 시간을 보냈다. 정확히 은유가 스물에서 스물하나로 막 성년이 되던 날이었다.

선식은 잔인하게도 그런 은유를 앞에 두고 관람하듯 바라보고만 있었다. 구조된 후 은유는 한참을 공황장애에 시달렸다. 극도의 불안 증세를 보이며 이 회장에게 과도한 거부와 반항심을 드러내기도 했었다. 그 시절의 은유는 모든 시간을 치료와 상담으로 보냈다.

　은유의 날개반지는 그의 모친이 안식을 주기 위해 그에게 준 것이었다. 은유의 날카로운 신경을 잠재운 건 희한하게도 날개반지가 벽에 긁히는 소리였다. 선에 대한 반감의 의미로 날개를 지워내던 그는 이후 습관처럼 중요한 일을 앞두고 날개반지를 긁곤 했었다.

　스스로 극복하고 저 정도 상태로 돌아온 것만으로도 천만다행한 일이었다.

　"두 번은 용서하지 않겠다고 말했는데. 그걸 잊으면 어찌하나."

　토독. 토독.

　팔걸이의 앞면을 손으로 두드리던 이 회장의 얼굴에서 미소가 사라졌다.

　"그건 죽을 때가 됐다는 뜻이지. 안 그런가, 선식이?"

　근래에 볼 수 없었던 섬뜩한 눈빛으로 이 회장이 허공을 직시했다. 마치 그곳에 최선식이 서 있는 것처럼.

　조용한 가운데 이 회장의 휴대폰이 울렸다. 발신인표시제한으로 걸려온 전화였다. 모르는 번호였으나 누군지 짐작은 갔다. 통화버튼을 누르고 휴대폰을 귀에 대자 아니나 다를까, 선식의 목소리가 흘러나왔다.

　[오랜만에 뵙습니다, 형님.]

　오랜만이라는 말에 가시가 박혔다. 비웃음이 깃든 말투에 이 회장의 안색이 굳었다. 그것도 잠시, 언제 그랬냐 싶게 느긋한 웃음을 머금은 이 회장이 마치 오랜 친구를 대하듯 편하게 말했다.

　"오, 이게 누구신가. 선식이 맞는가?"

　[예. 그동안 잘 지내셨습니까?]

"그야, 나보다 자네가 더 잘 알 것 아닌가."

[무슨.]

"내 주변에 심어놓은 사람이 아주 잘 알려주고 있을 텐데, 굳이 그걸 힘들여 물으니 하는 말일세."

[…….]

웃으며 급소를 치는 건 역시 이 회장의 트레이드마크였다. 예나 지금이나 다른 것이 없었다. 하긴, 조직을 다스리는 것도 운영력이 필요한 일이니 사업과 별반 다를 것이 없었다. 단지 무력적인 잔인함이 앞선다는 점이 조금 다르다면 다를까.

"그래서, 은유와는 재밌게 놀았는가?"

[흐음.]

이미 이 회장이 알고 있다는 사실은 심어놓은 심복을 통해 전해 들은 터였다. 논다라. 과연 이 회장다운 표현이었다. 낮게 신음을 내뱉은 선식은 그를 자극하려던 것을 포기하고 솔직하게 자신의 심경을 드러냈다.

[형님의 목숨 값을 은유에게 대신 물으려 했습니다.]

담담하게 내뱉는 선식의 말에 이 회장은 속으로 신음을 삼켰다. 평온하기 그지없는 얼굴과 달리 손잡이를 움켜잡은 손등엔 굵은 핏줄이 돋아나 있었다. 지금 그가 얼마나 분노를 억누르고 있는지 그 심경이 고스란히 손에 드러나고 있었다.

"이 사람, 내 목숨 값을 왜 자네가 받아내려 하나. 그것도 내 아들에게 말일세. 그건 양아치들이나 하는 짓이지."

[형님, 제가 예전 형님의 목숨을 구해 드린 일을 기억하고 계십니까?]

"기억하지. 하고말고. 그래서 내가 자넬 살려주지 않았나. 감히, 내 아들에게 그런 짓을 한 빌어먹을 놈에게 말일세. 그건 기억하지 못하나 보군."

목숨은 목숨으로 갚는다. 그것이 조직의 룰이었다. 분명 선식의 말대로 과거 이 회장은 사지에 몰려 죽을 뻔했던 순간 선식의 도움으로 가까스로 생명을 건졌었다. 그 뒤 그들은 친형제보다도 가까운 사이가 되었다. 그랬던 이 회장이 손을 씻겠다고 조직을 배신했을 때는 그야말로 하늘이 무너지는 것같이 고통스러웠다. 믿고 의지했던 의형제가 자신을 버리고 돌아서다니. 도저히 용납할 수가 없었던 것이다.

[마지막으로 확인하고 싶었습니다.]

"뭘 말인가?"

[형님께 은유가 어떤 존재인지.]

"그걸 몰라 묻나?"

[목숨보다 귀한 겁니까? 조직을 버리고 돌아설 만큼?]

이를 악무는 고통스러움이 목소리를 통해 전해졌다. 그 작은 생명이 대체 뭐기에 반평생을 몸담은 조직을 버리게 만든단 말인가. 여자가 생기고 동거를 해도 변치 않던 마음이 아이를 낳고 변했다. 이 아이에게만큼은 부끄럽지 않은 아버지로 기억되고 싶다고 고해성사를 하듯 말했었다. 그 진심이 오히려 더 선식의 마음을 힘들게 했다. 조직보다 그깟 핏줄이 먼저라니, 선식으로서는 이해하기 힘든 일이었다.

"자네 여전히 머리 회전이 잘 안 되는군."

[…….]

기댔던 몸을 일으켜 앉으며 이 회장이 느긋하게 말했다.

"나보다 중한 건 없어. 은유를 건드려선 안 되는 이유는 딱 하나야. 그 애가 내 핏줄이기 때문이지. 내 피가 이어졌기 때문에 귀한 것이야. 알겠나? 그 애를 건드리는 건 날 건드리는 거란 말일세."

부드러운 말투였으나 선식은 시린 한기를 느꼈다.

"그 애가 살아 있으면 자네도 살 것이고, 그 애에게 변고가 생기면 자네는 물론 그와 관련된 모두가 더 이상 목구멍으로 숨을 쉴 수 없게 될 거야. 5분 후면 우리 애들이 도착하겠구만. 큰 사고는 안 일어났으면 하는데, 요즘 우리 애들이 워낙 혈기가 좋아서 말일세. 나도 감당이 잘 안 되니 조심하시게."

[직접 오시지 않으십니까?]

"에잉, 늙은이가 무슨 힘이 있다고. 괜히 걸리적거리기만 하지."

이 회장의 너스레에 잠깐의 침묵이 흘렀다. 선식은 숨을 깊이 들이쉬어 호흡을 다스린 뒤 정중히 마지막 인사를 했다.

[좋은 곳에서 다시 뵙겠습니다.]

이 회장은 별다른 답 없이 전화를 끊었다. 선식은 머리가 제법 잘 돌아가는 사람이었다. 생각 없이 이런 일을 벌이지도 않았을 것이고, 일을 더 크게 만들지도, 허튼짓을 하지도 않을 것이다. 아마도 뭔가를 확인하고 싶어 그러지 않았을까.

오래전 그날부터 줄곧 선식을 철저히 감시해 오고 있었다. 선식도 그것을 잘 알고 있었을 것이다. 선식은 지금 어둠과 빛의 경계에 있었다. 빛으로 한 발 내딛었지만 섣불리 어둠을 버리고 완벽한 빛으로 나서지는 못하고 있었다. 불안과 불신이 그의 발목을 붙잡고 있음이 분명했다.

과연 이 길로 들어서면 자신에게도 행복이란 것이 찾아올 수 있을지. 모든 것을 버리고 자식을 위해 망설임 없이 배신자라는 낙인을 선택한 이 회장이 얻은 것은 무엇인지. 과연 그 자식인 은유가 지금 이 회장의 바람대로 잘 자라주었는지. 그 모든 것이 궁금했을 것이다.

"그래도 이건 너무 무모하잖아, 이 쳐 죽일 놈아."

신랄하게 선식을 쏘아주고 이 회장은 짧게 입맛을 다시며 휴대폰을 만지작거렸다. 익숙한 번호를 누르자 신호가 울리긴 했나 싶게 곧장 이도의 목소리가 들렸다. 금방 이 회장의 입이 헤벌쭉하게 벌어졌다. 이제까지의 포스는 온데간데없이 기름기 좔좔 흐르는 부드러운 목소리로 그가 말했다.

"우리 아가, 이 아비가 재밌는 놀이터 하나 가르쳐 줄까?"

정신이 들자 처음 느낀 것은 깨질 듯한 머리의 통증이었다. 짙은 신음이 절로 흘러나왔다. 힘겹게 눈꺼풀을 밀어 올렸지만 변한 건 없었다. 여전히 어둠뿐이었다.

"하아……."

긴 숨을 천천히 뱉어내며 은유는 눈을 가늘게 떴다. 어둠은 이중성을 가지고 있었다. 두려움에 침착함을 상실하고 적대감을 드러내면 가차 없이 잔인해지지만, 차분하게 어둠에 친숙해지려 하면 어둠이 감췄던 것들을 서서히 지워내며 모든 것을 자신에게 동화시킨다. 나 또한 어둠의 일부분이 되는 것이다. 그러면 보인다. 어둠이 가린, 어둠에 숨은 모든 것들이.

드르륵. 드르륵.

어둠을 뚫고 작은 소음이 들려왔다. 여전히 신경을 거스르는 기분 나쁜 소리였다. 다분히 의도적인 상대의 행동에 조소가 떠올랐다.

"그래서, 이제 뭘 어쩌겠단 말이지? 아직도 내가 그런 것에 겁먹을 어린아이로 보이나?"

어둠에 익숙해지자 사물이 보이기 시작했다. 자신과 불과 2미터 떨어진 곳에 앉은 선식의 형체도 어렴풋이 보였다. 소리의 근원지는 역시 선식의 손이었다.

선식은 말없이 동전을 긁어대며 무심히 그를 바라보고 있었다. 머리가 지끈거리고 시야가 흐릿해졌다.

피를 꽤나 많이 흘린 모양이다. 피는 멎어 있었다. 죽일 의도는 없었던지 지혈까지 해놓았다. 피식. 헛웃음이 흘러나왔다. 장난의 강도도 세월이 지남에 따라 업그레이드를 하는군. 죽지 않을 만큼 패놓고 보자 이건가?

"저주를 풀기 위해 결국 희생양을 선택했더군."

절대 열지 않을 것 같던 입을 열고 선식이 건조하게 말했다. 은유가 어둠 속 그를 직시했다. 저주와 희생양. 그 처음이 이 남자였다. 은유에게 저주받은 혈육에 대해 세뇌시키고 그를 벗어날 방법을 알려주었던 사람. 혈육에 대한 혐오감을 은유에게 심어준 사람. 은유에게 피를 다 쏟아내고 심장을 도려내야만 피할 수 있는 그 저주를 벗어날 유일한 방법은 자신을 대신할 또 다른 혈육을 만드는 것이라고 말했던 사람이 바로 최선식이었다.

은유의 입술이 비릿하게 비틀려 올라갔다. 재밌는 가설이었다.

얼마나 재미있었으면 선식이 저주를 건 이후 줄곧 그것이 진실이
라고 철석같이 믿고 있었을 정도였으니 말이다.

"정보원이 멍청한 모양이군. 제대로 감시를 안 한 것 같은데."

"……."

비꼬아 말하는 은유의 말을 무심히 들으며 선식이 또다시 동전
을 긁어댔다. 습관처럼.

"정확히 짚어주자면 당신이 말하는 그 희생양은 아직 만들지
못했어. 희생양을 만들 적당한 자궁을 섭외하긴 했는데."

무표정하게 남의 말 하듯 말하던 은유의 얼굴에 엷은 미소가 떠
올랐다. 이제까지와는 다른 부드러운 미소였다. 뚜렷이 볼 수는
없었지만 선식은 어렴풋이 느껴지는 기운으로 알 수 있었다. 지금
은유의 기분이 어떤지를.

"섭외를 잘못한 것 같아. 아무래도 희생양을 만들지 못할 것 같
거든."

은유가 웃고 있었다. 비웃음이 아닌 평온하기 그지없는 웃음을
천하의 이은유가 짓고 있었다. 빌어먹게도 그것을 절대 바라지 않
았던 선식의 눈앞에서.

"그럴 리 없다 생각했는데. 사랑 같은 거 있을 수 없다고 여겼는
데. 아니, 있더라고 건방지게 내 맘을 훔쳐 버린 여자가. 그래서
희생양은 없어. 너무 매혹적이라 내가 홀려 버렸으니까. 혹시 결
실을 맺는다면 그건 희생양이 아니라 거룩한 존재가 될 거야. 아
주 막강한 놈이 나올 테니까."

드르륵거리던 소리가 멈췄다. 더불어 은유의 미소도 깊어졌다.

"왜냐하면 그 앤 내 피를 이어받은 놈이니까."

"그 피가 어떤 핀지 잊은 건 아니겠지?"

"잊다니, 어떻게 잊을 수가 있겠어? 지금도 내 온몸을 가득 채우며 뜨겁게 흐르고 있는데. 누구에게서 전해졌느냐는 중요치 않아. 내가 중요한 거지. 내 피가 이어진다는 게 중한 거야."

역시 그 아버지에 그 아들이다. 선식은 손에 든 동전을 꽉 움켜쥐었다. 이로써 모든 것은 명확해졌다. 어둠은 빛을 물들이지 못하지만 빛은 어둠을 몰아낼 수 있었다.

쾅!

기다렸다는 듯 굳게 닫혔던 철문이 열렸다. 빛이 새어 들어와 눈을 시리게 만들었다. 등 뒤로 결박당한 상태라 눈을 가릴 수 없어 은유는 눈을 질끈 감아버렸다. 부산스러운 움직임이 느껴지고 이어 누군가가 투덜거리며 입구로 들어서는 소리가 들렸다.

"무슨 놀이터가 이렇게 황량하대? 놀이기구 하나 없이 대체 뭐 하고 놀아?"

흙먼지가 호흡기로 스며들어 콜록거리면서도 투덜거림은 멈추지 않았다. 손을 휘저으며 터벅터벅 안으로 들어서는 이도의 손엔 의료용 펜라이트가 들려 있었다. 그 조그만 불빛으로 사방을 정신 사납게 비추며 망설임 없이 걷던 이도가 뭔가를 발견한 듯 방향을 틀었다.

"손님이 오셨군."

선식은 이미 알고 있었다는 듯 무미건조한 투로 말했다. 은유가 정신을 차리기 전 밖은 이미 모든 것이 정돈된 상태였다. 정확히 이 회장이 말한 5분이 지난 후 그의 사람들이 들이닥쳤고, 진압은 순식간에 이뤄졌다. 그리고 고요가 찾아왔다. 아무도 안으로 들어서지도, 문을 열고 나가지도 않았다. 마치 뭔가를 기다리듯 침묵으로 일관했다. 아마도 저 여자를 기다렸던 모양이다. 이은유를 홀렸다는 특이한 여자 서이도를.

"에헤이, 놀이터 관리를 이 모양으로 하니 손님이 없지."

선식이 앉은 자리 뒤로 바짝 다가선 이도가 그를 물끄러미 내려다보며 툭 던지듯 말했다.

"그래서 손님을 직접 픽업하셨나? 좀 과하게 머니가 풍부한 사람으로다가?"

선식의 머리 위를 비추던 펜라이트를 옮겨 저만치 바닥에 앉아 있는 인물을 살폈다. 뒤따라 들어선 우철이 선식을 죽일 듯 노려보다 이도가 비춘 펜라이트의 끝을 바라보았다. 우철의 목으로 마른침이 꿀꺽 삼켜졌다. 즉시 우철의 시선이 이도를 향했다.

"흠. 무사하군."

이만하면 됐다는 듯 이도가 고개를 끄덕였다. 우철이 이해할 수 없다는 얼굴로 다시 은유를 돌아봤다. 이도의 펜라이트는 그의 얼굴이 아니라 아랫도리를 비추고 있었다. 정확히 말해 그의 낭심을. 거기만 괜찮으면 다 괜찮다는 건가? 이해할 수 없는 이도의 논리에 우철의 머릿속이 복잡해졌다.

어리둥절하기는 선식도 마찬가지였다. 은유의 말대로라면 서로 사랑이라는 걸 하는 사이일 텐데 엉망이 된 얼굴을 살피기보다 거길 먼저 살피며 안심하다니. 무척 엉뚱한 여자라는 생각이 들었다.

"각설하고, 그래서 우리 허니를 데려다 뭐 하고 노셨나? 이 빌어먹게 황량한 곳에서?"

턱. 이도가 무심한 척 선식의 어깨에 손을 올렸다. 선식이 고개를 돌려 시리게 차가운 시선으로 제 어깨에 건방지게 올려진 손을 쏘아보았다. 톡톡. 이도의 손가락이 리듬을 타며 선식의 어깨를 두드렸다. 팔을 따라 올린 시선에 빙긋이 웃는 이도의 옆얼굴이 보였다. 그녀의 시선은 여전히 은유에게 머물러 있었다.

은유의 중심을 지나 쭉 세심하게 올라간 불빛이 그의 옷 곳곳을 물들인 피를 빠짐없이 비췄다. 이윽고 피범벅이 된 얼굴에 불빛이 머물자 은유가 고개를 돌려 눈을 찡그렸다. 어둠에 익숙했던 터라 눈이 부셨던 모양이다. 즉시 펜라이트를 끈 이도가 우철에게 신호를 보내자 우철이 뒤에 대기 중이던 사람들에게 지시를 내렸다. 스위치를 올리자 천장 높이 달린 전등이 하나씩 차례로 켜졌다. 불빛에 익숙해지길 기다려 다시 더 밝게 불을 밝혔다.

사방이 환해지자 은유의 처참한 몰골이 더 확연히 눈에 들어왔다. 지켜보던 이도의 얼굴이 찌푸려졌다. 하체만 멀쩡하고 상체는 완전히 엉망이 되어 있었다. 특히 좌측 두개골 부위는 골절이 되지 않았을까 의심스러울 정도로 심각해 보였다.

"하아. 이거 너무 심심해서 마빡 깨기 놀이라도 하셨나 보네."

어깨 위 이도의 손에 지그시 힘이 가해졌다. 선식의 입장에선 가소롭기 그지없는 짓이었다. 여자 따위가 뒷배만 믿고 겁도 없이 감히 힘으로 압박을 가하려 하다니. 비릿하게 말려 올라가던 선식의 입꼬리가 느닷없이 달려든 손가락 하나에 억지로 아래로 밀려 내려갔다. 선식이 즉시 매섭게 눈을 치켜 올렸다. 그의 입꼬리를 내렸던 손가락이 이번엔 눈꼬리를 쭉 끌어 내렸다.

어이없음에 할 말을 잃은 선식의 머리 위로 이도의 맹랑한 목소리가 들렸다.

"이왕이면 좀 피 덜 보는 건전한 놀이를 하시지. 예를 들자면 이런 거 말입니다."

선식의 정면으로 돌아서 자세를 낮춘 이도가 제법 심각하게 양쪽 검지를 들어 그의 눈꼬리 양쪽에 가지런히 올려놓았다. 그리곤 손가락을 아래로 쭉 끌어 내리고 천진난만한 목소리로 말했다.

"엄마, 백 원만."

다음, 손가락을 위로 밀어 올리며 이도가 사나운 목소리를 냈다.

"없어!"

이도의 검지는 끊임없이 움직였다. 패턴을 달리해 옆으로 쭉 눈을 늘인 이도가 멍청하게 말했다.

"이봐, 십 원만."

선식의 입매가 부들부들 떨리는 것을 무심히 쳐다보며 이도가 손을 거두고 천천히 허리를 펴고 섰다. 근엄하게 팔짱을 낀 이도가 선식을 직시하며 오른손을 풀고 주먹을 쥐었다. 선식의 눈매가 날카롭게 빛났다. 그런 선식을 은유의 전매특허인 포커페이스로 내려다보며 이도가 도도하게 가운뎃손가락을 척 펼쳐 보였다.

"지랄 염병하고 자빠졌네. 이런 십전대보탕에 말아 후룩 처먹을 양반아."

이도를 보아온 이래로 처음 듣는 사나운 말이었다. 그동안 무수히 많은 동물 학대자들을 거치면서 귀로 듣고 갈고닦은 화려한 언변이었다. 비록 실전에 쓰기엔 다소 무리가 있어 슬쩍 걸러 하긴 했지만 이도 나름으론 무척 격한 욕지거리였다.

이 회장의 지시에 가만히 뒤에 대기한 채 걱정 반 우려 반으로 지켜보고만 있던 자들의 얼굴에 작은 경련이 일었다. 웃고 싶지만 대놓고 웃질 못해 일어난 경련이었다. 작은 키득거림은 은유에게서 흘러나온 것이었다. 그 몰골을 하고도 웃음이 나오는 모양이었다. 하긴, 이도의 행동이나 말이 참을 수 없는 웃음을 유발하기는 했다.

슬쩍, 이도는 자신이 제대로 하고 있는 것이 맞는지 사람들의 반응을 살폈다. 이곳으로 오기 전, 이 회장에게서 벼락치기 과외를 받았었다. 우선 최선식이란 인물에 대한 간략한 설명과 함께 그가 이젠 함부로 행동하지 못하는 공인이라는 점을 인지시켰다. 다음으로 이도가 들어서는 순간부터 모든 것은 카메라에 고스란히 담길 것이고, 여차하면 그걸 공개해 버리겠다 협박용으로 써도 무방하다는 것과 그녀 뒤엔 자신이 버티고 있으니 하고 싶은 대로 마음껏 하라는 것을 중점적으로 가르쳤다.

마지막으로 최대한 선식이 거품 물고 넘어갈 정도로 자신만만하고 거만하게 행동하라고 일렀다. 게다가 그녀가 놀이터에 도착했을 때는 이미 모든 것이 다 정리된 상태였고, 남은 건 선식 하나뿐이었다. 반면, 그녀 곁엔 은유도 있었고, 우철과 이 회장이 보낸 검은 정장들도 함께였다. 그녀는 천하무적이었고, 두려울 게 없었다.

감히, 누구를 납치해? 이도 입장에서 봤을 때 겁도 없이 설친 건 오히려 선식이었다.

이도의 발이 척 하니 선식의 가랑이 사이에 올려졌다. 선식의 입에서 낮은 신음이 흘러나왔다. 이 회장만 아니라면 이런 일을 고스란히 당하고 있을 이유가 없었다. 은유의 눈을 뒤집히게 만든 계집이 보통은 아닐 거란 생각은 했었다. 하지만 눈앞의 여자는 당참을 넘어 과하게 겁을 상실했다. 선식의 시린 눈빛을 맞받아치며 상체를 살며시 숙인 이도가 발에 지그시 힘을 가하자 선식의 미간이 확 일그러졌다.

"너……!"

"에이, 그렇게 노려봐도 전혀 안 쫍니다. 이미 혼 쏙 빼놓는 경이로운 경험을 미리 많이 해봐서 그 정도론 간에 기별도 안 간단 말입니다."

"지금 제정신으로 이러는 건가?"

"설마요. 내 정자가 세상에서 완전히 사라질 뻔했는데, 지금 제정신이 온전하겠습니까?"

"뭐?"

알아듣지 못할 말을 하며 멱살을 잡아당긴 이도가 윗주머니에서 뭔가를 꺼내 들었다. 불빛에 그것의 시퍼런 날이 반짝 빛났다. 매스였다. 매스를 위험스럽게 이리저리 돌려대던 이도가 눈을 가늘게 빛내며 나직하게 위협했다.

"한 번만 더 이런 짓 벌이면 그땐 아주 겁나게 스펙터클한 놀이기구를 타게 될 겁니다. 놀이터에 딱 어울리는 신종 기구로다가."

"……."

"인간 다트라고 아실란가 모르것네. 난 딱 한 곳만 노립니다. 거기 꽂히기 싫으면 우리 나이에 맞게 위험한 놀이는 서로 사절합시다. 성인답게. 오케이?"

"흐음……."

제법이다. 눈빛이 살아 이글거린다. 중요한 뭔가를 지키기 위해 물불 가리지 않는 눈빛이다. 묘하게 이 회장을 닮았다. 은유보다 더.

"신기하군."

"신기보단 별종이라고 해두죠."

잡은 멱살을 놓고 물러서며 이도가 심드렁하게 대꾸했다. 좀 전까지의 그 적의 가득했던 눈빛은 온데간데없이 털털한 모습이었다. 선식을 등지고 은유를 향해 돌아선 이도가 쯧쯧 짧게 혀를 찼다.

"화끈한 밤 어쩌고 하더니, 정말 아주 화끈하게 터졌네."

"터지긴. 이미 막혔거든."

붕대가 감긴 머리를 흔들며 은유가 너스레를 떨자 이도가 눈을 부릅떴다. 가까이 다가가 살핀 상처는 엉망이었다. 대충 지혈은 해놓았지만 그것으론 부족했다. 2차 감염도 걱정이었고, 제대로 치료를 하지 않으면 다시 상처가 벌어질 수도 있었다.

"다시 뚫기 전에 입 닫읍시다."

매스로 결박한 밧줄을 끊어낸 뒤 다른 상처를 찾아 세심히 자신을 살피는 이도를 은유가 따스하게 바라보았다. 선식에게도 꿇리지 않는 대범함이라니, 이도가 이 정도로 겁이 없을 줄은 몰랐다.

"뭐가 재밌어, 더럽게 재미없는 놀이터구만. 아버님 순 거짓말쟁이야."

툴툴거리며 혼잣말을 하는 이도의 손이 부들거렸다. 매스를 놓치지 않으려 꽉 움켜쥔 손에 핏줄이 도드라져 있었다. 얼마나 힘을 주고 있으면 저럴까. 겁을 먹지 않은 게 아니라 겁먹은 모습을 보이지 않으려 애를 쓰고 있었던 모양이다. 여기서 두려운 모습을 보이면 또 언젠가 이런 일을 당할 수도 있다고 그녀의 본능이 그렇게 시킨 듯했다.

떨리는 이도의 손을 은유가 부드럽게 감싸 매스를 천천히 빼냈다. 바닥에 매스를 내려 멀리 치우곤 와락 그녀를 품에 안았다. 그녀의 머리를 쓰다듬으며 은유가 달래듯 나직하게 속삭였다.

"괜찮아. 화끈하게 불타는 밤은 앞으로도 계속 보낼 수 있을 거야. 내 물건은 누구처럼 쉽게 쫄지 않거든."

"쫄긴. 나 멀쩡하거든요."

"그래, 비록 손은 수전증 환자처럼 떨리긴 해도. 이것도 좋아. 자동진동 기능이 장착된 준비된 손이라니. 완벽해. 아주 기대되는데? 느낌 죽여줄 것 같아. 이 놀라운 떨림을 봐."

이도의 덜덜거리는 손을 들어 마치 위대한 발견을 한 것처럼 경이로운 눈으로 바라보며 은유가 천연덕스럽게 말했다. 함께 바라보던 이도의 한쪽 눈썹이 불만스럽게 치켜 올라갔다. 이게 진정 댁 눈엔 축복으로 보인단 말입니까? 자동진동 기능이 장착된 쾌감 증가 성생활 개선 신개발품으로 보이느냐 이 말입니다!

이도의 분노는 희한하게 흘러가는 상황을 어이없게 바라보던 선식에게 쏟아졌다. 알고 보니 저놈이 진정한 놀이기구의 발명왕이었네.

"그럼 감사 인사를 해야지."

"응?"

더 이상 볼일이 없다 생각한 선식이 자리를 털고 일어나 입구로 걸어가고 있었다. 은유의 손을 거둬내고 성큼성큼 선식의 등 뒤로 다가선 이도가 그의 어깨를 톡톡 두드렸다. 돌아보는 선식의 멱살을 쥐고 그의 중심을 향해 이도가 무릎을 날렸다. 순식간에 일어난 일이었다. 그 누구도 예상 못한 상황인데다가 아무런 제재가 가해지지 않을 것이라 생각한 선식도 방심하고 있던 터였다. 느닷없는 한수에 선식이 거친 숨을 삼키며 허리를 굽혔다.

뒤로 물러선 이도가 할 일을 마쳤다는 듯 손을 탈탈 털었다.

지켜보던 모두의 눈이 쓰러져 고통에 허덕이고 있는 선식과 그 위로 벅큐를 시원하게 날리고 있는 이도 사이를 분주하게 오갔다. 머리를 바닥에 박고 신음하던 선식이 부들부들 떨리는 손으로 골반을 두드렸다. 그 장면을 접한 이들의 입에서 웃음이 튀어나왔다. 천하의 최선식을 저 몰골로 만들 수 있는 사람이 있었다니. 아마도 선식을 이도에게 넘기라던 이 회장의 의도가 저기에서 기인한 것은 아니었을까. 거기까지 생각하자 새삼 이 회장의 비상한 선견지명에 두려움이 밀려왔다.

어째서라던 의문도 싹 사라져 버렸다. 이 회장의 선택은 탁월했다. 쪽은 쪽대로 팔고, 몸은 몸대로 상했다. 그와 더불어 선식의 자존심은 이미 회생불능이 되어버렸다. 지켜본 이들을 다 죽일 각오를 하지 않는 한 다시는 이들 앞에 나타날 수 없을 것이다.

"본인도 사용해 봐야지, 자동진동."

남자에게 있어 더없이 고통스러운 장면을 덤덤하게 지켜보고선 이도 곁으로 은유가 다가서며 눈살을 찌푸렸다. 그가 이도의 어깨에 팔을 올리며 걱정스럽단 투로 말했다.

"저런. 알은 안 터졌나 몰라. 무기가 제대로 작동이 돼야 진동을 느낄 수 있을 텐데 말이야."

"알은 터져도 느낌은 알 겁니다."

"그런가?"

"손님도 아직 있는데 놀이터 주인이 먼저 떠나면 안 되죠. 그건 주객전도입니다."

"흠."

정신을 차리지 못해 여전히 진땀을 빼고 있는 선식을 지나쳐 둘이 다정히 입구로 걸어갔다. 뒤를 따르던 우철이 선식의 신음에 모른 척 지나치지 못하고 친절하게 엉덩이를 철썩 때려주었다. 이어 연이어 철썩거리는 소리가 들렸다. 선식만 남고 모두가 빠져나올 때까지.

철문이 닫히는 걸 지켜보며 우철이 혼잣소리를 중얼거렸다.

"하여튼 우린 너무 착하다니까. 이래서 조폭이 우릴 우습게 보는 거지. 쯧쯧."

돌아선 우철이 은유를 찾아 다가서자, 이도의 차 앞에서 둘이 실랑이를 벌이고 있었다. 나올 때만 해도 다정 모드였던 둘 사이가 갑자기 왜 이렇게 투닥거림으로 바뀌었는지 알 수가 없어 우철은 어리둥절한 얼굴로 둘의 대화에 귀를 기울였다.

"꿰매야 한다니까요. 얼른 가요."

"괜찮다니까. 이 정돈 아무것도 아니야."

"아무것도? 어디 진짜 아무것도 아닌지 내가 한번 건드려 봐요?"

"뭐? 아."

말과 행동이 동시다발로 일어나는 이도였다. 이도가 건드리자 상처에서 피가 흘렀다. 그리 과한 정돈 아니었지만 상처가 벌어지자 통증도 함께 밀려왔다. 이도를 보는 순간 사라졌던 통증이 새삼 다시 느껴지기 시작한 것이다. 한껏 일그러진 은유의 얼굴을 불퉁한 얼굴로 쏘아보며 이도가 포박하듯 그의 팔찡을 꼈다.

"이미 피도 많이 흘린 것 같은데, 제발 말 좀 들읍시다."

"정말 당신은 너무 무자비해."

"아이고, 이거 누가 들으면 내가 때려잡은 줄 알겠습니다. 내가 건드린 건 다른 거거든요?"

"큭. 알았어."

그 다른 것을 떠올리며 웃음을 터트린 은유가 그제야 순순히 차에 올랐다. 우철이 즉시 이도에게 손을 내밀었다.

"운전은 제가 하겠습니다. 사모님은 지혈을……."

"네, 부탁드립니다."

둘이 나란히 뒷좌석에 오르자 우철이 운전석 문을 닫고 시동을 걸었다. 룸미러로 둘을 살피며 우철이 차를 출발시키자, 이도가 자신이 아는 의사가 있다며 한국병원으로 가자고 했다.

"사장님 주치의가……."

"됐어. 그리로 가."

우철이 은유에게 주치의가 있음을 말하려 하자 은유가 말을 잘랐다. 아무래도 이도의 말대로 해줘야 안심을 할 것 같았다. 은유의 뜻을 알아차린 우철이 곧장 한국병원으로 차를 몰았다. 병원에 도착하기 전 이도가 어딘가로 전화를 걸어 부탁을 했다. 아마도 자신이 알고 있다는 의사에게 특별히 진찰을 의뢰한 모양이었다.

[지금 입구로 나갈게.]

"응."

휴대폰 밖으로 새어 나온 남자의 목소리가 왠지 모르게 낯설지가 않았다. 우철이 고개를 갸웃 기울이며 차를 병원 출입구에 대는 동안 은유의 눈썹이 마뜩찮게 휘었다. 그는 이미 이도가 말한 의사가 누구인지 아는 것 같았다.

차가 멈추자 누군가를 발견한 이도가 반갑게 손을 흔들며 차 문을 열었다. 먼저 차에서 내린 이도가 의사 가운을 입은 남자에게로 다가가는 모습을 우철이 무심히 바라보았다. 뒷좌석의 은유가 혀를 차며 짜증스럽게 내뱉는 소리가 들렸다.

"왜 하필 저놈이야."

"아시는 분입니까?"

"마주치고 싶지 않은 놈."

"누구……."

그게 누구냐 물으려던 우철의 입이 쩍 벌어졌다. 어쩐지 낯이 익다 했더니 그자였다. 지금은 절대 마주쳐서는 안 될 요주의 인물. 은유의 결혼에 지대한 영향을 끼칠 수도 있는 위험한 사람. 우철이 놀란 눈으로 차에서 내리려 몸을 움직이는 은유를 돌아보았다. 그보다 민첩할 수 없는 동작으로 다급하게 우철이 은유의 팔을 붙잡았다.

"안 됩니다!"

우철의 과한 리액션에 은유가 인상을 구겼다. 이게 대체 뭐 하는 짓인지. 마치 떠나는 임 바짓가랑이 붙잡듯 팔을 잡고 늘어지는 우철을 은유가 어이없다는 듯 쏘아보았다.

"야, 뭐 하는 거야. 이거 안 놔?"

"절대! 절대! 안 됩니다."

"뭐라는 거야?"

"정신 차리십시오, 형님! 그 남자와는 절대 이루어질 수 없습니다. 이젠 사모님과 정상적인 사랑도 가능하지 않습니까? 부디 저 남자는 잊으십시오!"

"뭐?"

"동성애는 안 됩니다, 형님!"

이게 드디어 실성을 했구나. 우철을 보며 든 생각은 딱 그거였다. 울먹이며 간절하게 매달리는 우철을 살벌하게 쏘아보던 은유의 입술이 비릿하게 치켜 올라갔다. 그는 잡히지 않은 팔을 불끈 거머쥐었다. 그리곤 다정하게 우철을 불렀다.

"철아."

"흑. 네, 형님."

"같이 가자."

"네?"

"지랄병은 맞아야 낫는다니 내 손수 고쳐 주마. 꿰매는 건 저치가 잘한다니, 같이 가서 꿰매자. 사이좋게 나란히."

"왜 제가 꿰맵니까? 그건 형님이."

"왜? 왠지는 맞으면서 생각해 봐, 이 미친놈아."

안 그래도 작고 좁은 이도의 소형차가 마치 장난감처럼 뒤흔들렸다. 그간의 안부와 이런저런 이야기를 나누던 정수가 무심히 이도의 차로 시선을 옮겼다가 놀라 안경을 고쳐 쓰며 물었다.

"저거 혹시 이도 네가 타고 온 차 아니야?"

"어?"

정수의 말에 자신의 차를 돌아본 이도의 눈이 단박에 커졌다.

바닥에 붙은 껌딱지 때문에 옴짝달싹 못한다는 허무맹랑한 소문이 있을 정도로 소담한 차였다. 이제 겨우 할부금이 반의반도 못 들어간 아주 소중한 차였다. 그런 차가 지금 미친 듯이 흔들리고 있었다. 마치 로봇으로 돌변하기 위해 차체 분해를 하던 영화 속의 그 차들처럼.

"저것들이 진짜."

팔을 동동 걷어 올리고 콧바람을 씩씩거리며 차를 향해 돌진하는 이도의 모습을 정수가 멍하니 바라보았다. 그가 알던 이도는 차분하고 말수가 적은 무척 내성적인 소녀였다. 귀국 후 동창회에서 봤을 때만 해도 좀 과감해지긴 했어도 여전히 여성스러웠었다.

그런데 지금 눈앞의 이도는 영역을 침범한 적에게 돌진하는 무서운 들소처럼 거칠고 위험스럽게 보였다. 무엇이 그녀를 저렇게 변화시켰단 말인가. 그동안 무슨 일이 있었기에.

"이, 이도야."

붙잡으려 뻗었던 손을 슬그머니 거둬 머리를 쓸어 넘기며 정수는 멋쩍게 헛기침을 내뱉었다. 몇 걸음 떨어지지 않은 곳이라 금방 차로 돌아간 이도가 문을 벌컥 열고는 안을 향해 무수히 많은 십장생들을 부르짖었기 때문이다.

사람들의 시선이 차와 이도에게 쏠아졌다. 키득거리는 소리가 여기저기서 들리고 이어 차에서 건장한 남자 둘이 나왔다. 하나는 심드렁하게 이마를 긁적였고, 다른 하나는 주눅이 바짝 든 채 고개를 숙이고 있었다. 버럭거리는 이도에게 둘이 찍소리도 못하고 가만히 듣고만 있었다. 전혀 어울리지 않는 모습이었다.

모른 척 시치미를 떼며 저는 저들과 아무 상관이 없다는 듯 외면하고 있는 정수의 어깨를 누군가 덥석 붙잡았다. 놀라 흠칫 돌아보는 정수에게 이도가 한숨을 푹 내쉬며 등 뒤를 가리켰다. 정수가 슬쩍 이도의 어깨 너머로 남자들을 살폈다. 둘 다 상태가 엉망이었다.

"미안. 어쩌다 보니 환자가 하나 더 늘었다. 일단 검사부터 해야지?"

"어? 어, 그래."

정수의 안내를 받아 진료실로 들어선 은유가 시큰둥하게 자리에 앉았다. 그 뒤로 잔뜩 주눅이 든 채로 시립해 선 우철의 눈과 입이 퉁퉁 부어올라 있었다. 둘을 한심하단 듯 아래위로 훑어 내린 이도가 한숨을 푹 내쉬며 정수를 돌아봤다.

"이쪽은 일단 출혈이 좀 심했을 것 같고, 상처는 아물었는데 골절이 의심되는 상황이야."

은유의 머리 위에 손을 올려 정수 쪽으로 고정시키며 이도가 대강의 상태를 설명했다. 별다른 저항은 없었지만 마주한 은유의 눈빛에 정수는 저도 모르게 한기가 들어 몸을 흠칫 떨었다. 그렇다고 환자 앞에서 의사가 긴장한 모습을 보일 수 없었다. 정수는 일부러 엷은 미소를 띠며 친절한 태도를 고수했다.

"완벽하게 출혈이 멈춘 상태가 아니라 약간의 충격에도 다시 상처가 벌어질 수 있어. 치료를 서둘러야겠다."

언뜻 보아도 찢어진 상처가 예사롭지 않았다. 멀쩡하게 앉아 있는 것 자체가 신기할 정도였다. 상체가 거의 핏물에 빠졌다 나왔다고 해도 믿을 정도로 과하게 물들어 있었다. 보다 상세한 검사를 위해 CT 촬영은 물론이고 정밀검사도 해야 될 듯싶었다.

"음. 먼저 정밀검사부터 하자. 허 간호사."

정수의 부름에 허 간호사가 문을 열고 들어서자, 그때까지 조용
히 듣고만 있던 은유가 손을 들어 정수의 말을 끊었다.

"내 피가 좀 위험한데. 괜찮겠습니까?"

"네?"

'위험한 피'라는 말을 알아듣지 못한 정수가 고개를 갸웃했다.
눈을 가늘게 내려뜬 은유가 짐짓 심각한 얼굴로 조금 앞으로 상체
를 기울여 손을 까닥였다. 주춤하며 이도를 힐끔 쳐다본 정수가
조심스럽게 다가서자 은유가 그의 귀에 은밀하게 속삭였다.

"다른 사람 손에 닿으면 무척 곤란한데. 괜찮겠냔 말입니다."

"무슨 말씀이신지. 피가 위험하다면……."

순간 정수의 머릿속에 무수히 많은 피로 전염되는 병명들이 떠
올랐다. 피를 뒤집어쓴 것처럼 범벅을 하고 태연하게 앉아서 피가
묻으면 곤란할 텐데라는 식의 협박성 발언을 서슴없이 해대는 은
유를 정수가 겁먹은 얼굴로 돌아봤다. 그러다 문득 어떤 남자의
목소리가 귓가를 맴돌았다.

'담배 있습니까?'

'그러니까, 함부로 추측하고 나서면 안 되는 겁니다. 상대가 무
슨 의도로 말을 했는지, 어떻게 행동을 하는지, 이 사람을 내가 건
드려도 되는지. 쉽게 판단하지 말란 말입니다.'

연이어 들리는 환청이 지금 눈앞에 있는 남자와 정확히 매치되
면서 정수의 머릿속이 혼란스러워졌다. 그때의 당황스러웠던 상
황이 함께 떠오르며 마른침이 꿀꺽 삼켜졌다. 제정신이 아니다 싶
었는데 지금 보니 뭔가 정신적인 것 말고도 육체적인 면에서도 상

당히 문제가 있어 보였다. 나쁜 피라. 정수는 저도 모르게 바짝 긴장한 채 책상 위 진료카드를 꽉 움켜잡았다.

그 모습을 무심히 바라보며 은유가 속으로 정수를 비웃었다. 그렇게 좋아죽겠다고 덤벼들던 자식이 고작 이런 말장난에 놀아나는 바보 멍청이라니. 의사라고 다 그럴싸하고 멋진 건 아니란 사실을 이도가 어서 깨닫기를 바랐다.

'이것 봐. 이 세상에 나보다 더 나은 놈은 없어.'

은유가 느긋하게 팔짱을 끼며 긴 다리를 우아하게 꼬았다. 그 우월한 자태 때문에 피범벅의 상처투성이 몸이 매우 야성적으로 보였다.

"그, 그럼. 저 치료는."

"닥터……."

말을 더듬으며 진땀을 빼는 정수에 반해 한결 여유로운 포즈로 일부러 말을 한 템포 끊은 은유가 이제야 그의 가운에 새겨진 이름을 확인했다는 듯 엷은 미소를 띠며 말했다.

"강."

"……네."

"위험을 고수하고 직접 시술을 해주신다면……."

직접이란 말에 정수의 눈가가 파르르 떨렸다. 자꾸만 침이 마르는지 입술을 축이며 안절부절못하는 정수를 걱정스럽게 바라보다 이도가 은유를 의아하게 돌아보았다.

"이상하다? 겉은 멀쩡했는데? 혹시 무슨 심각한 병이라도 있는 거예요?"

팔걸이에 손을 올려 상처가 있는 부위를 손으로 쓸어내리며 은유가 심각한 얼굴로 고개를 끄덕였다. 심각한 병이라니, 여태 아무것도 느끼지 못했는데. 대체 어떤 병이기에 피가 위험하다는 걸까? 따라 심각해진 이도의 얼굴을 슬픈 눈빛으로 마주 바라보며 은유가 정수를 손짓으로 불렀다. 섣불리 다가서지 못하고 귀만 기울이는 시늉을 하는 정수를 가소롭다는 듯 속으로 비웃으며 은유가 낮은 한숨을 토해냈다.

"난 도야와 지금 나눠야 할 말이 있으니 우선 저놈부터 치료해 주시겠습니까?"

은유의 진지한 부탁에 정수가 즉시 자리를 털고 일어나 멍하니 은유를 내려다보고 선 우철을 잡아끌었다. 우철은 은유가 지금 하는 말이 무슨 뜻인지 알아듣지 못했다. 지병이라니. 금시초문이었다. 은유에게 저도 모르는 심각한 질병이 있었단 말인가. 주치의인 최 박사에게서도 전혀 듣지 못한 얘기였다.

"사장님."

정수가 팔을 잡아끄는데도 꿈쩍도 하지 않고 우철은 걱정스레 은유를 불렀다. 조금 더 지체했다간 덩치에 어울리지 않게 울먹일 것 같아 은유가 일부러 피 묻은 손을 정수에게 뻗었다. 흠칫 놀라 물러선 정수에게 은유가 그 자식 입도 같이 꿰매 버리라는 수신호를 보냈다. 그에 부흥할 수 있을지는 모르겠지만, 당장 우철을 끌고 이 위험한 곳에서 벗어나야겠다고 생각한 정수가 급히 고개를 끄덕이며 간호사에게 도움의 눈빛을 보냈다.

이게 무슨 일인가 싶어 멍하니 입구에 선 채 대기 중이던 간호사가 정수의 지시대로 우철의 다른 쪽 팔을 붙잡고 늘어졌다. 두 사람이 잡아끄는데도 미동조차 않는 우철 때문에 정수의 얼굴이 당황으로 붉게 물들었다. 그 꼴사나운 모습에 속으로 혀를 찬 은유가 우철을 향해 소리 없이 명령했다.

'꺼져.'

우철은 은유의 퇴출 명령에 서운함을 느꼈다. 걱정돼서 함께 있으려는 것뿐인데 단번에 차갑게 내치는 것이 못내 서운했던 것이다. 울적한 기분을 감추고 정수를 따라 복도로 나서자 등 뒤로 냉정하게 문 닫히는 소리가 들렸다. 둘만 심각하게 나눠야 할 대화가 대체 무엇이기에 십 년을 넘게 함께한 심복을 내친단 말인지.

터덜터덜 복도를 걷던 우철의 걸음이 우뚝 멈췄다. 따라 걸음을 멈춘 정수가 의아해 올려다보자 우철이 잔뜩 굳은 얼굴로 혼자 중얼거렸다.

"네?"

보기보다 상태가 심각한 건 아닌지 걱정스럽게 묻는 정수를 우철이 사납게 쏘아보았다. 그 눈빛이 어찌나 살벌하던지 정수가 움찔해 잡고 있던 팔을 놓고 조금 뒤로 물러섰다. 영문은 모르나 분위기가 심상찮음을 느낀 간호사도 서둘러 팔을 놓고 후다닥 물러났다. 우철이 천천히 정수를 향해 돌아섰다. 풍기는 기운이 어찌나 험악한지 절로 오금이 저려왔다. 긴장한 정수가 넥타이를 느슨하게 풀며 손을 들어 다가서는 우철을 진정시키려 애썼다.

"저기, 어디가 불편하신지 말씀을 해주시면."

"너."

불쑥 다가선 우철이 정수의 멱살을 움켜쥐고 벽으로 그를 몰아세웠다. 딱딱한 벽에 부딪치자 등이 아렸다. 멱살을 잡은 우철의 손을 잡아떼내려 애쓰며 정수가 다급하게 물었다.

"왜, 왜 이러십니까?"

갑작스런 상황에 당황한 간호사가 달려가 도움을 청했고, 곧 사람들이 우르르 그들이 있는 곳으로 달려왔다. 정수에게서 떼어내려 달라붙는 사람들을 가뿐히 내친 우철이 더 바짝 정수를 몰아붙이며 으르렁거렸다.

"너, 혹시."

"호, 혹시…… 뭐, 뭡니까?"

"우리 형님이랑 잤냐?"

일순 사방이 고요해졌다. 놀란 사람들이 제가 들은 말이 맞는지 의심스러운 듯 귀를 후비적거리며 시선을 주고받았다. 말을 잃은 건 정수도 마찬가지였다. 대체 이 사람이 무슨 말을 하는 건지 당최 알아들을 수가 없었다. 잤냐니. 그것도 형님이라는 사람과. 말도 안 된다. 우철은 정수의 대답을 기다리지 않고 빠르게 말을 내뱉었다.

"그래, 뭔가 이상하다 했어. 아니라고 하는데 표정이 심상찮더라니. 사모 눈치 보는 것도 그렇고, 피가 더러워졌으면, 그게 위험한 거면 그거 아니야? 동성애 때문에 생기는 그 병."

"동성애라니……."

사람들의 쑥덕거림에 어이가 없어진 정수가 이제까지와는 다른 거센 반항을 하며 우철에게 바락거렸다.

"무슨 말도 안 되는 헛소릴 하는 겁니까! 누가 누구랑 뭘 했다는!"

절대 아니다 부인하는 정수를 여전히 의심스러운 듯 노려보며 우철이 조금 더 신중하게 물었다.

“아냐? 너랑 형님 사귄 거 정말 아니야?”

“미쳤습니까? 내가 왜 남자랑 사귑니까? 난 여자랑 하는 섹스가 훨씬 좋습니다. 하루에 수십 번도 거뜬할 정도로 아주 건강한 남성을 가졌단 말입니다!”

이를 악물고 눈을 부릅뜬 채 말하는 정수를 물끄러미 바라보며 우철이 싱겁게 툭 내뱉었다.

“그래?”

“네.”

“그럼, 뭐.”

허무하게도 약만 바짝 올려놓고 아무 일 없었다는 듯 손쉽게 물러선 우철이 다시 터덜터덜 복도를 걸어갔다. 저만치 앞서 걷는 우철을 기막힌 듯 노려보던 정수가 구겨진 가운을 탈탈 터는 모습을 수십 개의 눈이 주의 깊게 바라보았다. 특히 여자들의 눈이 정수의 중요 부위를 집요하게 관찰하고 있었다. 아닌 척 은밀한 여자들의 눈빛에 정수가 이를 빠득 갈았다. 이런 수치스러운 경험은 난생처음이었다. 이도는 왜 저런 이상한 사람들과 어울려 다니는 걸까? 다음에 만나면 멀리하라고 꼭 일러줘야겠다고 정수는 생각했다.

“흠. 흠.”

낮게 헛기침을 하며 아무 일도 없었단 듯 정수가 재빨리 우철을 뒤쫓았다. 뒤통수로 쏟아지는 따가운 시선 외에도 엉덩이로 쏟아지는 뜨거운 시선이 거북스러웠다. 망할. 귀국 이래 처음으로 그는 다시 한국에 온 것을 후회했다.

우철이 나가자마자 기다렸다는 듯 자리에서 벌떡 일어선 은유가 문을 걸어 잠갔다. 아무도 들어선 안 되는 이야기인 듯 철저하게 단속을 하며 재차 문 상태를 확인한 은유가 사방을 두리번거리다 정수의 책상 뒤로 돌아가 의자를 들고 문으로 갔다. 손잡이 밑에 의자를 고정해 열쇠로도 쉽게 문을 열지 못하도록 만든 후에야 만족한 얼굴로 그가 돌아섰다.

"무슨 병인지 물어도 돼요?"

긴장한 듯 이도의 말이 떨렸다. 선식 앞에서도 절대 기죽지 않던 그녀가 은유의 병에 대한 언질에 잔뜩 겁을 먹고 있었다. 그녀에게도 이미 은유는 그저 그런 계약에 얽힌 사람이 아닌 소중한 존재가 되어버린 모양이었다. 그 사실을 떠올리자 은유의 입가에 절로 미소가 번졌다.

조심스러운 발걸음으로 이도에게 천천히 다가선 은유가 그녀를 책상과 제 가슴 사이에 가뒀다. 은유의 부드러운 몰아붙임에 얼떨결에 책상에 기댄 이도가 눈을 말똥거리며 그를 뚫어져라 바라보았다. 은유가 피 묻은 손을 셔츠에 아무렇지 않게 문질러 닦으며 깊은 숨을 내쉬었다. 일부러 심각한 분위기를 조성하며 뜸을 들이던 은유가 더는 견딜 수 없다는 듯 내뱉었다.

"기다릴 수가 없어."

"네?"

"더 기다렸다간 내가 죽을 것 같아."

"죽어요? 왜요? 진짜 죽을병에라도 걸린 거예요? 그 잡놈이 당신 몸에 무슨 짓을 한 거예요? 그래요?"

"아니, 그놈이 아니라. 당신이 감염시켰어."

"내가요? 감염을요? 진짜요?"

그럴 리가 없다. 사정이 어렵긴 해도 건강한 몸뚱이가 재산이라는 신념 하나로 한 해도 건강검진을 빼먹지 않고 해왔었다. 여태 나온 병명이라곤 가벼운 위염이 전부였는데 대체 무엇을 어떻게 감염시켰다는 말인지. 믿을 수 없다는 듯 억울함을 토로하는 이도의 얼굴을 은유가 뜨겁게 직시했다. 난 절대 거짓을 말하지 않았다는 결백의 눈빛으로.

"벼, 변비 정도는 있지만 그건 감염이 안 되는."

"고작 장기 막힌 것과 이걸 똑같이 취급하다니. 가슴이 아프군."

진정 가슴이 아린다는 듯 은유가 총 맞은 것 같은 리얼한 표정을 지으며 한껏 분위기를 잡았다. 정말 그 정도로 심각한 일이란 말인가. 불치병에 가까운 만인의 고통인 변비는 근접조차하지 못할 만큼 큰 병이라니. 이거, 여간 큰일이 아니었다.

"미안해요. 우리 여기서 이러지 말고 우선 자세한 상태부터."

"쉿."

"쉿?"

"치료만 잘 해주면 돼."

"정말요?"

"응."

"그럼 치료부터 서둘러야죠."

"그래서 지금 하려고."

"지금? 여기서? 누가?"

"물론. 도야가."

말과 동시에 은유의 손이 이도의 옷 속으로 파고들었다. 단번에 브래지어를 움켜쥔 은유가 씨익 입가를 끌어 올리며 의미심장하게 웃었다. 버클이 풀리는 허전한 느낌에 이도의 고개가 갸웃 기울었다. 자신의 전문 분야도 아니었지만, 아무리 그래도 이런 식의 치료는 들어본 적이 없었다. 이건 치료가 아니라 그냥…… 애무였다.

"환잔 내가 아니라 당신인데. 그리고 거긴 내 가슴이야. 손 떼시죠."

시원하게 벗겨진 가슴을 거침없이 한 손에 쥐어 조물거리는 태연자약한 은유의 얼굴에 헛웃음이 터져 나왔다. 이게 진정 중병에 걸린 사람이 할 짓이란 말인가. 순식간에 불신이 생겼다. 장난스레 유두를 만지작거리며 은유가 능청스럽게 말했다.

"당연히 환잔 나지. 지금 치료를 위해 약 준비 중인 거 안 보여?"

"설마 그 약이라는 게 난 아니죠?"

"에이, 설마."

아니라는 뉘앙스를 풍기는 것과 달리 은유의 발칙한 손은 또다시 이도의 바지 속으로 파고들어 엉덩이를 움켜쥐었다. 놀란 토끼 눈을 하고 깜찍한 효과음을 내뱉는 이도의 입술에 짧게 입맞춤을 한 은유가 그녀의 몸을 슬쩍 당겨 안고는 서슴없이 바지를 벗겨 내렸다.

툭.

바지가 참 시원스럽게 바닥으로 떨어졌다. 뜨악한 눈으로 바지를 내려다보던 이도가 시선을 들어 은유를 찌릿하게 응시했다.

"아주 그냥, 설마가 요즘은 참 자주 사람을 잡아먹네."

"그러니까. 세상 믿을 게 하나도 없다니까."

맞장구도 아주 척척 잘 받아치고, 이건 아무리 봐도 작정을 하고 덤비는 것이 분명했다. 의심 가득한 눈초리로 가늘게 은유를 쏘아보며 이도가 은근한 말투로 물었다.

"보아하니 그 치료제가 살아 있는 인간 산삼인가 봅니다. 이름이 혹시 서이도?"

불만을 담은 이도의 게슴츠레한 눈을 지그시 응시하며 은유가 야릇하게 웃었다. 와락 이도를 부둥켜안은 그가 그녀의 귓불을 깨물며 달콤하게 속삭였다.

"빙고."

찌릿한 통증에 살짝 눈을 찡그린 이도가 은유를 얄밉게 흘겼다. 하지만 그마저도 그의 부드러운 입맞춤에 금세 사르르 녹아버렸다. 은유의 등을 쓸어내려 바지 사이로 손을 미끄러트린 이도가 엉덩이를 힘껏 움켜쥐며 투덜거렸다.

"그래서, 그 심각하게 중대한 병명이 뭐랍니까?"

투덜거리는 이도의 입술을 달콤하게 물들이며 은유가 그녀의 입속에 가만히 속삭였다.

"알고 싶어?"

답을 기다리지 않고 더 깊이 입술을 맞물려 그녀의 입안을 단숨에 맛본 은유가 작은 틈을 만들었다.

"이 건방진 놈이 머저리가 돼버렸거든."

제 가슴 위에서 방황하는 이도의 나머지 한 손을 잡아 페니스 위에 올려놓으며 은유가 달콤하게 협박했다.

"당신만 보면 자동반사야. 장소 불문, 시간 불문. 혼자서 불끈거리거든. 이거 꽤 심각한 병 아니야?"

"으음. 그, 그러네."

손안에서 마치 성난 야수처럼 으르렁거리며 아우성쳐 대는 은유의 페니스를 이도가 달래듯 부드럽게 어루만졌다. 곧 은유의 입에서 옅은 신음이 새어 나왔다. 그에 이도의 몸도 후끈 달아올랐다.

"치료해 줘. 이건 당신밖에 못해."

엉덩이를 떡 주무르듯 만지작거리던 손을 빼내 마치 중대한 수술을 하듯 장갑 끼는 시늉을 하며 이도가 근엄하게 말했다.

"그럼, 치료 들어가겠습니다. 일단 개복부터."

가볍게 손가락 운동을 한 뒤 바지를 벗겨 내리는 이도의 행동에 쿡 하고 웃음이 터졌다. 심각한 상황에 웬 웃음이냐 이도가 엄하게 질책하듯 한 번 쏘아주고는 다시 진중하게 그의 속옷을 벗겼다. 그의 성난 페니스가 우뚝 고개를 치켜들었다.

고놈 참 성질하고는. 급하긴 엄청 급한 모양이네. 치료가 시급하겠어.

재빠른 진단에 이어 치료 준비가 완벽하게 이뤄졌다. 이도가 척하니 손을 들어 올리며 비장하게 말했다.

"자동진동 시스템 전원 ON."

덜덜덜 떨리기 시작한 제 손을 신중하게 바라보던 이도가 이윽고 만족한 듯 오케이라고 낮게 말했다. 다소 엉뚱스러운 이도의 행동에 은유가 고개를 갸웃했다. 그런 은유를 의미심장하게 바라보며 이도가 눈썹을 들썩였다.

"지금은 장소가 협소하니 간단한 치료만 시행합니다. 본게임은 좀 더 아늑하고 편안한 장소에서 하도록 하겠습니다. 그럼 일단, 새로 장착된 자동진동 장치의 성능을 시험해 보도록 하겠습니다. 준비됐습니까?"

"아."

그제야 이도가 말한 의미를 알아챈 은유가 흐뭇하게 고개를 끄덕였다. 자세를 바꿔 간이침대에 기대앉은 은유가 느긋하게 말했다.

"자, 이제 하시죠."

둘의 입가에 야릇한 미소가 머물렀다. 지그시 눈을 감고 팔짱을 낀 은유를 끈끈하게 바라보며 이도가 입술을 혀로 감칠맛 나게 핥았다.

"강약은 의사 맘대로입니다."

페니스를 덮친 이도의 손에 절로 신음이 새어 나왔다. 만족스런 신음을 간간이 흘려내며 은유가 감미롭게 속삭였다.

"당신 뜻대로."

6. 달토끼에게 홀린 사막여우

안식과 평화를 성토하며 어울리지 않게 때를 쓴 은유 덕분에 일주일간의 달콤한 휴가를 얻게 되었다. 그동안 깍두기들의 무한 애완동물 사랑으로 넘쳐 나던 병원도 은유의 말이 있기 이틀 전부터 발길이 뚝 끊겨 한가하게 되었다. 이로써 의심은 확신으로 굳어졌다. 깍두기는 역시 은유의 작품이었다.

"그럴 줄 알았지."

"네? 뭐가요?"

혼잣소리를 중얼거리며 고개를 절레절레 흔들던 이도의 말에 왕 간호사가 못 들었다는 듯 되물었다. 무심히 왕 간호사를 돌아보던 이도가 깜짝 놀라 흠칫거렸다. 열린 창으로 상체를 반쯤 내밀고 미친 듯 꺅꺅 소리를 지르더라니. 그녀의 머리가 광년이 저리 가라 사방으로 뻗쳐 있었다. 게다가 바람이 거셌던지 눈물까지

흘린 듯 마스카라가 번져 판다가 친구하자고 덤빌 정도로 무척 친
숙한 눈을 하고 있었다. 왜 저 지경이 되도록 자신을 방치했을까?
친한 사이라는 게 부끄러워지는 순간이었다.

슬쩍 시선을 외면한 이도가 별말 아니라는 듯 손사래를 쳤다.
룸미러로 슬쩍 둘을 살피던 우철이 놀란 듯 차가 갑자기 휘청거렸
다. 이내 평정을 찾은 것 같긴 했지만 낯빛은 무척 창백했다. 하
긴, 왕 간호사의 처참한 몰골을 보고 심장마비 안 일으킨 게 천만
다행이었다.

오죽했으면 이 거추장스러운 일행이 못마땅해 만난 후 줄곧 인
상을 팍 구기고 있던 은유조차 짜증스레 쳐다보다 움찔했을까. 오
직 왕 간호사 본인만 모르고 여행을 떠난다는 사실에만 흠뻑 취해
정신을 차리지 못하고 있었다.

보조석 창문으로 다시 고개를 내민 왕 간호사가 흥에 취해 콧노
래를 흥얼거렸다. 들어본 적도 없는 이상한 멜로디였다. 굳이 유
추해 보자면 저 먼 아프리카 아카라카 부족의 전통 접신곡 정도?

"도."

은유의 부름에 이도가 옆자리에 앉은 그를 돌아보았다. 그가 긴
손가락을 뻗어 정확히 광년이 뻴을 무한으로 풍기고 있는 왕 간호
사를 콕 찔러 지목했다.

"대체 저런 정신 나간 물건은 왜 데리고 온 거야?"

이도의 손끝을 따라 왕 간호사를 물끄러미 바라본 이도가 어깨
를 으쓱했다. 이도도 상황이 왜 이렇게 되어버렸는지 알 수 없었
다. 자신을 픽업하러 왔다는 우철의 전화에 병원 앞으로 나가 보
니 운전석 옆자리를 이미 왕 간호사가 떡하니 차지하고 앉아 들뜬

얼굴로 신명나게 손을 흔들고 있었다.

'왕 간도 가?'

'당근이죠. 제가 빠지면 그림이 안 나오잖아요. 오호호호.'

뒷좌석에 오르며 조심스레 묻자 왕 간호사가 당연하다는 듯 말했다. 대체 그 그림은 어떤 그림이기에 이런 조화를 이루게 한 것인지. 당장 화가를 찾아서 주리를 틀고 싶었다. 단둘만의 여행인 줄 알았는데 우철이 이른 새벽부터 픽업을 하러 왔고, 바늘의 실처럼 왕 간호사가 따라붙었다.

그리고…….

"전 우리가 낚인 거라고 봅니다, 저들의 권모술수에."

날아갈 듯 기분 좋은 은유의 전화를 받은 건 이미 우철의 차에 몸을 싣고 어딘가로 끌려가고 있는 와중이었다. 은유를 태우기 위해 그의 집으로 갔을 때의 그의 얼굴은 정말 당장에 살인이라도 저지를 듯 살벌했다. 분위기 파악 못하는 왕 간호사가 콧소리를 앵앵거리며 '타쏭'을 연발하는 바람에 하마터면 정말 살인사건이 일어날 위기에 처하기도 했었다. 다행히 이도의 기지로 얼렁뚱땅 은유를 태우고 출발하긴 했지만, 여전히 차 안은 살얼음판을 걷는 듯 아슬아슬했다.

명목은 은유와 이도의 기쁨조 겸 신변 보호도 덩달아 하겠다는 건데. 그건 글쎄올시다, 라고 봐야 했다. 기쁨과 흥은 흘러넘치는데 그건 오로지 왕 간호사 혼자만이었고, 신변 보호는 은유 혼자서도 충분히 할 수 있는 것이라 그다지 도움이 된다고 보기 어려웠다. 이들 때문에 오히려 신분이 들통 나 곤란이나 겪지 않으면 다행이었다.

"도착하면 차랑 같이 바다에 수장시켜 버릴 거야."

"그래도 소용없을 거라고 장담합니다. 간은 팅팅 부은데다 입이 워낙 가벼워서 가뿐히 수면 위에 떠오르리라 봅니다. 쓸데없는 짓입니다."

"그렇다고 저것들을 계속 달고 다닐 순 없잖아."

"버린다고 버려질 위인들도 아닙니다요."

"망할 것들."

눈치라곤 쥐뿔도 없는 망할 것들은 자기네들이 은유의 입속에서 열심히 씹히는 것도 모른 채 각자의 흥에 취해 즐거움을 만끽했다. 우철이 처음부터 이런 인간은 아니었다. 그는 빠른 두뇌 회전과 눈치로 타의 추종을 불허하던 최고의 보좌관이었다. 그런 그가 왜 이 지경이 되었을까? 굳이 이유를 찾자면 은유를 동성애로 오해해 1차로 정신적 멘붕을 겪었으며, 2차로 왕 간호사에게 낚여 생애 처음으로 여자에게 먹힌, 누가 알까 두려운 경험을 했기 때문이었다.

하지만 은유로서는 이해도, 용납도 할 수 없는 일이었다. '내 난자'가 어떻게 '내 남자'로 들릴 수가 있다는 건지. 그것 자체가 이해불가였다. '그건 그냥 귓구멍이 뚫리다 만 거지. 제대로 기능도 하지 못하는 거 달고 다녀서 뭐 해. 막던지 뚫던지. 왜 난자를 그냥 못 받아들여? 난자가 난자지, 엄연히 염색체부터가 다른데 그걸 남자로 알아먹다니. 미친놈.' 아직도 그것만 생각하면 화가 치미는지 은유는 우철의 뒤통수만 보면 여전히 분노를 터트렸다.

알고 보니, 은유는 뒤끝이 매우 긴 남자였다.

"가평은 참 오랜만에 오는 것 같습니다."

도로를 따라 아름다운 풍경이 펼쳐졌다. 오감을 넘어 육감을 자극하는 풍광에 어느새 우철의 목소리도 감성에 젖어들었다. 그동안 자신이 얼마나 바쁘고 삭막하게 살았나를 실감하자 감개가 무량했다. 이런 평화롭고 즐거운 순간이 오리라곤 꿈에도 생각지 못했다. 은유의 곁에 있으면 항상 긴장하고 살아야 할 것이라 생각했었다. 그의 모든 일상이 긴장과 치열함의 연속이었으니까. 이 모두가 이도 덕분이었다.

"사모님 덕분에 제가 이런 호사를 다 누립니다."

"어머, 우리 원장님이 왜 사모님이에요. 누나지, 누나. 편하게 불러요."

꼭 낄 데 안 낄 데 구분 못하고 나대는 인간이 있었다. 아직 이도가 은유와 결혼한 사이란 것은 알지 못하고 그저 사귀는 사이라고만 짐작하고 있던 왕 간호사가 호들갑스럽게 우철의 등짝을 철썩거리며 말했다. 사모는 둘째 치고 누나라는 말에 왕 간호사를 제외한 셋이 동시에 흠칫 몸을 떨었다.

"누…… 나라니. 설마…… 요."

믿을 수 없다는 투로 이도가 중얼거리자, 룸미러로 이도를 힐끔거리던 우철이 눈이 마주치자 얼른 시선을 피했다. 우철의 볼이 빨갛게 달아올라 있었다.

"원장님, 모르셨어요? 우철 씨 스물아홉이에요. 원장님보다 한 살 적어요. 그러니까 누나가 맞죠."

"허거덕!"

놀람의 표현을 입으로 대신한 이도가 사실 확인을 요청하는 눈빛으로 은유를 돌아봤다. 아무리 봐도 연식이 저보다는 한참은 더 나가 보이는 아저씨뻘인데 우철이 동생이라니, 도저히 수용할 수 없는 사실이었다. 이도가 동안이라고 억지로 우겨보아도 우철의 얼굴은 곱상하긴 했지만 절대 이십대로는 보이지 않았다. 저 얼굴로 누나라고 부른다면 손발이 절로 오그라들 것 같았다.

"당신보다 빨리 태어난 줄 알았는데……."

둘러말했지만, 은유보다도 나이가 많아 보인다는 말이었다. 이도의 말에 우철이 짙은 신음을 흘려냈다. 조금 충격이었던 모양이다. 이제껏 우철 앞에서 노땅 같다는 말을 아무렇지 않게 내뱉은 사람은 이도가 처음이었다.

기묘한 기류가 흘렀다.

괜스레 헛기침을 하며 시선을 외면하는 우철과 분위기 파악 못하고 웃어대는 왕 간호사와 사실 확인을 요청하는 이도를 깔끔하게 외면하며 은유는 불쾌함을 잔뜩 드러낸 채 입가를 파르르 떨고 있었다. 분노 상승을 확실히 느낄 수 있는 떨림이었다. 흡사 광기 서린 도사견의 그것과 매우 닮아 있었다.

"뱉기만 해, 네놈 항문이 입을 대신하게 될 테니까."

순간 정적이 흘렀다.

은유를 제외한 모두의 머릿속에 입을 대신한 항문의 모습이 떠올랐다. 우철이 진저리를 치며 절대 그럴 일 없다 굳게 맹세했다. 한 번 사모는 영원한 사모라는 그다지 어울리지 않는 구호를 호기롭게 외치며 그 외에 호칭은 있을 수 없다고 우철이 못을 박았다.

"오버가 아주 쩝니다."

진심 어린 이도의 감상평에 우철이 쑥스러운 듯 뒷머리를 긁적였다. 이봐요. 이건 절대 칭찬이 아닙니다. 댁이 짱구도 아니고,

왜 이런 말에 쑥스러워하냐고요. 이도는 우철의 상태가 심히 걱정스러웠다. 날이 갈수록 이상하게 왕 간호사의 엉뚱함에 동화되고 있었다. 저 시도 때도 없는 오버를 어찌하면 좋단 말인가. 이도가 탄식 어린 시선으로 우철을 바라보고 있는 사이 은유가 그제야 만족스럽다는 듯 심드렁하게 고개를 끄덕였다.

"뭐야, 뭐야. 우철 씨, 우리 원장님 사모(思慕)하고 있었던 거야? 영원한 사모라니, 난 절대 용납할 수 없어요."

그나마 한 단계 올라갔던 실내 온도가 왕 간호사로 인해 곱절로 다운되었다. 요즘 과다 업무로 오버가 도를 넘는다 싶더니 고삐가 완전히 풀려 버린 모양이다. 하긴, 그러니 눈치도 없이 여기 합승을 한 것이겠지.

머리가 지끈거리는지 살짝 미간을 찌푸린 은유가 이내 무표정한 얼굴로 우철의 의자를 툭 걷어찼다. 우철이 룸미러로 돌아보자 은유가 시리게 눈을 빛내며 명령했다.

"세워."

"네?"

"왜요? 벌써 도착한 거예요?"

"아무것도 없는데요? 옆은 낭떠러진데요? 2차선이라 피할 데도 없는데 왜 세워요?"

은유의 말 한마디에 너나 할 것 없이 의문을 늘어놓았다. 그도 그럴 것이 그가 차를 세우라고 한 곳은 2차선 산악도로로 방어막 아래는 깎아지른 듯한 낭떠러지가 펼쳐져 있었다. 차를 세우기도 애매한 곳이었다. 그러니 의문은 당연한 것이었다. 그중 가장 긴 질문을 던진 왕 간호사를 은유가 검지로 꼭 찔러 가리키며 차갑게 내뱉었다.

“저거 버리고 간다.”

“헉!”

“옴마나!”

“……!”

코드가 안 맞는다는 건 알았지만 그렇다고 산 사람을 이 험한 곳에 버리고 가겠다니. 우철이 슬쩍 눈치를 살피며 이도에게 구원을 요청했다. 왕 간호사가 가끔 맹하긴 해도 나쁜 사람은 아님을 우철은 이미 잘 알고 있는 모양이었다. 참 알아채기 힘든 장점인데 잘도 캐치했네.

그보다도 왕 간호사가 없으면 우선 이도가 무척 버거워진다. 병원 살림을 혼자 도맡아 하다시피 하는 고마운 사람을 나사가 약간 풀렸다는 이유만으로 이렇게 홀대할 수는 없었다. 그러고 보면 여기 나사 제대로 박힌 사람이 누가 있단 말인가. 다 풀릴 대로 풀렸지.

“저래 봬도 나름 큐피듭니다. 버리면 벌받아요. 우리가 거둡시다. 조금 더 산 사람들답게. 너그럽게.”

은유의 곧게 뻗은 검지를 다소곳하게 두 손으로 감싸며 이도가 진지하게 말했다. 즉시 은유의 눈이 못마땅하게 휘었다.

“큐피드? 저게? 어딜 봐서 큐피드야? 요즘 그쪽은 정신 감정도 제대로 안 하고 사람을 고용하나? 뭐가 그래? 하늘 저거 직무유기 아냐?”

왕 간호사를 큐피드라고 말한 건 간호사가 백의의 천사이기도 했고, 어느 정도 자신들의 뻘대로 섹스에 일조를 한 공로를 인정해 한 말이었다. 하고 싶은 만큼 맘 편히 하라고 셔터까지 내려주는 배려 돕는 큐피드가 또 어디 있을까. 그것 하나만으로도 왕 간호사는 충분히 여행에 동행할 자격이 있었다. 열심히 일하고 망본 당신 떠나라!

"어쨌든 앞으로도 간간이 편안한 섹스를 즐기고 싶으시다면 저 여편네를 살려두어야 합니다."

우철이 눈치껏 거들며 고개를 끄덕였다.

"그래?"

못 미더운 얼굴로 왕 간호사를 쏘아보는 은유의 시선을 이도가 제 얼굴로 완벽하게 차단시켰다. 은유의 잡은 손을 제 허리에 두르고 그의 다리 위로 성큼 올라타 매끄럽게 그의 목을 휘감았다. 여럿이 함께 탄 차에서 이 무슨 낯부끄러운 행동이냐, 질책받아 마땅한 일이었으나 아무도 그녀를 저지하는 사람은 없었다. 오히려 은유의 얼굴엔 엷은 미소가 번졌고, 어리둥절한 사태에 눈만 동그랗게 뜨고 두리번거리던 왕 간호사는 반색하며 눈을 빛냈다.

이런 야릇한 분위기는 그녀의 관점에서 아주 바람직한 것이었다. 멍석을 깔아줘야 움직이는 우철인지라 뜨겁게 달아오른 커플의 자연스런 스킨십이 좋은 교육이 될 수 있었다. 왕 간호사가 은근한 눈빛을 보내며 우철의 허벅지를 쓸었다. 흠칫 놀란 우철이 진땀을 빼며 발칙한 왕 간호사의 손을 잡아 기어에 올렸다. 이 손은 단속이 꼭 필요한 우범지대(虞犯地帶)였다.

"우선 살고 봅시다."

우철은 살며시 속도를 높였다. 빠르게 산악지대를 벗어나 4차선 도로로 내려온 우철은 연신 차 안의 분위기를 살피며 간간이

왕 간호사의 입을 막는 데 열중했다. 무슨 정신으로 운전을 하는지도 모를 지경이었다. 처음엔 참 가벼운 마음으로 왕 간호사를 태웠건만, 사태가 이 지경이 되고 보니 등으로 식은땀이 줄줄 흘렀다. 이것저것 챙기느라 몸이 몇 개라도 부족할 판이었다.

후회스러웠다. 왜 이 망할 여행에 동참하겠다고 나섰을까. 이 회장이 어쩐 일로 순순히 휴가를 보내주더라니. 뭔가 이보다 더한 꼼수가 도사리고 있을 것만 같아 우철은 두려웠다.

그들의 목적지는 가평에서도 경치 좋기로 유명한 명당 중 하나였다. 사람들에겐 잘 알려지지 않은 곳으로 대지만 삼천 평이 넘고 용도별로 나뉜 건물만 열 채가 넘었다. 이 회장 소유의 휴양지인 이곳은 그동안 제대로 제 기능을 발휘하지 못하고 있었다.

그도 그럴 것이 이 회장도, 은유도 저마다 일에 몰두해 휴식이라는 것 자체를 인생에서 제외시킨 사람들이라 이곳을 이용할 일이 없었던 것이다. 그런데 왜 이런 곳을 만들었을까?

이곳은 이 회장이 자신의 아들이 평생을 같이할 배필과 사랑을 나누고, 그 자손들의 행복한 웃음소리로 가득 찰 순간을 간절히 바라는 마음에서 심혈을 기울여 만든 곳이었다. 그 누구의 간섭도 없이 그저 행복할 수 있도록. 아무런 위협도 받지 않고 평온할 수 있도록 자신이 가진 모든 것을 쏟아부었다.

"와아, 길이 엄청 예뻐요. 이렇게 많은 은행나무는 처음 봐요."

키스에 열중이던 것도 잊고 눈을 자극하는 햇살에 시선을 옮겼던 이도의 눈이 감동으로 동그랗게 떠졌다. 길 양쪽으로 눈부시게 아름다운 금빛의 은행나무가 끝없이 이어져 있었다. 따사로운 햇살이 잎에 반사되어 형용할 수 없는 빛깔을 만들어냈다. 마치 금

가루를 뿌려놓은 듯 화려하고 웅장했다.

"대한민국 은행나무는 죄다 사다 모은 것 같군."

은행나무 가로수가 주는 감동에 황홀한 듯 연신 감탄사를 토해내는 이도를 따라 밖을 내다본 은유가 툭 던지듯 말했다. 말투는 심드렁했지만 싫은 기색은 아니었다. 하늘 높이 솟은 풍성한 잎 사이를 비집고 쏟아진 한 줄기 빛을 손으로 가렸다. 손 위로 따스한 기운이 느껴졌다. 은유는 가만히 눈을 감고 그 기운을 천천히 몸 가득 받아들였다. 그것이 마치 겉은 투박하지만 속은 따스한 아버지의 마음 같아 절로 숙연해졌다.

굳이 말로 표현하지 않아도 알 수 있는 것. 그것이 바로 부정(父情)이 아닐까.

"말로 안 하니 몸이 고생이지."

맘과 다른 말이 또 투덜거리며 입 밖으로 튀어나왔다. 그러다 또 피식. 옅은 웃음이 비어져 나왔다. 그런 은유의 볼을 이도가 다정히 쓸어내렸다. 손을 잡아 입을 맞추고 눈을 맞췄다. 이렇게 될 줄은 몰랐다. 누군가를 이토록 간절히 원하게 되리라고는 전혀 생각해 보질 못했다. 사랑이라는 건 자신과는 상관없는 단어라며 외면했었다.

'사랑일까?'

간혹 그런 의문이 들 때가 있었다. 보고 있어도 보고 싶다는 말의 의미도 알 것 같았고, 헤어지기 싫은 연인들의 마음도 이해할 수 있었다. 그럼 이게 사랑인가?

차가 웅장한 철문을 지나 저택으로 접어들었다. 이도의 입술에 짧게 입을 맞추고 그녀의 부드러운 머리카락 속으로 손을 집어넣었다. 손가락 사이사이를 스치는 머리카락의 감촉이 좋았다. 질끈. 손에 잡힌 머리카락을 꽉 움켜잡았다.

"아."

이도의 입에서 짧은 신음이 새어 나왔다. 그녀를 바짝 끌어당겨 품에 안고 목을 젖혀가는 목선을 가만히 내려다봤다. 팔딱거리는 생명력이 목의 핏줄을 통해 고스란히 느껴졌다. 아름다웠다. 내 것이라 더 아름다웠다.

"아니야."

"……응? 흡!"

뭐가 아니라는 건지. 의아스러운 이도의 물음을 단숨에 집어삼키며 은유가 그녀의 입술을 덮쳤다. 숨이 턱까지 차오를 정도로 격정적인 키스를 하고 나서야 은유는 그녀의 입술을 놓아주었다. 거친 숨을 그녀의 입술 위에 뜨겁게 흘려내며 그가 낮게 속삭였다.

"혼연일체."

사랑이라는 말로는 부족했다. 네가 나고 내가 너인, 혼연일체가 가장 적절한 표현이다. 도톰하게 붉혀 오른 이도의 입술을 지그시 바라보던 은유의 입술이 비스듬히 야릇한 곡선을 그리며 올라갔다.

쪽. 가벼운 마찰음을 내며 입을 맞춘 후 이도를 안은 채로 은유가 시트 위로 몸을 숙였다. 우철과 왕 간호사가 숨을 죽인 채 정면만 주시하고 있긴 했지만, 그들을 무시할 수는 없었다. 두 눈을 말똥거리며 귀를 쫑긋 세운 둘을 관중 삼아 지금 19금 멜로를 찍자는 것도 아니고 이게 대체 무슨 행동이란 말인지. 아무리 그래도 이건 아니지.

"스, 스톱, 아무리 급해도 여긴 좀 아니라고 봅니다."

당황한 이도가 다급하게 은유의 가슴을 밀어내며 도리질 쳤다. 하지만 은유는 꿈쩍도 하지 않았다. 뽕 부인 시리즈의 한 장면처럼 '부끄럽사와요'를 남발해야 물러날 터인가. 이 양반이 왜 이렇게 요지부동인 게야.

눈을 부릅뜨고 눈치를 주는 이도를 물끄러미 내려다보며 은유가 눈썹을 휘었다. 오히려 무슨 말인지 모르겠다는 표정이다. 표정이 어찌나 리얼한지. 밀쳐 내던 이도의 손이 다 민망할 지경이었다. 괜히 억울했다. 나 혼자 오버한 게야? 그런 게야?

찰칵.

입을 삐죽거리며 얼른 죄를 실토하라 눈을 희번덕거리던 이도의 머리 위에서 갑작스럽게 소리가 들렸다. 힐끔. 눈동자를 올려 바라보니 은유의 긴 팔이 문손잡이를 잡고 있었다. 젖혀진 손잡이와 조금 열린 문을 빠끔히 쳐다보던 이도가 침을 꿀꺽 삼켰다. 확실히 오버다.

"왜?"

아무것도 모른다는 듯 천진난만한 표정으로 은유가 물었다. 저 정도의 자연스러운 능청을 구사하려면 대체 능구렁이를 얼마나 삶아 먹어야 가능한 걸까? 표정 하나는 제대로 압권이다. 괜히 머쓱해진 이도가 눈썹을 꿈틀거리며 어깨를 으쓱했다.

창피함에 이마를 긁적이는 이도를 두고 먼저 차에서 내린 은유가 다정히 손을 내밀었다. 멀뚱히 그 손을 보다 마지못해 제 손을 올리자 기다렸다는 듯 은유가 손을 잡아끌었다. 은유의 힘에 주르르 밖으로 딸려 나간 이도의 몸이 갑자기 허공으로 붕 떠올랐다. 어떻게 된 것인지 알아채기도 전에 이도의 몸을 은유가 안아 올린 것이다.

"어라?"

발로 문을 걷어차 닫은 은유가 빙글 몸을 돌려 입구로 향하며 은밀하고 위험스럽게 말했다.

"가자, 합체하러."

합체? 무슨 합체?

행여나 떨어질세라 은유의 목을 꽉 끌어안은 이도가 고개를 갸웃하며 그를 올려다보았다. 그의 입술이 비스듬히 한쪽으로 말려 올라가고 있었다. 합체 로봇도 아니고, 대체 무슨 합체를 하자는 건지. 알쏭달쏭한 표정으로 눈을 말똥거리는 이도를 의미심장하게 내려다보며 은유가 눈을 빛냈다.

은유의 머릿속 혼연일체가 모두가 익히 알고 있는 그 혼연일체가 아니라 직설적이고 솔직한 혼연일체임을 이도가 알 리 없었다. 마음은 이미 오래전에 합이 되었으니, 이젠 몸이 하나가 될 차례였다. 유례없이 아주 적나라하고 화끈한 합체가 될 것이다. 시도 때도 없이 이어지는 이은유식의.

은유는 못다 한 신혼의 기분을 만끽하러 신부를 안고 저택 안으로 힘차게 들어섰다. 주어진 시간에 최선을 다해 열정을 불태우리라 굳게 다짐하며 호기롭게 발을 내딛던 은유의 귀에 절대 듣고 싶지 않은, 들려서는 안 될 목소리가 들려왔다.

"그 합체 게임에 나도 좀 끼워주련?"

어찌나 부드러운지 저 목소리의 주인공이 과연 자신이 아는 그분이 맞는지 의심스러울 지경이었다. 멈춰 선 은유에게서 얼마 떨어지지 않은 거리에 근엄한 포즈로 뒷짐을 진 채 서 있는 이 회장의 모습이 보였다. 은유의 얼굴에서 미소가 싹 사라졌다. 참 낄 데 안 낄 데 가리지 않는 건 나이와는 전혀 상관이 없는 모양이다. 하필이면 지금 이 순간 나타날 게 뭐람. 절로 부들거리는 입매가 마주한 상황을 도저히 수용할 수 없음을 대변했다. 무표정하게 굳은 은유의 얼굴에서 눈썹 하나가 불쾌하게 치켜 올라갔다.

"근데 그건 어떻게 하는 놀이냐?"

툭.

힘이 빠져나간 은유의 팔에서 이도가 떨어졌다. 가볍게 엉덩방아를 찧은 이도가 고개를 갸웃하며 눈앞의 인물을 자세히 살폈다. 그럴 리가 없다고 생각은 하지만 눈에 보이는 현실은 이것이 진실이라고 말하고 있었다.

"아버님?"

눈을 비비적거리고 재차 확인을 해보지만 변하는 건 없었다. 아무리 봐도 어젯밤 정겹게 손을 흔들며 잘 다녀오라 배웅하던 자신의 시아버지 이 회장이 맞는 것 같았다. 손수 용돈까지 쥐어주며 좋은 시간 보내라던 분이 대체 왜 여기 있는 건지. 도무지 돌아가는 상황을 이해할 수가 없었다.

"오냐, 오냐, 우리 예쁜 아가. 아비 여기 있다."

"……아, 그러네요. 진짜 여기 계시네요."

양팔을 활짝 벌리고 이도를 향해 환하게 웃는 이 회장의 환대에 은유가 눈을 가늘게 치떴다.

"그러니까, 왜 아버지가 여기 계신 겁니까?"

　은유의 불만 가득한 물음에 이도가 주춤하며 망설이고 있자 이 회장이 성큼성큼 다가섰다. 이도를 와락 껴안으려는 순간 은유가 잽싸게 그녀를 품에 안아 이 회장을 차단시키며 몸을 반쯤 돌렸다. 벌린 팔에 휑한 바람이 불자 대번에 이 회장의 얼굴이 불퉁해졌다. 고거 한번 안는다고 닳는 것도 아닌데 참 비싸게 군다.

　"닳습니다."

　이 회장의 속내를 꿰뚫듯 은유가 단호하게 말했다. 그놈의 소유욕 하나는 누굴 닮아 그리 지독한지. 쯧. 마뜩찮음에 혀를 차며 신경질적으로 뒷짐을 진 이 회장이 은유를 얄밉게 흘겼다.

　"대체 여긴 왜 내려오신 겁니까?"

　"좀 더 편안하고 안락한 휴양을 위해 안내차."

　"여기도 도우미 많습니다."

　은유가 이를 뿌득거리며 반항적으로 말했다. 하나 그런 반항쯤은 이미 이 회장에겐 익숙한 일이었다. 씨알도 안 먹힐 걸 알면서도 매번 저러는 게 오히려 더 가소로울 뿐이었다. 가벼운 콧방귀로 깔끔히 은유의 발언을 묵살한 이 회장이 부드러운 목소리로 이도를 향해 말했다.

　"아가, 여기 아주 신기한 볼거리들이 넘쳐 나는데 이 아비랑 같이 구경 한번 안 해보련?"

　은유의 품에 안긴 채 고개만 빠끔히 내민 이도가 이 회장의 유혹에 눈을 빛냈다. 무척 구미가 당기는 제안이었다. 들어오면서 본 엄청난 은행나무들의 행렬도 그랬지만, 사유지 안 저택들과 여러 조형물도 놀랍기는 마찬가지였다. 역시 이 회장의 미끼 던지는 솜씨는 타의 추종을 불허했다.

"내가 해줄게."

거기에 찬물을 끼얹은 건 다름 아닌 은유였다. 혹해서 혹 가버
릴 듯 반쯤 손을 내밀려는 이도를 제게 집중시키며 은유가 눈에
한껏 힘을 줬다. '말 안 들으면 국물도 없어.' 그의 눈이 그렇게 말
했다. 그 국물이 뭔지는 색스럽게 달싹이는 은유의 매혹적인 입술
만으로도 충분히 유추할 수 있었다. 그건 이 회장이 절대 이도에
게 줄 수 없는 것이었다.

'I Win.'

은유의 거만스럽고 도도한 마력에 단번에 이도가 사르르 녹아
내렸다. 저만 바라보며 눈에서 하트를 남발하고 있는 이도의 이마
에 보란 듯 입을 맞추며 은유가 득의양양하게 이 회장을 바라보았
다.

'그래, 네가 이겼다, 이 망할 놈아.'

마누라 가진 유세도 참 가지가지로 한다. 며느리랑 오붓한 시간
좀 갖자는 건데, 그게 그렇게 눈꼴이 시린가? 결혼하고 줄곧 자기
만 독차지해 놓고 십여 일 긴 휴가에 하루쯤은 자신도 며느리와
친목 도모를 좀 해보자고 굳이 없는 시간을 쪼개서 내려왔건만 이
렇게 푸대접일 줄이야. 참으로 괘씸하기 짝이 없는 놈이었다. 언
제는 아무나 이름만 올리면 된다더니. 독점욕이 아주 하늘을 찌른
다.

"치사 빠스다, 이놈아."

유치함의 끝을 보이며 이 회장이 시원스레 벅큐를 날렸다. 어찌
나 다정한 부자의 대화인지 듣는 이도가 다 부끄러울 지경이었다.
괜히 시간만 낭비했다. 혼잣소리를 투덜거리며 쌩 하니 돌아선 이

회장이 로비를 성큼성큼 가로질렀다.

"에잇. 심심한데 올라가면서 쥐 잡이 게임이나 한판해야겠네."

게임 운운하며 휴대폰을 꺼내 든 이 회장이 어딘가로 전화를 걸었다. 이참에 오락실도 하나 접수하시려나? 간단하게 명령을 내리고 으스스하게 웃으며 어딘가로 사라지지는 이 회장을 이도가 아리송하게 바라보았다. 대체 무슨 게임이기에 저리 신이 나셨을까? 설마 은유가 말한 합체 게임의 최신 버전은 아니겠지?

"가자."

"어딜?"

은유가 이도의 손을 꽉 움켜쥐고 들어왔던 문으로 다시 발길을 돌렸다. 합체 운운하며 흥분해 후끈 달아올라 문을 열고 들어선 게 불과 얼마라고 이대로 나가자니. 이도는 이 회장이 궁금해 마지않던 합체 놀이가 무척 궁금했다. 뉘앙스로는 남녀 간의 은밀하고 도발적인, 매우 흥미진진한 놀이 같은데 그걸 못한다니 아쉬움이 컸다.

"여긴 오염 지역이야. 빨리 벗어나야 해."

"오염요? 누가 오염시켰는데요?"

"있어, 분위기 파악 못하는 영감탱이."

"영감이라면……."

조금 전 같이 놀아달라 떼쓰다 벅큐를 날리고 홀연히 사라진 그분을 이름인가? 이도의 머릿속을 훤히 꿰뚫듯 단호히 고개를 끄덕인 은유가 서슴없이 문밖으로 나서 시원하게 펼쳐진 정원으로 내려섰다.

"어라?"

금방이라도 침대를 점령할 듯 저택으로 들어섰던 둘이 하나는 성난 표정으로, 또 하나는 어리둥절한 표정으로 앞을 지나치자 차에 기대 옥신각신하던 우철과 왕 간호사의 눈이 휘둥그레졌다.

"왜 다시 나왔지?"

영문을 모르겠단 듯 우철이 저택을 돌아보며 혼잣소리를 중얼거리자 왕 간호사가 따라 돌아보다 알겠다는 듯 고개를 끄덕였다.

"그거네."

"그거?"

"침대가 별로였네."

"……응?"

그게 무슨 소리냐 묻는 우철에게 그것도 모르냐는 눈빛으로 흘기곤 왕 간호사가 나름 일목요연하게 말했다.

"긴긴 시간 오래토록 섹스를 하려면 침대가 뒷받침을 잘 해줘야 한단 말이죠. 허리가 생명인 섹스 세계에서 딱딱한 침대는 적이라구요. 한참 진행 중에 허리라도 삐끗 해봐요. 얼마나 열받겠어요. 빼도 박도 못하고 분위기 싸해지는 거지."

듣고 보니 맞는 것도 같다. 고개를 갸웃한 우철이 좀 더 심도 깊은 질문을 던졌다.

"그럼 어떤 침대가 좋은 겁니까?"

"편안함의 극치인 물침대라던가, 아니면 아방궁을 연상케 하는 방 전체가 폭신한 매트와 쿠션으로 이뤄진 곳이 제일이죠."

마치 눈앞에 보이기라도 하는 듯 황홀한 표정을 지으며 말하는 왕 간호사를 우철이 멀뚱히 내려다봤다. 볼수록 정신세계가 궁금해지는 여자였다. 처음 본 남자를 첫눈에 반한 운명의 상대라며 단숨에 집어삼키질 않나, 여자의 순정을 가지고 외면하는 남자는 지옥 불에 떨어져서 억만 년을 혼자 삽질만 하게 될 거라는 저주를 퍼부질 않나. 무단으로 휴대폰을 점유해 자신의 번호를 저장시켜 놓고 내 인생의 반쪽이라는 닭살스러운 멘트를 닉네임으로 설정하고는 지우면 각오하라고 저보다 덩치 큰 사내를 협박까지 했다.

말려들지 말자 하면서도 어느 순간 그 블랙홀 같은 엉뚱한 매력에 푹 빠져 허우적거리는 자신을 발견할 때마다 우철은 흠칫흠칫 놀라곤 했다. 자신에게 이런 멍청한 순정이 남아 있으리라곤 생각지도 못한 일이었다.

한 번은 은유에게 은근슬쩍 친구를 빗대 상담을 한 적이 있었다. 그때 눈치 빠른 은유가 대놓고 말했었다.

'개는 주인 따라간다더니.'

그러곤 어이없다는 듯 우철을 아래위로 쓱 훑었었다. 은유의 말을 풀이해 보자면, 우철은 주인따라 동물병원 갔다가, 원장과 사랑에 빠진 주인을 따라 그 직원과 눈이 맞은 주책없는 놈이 되는 것이었다. 취향 운운하며 혀를 차던 은유를 멀뚱히 바라보며 우철은 속으로 생각했다.

'그 주인에 그 개라며. 취향도 주인 닮았겠지.'

"흠. 주도면밀하게 계획적으로 낚는 솜씨는 예술이란 말이지."

이도와 은유가 향한 건물을 유심히 바라보며 골똘히 생각에 잠겨 있는 왕 간호사를 우철이 물끄러미 내려다보았다. 우철이 낮게 중얼거렸다.

"물침대는 저쪽인가?"

저택의 웅장함과 달리 심플함과 세련미가 돋보이는 비취색 건물을 눈여겨보며 왕 간호사가 의미심장하게 고개를 끄덕였다. 왕 간호사는 그럼 이 어딘가 아방궁풍의 야시시한 침실도 있을 거라 혼자 유추하며 부지런히 눈동자를 굴렸다. 그 모습이 왜 그렇게 귀엽게 느껴지는지, 우철은 저도 모르게 왕 간호사의 머리 위에 손을 올리고 부스스 머리를 헝클어트렸다.

그에 번쩍 고개를 치켜든 왕 간호사가 동그랗게 눈을 뜨고 놀라 물었다.

"왜요. 저기가 아방궁이에요?"

"……글쎄요. 그건 잘 모르겠지만 한 가지 확실한 건."

"확실한 건?"

"우리가 들어가는 곳이 아마 아방궁이 되지 않겠습니까?"

평소의 우철답지 않은 대담한 발언에 왕 간호사의 얼굴에 배시시 환한 웃음이 떠올랐다. 살짝 아랫입술을 깨물며 야릇하게 눈꼬리를 올리던 왕 간호사가 우철의 팔에 대뜸 팔짱을 꼈다. 우철이 갸웃하며 바라보자 왕 간호사가 도도하게 턱을 세우고 이도와 은유가 사라진 방향과 반대쪽을 가리켰다.

"우리도 가죠."

"어딜 말입니까?"

"아방궁 물색하러."

살며시 홍조를 띠는 왕 간호사의 볼을 가만히 내려다보며 우철이 물었다.

"……지금 말입니까?"

"아방궁스러운 분위기를 조성하려면 아주 오랜 시간이 걸리죠.

노력이 절실히 필요합니다. 서둘러야죠, 해 떨어지기 전에.”

아방궁스러운 분위기라. 그건 아마도 몸으로 만들어내는 것이 겠지? 우철의 눈빛에 왕 간호사가 아닌 척 사뿐히 윙크를 했다. 두 말하면 잔소리였다.

“아직 해가 중천인데…….”

“벤자민 프랭클린이 말했죠, ‘시간은 금이다’ 라고. 그러니까 금 값 떨어지기 전에 서두릅시다.”

그것과 이것의 상관관계에 대해 묻고 싶었지만 입을 열 수 없었 다. 학습능력이 뛰어난 왕 간호사가 입으로 우철의 질문을 막았기 때문이다. 하여튼 나쁜 건 제일 먼저 배운다더니. 더 지체했다간 정원에 아방궁을 차릴 기세였다. 입술을 맞물린 채 둘은 주춤주춤 느린 걸음을 옮겼다. 왕 간호사에게 잡힌 우철의 입술이 엷은 미 소를 띠었다.

‘뭐, 당신 좋으실 대로.’

저택에서부터 백여 미터 떨어진 곳에 위치한 건물로 들어선 은 유는 문을 닫음과 동시에 이도를 문으로 몰아붙이고 단숨에 입술 을 취했다. 여태 참았던 것이 용할 정도로 짙고 깊은 키스였다. 허 기진 욕정을 채우듯 이도의 입술을 한껏 빨아들이고 벅차오른 숨 을 잠시 몰아쉬려 벌린 입속으로 서슴없이 혀를 밀어 넣었다.

머시멜로처럼 부드럽고 달콤한 입술이 입안 곳곳을 핥고 탐했 다. 이윽고 혀끝에 닿은 이도의 혀를 잡아 빨아 당기며 제 입속으 로 유인했다. 달짝지근한 액체가 서로의 혀와 입술을 통해 뒤섞였 다. 혀의 유희는 거기서 그치지 않았다.

이도의 손이 그의 셔츠 단추를 풀어 내리는 동안 귓불을 핥고 깨물었으며, 옷 속으로 파고든 은유의 손이 브래지어를 밀어 올린 순간 기다렸다는 듯 그녀의 가슴을 한입에 머금어 발칙하게 유두를 농락했다.

"아……."

짧은 신음을 토해낸 이도의 입술이 은유의 목선을 따라 미끄러져 그의 쇄골 위에 머물렀다. 매혹적인 쇄골에 뜨거운 숨결을 흘어내고, 그 사이 움푹 패인 우물에 입을 맞췄다. 은유의 셔츠가 바닥에 떨어져 내리자 등을 쓸어 올리던 손이 그의 가슴으로 이동했다. 혀의 짓궂은 장난에 복수하듯 이도가 엄지와 검지로 그의 양쪽 유두를 자극했다.

"으음."

듣기 좋은 저음의 신음이 분위기를 한껏 고조시켰다. 은유가 이도의 허리를 잡아 올려 다리를 제 허리에 감게 했다. 거추장스러운 허물이 하나둘 몸에서 벗겨져 나갈 때마다 그들의 육체는 더 뜨겁게 달아올랐다.

"으으음. 침실이 어디죠?"

그의 머리카락을 헝클이며 강렬한 입맞춤을 한 후 이도가 가쁜 호흡을 내쉬며 그제야 침실의 행방을 물었다. 뒷걸음질로 응접실 한가운데를 향해 다가가던 은유가 그녀의 아랫입술을 깨물며 고개를 저었다.

"몰라. 하다 보면 나오겠지. 하아."

하다 보면이라. 가는 곳곳 끊임없이 섹스를 하겠단 말인데. 그의 바지 사이로 손을 집어넣어 탄탄한 엉덩이를 매만지며 이도가 슬쩍 사방을 훑었다. 얼핏 봐도 60평은 넘어 보이는데, 건물은 3층으로 되어 있었다. 그곳들을 다 누비며 침실이란 침실은 물론이고 발 닿는 곳곳 섹스를 할 기세였다. 거기다가 여긴 전상 전체가 강화유리인 개방형 다락방이 있었다.

"언제까지?"

침실이라는 게 꼭 여기만 있으란 법은 없었다. 은밀한 눈빛으로 은유를 내려다보자 그가 열에 들뜬 눈으로 이도를 마주 보며 빙긋이 미소 지었다. 등 뒤로 소파베드의 폭신한 감촉이 느껴졌다. 이도를 안은 채로 소파에 털썩 드러누운 은유가 야릇하게 입매를 끌어 올리며 그녀의 귓불을 깨물었다. 아찔한 통증에 질끈 감은 이도의 눈 위에 지그시 입술을 누르고 그 아래 앙증맞은 콧방울에 입을 맞추며 그가 속삭였다.

"여기 있는 거 죄다 보고 싶다고 하지 않았나?"

"죄다?"

"물론. 발길 닿는 곳 하나하나 다 볼 수 있게 해줄게."

"와우. 정말?"

"아버지보다 더 친절하게 뇌리에 쏙쏙 박히는 멋진 추억을 만들어줄게."

그의 손이 마지막 장벽을 걷어내자 이도의 손이 자연스레 그의 바지를 벗겨 내렸다. 벌써 성급하게 시동을 걸고 있는 그의 페니스에 입을 맞춰 달래자 더 발끈해 우뚝 고개를 치켜들었다. 이건 엄연히 농락이다. 버럭거리며 속옷을 뚫고 나올 듯 뻣뻣하게 일어섰다.

"이 똘똘이는 누굴 닮아 이렇게 성급할꼬?"

팬티 라인을 손끝으로 슬쩍 끌어 내리자 기다렸다는 듯 페니스가 빠져나왔다. 탁탁. 성이 잔뜩 난 모양인지 이도의 입술을 건드리며 칙칙 침을 뱉어댔다. 자신의 페니스를 손으로 감싸 진정시키며 은유가 피식 웃었다.

"그러게, 성질이 아주 급해. 게다가 누구 때문인지 화가 아주 단단히 났는데? 어서 달래지 않으면 난리 나겠어."

"흥. 얌전히 굴지 않으면 확 물어버린다고 전해주세요."

은유의 다리를 따라 미끄러트렸던 엉덩이를 다시 끌어 올리며 이도가 새침하게 말했다. 함부로 들이대면 맛도 못 보게 할 거야. 단단히 으름장을 놓는 이도의 말에 은유가 쿡 하고 웃음을 터트렸다.

은유의 단단한 허벅지 위를 이리저리 자극하며 움직이던 이도의 꽃잎이 어느새 촉촉하게 젖어들었다. 이도의 수풀 사이를 은밀하게 파고들며 은유가 미끈거리는 애액을 꽃잎에 문질렀다. 이도의 허리가 뒤틀리며 짙은 신음이 흘러나왔다. 성급한 페니스 대신 부드럽게 파고든 손가락이 꽃잎의 여린 살을 감미롭게 자극했다.

뜨거운 것이 다리 사이로 흐르는 느낌을 받으며 이도가 엉덩이를 들어 올리자 은유가 단번에 그녀의 허리를 잡아 눕혔다. 손가락의 움직임이 훨씬 수월해졌다. 손가락을 빼내자 애액이 주르륵 흘러내렸다. 이도의 꽃잎은 이제 활짝 열릴 준비가 다 되었다. 손가락을 흠뻑 적시며 흘러내린 애액을 혀로 살짝 맛보자 달뜬 눈을 가늘게 뜨고 있던 이도가 몸을 부르르 떨었다. 흡족하게 입꼬리를 끌어 올린 은유가 천천히 그녀의 꽃잎으로 자신의 페니스를 밀어 넣었다. 성급하게 불뚝거리던 것과 달리 놈은 아주 부드럽고 조심스럽게 꽃잎 속으로 진격했다.

"아아, 확실히 머리 좋은 똘똘이라니까?"

그녀의 흐트러진 머리카락을 다정하게 쓸어 넘기며 은유가 장난스럽게 키득거렸다. 이도의 발칙한 손이 은유의 엉덩이를 꽉 움켜쥐고 조몰락거렸다. 마치 야생마를 훈련시키듯 강도를 달리하며 숙련된 조련사로서의 솜씨를 유감없이 발휘했다.

"하아…… 흐음."

조련사의 말을 아주 잘 듣는 말의 리드미컬한 움직임에 이도는 흡족한 웃음을 지었다.

'그렇지, 에너자이저의 후손답게 지치지 말고. 달려. 달려.'

쥐 잡이용 덫은 굳이 필요치 않았다. 선식이 겁을 먹고 숨을 위인도 아니었고, 숨는다고 숨어지는 건 더더욱 아니었다. 이미 빛에 발을 들인 이상 그의 일거수일투족은 감시 아닌 감시를 받게 되어 있었다. 온전한 빛이라고는 할 수 없지만 명실공히 이름깨나 알아주는 금융회사의 이사 자리를 꿰차고 있었다. 그 정도 위치에선 인맥을 쌓느라 여기저기 거미줄처럼 손발을 걸치고 있게 마련이었다.

가평에서 곧장 서울로 올라온 이 회장은 선식이 있는 창고로 향했다. 사업상 명목으로 선식이 속임수를 써서 사들인 폐공장의 창고였다. 물론 꼼수를 부린 탓에 헐값에 거저줍다시피 구입한 것이었다. 부도에 사지로 내몰린 전 사장의 생사 여부는 알 필요도 없었다. 지금 당장 중요한 건 공장을 제 손에 넣었다는 사실이었다.

높은 천장과 갓이 씌워진 오래된 전등이 창고 내부를 어둡게 만들었다. 거기다 이 회장의 지시로 모든 불을 소등한 상태라 한 치 앞도 구분하기 힘들었다.

어둠을 뚫고 터벅터벅 바닥을 울리는 발소리가 들렸다. 고요함 속에 유일하게 들리는 소리라 귀가 민감하게 반응했다. 마치 선식이 있는 곳의 위치를 정확하게 알고 있는 듯 발소리는 곧장 그의 앞으로 다가왔다.

팟! 갑작스런 강한 불빛에 선식이 눈을 질끈 감았다. 강렬한 불빛은 선식의 눈에 직접적으로 쏟아졌다. 눈이 시렸다. 어지럽게 떠다니는 빛의 잔영이 선식의 시야를 괴롭혔다. 눈을 떠도 잔영은 쉽게 사라지지 않았다.

불빛은 그의 눈 상태를 고려하지 않고 더 가까이 다가왔다. 손을 들어 가리고 싶었으나 그럴 수가 없었다. 손은 무기력하게 뒤로 결박되어 있었다. 빛을 피해 고개를 이리저리 돌렸다. 그러나 빛은 끈질기게 따라붙었다.

"건강해 보이는구만."

익히 알고 있는 목소리가 빛 뒤쪽에서 들려왔다. 선식이 상대를 확인하기 위해 실눈을 떴지만 그도 여의치 않았다. 곧장 쏟아져 들어오는 빛에 눈이 시렸다. 고문이 따로 없었다.

"형님이십니까?"

"에이, 우리가 무슨 혈연관계도 아니고 형님은 무슨. 그냥 회장님이라고 부르게."

"……."

의자 끄는 소리가 나고 맞은편에 누군가 앉는 기척이 느껴졌다. 편안한 자세로 앉아 손전등으로 선식의 양쪽 눈을 부지런히 비추는 이는 선식의 예상대로 가평에서 쫓겨나다시피 나와 잔뜩 골이 나 있는 이 회장이었다.

탁. 빛이 사라졌다. 하지만 잔영은 여전히 남아 선식의 어두운 시야 저편에서 둥둥 떠다녔다. 어둠은 빛을 쫓지 못하지만, 빛은 어둠 속에 숨어들어 제 존재를 강하게 어필할 수 있었다.

"내가 곰곰이 계산기를 두드려 보니 말일세, 우리 정산이 제대로 이뤄지지 않은 듯해서 말이야."

이 회장이 실수했다는 듯 안타까운 말투를 구사했다. 은원이 아직 남았다는 말 같았다.

"어떤 정산을 말씀하시는지."

"에이, 젊은 사람이 나보다 더 머리 회전이 안 돼서야 쓰나. 차근차근 잘 생각해 보게. 내가 줄 게 있고 자네가 받을 게 남았다네."

"주실 것이 있다 하시면."

"뭐, 별건 아니고. 한 대 치고 한 대 맞았으면 그걸로 끝이어야 하는데, 자네가 실수로 한 대를 더 쳤지 않은가."

이번 은유의 납치 사건을 두고 하는 말임을 뻔히 알면서도 선식은 일단 모르쇠로 나갔다.

"제가 무엇을 쳤단 말씀입니까? 무슨 말씀이신지 알아듣지 못하겠습니다."

"모른다라……."

타닥. 타닥.

느릿하게 의자를 두드리는 소리가 들렸다. 뭔가를 골똘히 생각하는 눈치였다. 한 번만 이 위기를 모면하면 다시 이런 불미스러운 일로 마주칠 일은 없을 것이다. 납치에 납치로 되갚아주었으니 이걸로 된 것이 아닌가. 선식은 이제는 사회 지도층의 반열에 떳떳이 올라 있는 이 회장의 사회적인 체면을 운운하며 좋은 게 좋은 거라 그를 설득했다.

"제가 생각이 짧았습니다. 괜한 질투심에 어리석은 짓을 저질렀습니다. 용서하십시오."

"좋지. 용서와 화해라는 건 참 좋은 말이야."

탁. 손전등에 불이 다시 켜졌다. 바닥을 비추던 빛이 천천히 선식의 몸을 따라 움직였다. 이윽고 눈을 강하게 자극하며 머리로 올라간 빛이 선식의 머리 양쪽을 번갈아 비췄다.

"그런데 말이야, 그전에 정산은 깔끔히 해야 내가 맘이 편할 것 같아서 말일세."

"회장님, 저와 똑같은 과오를 범하시려 하십니까?"

"아니지. 내가 자네와 똑같은 인간이 되면 쓰겠는가. 나잇살이나 먹은 영감이 말이지."

말을 하면서도 멈추지 않던 불빛이 우측 머리 위에 머물렀다.

"여긴가? 은유 그놈 터진 자리가?"

"네. 우측 상단 귀 위 5센티 부근입니다."

이 회장의 물음에 어둠 속에서 대기하고 있던 사내 중 하나가 답했다. 대답과 동시에 빛이 왼쪽 머리 위로 옮겨졌다. 선식의 입에서 낮은 신음이 흘러나왔다. 어쩐지 예감이 좋지 않았다.

"그럼 난 이쪽을 택하지. 똑같지 않도록 아주 신경 써서 쳐줌세."

누군가 선식의 팔을 잡아 거칠게 일으켰다. 엉거주춤 일어서자 다시 탁 소리와 함께 불빛이 사라졌다. 어둠 속에서 뭔가 바람을 가르는 소리가 들렸다. 낯익은 소리였다. 아주 오래전 수근과 함께 자주 듣던 소리였다. 그때는 참 기분 좋은 소리였는데, 지금은 왠지 등골이 송연해지는 소리였다.

"연배가 있으니 내가 좀 봐줌세. 피할 수 있는 기회를 주지. 죽을힘을 다해 도망쳐야 할 거야. 내가 요즘 시력이 별로 안 좋아서 어딜 칠지 모르니 말일세."

횡횡. 손에 익은 야구배트가 허공을 자유자재로 갈라놓았다. 탁탁. 바닥을 찧으며 다가서는 배트 소리가 점점 가까이 들렸다. 땅에 붙은 듯 꼼짝 않던 발이 주춤주춤 뒷걸음질을 쳤다.

"자아, 그럼 잡기 놀이 한판 신명 나게 해볼까?"

다가서는 발소리와 창고를 빠져나가는 발소리가 어지러이 섞였다. 마침내 선식과 이 회장 둘만 남겨졌을 때 창고 문이 닫히는 소리가 들렸다.

"내가 경고했지, 놈을 건드리는 건 날 건드리는 거라고. 놈의 신변에 무슨 변고가 생기면 자네도 무사치 못할 거라고."

"하, 하지만 그리 큰 부상은 없었습니다!"

다급하게 외치며 사방을 경계하던 선식의 몸이 무언가에 부딪혀 멈췄다. 그의 목 언저리에 서늘한 한기가 느껴졌다. 등 뒤에서 천천히 귓가로 다가온 입술이 선식의 귀에 낮게 속삭였다.

"그렇지. 그래서 나도 딱 그만큼만 갚아주려고. 죽지 않을 만큼만. 내가 뒤끝이 좀 있어서 말이야. 이대로는 안 되겠더라고. 미안하네."

퍽. 선식의 다리로 강한 통증이 느껴졌다. 종아리를 강타당한 선식이 바닥으로 쓰러지자 바로 옆에서 탁탁 바닥을 두드리는 소리가 들렸다.

"흠. 이런, 어두워서 어느 쪽이 왼쪽인지 잘 모르겠군. 자네, 엎어졌나? 똑바로 누웠나?"

선식이 이 회장 부자를 너무 과소평가했다. 그들은 이미 예전의 그 나약했던 인물들이 아니었다. 오늘 이 회장의 말대로 죽지 않을 만큼 맞고 깔끔히 끝이 나면 다행이다 싶었다. 허공을 가르는 바람 소리에 선식은 최대한 몸을 말았다.

땀으로 범벅이 된 몸을 씻고 나오자 기다리고 있던 은유가 그녀의 알몸을 시트로 감싸 그대로 낚아챘다. 놀란 이도가 짧은 비명을 지르자 그마저도 제 입술로 완벽히 차단시켰다. 시트로 돌돌 만 이도를 품에 안고 조금 전 열락의 공간이었던 다락으로 올라갔다.

그가 벽에 설치된 버튼을 누르자 지붕 역할을 하던 전면 유리가 착착 접혔다. 상쾌한 바람이 얼굴과 머리카락을 스쳐 가자 절로 미소가 떠올랐다.

"눈 감아봐."

이도의 몸을 뒤에서 감싸며 은유가 그녀의 귀에 감미롭게 속삭였다. 은유의 말을 따라 가만히 눈을 감자 피부로 느껴지는 바람의 부드러운 감촉 말고 또 다른 것들이 새록새록 그녀의 감성을 자극해 왔다.

도심에선 들을 수 없었던 풀벌레 소리와 사라락, 사라락, 바람에 나뭇잎이 흔들리는 소리가 귓속을 파고들고, 향긋한 풀 냄새와

촉촉한 밤이슬의 상큼한 향기가 코끝을 물들였다. 이도의 몸을 감싸고 있던 시트가 은유의 손길에 의해 천천히 아래로 흘러내렸다. 바닥에 떨어진 시트를 발로 펴 그 위로 이도를 이끈 은유가 그녀를 눕혔다. 실오라기 하나 걸치지 않은 아름다운 나신이 달빛 아래 온전히 드러났다.

"아름다워."

손끝으로 얼굴에서부터 아래로 본을 뜨듯 섬세하게 쓸어내리는 은유의 손길에 신음이 절로 새어 나왔다. 봉긋이 솟아오른 가슴이 가쁜 숨을 내쉬며 빠르게 오르락내리락거렸다. 그의 손이 스치는 피부 곳곳 열꽃이 피어나는 듯 뜨거웠다. 눈을 감고 있어 느낌은 배가되어 그녀의 감각을 최대치로 끌어올려 놓았다.

"달에는 토끼가 산대."

"……흐음."

대답인지 신음인지 모를 모호한 소리를 토해내며 이도가 마른 입술을 혀로 축였다. 그 모습을 흐뭇하게 바라보며 은유가 입꼬리를 부드럽게 말아 올렸다. 은유의 손가락이 쇄골을 스쳐 지나자 목으로 마른침이 꿀꺽 삼켜졌다. 고운 곡선을 만들고 있는 가슴의 굴곡을 손으로 쓸어 올리며 은유가 말을 이어나갔다.

"보름에 한 번씩 떡방아를 찧는대. 혼자 하기가 너무 힘이 들었대. 그래서 한날은 방망이를 내려놓고 지구별을 멍하니 내려다봤다네. 그런데 아주 귀엽고 똘똘하게 생긴 호기심 많은 여우 한 마리가 저를 또롱또롱 쳐다보며 눈을 맞추더래."

"음. 여우……."

"아무것도 없는 거친 사막에 홀로 남겨진 여우였지. 여우는 외롭고 슬퍼서 날마다 날마다 달을 보며 울적함을 달래고 있었대.”

“아아, 사막…… 하아, 여우구나…… 으음.”

“응. 여우는 유난히 귀가 커서 아주 작은 소리도 잘 들을 수 있었어. 반면에 겁도 무척 많아서 그 누구에게도 쉽게 다가서지 못했지.”

가슴을 지나 배꼽 부근으로 미끄러져 내린 손가락이 맴을 돌며 동그라미를 그렸다. 하늘에 떠 있는 달과 흡사한 모양이었다.

“그날 사막여우는 달토끼가 부르는 소리를 들었어. ‘여기로 와. 여긴 아주아주 신기한 것들도 많고 재밌는 일들도 많아서 외롭거나 슬플 일이 하나도 없단다. 내가 너의 친구가 되어줄게. 이리로 와.’ 사막여우는 귀를 쫑긋 세우고 달토끼의 말에 귀를 기울였어. 쿵덕쿵덕 절구 찧는 소리가 사막여우의 호기심을 자극했지. 화사하게 웃는 달토끼의 얼굴도 너무 예뻤어. 갈까? 고민은 잠시였어. 달토끼의 유혹에 사막여우는 홀딱 넘어가고 말았지.”

“그래서?”

여체의 가장 아름다운 둔덕을 쓰다듬는 은유의 손을 잡아 저지시키며 이도가 가늘게 눈을 떠 흐릿하게 어른거리는 그를 올려다보았다. 그의 입가가 야릇하게 말려 올라갔다. 그가 허리를 숙여 이도의 얼굴 가까이 얼굴을 내렸다. 그녀의 입술 위 닿을 듯 말 듯한 거리에서 멈춘 그가 매끄럽게 입술을 끌어 올리며 물었다.

“어떻게 됐을 것 같아?”

그의 얼굴을 두 손으로 감싸며 이도가 고개를 갸웃했다.

“둘이 알콩달콩 햄이라도 볶았나?”

매혹적인 미소를 머금은 은유의 입술이 이도의 손에 끌려 조금 더 가까이 다가왔다. 그의 숨결이 고스란히 입술 위로 느껴졌다.

"아니, 달토끼의 유혹에 넘어간 사막여우는 그때부터 달에 감금당한 채 죽어라 떡방아만 찧었대. 노동을 갈취당한 거지."

"떡방아?"

"떡방아."

"쿵덕쿵덕?"

"쿵덕, 쿵덕, 쿵덕. 아주 찰지게 오래토록 찧었다지."

"음. 사막여우의 방망이가 제법 쓸 만했던 모양이네? 그 누구처럼?"

이번엔 은유가 스스로 가까이 다가왔다. 입술이 맞물리고 가벼운 마찰음이 들렸다. 짧은 입맞춤 뒤 맞물린 입술을 조금 떼어낸 은유가 이도의 입속에 달콤하게 속삭였다.

"아니지. 그 누구에겐 발끝도 못 미치지. 놈은 보름에 한 번이지만 그 누군 한 달 내내 쉬지 않고 찧을 수 있거든."

"오! 아주 쫀득쫀득하겠네."

"물론이지. 누가 찧는 건데."

빈틈없이 맞물린 입술이 서로의 입속을 공유하며 달콤한 유희를 만끽했다. 달빛이 내리비추는 지붕 없는 다락방에 누워 그들은 조금 전 씻어 내린 땀과 열기를 다시 만들어냈다. 귓속으로 쿵더쿵, 쿵더쿵, 달토끼와 사막여우가 찧어대는 신명 나는 떡방아 소리가 들리는 듯했다.

은유가 왼쪽 가슴을 애무하며 낮게 속삭였다.

"심장 튼튼하지?"

"……응?"

“물침대 한번 구경해 볼래?”

“물침대?”

“달을 품은 물침대라고, 이 아래 있거든.”

“그런 게 있어요?”

“응, 있어. 그런 거.”

“보고 싶어요.”

“보기만? 온몸으로 느껴야지.”

말과 동시에 몸을 일으킨 은유가 이도의 몸을 냉큼 안아 올렸다. 어리둥절한 얼굴의 이도를 장난기 가득한 얼굴로 내려다보며 그가 한쪽 눈을 찡긋거렸다. 뭔가 불길한 기분이 들었다. 눈이 마주치는 순간 이도는 기분이 기분으로만 그치지 않으리라는 것을 알 수 있었다.

“뭐, 뭐 하려고요?”

“직항으로 가려고.”

“직항?”

답 없이 빙긋이 웃은 은유가 이도를 안은 채로 성큼성큼 다락방의 끝으로 걸어갔다. 그리곤 반짝 눈을 빛내며 발아래를 바라보았다. 은유의 시선을 따라 아래를 내려다본 이도의 눈이 동그랗게 커졌다. 층수로는 3층이었지만, 높이는 일반 3층 건물보다 높았다. 다락의 끝에서 내려다본 위치에 정확히 야외 수영장이 있었다. 은유의 말처럼 달그림자가 은은하게 물 위에 떠 있는 천연의 물침대였다. 저기서 잘 수 있을지는 미지수였지만 물침대와 마찬가지의 다른 용도로는 충분히 쓰일 수 있을 것 같았다.

“설마…….”

“그랬지. 항상, 그 설마가 사람을 여러 번 잡는다고.”

“으아아악!”

자신을 안은 채 우아하게 수직낙하하는 은유를 행어나 놓칠세라 꽉 끌어안으며 이도는 본능적으로 찢어질 듯한 비명을 내질렀다. 비명은 길게 이어지지 못했다. 첨벙이는 요란한 물소리와 함께 이도의 비명도 사라졌다. 거의 바닥에 닿을 듯 아래로 떨어져 내린 몸은 살고자 혼신의 힘을 다해 버둥거렸다.

너무 놀란 나머지 허우적거리기만 할 뿐 올바른 수영 실력을 발휘하지 못했다. 꼬르륵거리며 수면 아래로 가라앉는 이도의 몸을 은유가 잡아 수면 위로 끌어 올렸다.

“컥. 컥. 아우, 죽는 줄 알았네.”

“달토끼는 공기 없는 곳에서도 잘 살아. 중력에도 그다지 구애를 받지 않고.”

“한 가지 간과한 게 있는데, 난 그 망할 달토끼가 아니거든요?”

“물론, 나도 그 멍청한 사막여우는 아니지.”

“흠. 과연 그럴까요?”

의미심장한 말을 흘리며 이도가 은유의 몸에 철썩 달라붙어 목을 휘감았다. 물과 알몸이 주는 묘한 느낌에 쉽게 몸이 달아올랐다. 이도가 은근히 의도적으로 몸을 자극하며 유혹하는 통에 본능에 충실한 은유의 몸이 금세 화르륵 불타올랐다. 그의 가슴을 타고 내린 손이 불끈거리는 페니스를 꽉 움켜잡았다. 그에 은유의 미간이 살짝 찌푸려졌다.

“이봐요. 유혹에 아주 쉽게 넘어오잖아. 그래도 아니라고 발뺌할래요?”

그녀의 허리를 와락 끌어당겨 안으며 은유가 낮게 으르렁거렸다.

"각오는 하고 유혹한 건가?"

"응?"

"그놈이 알고 보면 아주 음흉한 놈이거든. 어쩌면 일부러 달토끼의 유혹에 넘어간 척 속임수를 쓴 걸지도 모르지. 처음부터 달토끼를 제 것으로 만들기 위해 머리를 쓴 거지."

"헉. 뭐야, 그럼 꾐에 넘어간 건 달토끼였어?"

"그렇지. 제 꾀에 제가 넘어간 거지, 홀라당."

찰박. 찰박. 고요한 밤, 거룩한 밤. 자연에 동화된 알몸의 달토끼와 사막여우는 달그림자를 배경 삼아 쉼 없이 서로의 몸을 탐했다. 절구질은 그저 구실일 뿐이고, 본목적은 서로를 홀리는 것이었다. 그들은 여전히 티격태격 서로가 서로에게 홀렸다 우기며 뜨겁게 밤을 지새웠다.

'인정. 억울하지만 사막여우가 앙큼한 달토끼에게 단번에 홀려버렸어. 본인은 아니라고 우기지만, 아마도 처음 본 그 순간부터 홀렸던 게 아닐까. 그때부터 사막여우는 줄곧 달토끼에게 빠져들고 있었는지도 몰라.'

7. 달토끼, 종신형에 처하다

산은 생각보다 무척 험난했다. 급하게 나서느라 제대로 산행 복장도 갖추지 못했다. 응급의약품과 생수만 대충 배낭에 챙겨 넣었다. 처음, 호기롭게 산에 발을 들였을 때는 가볍던 배낭이 지금은 천근만근처럼 느껴졌다. 한 걸음 옮기는 것조차 버거워 발을 떼기도 힘겨웠다.

"헉. 헉."

거친 숨을 몰아쉬며 잠시 걸음을 멈춘 이도가 호흡을 가다듬었다. 사방을 부지런히 둘러봐도 온통 비슷비슷한 나무뿐이었다. 지도와 손목에 찬 나침판을 내려다보며 방향을 가늠해 보지만 이상하게 아까부터 그 나무가 그 나무고, 그 길이 그 길인 것처럼 비슷비슷했다.

"길을 잃은 건가?"

이마를 긁적이는 손가락 옆으로 땀방울이 주르륵 흘러내렸다. 애견을 새끼 낳는 기계처럼 창살에 가두고 사육하고 있다는 비인가 사육장을 찾아 나선 길이었다. 우연히 등산을 하다 발견한 곳인데 환경도 비위생적인데다가, 개를 대하는 주인의 태도가 무척 거칠고 사나웠다고 병원을 찾은 손님이 알려주었다.

휴대폰에 담긴 영상만 보더라도 개들의 생활이 얼마나 비참한지 한눈에 알 수 있었다. 지도를 펼쳐 놓고 기억을 더듬어 상세히 위치를 파악했음에도 사육장의 행방은 오리무중이었다. 벌써 다섯 시간을 넘게 산을 헤맸다. 분명히 이쯤이라고 확신했는데, 사육장은 고사하고 눈을 씻고 찾아봐도 개똥 하나 볼 수가 없었다.

점퍼 주머니에서 휴대폰을 꺼내 화면을 켰다. 배터리 잔량이 겨우 25%만 남아 있었다. 시각은 오후 4시 46분. 산에선 해가 빨리 지는 것을 감안하면 일몰까지 불과 이십 분에서 삼십 분 남짓 여유 시간이 있을 뿐이었다. 해가 지면 사물을 분간하기 힘들어 더 찾기 힘들 것이다.

"휴우. 하늘이 무심하지 않다면 꼭 발견할 수 있겠지."

이도 혼자서 사육장의 개들을 모두 구조할 수는 없었다. 오늘은 1차적으로 그곳의 실태를 영상으로 확실하게 담고, 개들의 상태를 살필 요량이었다. 그다음, 확실한 증거를 가지고 경찰을 동원해 사육장을 덮칠 계획이었다.

"하늘도 봐야 별을 따는 거고, 사육장을 봐야 증거도 확보할 수 있는 거지."

푸념처럼 한숨과 함께 혼잣소리를 토해내며 지도와 휴대폰을 다시 주머니에 챙겨 넣었다. 생수를 벌컥벌컥 들이켜 목을 축인

다음 파이팅을 외치며 힘차게 발을 움직였다.

남서쪽으로만 방향을 잡아 오르던 것을 북서쪽으로 발길을 틀었다. 어쩐지 예감이 이쪽이 맞는 것 같았다. 첫 등산이라 길이 익숙하지 않았던 것을 감안한다면 방향을 조금 틀어보는 것도 괜찮을 것 같았다.

컹컹.

그렇게 오르기를 십여 분 남짓. 희미하게 들리는 개 짖은 소리에 이도의 발이 자동으로 멈췄다. 가만히 귀를 기울이자 십여 미터 오른쪽으로 꺾어진 곳에서 낑낑거리며 앓는 소리와 사납게 경계하며 짖는 개 소리가 작게 들려왔다. 이도의 얼굴에 그제야 환한 미소가 떠올랐다.

"저기다."

배낭끈을 불끈 쥐고 씩씩하게 산길을 따라 달렸다. 수풀에 가려 잘 보이지 않던 사육장의 모습이 조금씩 시야에 들어왔다. 가까이 다가갈수록 악취가 심해졌다. 절로 콧등이 찡그려졌다. 배설물조차 제대로 처리해 주지 않았던 모양이다. 행여나 들킬세라 숨을 죽인 채 수풀 사이에 몸을 숨기고 조심조심 사육장 앞까지 다가가자 참혹한 모습이 적나라하게 나타났다.

사육장의 철장은 총 여섯 개 동으로 나뉘어 있었고, 철장마다 처참한 몰골의 개가 들어 있었다. 어미 개와 아직 눈도 제대로 못 뜬 새끼는 물론이고, 출산이 임박한 개까지 도가 넘는 수의 개들이 있었다.

"썩을 놈, 아직 몸값도 제대로 못했는데 뒈지고 지랄이야."

비대하게 살이 찐 돼지를 연상시키는 남자가 욕을 하며 뭔가를 들고 사육장 구석으로 터덜터덜 걸어갔다. 남자가 걸어간 곳에는 커다란 고무 통이 놓여 있었다. 남자가 들고 있던 것을 고무 통에 던져 넣었다. 지켜보던 이도의 얼굴이 확 일그러졌다. 죽어 딱딱하게 굳은 개였다.

"에잇. 퉤!"

남자가 죽은 개의 몸 위에 침을 뱉고 돌아섰다. 이도는 배낭에서 사진기를 꺼내 조심스럽게 고무 통이 있는 곳으로 걸어갔다. 자세를 한껏 낮춘 탓에 허벅지가 아렸다. 저만치 사납게 짖어대는 개에게 다가선 남자가 철장을 발로 걷어차며 욕을 해댔다. 그 욕을 고스란히 남자에게 되돌려주며 이도가 통 뒤로 몸을 숨겼다.

슬며시 몸을 일으켜 통 안을 들여다보던 이도의 눈이 고통으로 일그러졌다. 벌레가 꼬이기 시작한 개의 사체는 한둘이 아니었다. 이미 통의 반은 넘게 사체가 채워져 있었다. 치미는 화를 애써 억누르며 입술을 꽉 깨문 이도가 사진기에 그것들을 담았다.

겁을 먹고 낮게 으르렁거리며 철장 구석에 몸을 웅크린 개에게 신나게 화풀이를 하고서야 남자가 다시 움직였다. 놀란 이도가 통에 바짝 붙어 몸을 숨겼다. 끊임없이 이어지는 욕지거리를 귓등으로 흘리며 남자의 동태를 살피던 이도의 눈에 뭔가가 들어왔다. 통에 붙은 색 바랜 스티커였다.

대박보신탕.

순간 이도의 숨이 멎었다. 스티커를 바라보는 이도의 눈동자가 흔들렸다. 설마 이것들을 전부 보신탕집에 넘긴단 말이야? '항상 그 설마가 사람을 여러 번 잡지.' 은유에 의해 배신의 아이콘으로 등극한 설마가 또다시 이도의 뒤통수를 쳤다. 살아 있는 개를 잡아 보신탕으로 먹는 것도 이도에겐 받아들이기 힘든 일이었다. 그런데 위생 상태가 엉망인, 어떤 병으로 죽은 건지도 모를 아이들을 사람이 먹는 음식으로, 그것도 몸을 좋게 한다는 보신탕으로 팔다니. 이건 정말 말도 안 된다.

분노로 화르르 타오른 이도의 눈이 남자를 태워 죽일 듯 노려봤다. 그러나 욱해서 남자에게 덤볐다간 일을 그르칠 수 있었다. 신중에 신중을 기해야 했다. 주먹을 불끈 쥐고 마음을 다잡은 이도가 다시 사진 찍기에 열중했다.

〈달토끼 토끼야, 어디를 가느냐→〉

조용한 가운데 난데없는 토끼타령이 울려 퍼졌다. 개 짖는 소리마저 잠잠해진 절묘한 타이밍에 달토끼를 참 감질 맛나게 부르는 낯익은 목소리가 이도의 배낭에서 들려왔다. 언제 또 이런 걸 벨소리로 저장해 놨는지, 하여튼 별스럽다니까.

투덜거리며 재빨리 배낭을 뒤져 휴대폰을 꺼냈다. 아니나 다를까, 액정에는 '내 정자'가 요란스럽게 반짝이고 있었다. 속으로 구시렁거리며 통화버튼을 누르자 느긋하다 못해 여유롭기까지 한 은유의 목소리가 들렸다.

[달토끼, 어디야?]

휴대폰을 바짝 귀와 입에 번갈아대며 이도가 작게 속삭였다.

"어디긴요. 일하는 중이죠."

[일? 일이라. 무슨 일?]

긴박하기 그지없는 상황에 꼬치꼬치 캐묻기까지 하니 환장할 지경이었다. 남자에게 들키기 전에 빨리 통화를 끝내야 하는데 냄새 맡은 개처럼 은유가 끈질기게 물고 늘어졌다. 한숨을 푹 내쉰 이도가 억지웃음을 지으며 너스레를 떨었다.

"무슨 일은요, 병원 일이지."

[달토끼, 그사이 나 몰래 새로 개원이라도 했나?]

"아이고, 현상 유지도 어려운 판국에 개원이라뇨. 말도 안 됩니다요."

[그런데 왜 일을 하고 있다는 당사자가 병원에 없지?]

헉. 지금 동물병원에 있는 건가? 이 시각에 왜 이 인간이 남의 병원에서 어슬렁거리지? 다섯 시가 조금 넘어 이미 이도가 있는 곳은 해가 기울기 시작했다. 아직 사물의 구분이 가능할 때 사진을 조금 더 담아야 하는데 말이 길어지면 그것도 힘들어질 것이다. 대충 둘러대서 은유를 다독여 돌려보내는 게 상책이었다.

"아, 방금 나왔는데. 나 못 봤어요? 친구 개가 아프다고 연락이 와서 지금 왕진 가는 중이에요."

잠시 침묵이 흘렀다. 거짓말이 조금 서툴렀나?

[개 팔자가 나보다 낫군.]

"네?"

[아프다고 친히 왕진까지 가고 말이야. 내가 아프다고 할 때는 바쁘다고 코빼기도 안 보이더니.]

"에이, 손가락 살짝 베인 거 가지고 왕진은 좀. 게다가 종이에 벤 건데."

전에는 온몸이 멍으로 도배를 해도 멀쩡하던 인간이 요즘은 손가락에 가시만 박혀도 죽는다고 엄살을 부려댔다. 한두 번 깜빡

속아 달려갔다가 그대로 붙잡혀 날밤을 꼬박 세워 방아만 열심히 찧다가 괜한 몰골로 돌아온 적도 있었다. 그 후론 웬만한 건 우철에게 떠넘겼다.

깍두기들의 문전성시가 꽤 효과가 있었던지, 조금씩 손님들이 늘어나 업무 시간에는 좀체 시간을 낼 수가 없었다. 그러자 은유의 채근이 더 심해져 이도를 꾀어내기 위해 나날이 꼼수만 부려댔다.

[이봐, 달토끼. 릴케는 장미가시에 찔려 죽었어. 종이라고 안전하다는 보장은 없어.]

말이라도 못하면 밉지나 않지. 어찌나 말발이 죽여주는지. 한번 휘말리면 출구를 찾기가 힘들 지경이었다. 그러다 또 후룩 혼이 빨려 정신을 차리고 보면 그의 침대 위에서 알몸으로 뒹굴고 있을 때가 많았다. 정신을 바짝 차리고 있지 않으면 한순간 그에게 홀리고 만다.

"그땐 파상풍 예방접종이 없었구요. 확인해 보니까 이미 여우씨는 어릴 때 맞았던데요. 그 정도로 죽을 일은 없습니다."

[그래서, 왕진을 산으로 갔나? 이젠 동분서주하다 못해 아예 시공간을 넘나드는군. 순간이동이라니. 놀라워.]

이건 분명히 비꼬는 거다. 놀랍다고 말하는 투가 전혀 놀란 기색이 아니었다. 대놓고 면박을 주는 건 집안 내력인 모양이다. 이도는 마치 면박 더 주기 경연이라도 하듯 서로를 공격하는 이 회장과 은유의 평상시 대화를 떠올리며 입을 삐죽거렸다.

"뭡니까? 혹시 내 폰에 위치추적장치라도 단 겁니까?"

나가는 말투가 고울 리 없었다. 퉁명스런 이도의 목소리에 은유가 낮게 웃었다.

[설마. 그건 위법이야.]

"그런데 내가 산에 있는 건 어떻게 알았어요?"

[그거야 간단하지. 여기 살아 있는 달토끼 전용 내비게이션이 있거든.]

"응?"

웃음기 가득한 목소리로 은유가 말했다.

[좀 전에 여기 있는 간이 엄청 큰 놈이 불었어. 달토끼가 산으로 갔다고. 달랑 배낭 하나 메고, 지가 무슨 동물계의 잔 다르크라도 되는 양 의기양양하게 달려갔다고 말이야.]

왕 간, 이 고자질쟁이. 또 뇌물에 완전히 녹아내렸구나. 물론 은유의 뇌물은 전혀 돈이 들지 않는 왕 간호사에게만 통하는 것이었다. 은유가 가면 자동으로 따라붙는 그의 충직한 부하 우철.

"확 갈아치울까 보다."

[그래서, 달토끼는 언제 하산하는 건가?]

"음, 아직⋯⋯."

텅.

그때 이도가 숨은 고무 통이 뭔가에 부딪혀 소리를 냈다. 슬쩍 시선을 들어 소리가 난 쪽을 바라본 이도의 눈이 커다래졌다. 꿀꺽. 마른침이 삼켜졌다. 남자가 통을 사이에 두고 심드렁하게 이도를 내려다보고 있었다. 눈이 마주치자 남자가 입을 비틀었다. 눈을 깜빡거리며 어설픈 미소를 지어 보였다. 남자가 표정 없이 통을 다시 내려쳤다. 이도의 시선이 곧장 남자의 손에 머물렀다. 죽은 개의 사체가 그의 손에 들린 채 통을 내려치고 있었다.

텅텅.

채근하듯 통을 내려친 남자가 비식이 입가를 끌어 올렸다.

"뭐야, 너."

"하하. 그러게요. 전 뭘까요?"

"여기서 뭐 하는 거지?"

남자가 의심스러운 눈으로 이도를 쭉 훑어 내렸다. 눈길이 닿는 곳마다 소름이 돋았다. 히죽히죽. 절로 입술이 부들거렸다. 남자의 눈이 이도의 양손을 번갈아 오갔다. 하나는 휴대폰이었고, 하나는 사진기였다. 남자의 눈이 사납게 치켜 올라갔다.

"너, 그걸로 뭐 했어!"

"아, 아무것도."

도리질 치며 아무것도 아니라고 변명했지만 통할 리가 없었다. 남자가 들고 있던 사체를 이도를 향해 거칠게 내던졌다.

"악!"

사체가 둔탁한 소리를 내며 그녀의 머리를 때리고 바닥에 떨어졌다. 놀라 들고 있던 것들을 놓치고 말았다. 반쯤 썩어 악취가 나는 개의 사체가 그녀의 손 바로 옆에 있었다. 남자의 손에 들려 있을 때는 그리 큰 줄 모르겠더니 옆에 두고 보니 사체는 이도의 몸만큼 컸다. 도사견이었다. 바르르 손이 떨렸다. 그토록 많은 죽음을 봤음에도 이런 건 결코 익숙해지지 않았다.

[도?]

떨어진 휴대폰에서 은유의 목소리가 새어 나왔다. 이도의 눈이 분주하게 움직였다. 휴대폰으로 쏠렸던 시선이 허공에서 부딪혔다. 서늘한 긴장감이 이도의 등줄기에 으스스 소름을 만들어냈다.

[무슨 일이야. 대답해, 서이도!]

참 고맙게도 이제야 이름을 정확하게 불러준다. 휴대폰을 향해 움직인 건 동시였다. 하지만 남자가 조금 빨랐다. 남자의 발이 휴대폰을 짓밟았다. 이도의 손은 흙으로 범벅된 남자의 더러운 장화에 올려져 있었다. 천천히 다리를 따라 시선을 들자 남자가 비릿하게 웃으며 보란 듯이 휴대폰을 더 힘껏 밟아 뭉갰다.

파삭.

은유의 다급한 목소리를 삼키며 이도의 휴대폰이 깨졌다. 남자가 이도의 멱살을 잡아 올리며 잔악스러운 미소를 지었다.

"잘됐군. 마침 철장 하나가 비었는데, 크기가 딱 맞을 것 같아."

"……하아."

이건 정말 말도 안 되는 짓이었다. 사람을 개 우리에 가두다니. 평범한 인간으로서는 도저히 상상할 수 없는 일이었다. 잔 다르크의 최후가 어떻게 됐더라? 남자의 손에 질질 끌려가면서 이도는 상황에 맞지 않게 잔 다르크를 떠올리며 그녀의 최후에 대해 곰곰이 생각했다.

"다행히 캐릭터가 겹칠 것 같진 않네."

잔 다르크는 화형을 당했고, 자신은 보아하니 죽는다면 아사일 것 같았다.

도사견이 있던 커다란 철장에 짐짝 던지듯 이도를 집어넣은 남자가 자물쇠를 걸어 잠갔다. 이젠 인간도 사육을 하시겠다, 이 말이지? 참 꿈도 야무지셔. 멀어지는 남자의 등을 한껏 쏘아주곤 탈출로를 찾아 사방을 유심히 살폈다.

"사서 고생하는 별난 캐릭터라고 면박 주더니, 틀린 말은 아니네."

사고를 스스로가 자처하는 고난원추 달토끼라며 곁에 있는 자신도 따라 원하지도 않는 고난의 행군을 하게 됐다고 투덜대던 은유의 말이 떠올랐다.

"그래도 최고의 장점은 아무리 힘든 상황 속에서도 절대 포기하거나 굴하지 않는다는 거야. 달토끼 넌 정말 바보스럽게 초긍정적이야."

칭찬이든 욕이든 둘 중 하나만 골라 하면 좋겠다고 따라 투덜거리긴 했어도 지금 은유의 말을 떠올리니 조금씩 마음이 안정을 되찾았다.

"안 되면 쥐구멍이라도 파서 도망치지 뭐. 누군 숟가락 하나로 굴도 팠다는데, 이까짓 것쯤이야 식은 죽 먹기지."

이리저리 철장 안을 살피던 이도가 엉망으로 찌그러진 더러운 양은 냄비를 집어 들었다. 개 밥그릇으로 쓰던 것인 듯 말라비틀어진 밥풀이 덕지덕지 붙어 있었다. 그래도 숟가락보단 훨씬 작업에 용이한 도구가 될 듯했다. 남자의 동태를 슬쩍 살핀 이도가 등을 지고 돌아 앉아 사각사각 바닥을 냄비로 긁었다.

두어 번 긁자 딱딱한 것이 냄비에 닿았다. 더 이상 파 들어가지지도 않고 소리만 요란했다. 혹여 남자가 소리를 들었을까 흘낏거렸지만 남자는 이쪽에는 관심도 없는 듯 철장 하나에 두 마리의 개를 집어넣고 있었다. 교배를 시킬 요량인 듯했다.

안도의 한숨을 내쉬며 다시 눈앞의 바닥에 신경을 집중한 이도는 냄비를 두고 손으로 바닥을 쓸어냈다. 손에 닿은 딱딱한 물체는 길고 둥근 원형을 이루고 있었다. 그것이 옆으로 나란히 또 놓여 있고, 철장을 이루는 쇠창살과 연결되어 있었다.

"쳇. 촘촘한 자식."

바닥에 놓여진 지 오래된 철장 위로 흙이 뒤덮여 있었던 모양이다. 탈출은 이도의 몸이 빼빼로 사촌쯤 되어야 가능할 듯싶었다.

"이젠 묘기 대행진으로 전향해야 하는가."

지나친 세로본능을 구사하며 나란히 늘어서 있는 창살을 뚫어져라 쏘아보다 이도가 짙은 한숨을 내쉬었다.

"아무리 그래도 두개골은 날씬해지지 않는다고, 이 양반아."

어둠이 짙어지자 이도의 머리 위 기둥에 매달린 낡은 전등 하나가 켜졌다. 부나방 한 마리가 불빛을 쫓아 달려들었다가 파지직 소리를 내며 바닥으로 힘없이 추락했다. 철장 안으로 떨어진 부나방이 날개를 파르르 떨다 서서히 죽어갔다. 마치 그것이 부질없는 짓 하지 말라는 경고 같아 이도는 무릎을 세워 끌어안고 몸을 동그랗게 말았다.

'빌어먹을.'

꼬르륵 소리를 내며 배가 요동을 쳐댔다. 밥때가 되었음을 알리는 신호였다. 부스스 눈을 뜬 이도의 시야에 흐릿한 형체들이 잡혔다. 뭔가가 이상했다. 그녀가 있는 곳은 자신의 좁은 침대 위도 아니었고, 은유의 널찍한 침실은 더더욱 아니었다.

'여긴 어디? 나는 누구?'

멍하게 고개를 들어 눈을 비비적대며 주변을 살폈다.

"어라, 넌 지나친 세로본능."

아, 알 것 같다. 나 갇혔지, 참. 이런 상황에서 참 태평하게 잘도 잤다.

"이 새끼들아, 조용히 안 해!"

남자가 사납게 소리치며 창살을 뭔가로 내려치고 있었다. 남자의 손에는 더러운 바가지가 들려 있었다. 다른 손은 손수레를 끌고 있었는데 그 속에 꿀꿀이죽 같은 것이 들어 있었다. 남자는 그것을 바가지로 퍼서 철장 안 그릇에 툭툭 던져 넣었다.

차례대로 배식을 하던 남자의 발길이 이도가 있는 곳으로 이어졌다. 철장 앞에 멈춰 선 남자가 자세를 낮춰 앉았다. 눈이 마주치자 남자가 기분 나쁘게 웃었다. 누런 이를 드러내며 남자가 선심 쓰듯 말했다.

"넌 특별히 더 많이 주지."

"......"

남자가 수레를 철장 가까이 대고 남은 찌꺼기를 모조리 쏟아부었다. 이도의 눈이 시리게 그것을 바라보았다. 예상이 맞았다. 죽은 개들의 사체는 인간에게만 먹이는 것이 아니었다. 찌꺼기들 사이로 개의 앞발로 추측되는 부분이 보였다.

"밤엔 몰랐는데, 지금 보니 제법 곱상하단 말이야."

남자가 음흉하게 눈을 빛내며 입술을 혀로 축였다. 이도는 놈의 혀를 잡아 뽑고 싶은 강한 충동을 느꼈다. 놈의 추잡한 생각을 읽는다는 것 자체가 역겨웠다. 놈이 주섬주섬 주머니를 뒤져 열쇠를 꺼냈다. 자물쇠에 열쇠를 넣고 돌리며 놈이 비릿하게 웃었다.

다다다다.

자물쇠가 풀리는 소리는 느닷없이 들린 헬리콥터 소리에 묻혀 제대로 들리지 않았다. 거친 바람을 일으키며 사육장 바로 위로 날아온 헬리콥터에서 긴 로프가 쭉 내려왔다. 산악구조용 헬기가 아니었다. 갑작스런 헬리콥터의 등장에 놀란 남자와 이도가 헬기의 거센 바람에 당황하고 있을 때, 로프를 타고 은유가 우아하게 내려섰다.

질퍽한 바닥에 구두가 닿자 그가 짜증스럽게 혀를 찼다. 산에 헬리콥터를 타고 구두를 신고 오다니, 과연 이은유다운 발상이었다.

터벅터벅 철장으로 다가선 은유가 차갑게 남자를 노려보았다. 남자가 눈을 부릅뜨고 일어서 사나운 기세로 은유를 마주 보았다. 등장부터가 예사롭지 않은 불청객이었다. 당황해 어떻게 대처해야 할지 갈피를 잡지 못한 남자가 날 선 경계를 하며 주춤거렸다. 망나니같이 험악한 남자의 모습을 깔끔히 무시하며 은유가 곧장 이도에게로 걸어갔다. 동그랗게 커진 눈으로 이도가 그를 올려다보았다. 꿈인지 생시인지 구분이 되지 않는 듯 표정이 멍했다. 헬리콥터까지 띄우고 자신을 찾으러 올 줄은 생각지도 못했던 모양이다.

피식. 은유의 시니컬한 웃음에 이도의 눈썹이 꿈틀거렸다.

"머리가 커서 빠져나오질 못했군."

헉! 핵심을 정확히 짚었다.

민망해 게슴츠레하게 눈을 내려뜬 이도를 향해 은유가 거만하게 손가락을 까닥였다. 멀뚱히 쳐다보자 은유가 미간을 찌푸리며 단호하게 말했다.

"네 자린 거기가 아니고 여기야."

그가 한쪽 팔을 펼쳐 보이며 턱으로 가리켰다. 오만한 얼굴로 명령하듯 말하던 은유의 입술에 부드러운 미소가 떠올랐다. 따라 이도의 얼굴에도 배시시 미소가 머금어졌다. 엉거주춤 몸을 일으켜 철장을 빠져나가려던 이도의 귀에 서늘한 은유의 목소리가 들렸다.

“스톱.”

“네?”

갸웃하며 고개를 들자 은유는 자신이 아닌 남자를 노려보고 있었다. 남자는 수레를 양손으로 잡아 올려 던지려 폼을 잡고 있었다. 은유의 명령에 저도 모르게 그대로 동작을 멈춘 남자가 이를 빠득 갈며 수레를 더 힘껏 들어 올렸다.

“사유지 불법 점유로 고소했으니까 얌전히 그거 내려놓는 게 좋을 거야. 뭐, 기타 등등 거기다가 첨부해야 할 죄목이 많긴 하지만, 폭력 전과까지 달고 싶다면 굳이 말리진 않겠어. 던져. 대신, 여기 머리에 정확히 던져야 돼. 네놈 존재를 깔끔하게 잊게끔 말이야. 안 그러면 꽤 골치가 아파질 거야. 내가 뒤끝이 좀 길거든.”

“사유지 불법 점유라니, 말도 안 되는 소리하고 자빠졌네. 이 산 주인은 내가 잘 아는 사람이야. 어디서 뻥을 쳐.”

은유가 남자를 향해 돌아섰다. 가늘게 뜬 눈을 날카롭게 빛내며 남자를 노려보던 은유가 눈썹을 들썩였다. 그리곤 검지를 척 하니 들어 올리곤 남자가 잘못 알고 있는 사실을 똑바로 정정해 주었다.

“이 산, 내가 조금 전에 샀어. 여긴 내 산이고, 이것들은 모조리 압수야.”

“뭐? 그런 말도 안 되는!”

“믿어. 난 그런 사람이야.”

연달아 로프를 타고 내려온 검은 정장의 사내들이 남자를 에워쌌다. 당황한 남자가 수레를 떨어트렸다. 어리둥절해하는 남자의 팔을 사내들이 붙잡았다. 그런 남자의 면전에 은유가 서류 하나를 내밀었다. 아직 인주도 채 마르지 않은 따끈따끈한 명의이전 서류였다.

"당장 눈앞에서 사라져."

귀찮다는 듯 내젓는 은유의 손길에 사내들이 서둘러 남자를 끌고 사육장을 빠져나갔다. 남자의 발악하는 고함 소리가 들렸지만 그건 그에게 아무런 영향도 미치지 못했다.

"왜 아직도 거기 있지?"

"네?"

"내가 말했지, 달토끼 자린 여기라고."

성큼성큼 다가선 은유가 이도의 팔을 잡아끌어 제 옆구리에 꿰찼다. 이도가 빠끔히 올려다보자 은유가 못마땅한 듯 고개를 절레절레 흔들었다.

"안 되겠어. 옆에 딱 묶어놓던지 해야지. 잠시만 눈을 떼면 사방팔방 뛰어다니며 사고를 치니."

"이건 저도 예견하지 못한 불행입니다."

"내가 뭐랬어, 넌 고난을 몰고 다니는 아이콘이라고 했지."

"그래서, 싫어요?"

새침하게 눈을 흘기는 이도를 안고 로프가 있는 곳으로 걸어간 은유가 그녀를 지그시 내려다보며 야릇하게 입가를 끌어 올렸다.

"아니, 좋아. 그 고난, 내가 다 물리쳐 주지. 그러니까 옆에 딱 붙어 있어, 껌딱지처럼. 철썩."

"껌딱지?"

"잡아."

그가 이도의 팔을 제 허리에 두르며 눈을 찡긋거렸다.

"이게 달토끼를 천국으로 인도할 금 동아줄이야."

말은 얄밉지만 밤새 자신을 찾아 헤매느라 짙게 다크가 내려앉은 은유의 얼굴에 미안함과 무한한 감동을 동시에 느꼈다. 와락. 은유의 허리를 힘껏 껴안으며 이도가 말했다.

"무르기 없기. 후회해도 소용없어요. 나 이거 절대 안 놓을 겁니다."

"놓으면 죽어. 절대 놓지 마."

매력적인 미소가 은유의 입가를 짙게 물들였다. 로프를 단단히 붙잡으며 은유가 헬리콥터를 향해 신호를 보냈다. 로프가 당겨지고 둘의 몸이 떠올랐다. 이도의 눈시울이 촉촉이 젖어들었다. 가만히 이도의 얼굴을 내려다보던 은유가 고개를 숙여 그녀의 입술에 뜨거운 키스를 퍼부었다.

"다행이야, 아무 일도 없어서. 미치는 줄 알았어. 다신 내 영역 밖으로 사라지지 마."

"음. 영역 밖으로 나도 모르게 나가면요?"

"그럼 거기도 내 영역으로 만들어 버릴 거야."

"와우! 대단한 남자네?"

"이제 알았나? 나 원래 이런 남자야."

키득. 거만이 하늘을 뚫을 것 같은 은유의 말에 이도가 낮게 웃었다. 그 웃음을 제 입속으로 삼키며 은유가 물었다.

"못 믿어?"

“믿어요.”

“그럼, 당연히 믿어야지. 여차하면 달도 소유권 이전시켜 버릴
거니까.”

매끄럽게 입술을 말아 올린 은유가 소유권을 주장하듯 그녀의
입술을 단숨에 집어삼켰다.

밤이 깊도록 이도와 뜨거운 시간을 보냈다. 새벽 어스름에 피곤
하다 칭얼거리는 이도를 품에 안고 다독이며 저도 모르게 잠이 들
었다. 한참을 곤한 잠에 빠져 있던 은유가 몸을 뒤척이며 미간을
꿈틀거렸다. 그의 의식이 점점 다른 곳으로 깊게 흘러가고 있었다.

주변의 모든 것이 유속처럼 빠르게 지나갔다. 혼자 동떨어진 세
상에 있는 것처럼 그를 제외한 모든 것들이 분주하게 움직였다.
문득 정신을 차렸을 때 은유는 자신이 번화가의 한가운데 서 있음
을 깨달았다.

그의 눈이 재빠르게 주변을 탐색했다. 아무도 그의 존재를 알아
채지 못하는 것 같았다. 마치 수많은 사람들 속에 혼자 버려진 것
같았다.

‘뭐지?

이상했다. 방관자처럼 그저 멍하니 서 있는 자신도 그랬고, 그
를 보지 못하고 지나치는 사람들의 모습도 낯설었다. 늘 사람들의
이목을 집중시키는 마성의 존재감을 드러내던 은유였다. 그에게
이런 외면은 익숙하지 않았다.

꿈을 꾸고 있는 건가?

감각조차 무딘 걸 보면 이건 분명 현실은 아니었다.

‘저기요.’

누군가 그를 불렀다. 앳되고 청명한 목소리였다.

‘저기요.’

그가 보지 않자 소리가 다시 들렸다. 은유는 느릿하게 소리가 들린 쪽으로 고개를 돌렸다. 아무도 없다. 그의 미간이 미미하게 꿈틀거렸다.

‘여기예요.’

손끝으로 따스한 감촉이 느껴졌다. 은유는 천천히 시선을 내렸다. 작은 꼬마 하나가 자신의 손을 잡아 흔들며 절 좀 보라고 보채고 있었다. 그와 시선이 마주치자 꼬마가 환하게 웃었다. 웃음이 무척 예뻤다.

네다섯 살 정도 되어 보이는 사내아이였다. 아이는 또랑또랑하게 큰 눈으로 은유를 올려다보고 있었다. 낯익은 눈이다. 은유가 아이를 향해 돌아서자 아이가 눈을 휘며 방긋이 웃었다. 마주한 은유의 얼굴에도 부드러운 미소가 떠올랐다. 착각인가? 이상하게 아이의 몸이 환한 빛을 뿜어내는 것 같았다.

‘배 좀 빌려주세요.’

아이가 다짜고짜 은유의 팔을 흔들며 말도 안 되는 요구를 했다. 배라니. 무슨 배? 은유의 얼굴에 떠오른 의문을 알아챈 듯 아이가 배시시 웃으며 그의 배를 쳐다보았다. 따라 시선을 내린 그가 화이트 셔츠로 가려진 자신의 배를 내려다보았다.

‘이 배?’

‘아니요. 다른 배요.’

‘다른 배?’

‘네. 이것보다 훨씬 따듯하고 포근하고 안전한 그런 배요.’

‘그런 게 있나?’

‘있어요.’

‘어디.’

‘저기요.’

아이가 손을 들어 검지로 어딘가를 가리켰다. 은유가 고개를 돌려 아이가 가리킨 곳을 살폈다. 희미한 뭔가가 저만치서 어른거렸다. 시야를 조금 더 집중시키기 위해 은유가 눈을 가늘게 떴다. 점점 사물의 형태가 또렷해지는 찰나, 또렷했던 아이의 목소리가 환청처럼 사방으로 흩어졌다.

‘엄마. 엄마 배요……’

‘엄마?’

은유가 다시 아이에게 시선을 돌렸을 때 아이는 허공으로 천천히 떠오르고 있었다. 그의 머리가 뒤로 젖혀질 정도로 높이 떠오른 아이의 손이 스르르 풀려 나갔다. 환하게 웃던 아이는 어느 순간 빛으로 화해 허공으로 흩어져 버렸다.

은유의 눈이 감겼다 떠졌다. 정말 꿈인가? 현실성이 없는 건 꿈인 게 확실한데 손에 남은 온기는 여전했다.

‘엄마라……’

아이의 손끝이 머물렀던 자리로 시선을 옮긴 은유의 고개가 갸웃 기울었다. 판판하고 매끄러운 게 꽤 낯이 익었다. 손을 뻗자 그것이 점점 더 또렷하게 시야로 들어왔다. 손가락에 닿은 그것이 말캉거렸다. 느낌이 좋다. 손으로 더듬자 그것이 꿈틀거렸다. 살아 움직인다.

"으음."

누군가의 달콤한 목소리에 눈이 번쩍 뜨였다. 몇 번 눈을 깜빡이자 흐릿했던 시야가 또렷해졌다. 이번엔 확실히 주변이 낯익었다. 그가 결혼을 하고 나서 머물기 시작한, 명색이 신혼집이라는 곳의 침실. 계약으로 맺어진 얼렁뚱땅 결혼이었기에 처음부터 신혼집은 명분만 있을 뿐 그 혼자만의 생활공간이었다. 같이 살자누가 먼저 말을 한 것도 아니어서 그냥 편하게 지내기로 한 것이 그대로 이어지고 있었다.

"하아."

낮게 한숨을 내쉬며 고개를 돌리자 곤히 잠든 이도의 얼굴이 보였다. 정의의 사도가 되기로 결심이라도 했던지 요즘은 개 도둑에서 동물계의 잔 다르크로 레벨을 업시켜 아주 바쁘고 위험한 나날을 보내고 있었다. 도처에 위험이 도사리고 있건만 이도는 전혀 몸을 사리지 않았다. 그래서 행여 무슨 일이 벌어질까 초조해하는 건 오로지 은유의 몫이 되어버렸다.

일은 이도가 벌이고 뒤치다꺼리는 은유가 하는, 뭔가 말이 안 되는 행보가 계속 이어지고 있었다. 피곤한 건 이도보다 은유가 더했다. 회사 일도 바쁜데 이도 사고 뒤처리하러 쫓아다니느라 몸이 세 개라도 모자랄 판이었다.

그래도 나름 이득은 있었다. 사람들의 이목을 집중시키던 은유의 외모와 스펙 대신 이번엔 그의 선행이 이슈가 되어 그의 사업에 이점으로 작용했던 것이다. 회사의 이미지도 덩달아 레벨업되어 요즘은 도움을 요청하지도 않았는데 은유가 먼저 나서는 일이 잦아졌다.

"이런 걸 일석삼조라고 하나?"

손에 닿은 감촉이 기분을 좋게 만들었다. 손 전체로 그것을 느끼며 부드럽게 쓰다듬자 뭔가가 그의 손을 붙잡아 올렸다. 봉긋하고 말랑거리는 것이 손안 가득 채워졌다. 본능적으로 손이 움직였다. 마사지를 하듯 쥐었다 폈다를 반복하는 은유의 손길에 가는 신음이 들려왔다. 잠결에도 그의 손이 주는 자극에 반응을 한다. 매우 바람직한 자세였다.

"길들여지고 있다는 징조인가?"

그의 시선이 마사지를 받고 있는 이도의 가슴에서 조금 전 제 손이 머물렀던 곳으로 옮겨졌다. 배다, 배…….

'배 좀 빌려주세요.'

또다시 아이의 청명한 목소리가 이명처럼 귓속을 파고들었다. 배를 빌려달라는 뜻이 대체 뭘까? 이도의 매끈한 배를 바라보며 은유는 고개를 갸웃 기울였다. 모르겠다. 빌려주기는 더더욱 싫다.

"말도 안 되는 소릴 하고 있어. 되바라진 놈. 왜 남의 여자 배를 빌려달래, 기분 나쁘게."

그는 투덜거리는 말투와 달리 다정하기 그지없는 손길로 이도의 가슴을 다시 애무했다. 몸을 뒤틀며 신음을 흘려내던 이도가 제 다리로 그의 다리를 타고 올라 허리를 휘감았다. 그의 다른 손이 그녀의 머리를 쓸어 넘기고 척추를 따라 아래로 천천히 미끄러져 내렸다. 그의 손이 주는 자극에 그녀의 호흡이 점점 가빠졌다.

은유가 엉덩이를 꽉 움켜쥐자 이도의 하체가 조금 더 바짝 밀착되었다. 이도가 내뱉는 뜨거운 숨결에 젖어들어 은유의 호흡도 빨라졌다. 이도의 목덜미에 감긴 머리카락을 뒤로 넘기자 붉게 남겨진 키스마크가 드러났다. 간밤의 일이 떠올라 은유의 입꼬리가 만족스럽게 말려 올라갔다.

"감히 누구더러 뭘 빌려달래. 엉큼한 달토끼의 소유권은 나한테 있다고. 절대 아무한테도 양도 못해."

자신이 남긴 키스마크 위에 입술을 내려놓으며 은유가 나직하게 속삭였다.

분위기 좀 내려고 와인에 좋아하는 최고급 마카롱까지 준비하고 초대했더니, 피곤해 죽겠다고 와인을 맥주 마시듯 냅다 퍼붓고는 혼자 후끈 달아올라 옆자리에 앉아 기막히단 표정을 짓고 있는 은유를 덮쳤다. 과연 달토끼는 지구의 평범한 토끼들과는 확연히 달랐다. 토끼의 탈을 쓴 한 마리 암사자처럼 거침없이 달려드는 이도의 도발이 싫지 않았다. 아니, 꽤 마음에 들었다.

"겁 없이 위험한 곳으로 달려드는 게 마음에 안 들었는데 그것도 나름 괜찮은 것 같군. 앞으로도 계속 피곤하게 몰아붙여야겠어. 감시만 철저히 붙여두고 생색내면서 도와주면 이중 효과를 누리게 되는 거니까. 흐음, 접수. 꽤 괜찮은 생각이야."

아랫도리에 불끈 힘이 들어갔다. 착착 감겨오는 이도의 나신에 본능적으로 반응한 것이다. 잡다한 생각은 여기까지. 이제부턴 본격적으로 바디 대 바디로 대화를 나눌 시간이었다.

허리에 감긴 이도의 허벅지를 천천히 손으로 쓸어 올린 은유가 그녀의 엉덩이를 꽉 움켜잡았다. 그 결에 이도의 미간이 움찔거렸다. 파르르 떨리던 속눈썹이 깜빡거렸다. 아직 잠에서 제대로 깨어나지 못해 몽롱한 모양이었다. 그런 이도의 귓불을 은유가 장난스럽게 살짝 깨물었다. 밉지 않게 인상을 찡그린 이도가 귀를 깨무는 무뢰한을 찰싹 때렸다.

“아.”

태어나서 뺨을 맞은 건 처음이었다. 그것도 사랑하는 여자에게 귓불을 깨물었다는 이유로 맞았다.

“하아.”

기막혀 절로 헛웃음이 터져 나왔다. 제가 무슨 짓을 한 것인지도 모르고 잠에서 깨 칭얼거리며 눈을 비벼대는 이도를 은유가 가늘게 눈을 뜬 채 내려다봤다. 그의 눈썹이 한쪽만 꿈틀거렸다.

“어제도 자기가 먼저 덮치고, 오늘도 자기가 먼저 건드려 놓고, 거기에 친절하게 응해준 내게 지금 따귀를 날린 거야?”

“으응…….”

이도가 가물거리는 눈을 떠 은유를 바라보았다. 정신도 차리기 전에 그녀의 손은 이미 자동으로 그의 몸을 더듬고 있었다. 터치도 어찌나 과감한지 한 치의 머뭇거림도 없이 그의 몸 곳곳을 쓸고 문질러 댔다. 엉덩이의 골까지 아무 거리낌 없이 파고드는 이도의 발칙한 손을 은유가 덥석 붙잡아 저지시켰다.

“응?”

은유가 잡은 손을 이도의 눈앞에서 마구 흔들었다. 그제야 잠에서 완전히 깬 듯 이도가 길게 하품을 하며 물끄러미 제 손을 바라보았다.

“너는 되고 나는 안 되고. 그건 너무 불공평한 거 아니야?”

“무슨 소리예요?”

은유에게 손목이 잡힌 채 마치 목 비틀린 닭처럼 힘없이 흔들리는 손을 의아하게 쳐다보며 이도가 고개를 갸웃했다. 도무지 무슨 말인지 모르겠다는 순진한 얼굴이었다. 금방 전에도 엄한 짓을 서슴없이 저질러 놓고 난 그런 거 전혀 모른다고 발뺌하면 그게 통할 거라고 생각했나? 어림없지.

"이거 보여?"

그가 이도의 손으로 제 볼을 두드렸다. 살짝 붉은 기가 도는 게 참 고왔다. 오호! 이도의 입술이 동그랗게 모이며 눈이 반짝 빛났다. 군침을 삼키라고 보라고 한 게 아닌데, 이도의 혀가 입술을 음험하게 핥았다. 자신이 얼마나 엄청난 짓을 저질렀는지 보고 반성 좀 하라고 했더니 입맛을 다시다니. 지켜보던 은유의 눈썹이 마뜩찮게 들썩였다.

"보고 뭐 느끼는 거 없나?"

"예뻐요."

"……예…… 뻐?"

"뭘 했기에 이렇게 볼이 예쁘게 물들었어요?"

"그건 이렇게 만든 것에게 물어보면 잘 알겠지."

"누가 이렇게 만들었어요?"

"알고 싶어?"

"네. 종종 이렇게 만들어달라고 해야겠어요. 때깔이 아주 예술이에요."

갈수록 가관이었다.

"종종."

"그런데 왜 한쪽만 이렇게 했어요? 볼은 두 갠데?"

이것도 이도만 할 수 있는 발상이었다. 붉게 물든 볼의 정체를 쉽게 알아채지 못하는 건. 그래, 설마 은유가 누군가에게 뺨을 맞는 말도 안 되는 일이 발생하리라고는 꿈에도 생각지 못해서 그렇다 치고. 하나는 왜 멀쩡하냐는 질문은 참 아무리 생각해도 기가 막혔다.

바디 대 바디로 대화를 하자고 했더니 이런 식으로 대화를 할 줄은 은유도 전혀 생각지 못했다. 여태 몰랐는데, 달토끼는 잠버릇도 섹스 못지않게 격한 모양이었다. 두 번만 피곤했다간 눈도 볼 못지않게 고운 색깔을 입게 될 것 같았다. 그의 눈썹이 보기 드물게 파들거렸다.

"그건 얘한테 물어봐, 왜 하나만 이렇게 만들었는지."

은유가 이도의 손을 흔들어대며 눈을 가늘게 빛냈다. 마치 네 죄를 네가 알겠느냐 신문하는 눈빛이었다. 물론 이도는 전혀 모르는 사실이었다. 하지만 추측은 가능했다. 잠결에 자신의 손이 은유의 뺨을 살짝 터치한 모양이었다. 살짝은 살짝인데 조금 붉게 물들 정도의 강도로.

"얘가 그랬어요?"

은유가 말없이 단호하게 고개를 끄덕였다. 이번엔 이도가 제 손을 흔들었다. 정신없이 흔들어대는 통에 손목을 잡고 있던 은유의 손도 따라 마구 흔들렸다. 은유의 눈이 동그래졌다. 이도의 다른 손이 제 손 위에 겹쳐지더니 목을 조르듯 제 손목을 졸라댔다. 은유의 손에도 압력이 가해졌다. 손의 크기 차이 때문에 제 손엔 미처 제대로 닿지도 못했다. 오히려 은유의 손을 옥죄는 꼴이 되고 말았다. 혹시 이거 다분히 의도적인 행동 아니야?

"그런다고 그 애가 죄를 깨닫겠어? 잡아 응징하려면 제대로 해야지, 이렇게."

은유가 이도의 양 손목을 낚아채 그녀의 머리 위로 결박했다. 제 몸을 지그시 누르며 의기양양하게 내려다보고 있는 은유를 이도가 놀란 눈으로 올려다보았다. 가늘게 내려뜬 눈으로 엄하게 이도를 직시하며 은유가 묵직하게 허리 아래를 기대왔다. 절로 방어 본능을 펼치며 움츠러든 다리 사이를 그가 무릎으로 벌려놓았다.

"치사하게 고작 잠결에 실수한 걸 가지고 얄밉게 걸고넘어진 다, 그렇게 생각했겠지."

"헙."

족집게다. 어디서 개인 교습이라도 따로 받나? 어떻게 매번 사람 얼굴만 보고 그렇게 생각을 딱딱 알아맞히지? 거참, 신기하네.

"지금이 감탄하고 있을 타임인가?"

"에? 그럼 뭘 할 타이밍이랍니까?"

"모른다니 친절하게 가르쳐 줄게. 몹시도 너그러운 여우가 달 토끼에게 제대로 실수를 만회할 수 있는 기회를 주도록 하지."

"만회요?"

그가 천천히 상체를 기울여 그녀의 입술을 눈으로 더듬었다. 은유가 흘려낸 뜨거운 숨결이 고스란히 이도의 입술로 스며들었다. 반사적으로 그 숨결을 한껏 들이마신 이도가 낮은 신음을 토해냈다. 그에 은유의 입가가 만족스럽게 말려 올라갔다. 그가 미끄러지듯 입술을 내려 이도의 귓가에 은밀하게 속삭였다.

"상황 판단 제대로 못하고 함부로 나댄 버릇없는 손을 대신해서 다른 곳이 사죄를 할 기회 말이야."

"다른 곳이오? 어떤 곳이오?"

"알몸인 남녀가 지극히 정상적인 형태로 바디 대 바디의 대화를 나눌 수 있는 곳."

"……?"

"정자와 난자가 만날 수 있는 유일한 통로를 결합시켜 주자는
말이야."

"……아."

은유의 말에 그의 페니스가 곧바로 신호를 보냈다. 불끈거리며
그녀의 은밀한 곳을 툭툭 쳐대는 그것을 이도가 슬쩍 엉덩이를 움
직여 맞대응해 줬다. 키득. 귓속으로 은유의 낮은 웃음소리가 스
며들었다. 그 간질거리는 자극에 엉덩이가 찌릿하게 움찔거렸다.
거기가 성감대였나? 이도의 생각을 읽은 듯 은유가 낮게 웃으며
혀로 그녀의 귓속을 날름 핥았다. 찌릿한 전율이 발끝까지 쭉 이
어졌다. 발가락이 절로 오므려졌다.

"으으음."

참을 수 없는 짜릿함에 신음이 절로 터져 나왔다. 발가락을 오
므린 채 몸을 뒤트는 작은 행동에 은유의 페니스도 자극을 받았
다. 일부러 그런 건 아니었지만, 그녀의 은밀한 부위가 은유의 페
니스에 문질러져 안 그래도 팽창한 그것이 참을 수 없다 발악을
해댔다.

"지금이야. 기회가 있을 때 적극적으로 대화를 시도해."

이도의 손을 풀어주며 은유가 그녀의 가슴으로 손을 내려 주물
거렸다. 가볍게 귓불을 깨물고 뜨거운 숨을 그녀의 목덜미에 흩어
내며 자잘하게 키스마크를 새겨 넣었다. 자유로워진 손으로 은유
의 뒷머리와 등을 쓸어내리며 이도가 열에 들뜬 숨을 내뱉었다.

가슴을 애무하던 손이 자연스레 미끄러지며 그녀의 은밀한 숲

을 헤집었다. 수풀 속에 숨어 있던 꽃잎이 그의 손길에 화끈 달아올랐다. 꽃잎을 만지작거리며 안으로 침범하는 손가락의 리드미컬한 움직임에 이도의 허리가 들썩였다. 꽃잎이 이슬에 흠뻑 젖어 경계를 허문 순간을 기다려 은유가 손가락을 빼고 페니스와 교대를 시도했다.

[이런, 벌써 시각이 이렇게 됐네. 아이코, 미적거리다 머니가 날아가게 생겼네. 서둘러야지. 엉덩이 들어! 안 그럼 머니 똥 된다 이.]

요란스레 제 존재감을 알리며 사이드 테이블 위 이도의 휴대폰이 열심히 종알거렸다. 움찔. 둘의 동작이 동시에 멈췄다. 알람도 어떻게 저런 걸 지정해 놨는지. 과연 달토끼답다 생각하며 은유가 아무렇지 않게 다시 합체를 시도했다. 다시 은유의 페니스가 이도의 꽃잎 속으로 들어서려는 순간, 이도가 그의 몸을 밀치며 벌떡 상체를 일으켰다.

"큰일 났다! 아침에 수술 잡혔는데. 깜빡했네."

후다닥 침대를 내려와 바닥에 아무렇게나 널브러진 옷가지들을 서둘러 몸에 끼워 넣으며 이도가 호들갑을 떨어댔다. 허공으로 은유의 옷이 휙휙 날아다녔다. 제 것을 찾느라 걸리적거리는 남의 옷은 마구 집어 던지고 있었다. 굳이 옷의 값어치를 매기자면 이도가 걸친 속옷과 청바지와 지금 막 집어 든 티셔츠를 모두 합해도 방금 허공을 날아 은유의 페니스 위에 안착한 그의 팬티 하나만도 못했다. 그 어마어마한 차이를 인지하지 못한 듯 이도는 은유의 아르만디 빈티지 티를 발로 질끈 밟고 선 채 핫도그가 그려진 제 티에 목을 꿰었다.

"지금 이게 뭐 하는 짓이지?"

침대에 짐짝처럼 내쳐진 은유가 기막힌 듯 팔짱을 끼고 불만스럽게 말했다. 그를 등진 채 사이드 테이블 위 휴대폰을 집어 든 이도가 일정을 확인하며 아무렇지 않게 대꾸했다.

"10시에 수술 잡혀 있어요. 늦으면 안 되는데 큰일 났네."

자신을 외면하고 등을 돌린 채 바쁘게 백팩을 둘러메고 휴대폰을 챙겨 넣는 이도의 태도가 영 못마땅했다. 자신은 항상 일보다 이도가 우선이었는데 이도는 지금 일이 우선이라고 몸으로 말하고 있었다. 그게 말이 돼?

"미루면 되잖아. 얘도 지금 급해."

은유가 아직도 불끈거리며 고개를 뻣뻣이 든 제 페니스를 턱으로 가리켰다. 퉁명스러운 은유의 목소리에도 이도는 고개조차 돌리지 않았다.

"빨리 수술하지 않으면 온 동네 암캐들이 죄다 임신하게 생겼다니까요."

"임신?"

"인간으로 치자면 최상급 카사노바 정도 되는 놈이라 번개에 콩 볶듯이 순식간에 여자를 덮치거든요."

"최상급 카사노바?"

개의 세계에도 그런 것이 존재한단 말인가? 신기하고 놀라운 사실이었다. 한쪽 눈썹을 들썩인 은유가 포커페이스를 유지한 채 툭 던지듯 물었다.

"무슨 수술인데?"

"중성화 수술요."

"중성화?"

"개 정자네 집을 싹둑 절단하는 거죠. 다신 껄떡거리지 못하도록."

손이 절단용 가위라도 되는 듯 이도가 검지와 중지를 척 들어 뭔가를 싹둑 자르는 시늉을 했다. 순간 정말 손가락 사이에 날카로운 칼날이 번뜩이는 환영을 봤다. 은유가 저도 모르게 몸을 흠칫 떨었다.

"오늘 건 킵해둡시다. 원수는 나중에 갚아드리죠."

은원을 들먹이며 이도가 서둘러 침실을 빠져나갔다. 곧 현관문 열리는 소리가 들리고 문의 잠금장치가 걸리는 소리까지 이어졌다. 꿀꺽. 난생처음 마른침이라는 걸 삼켜보았다.

"흐음."

일부러 긴장을 숨기며 은유가 낮게 숨을 내쉬었다. 여전 불끈거리는 페니스를 얇게 노려보던 은유가 팔짱을 풀고 손가락으로 페니스를 콕 찍어 명령했다.

"지금은 아니라잖아. 참아."

팬티를 뒤집어쓴 채로 고집스럽게 우뚝 솟아 있는 페니스를 못마땅하게 흘기며 은유가 짜증을 냈다.

"아무 데나 껄떡거리는 건 품위 있는 행동이 아니야."

나무라는 소리에도 페니스가 불량스럽게 불끈거리며 애액을 흘렸다.

"야, 침 뱉지 마."

벌떡 상체를 일으킨 은유가 팬티를 걷어내고 검지로 거만하게 페니스를 꾹 짓눌렀다. 노려보는 눈길이 매서웠다. 불만은 너만 있는 게 아니라는 듯 무척 엄한 표정을 짓고 있었다.

"죽어 있어. 안 그럼 너도 정자네 집 털릴지 몰라."

서서히 힘이 빠지는 페니스가 안쓰러운 듯 짧게 혀를 찬 은유가 조금 너그러워진 톤으로 다독이듯 말했다.

"괜찮아. 달토끼는 또 금방 불타오를 거야. 얌전히 기다리면 우린 아주 황홀한 시간을 보낼 수 있어."

고개를 끄덕이며 긍정의 오라를 불태우던 은유가 문득 움직임을 멈추고 턱을 천천히 쓸었다. 뭔가 이건 아닌데 하는 표정이 역력했다. 평소 자신이 조금 제멋대로이긴 했지만 이 정도로 이상하진 않았다. 페니스와 대화를 나누다니. 이런 정신 나간 놈을 봤나.

"음. 달로 가는 게 아니었어. 토끼를 사막으로 유인하는 건데. 실수했어. 바보 바이러스가 옮아버렸어."

절레절레 고개를 흔들던 은유가 침대에서 내려서 욕실을 향해 성큼성큼 걸어갔다. 달토끼와 있다가 이상한 게 물들어 버렸다. 미친놈처럼 혼잣말은 하지 말아야지. 욕실 문을 여는 은유의 입에서 짙은 신음이 흘러나왔다.

핑. 탁. 핑. 탁.

라이터의 불빛이 형광등 아래 아른거리다 사라지기를 반복했다. 자신의 집무실 책상에 앉아 은유는 습관처럼 지포라이터를 켰다 끄며 깊은 생각에 잠겨 있었다. 의자에 몸을 기댄 채 창 쪽으로 돌아앉아 있던 은유는 라이터를 닫고 가만히 엄지로 입술을 쓸었다.

"이상하게 자꾸 눈에 밟힌단 말이야."

갸웃 고개를 기운 은유의 눈이 뭔가를 떠올리듯 그윽해졌다. 얼마 전 꿈에 나타났던 아이가 자꾸만 그의 머릿속을 맴돌고 있었다. 어딘가 낯이 익은 눈이라고 생각했던 건 이도의 눈에서 그 원인을 찾을 수 있었다. 어딘가 호기심 왕성한 순진한 눈이 판박이처럼 닮아 있었다.

"쯧. 기분 나쁘게."

왜 남의 여자와 똑같은 눈을 하고 그렇게 깜찍한 표정으로 말도 안 되는 요구를 할 수 있느냔 말이다. 꿈이라곤 해도 너무 기분이 나빴다. 다른 것도 아니고 배라니, 왜 하필 배란 말인가? 손이나 발 뭐, 이런 신체에서 멀찍이 떨어진 것들이 아니고 말이다.

"무슨 생각을 그렇게 골똘히 하고 계십니까?"

언제 들어선 것인지 우철이 허리를 굽힌 채 조심스럽게 은유의 귀 가까이 다가와 나직하게 속삭였다. 무심히 고개를 돌렸다가 맞닿을 듯 너무 가까이 있는 우철의 얼굴에 화들짝 놀란 은유가 몸을 흠칫하며 반사적으로 주먹을 휘둘렀다.

퍽 소리와 함께 우철의 고개가 반대편으로 꺾였다. 잠깐의 정적 뒤 천천히 고개를 돌린 우철의 코에서 피가 쭈욱 흘러나왔다. 그것을 무심히 손으로 쓱 문질러 닦은 우철이 게슴츠레한 표정으로 은유를 바라보았다. 아주 불량스러운 태도였지만 은유는 너그럽게 그걸 콕 집어 지적하지 않았다. 은유의 손가락엔 날개반지가 끼워져 있었고, 손안엔 방금 전까지 가지고 놀던 지포라이터가 쥐어져 있었다. 꽤 아팠을 것이다. 방금 펀치를 날린 손을 물리며 그가 자세를 바로잡고 심드렁하게 말했다.

"그러게 왜 갑자기 얼굴을 들이대고 그래?"

“아무리 불러도 대답이 없으시기에 좀 더 잘 들리시라고 그랬습니다.”

불퉁한 우철의 답변에 은유가 가늘게 눈을 떴다. 저게 요즘 부쩍 대드는 빈도가 잦아졌다. 빛난지, 비었단지 하여튼 간이 배 밖으로 나온 왕 간이란 놈과 만나더니 따라 간이 커진 모양이다. 한번 봐줬으면 눈치껏 고분해져야 하는데 삐치기 좋아하는 계집애처럼 우철은 쉽게 시크함을 되찾지 못했다.

“너.”

빙글 책상 쪽으로 돌아앉은 은유가 무미건조한 얼굴로 우철을 직시했다. 마주한 우철의 눈이 슬쩍 그의 시선을 회피했다. 그가 손가락을 까닥여 부르자 우철이 마지못해 고개를 숙였다. 눈높이에 맞춰진 우철의 머리를 쓱쓱 쓰다듬으며 은유가 고저 없는 목소리로 말했다.

“그렇게 계속 유치찬란하게 굴면 정말 여자가 되고 싶은 걸로 간주하고 소원 성취할 수 있게 만들어주겠어.”

말뜻은 제대로 알아들을 수 없었지만 음침하기 그지없는 은유의 목소리에 등골이 송연해졌다. 우철이 고개를 갸웃 기울이며 조심스럽게 물었다.

“어떤 소원 성취를 말씀하시는지?”

“알고 싶어?”

말끝이 살짝 올라간 것이 몹시 위험하게 느껴졌다. 따라 매끄럽게 치켜 올라간 은유의 한쪽 입매에 마른침이 꿀꺽 삼켜졌다. 괜한 걸 물은 것 같았다. 답을 들으면 후회할 것이 분명했다. 마주친 눈이 서로 다른 의미를 담아 반짝거렸다. 그 누군가에게는 한없이 자상하지만 그를 제외한 사람들에겐 사악하기 그지없는 은유였다. 우철이 잠시 그걸 간과하고 있었다.

"아닙니다."

"진짜?"

은유의 눈썹이 한쪽만 묘하게 꿈틀거렸다. 알고 싶잖아. 내가 아주 친절하게 알려줄게. 중성화 수술을 아주 기막히게 잘하는 의사도 알고 있는데. 망설일 것 없어. 램프의 지니도 아닌데 내가 이뤄준다잖아. 어둠 속에서 먹이를 찾는 맹수의 눈처럼 음험하게 빛나는 은유의 눈에 우철이 절로 움찔해 도리질을 쳤다.

"소원 같은 거 없습니다. 전 이대로가 제일 좋습니다."

"정말이야?"

"네."

"난 지금의 네가 무척 마음에 안 드는데, 넌 네 모습이 좋단 말이지."

"아닙니다. 앞으로 더 진중해지도록 노력하겠습니다."

우철이 깊이 고개를 숙이며 진지하게 답하자 그제야 은유가 고개를 끄덕였다.

"뭐, 네가 정 그렇다면 할 수 없지."

가뿐하게 자리를 털고 일어난 은유가 입구로 걸어가자 우철이 가늘게 그를 흘기며 뒤따랐다. 치사하게 자기는 유치함의 정점을 찍고 있으면서 다른 사람이 그러는 건 꼴 보기 싫다니. 속도 어찌 저리 용졸한지. 속으로 실컷 은유를 곱씹고 있는데 앞서 걷던 그가 갑자기 우뚝 걸음을 멈추고 우철을 돌아봤다. 지레 찔끔한 우철이 눈을 크게 뜨고 숨을 급히 들이켰다.

"너."

"네."

"아까 할 말 있다고 하지 않았었나?"

"아."

은유에게 휘둘려 자신이 그를 찾은 이유를 잠깐 잊고 있었다. 재빨리 정신을 수습한 우철이 용건을 꺼냈다.

"회장님께서 5시까지 댁으로 들어오시랍니다."

"왜."

단박에 불쾌함을 숨기지 않고 은유가 까칠하게 물었다. 그럴 줄 알았다는 듯 이번엔 담담하게 우철이 이 회장의 다음 말을 전했다.

"저녁 함께 하자십니다."

"밥을 왜 굳이 같이 먹어, 소화 안 되게. 그냥 각자 먹고 전화 통화만 간단히 하자고 해."

"흠. 거기에 대한 답변도 있는데 들으시겠습니까?"

은유의 반응을 미리 예측한 건 비단 우철만은 아니었다. 은유가 아무리 날고뛰어도 제 손바닥 안이라고 이 회장은 늘 자부하고 있었다. 이번에도 그의 예측은 딱 들어맞았다. 은유가 미간을 좁힌 채 시큰둥하게 고개를 끄덕이자 우철이 기다렸다는 듯 이 회장의 말투를 흉내 내며 말했다.

"나야, 네놈 안 오면 아가랑 오붓하게 데이트하고 좋지. 됐다 그래."

유독 네놈이란 단어를 힘주어 말한 우철이 뻔뻔하게 말을 끝내곤 절대 제가 지어낸 말이 아니라 발뺌을 했다.

"라고, 그대로 전하라 하셨습니다."

못마땅함이 역력한 얼굴로 눈썹을 들썩인 은유가 한참 우철을 노려보다 몸을 돌렸다. 복도를 걸으며 그가 휴대폰을 꺼내 어딘가로 전화를 걸었다. 그 대상이 누군지는 충분히 예상할 수 있었다. 복도를 지나치던 직원들이 그에게 인사를 건넸지만, 그는 눈조차 맞추지 않았다.

"달토끼, 어디야?"

역시. 달토끼의 위치 파악이 먼저였다. 활발하고 유쾌한 이도의 목소리가 휴대폰 너머까지 들려왔다.

[아버님이랑 드라이브 중이에요. 꺄아아.]

좋아서 그러는 건지 겁을 먹어 그러는 건지 모호한 비명이 은유의 귓속을 파고들었다. 엘리베이터에 오른 은유가 목을 이리저리 꺾자 우두둑 소리가 났다. 섬뜩한 뼈 소리에 타고 있던 직원들의 눈이 휘둥그레졌다. 묘한 긴장감이 감도는 가운데 은유가 매끄럽게 입술을 끌어 올리며 다정히 물었다.

"영감이랑 드라이브?"

얼마 전 겨우 아버지를 아버지라 부르기 시작한 은유가 다시 이 회장을 영감이라 불렀다. 그의 심기가 매우 불편하다는 뜻이었다. 그에게는 오붓하게 드라이브를 즐기는 보기 좋은 고부가 아니라 자신의 여자를 중간에서 가로채 간 불한당으로밖에 생각되지 않았다. 그래서 나오는 호칭이 불경스러울 수밖에 없었다.

[아버님이 맛있는 거 사주신대요. 은유 씨도 조금 있다가 오기로 했다면서요?]

영감, 어디서 꼼수를 부리시나. 이도를 붙잡고 있으면 내가 순순히 만나줄 거라 생각한 모양이지? 어림 반 푼어치도 없는 소리.

난 절대 거기에 말려들지 않겠어. 이를 빠득거리며 은유가 주먹을
불끈 쥐자 긴장감이 배로 증가되었다.

"난 절대 안 가."

[에? 왜요?]

"가기 싫으니까."

[맛난 거 사주신다는데요?]

"그 곱절로 내가 사줄 테니까 너도 이리 와."

쓸데없는 소모전이 계속 이어졌다. 옥신각신 오니 마니 실랑이
를 벌이는 그의 등 뒤로 어둠의 그늘이 짙게 드리웠다.

얼마 되지 않는 시간을 같이 엘리베이터를 타고 내려오면서 함
께 있던 직원들은 수명이 반은 줄어드는 듯한 느낌을 받았다. 다
음 층에서 문이 열리자마자 직원들이 그에게 인사를 하며 우르르
내렸다. 아마도 그중 절반 이상이 자신이 가고자 하는 층이 아닌
곳에 내렸을 것이다.

문이 닫힌 엘리베이터 안에는 은유와 우철만 덩그러니 남겨졌
다. 우철이 심술 난 아이처럼 투덜거리는 은유의 등을 쏘아보며
들리지 않게 혀를 찼다. 누구더러 계집애가 어쩌고 하더니 자긴
철부지 애랑 하나 다를 게 없어 보였다. 어느새 떼쓰기 전문이 되
어버린 은유를 한심하게 바라보며 우철이 고개를 절레절레 흔들
었다. 그 범접하기 어려운 카리스마는 대체 다 어디다 버리고 온
것인지. 요즘의 은유를 보고 있으면 혀가 절로 내둘러졌다.

"하긴, 동성애보단 이게 백배 낫지."

은유가 동성애자라고 착각하며 맘고생을 했던 것이 떠오르자
또다시 감정이 북받쳐 울컥했다. 비록 지금은 닭살이 폴폴 날리고

손발이 오글거리긴 해도 이게 어디냐 싶었다. 히죽. 웃음을 머금은 우철이 가볍게 어깨를 으쓱했다. 옛 선조가 그런 말을 했다 하지 않던가. 이런들 어떠하리. 저런들 어떠하리. 본인이 행복하다면 그걸로 된 거 아닌가.

오랜 시간을 홀로 고독 속에서 지내왔던 사람이었다. 이 정도는 충분히 감내해 줄 수 있었다. 우철이 혼자 생각을 정리하며 마음을 다잡는 사이 앞에선 은유의 머리에선 스팀이 폴폴 올라오고 있었다.

[오라면 오는 게지 무슨 말이 그리 많아. 사내자식이 좀스럽게. 끊어.]

"좀……."

어느새 이도의 전화를 낚아챈 이 회장이 은유를 비웃듯 신랄하게 쏘아붙였다. 이마 위로 빠직 힘줄이 돋은 은유가 지끈거리는 관자놀이를 문지르며 억눌린 신음을 흘려냈다. 좀스럽기로는 타의 추종을 불허하는 이가 바로 이 회장이 아니었던가. 꼬장꼬장하게 사람의 허파를 수시로 뒤집어 속에서 천불이 나게 만드는 고약한 취미생활을 즐기던 사람이 이제 와서 아닌 척 오히려 은유에게 좀스럽다고 말한다. 어이상실이다.

"그냥 보내시죠."

이를 악다문 은유의 말에 이 회장이 피식 웃음을 터트렸다. 좋은 말로 할 때 그러는 게 좋을 거라는 식의 은유의 협박성 발언이 무척 가소로웠던 모양이다. 이 회장의 웃음소리에 은유의 입가가 파르르 떨렸다. 보이지 않는 묘한 기류가 아슬아슬하게 둘 사이를 오가고 있었다. 그 빳빳한 경계를 끊어낸 건 이 회장이었다.

[싫다.]

뚝. 단 한 마디만 남기고 전화가 끊겼다. 잠시 무서운 정적이 흘렀다. 뒤에 선 우철도 이번엔 바짝 긴장해 뒤로 주춤 물러섰다. 휴대폰을 쥔 손에 힘이 들어갔다. 후우. 깊게 심호흡을 한 은유가 눈을 감았다 뜨며 감정을 추슬렀다. 그가 천천히 휴대폰을 내려 단축번호를 눌러 귀에 댔다. 신호 대신 듣고 싶지 않은 맹랑한 여자의 목소리가 들려왔다.

[전화기가 꺼져 있어.]

다 듣고 싶지도 않았다. 전원을 끈 은유가 엘리베이터 문을 무섭게 노려보았다. 지금 당장 열지 않으면 널 죽여놓겠다고 마치 협박을 하는 것 같았다. 정말 엘리베이터가 겁에 질리기라도 한 듯 부르르 몸을 떨더니 문을 활짝 열어젖혔다. 열린 문으로 성큼성큼 나서는 은유를 따라 멀뚱히 엘리베이터를 바라보던 우철이 황급히 지하주차장으로 걸어갔다.

자신의 차로 거침없이 다가선 은유가 우철을 기다리지 않고 운전석에 올라 시동을 걸었다. 뭔가 단단히 화가 치민 얼굴이었다. 예의 그 포커페이스를 고수하며 차를 출발시킨 은유가 우철의 앞을 쏜살같이 지나쳤다. 혼자 남은 우철이 완벽하게 시야에서 사라진 은유의 흔적을 쫓았다. 우두커니 서 있던 그가 잠시 후 머리를 흔들며 정신을 수습했다.

"요즘 난 완전히 찬밥이군."

숨을 깊게 들이쉬며 입맛을 쩝 다신 우철이 터벅터벅 왔던 길을 걸어가다 우뚝 멈춰 주머니에서 휴대폰을 꺼내 들었다. 액정을 한참 내려다보며 뭔가 망설이던 그가 결심을 굳힌 듯 누군가에게 전화를 걸었다. 이 시각 그와 같은 신세가 되어 있을 인물이 떠올라 서였다. 동병상련의 아픔을 함께 나누고자 그는 전화기 저편에서 들려오는 익숙한 콧소리에 무뚝뚝하게 반응했다.

[어머! 우철 씨.]

"한가하실 것 같아서."

[음. 좀 바쁘긴 한데.]

어라. 팅기는 건가? 이마를 긁적인 우철이 들리지 않게 한숨을 푹 내쉬며 말했다.

"아, 그렇습니까. 전 그냥."

[남자가 왜 그렇게 박력이 없어요? 이젠 좀 솔직하게 말할 때도 되지 않았어요?]

"네?"

[나 너랑 같이 있고 싶다. 지금 당장 만나자. 이 말 하고 싶었던 거 아니에요?]

"아, 음."

이미 수많은 아방궁을 전전하며 육체적인 정을 한껏 쌓았음에 도 우철은 매번 왕 간호사를 만날 때마다 쑥스러워했다. 생긴 걸 로 봐선 여자 경험도 참 많을 것 같은데 선뜻 먼저 여자를 리드하 지는 못했다. 그래서 여태 왕 간호사에게 끌려다니다시피 하고 있 었다. 어찌할 바를 모르고 머뭇거리는 우철의 태도에 왕 간호사가 혀를 찼다. 그 짧고 단순한 반응에 우철이 움찔 동작을 멈췄다. 남 자들의 세계에선 은유 못지않게 카리스마 넘치는 우철이었음에도 이상하게 왕 간호사 앞에만 서면 이러지도 저러지도 못하고 갈팡 질팡거렸다.

[아니면 내가 싫은 거예요? 그냥 심심풀이로 만나는 거예요?]

우철의 표정이 심각하게 굳었다. 왕 간호사의 말에 왠지 모르게 속이 화르륵 타올랐다. 평소의 그답지 못하다는 건 그만큼 그녀가 특별하다는 의미였다. 그런데 그걸 그녀가 느끼지 못한다면 이건 좀 심각한 문제였다.

"빛나 씨, 거기 딱 대기하고 있으십시오."

[네?]

"제가 말발은 좀 달려도 달리 잘하는 게 있습니다. 그걸로 확실한 믿음을 심어드리겠습니다."

[말 말고?]

역시 이럴 때만 과도하게 눈치가 빠른 왕 간호사였다. 벌써 말에 웃음기가 가득했다. 우철은 명령하듯 간결하게 말하고 전화를 끊었다.

"대기."

오늘 아방궁 커플의 위력을 확실하게 느끼게 해줄 테다. 불끈 주먹을 쥐고 다짐하는 우철의 눈이 보기 드물게 화끈하게 불타올랐다.

폭풍 속을 뚫고 온 듯 심상찮은 기세로 들어선 은유를 이도가 멀뚱히 올려다보았다. 신나는 드라이브를 마치고 막 이 회장의 저택에 도착해 소파에 앉은 참이었다. 도우미 아주머니가 내주신 주스를 들어 입에 가져가다 말고 거칠게 문 열리는 소리와 함께 어느새 제 옆에 우뚝 선 은유를 신기한 듯 바라보았다.

"지붕 안 무너진다. 앉거라."

이 회장의 느긋한 말에 은유가 날카롭게 그를 돌아보았다. 절로 이가 악다물어졌다. 빠득 이 가는 소리를 내며 노려보고 선 은유를 향해 이 회장이 신고 있던 슬리퍼를 냅다 던졌다. 은유가 살짝 고개를 틀어 피하자 이 회장이 입을 삐죽거렸다.

"이런 식의 무단점유는 사절입니다."

"내 며느리도 돼. 너만 소유권 있는 거 아니야."

"소유는 배우자에게만 있는 겁니다. 착각하지 마십시오."

"그래? 그래도 만나고 안 만나고는 당사자 마음이지. 안 그러냐, 아가?"

둘의 이런 모습에 익숙한 이도는 느긋하게 주스를 마시다 말고 이 회장의 부름에 눈을 동그랗게 떴다. 귓등으로 말을 흘려들어 무슨 말을 해야 할지 몰라서였다.

"네?"

"오늘 이 아비랑 만나서 즐거웠지? 그렇지?"

"네, 기분 전환 제대로 했습니다."

답변도 시원시원하니 이 회장의 마음에 딱 들게 하는 이도가 어찌나 예뻐 보이는지 와락 껴안아주고 싶은 마음이 굴뚝같았다. 하지만 그 생각은 현실로 이어지지 못했다. 이도가 또롱또롱한 눈으로 말을 이어가는 사이 환하게 입을 벌리며 점점 다가서는 이 회장을 은유가 온몸으로 막아냈다.

"앞으론 부른다고 막 나가지 마."

이 회장에게 말할 때완 판이하게 다른 부드럽기 그지없는 말투로 타이르며 은유가 이도의 곁에 앉았다. 보란 듯 이도를 품에 안는 은유를 이 회장이 얄밉게 쏘아보았다. 이왕 상황이 이렇게 된 거, 잠깐 앉았다 가기로 마음을 먹었는지 은유는 이도 옆에 찰싹 달라붙어 꿈쩍도 하지 않았다. 안 온다고 버티던 놈이 이제는 사람 염장을 있는 대로 지르고 있었다.

"배고파요, 아버님."

"오냐, 오냐, 벌써 주방에 말해뒀다. 준비 다 됐을 게다."

이도의 아버님 소리에 또 금세 헤벌쭉해져서는 사람 좋은 얼굴로 이 회장이 고개를 끄덕였다. 집안 살림을 도맡아 보는 권 집사를 불러 채근을 하자 그의 성격을 잘 아는 권 집사가 이미 준비가 다 되었다며 그들을 식탁으로 안내했다.

식탁에서의 자리싸움도 치열했다. 서로 이도의 옆자리를 차지하려고 보이지 않는 눈치 싸움을 해댔다. 결과는 물론 집념의 사나이 은유의 승리였다. 은근슬쩍 이도와 나란히 앉으려고 가까이 따라붙는 이 회장을 견제하며 은유가 당연하다는 듯 이도를 앉히고 그 옆에 앉았다. 닭 쫓던 개 지붕 쳐다보듯 아쉬움 가득한 눈으로 이도를 바라보던 이 회장이 괘씸하다 은유를 노려보곤 할 수 없이 맞은편 자리에 앉았다.

"와아! 완전 진수성찬이에요."

이도의 환하게 빛나는 얼굴에 또 사르르 녹아내린 이 회장이 반색을 하며 어서어서 들라며 맛난 것들을 이도 앞에 몰아주었다. 그 와중에도 넌 네가 알아서 먹어 하며 구박의 눈빛을 잊지 않고 은유에게 날려주었다. 그에 아랑곳하지 않고 이도가 제일 좋아하는 갈비를 하나 집어 든 은유가 다정스럽게 이도 앞에 그것을 내밀었다.

"앙."

이도 사전에 음식에 대해 절대 거절은 없었다. 앙증맞은 애교까지 곁들이며 한입에 갈비를 받아 맛나게 오물거리는 이도의 모습에 둘의 시선이 집중되었다. 어쩜 저리도 예쁠까. 먹성도 어찌나 좋은 지, 지켜보는 사람까지 그 맛을 느낄 정도로 아주 맛나게 먹었다. 황홀함에 빠진 이 회장이 서둘러 맛깔스런 육회를 집어 들었다.

"자, 아가."

육회는 이도의 입 가까이 가기도 전에 시야에서 완벽히 사라졌 다. 순식간에 몸을 일으킨 은유가 육회를 단숨에 집어삼켰기 때문 이다. 멍하니 빈 젓가락을 바라보던 이 회장의 얼굴이 와락 구겨 졌다.

"이 썩을 놈!"

"우욱."

욱한 건 이 회장인데 실제로 욱 소리를 낸 건 은유였다. 버럭거 리며 은유를 단죄하기 위해 수저를 들던 이 회장의 손이 허공에서 멈췄다. 쇼를 해서 위기를 모면할 정도로 약은 놈은 아니었다. 육 회가 상한 건가? 이 회장의 눈이 곧장 육회로 향했다. 그동안에도 은유의 헛구역질은 계속 이어졌다.

"우욱. 우욱."

"어라? 왜 그래요? 육회가 이상해요?"

"욱. 비려."

말하는 것조차 고통스러운 듯 입을 막은 채 간신히 맛을 평가한 은유가 자리를 박차고 일어나 화장실로 직행했다. 쌩 하니 사라진 은유를 뒤로하고 남은 이도와 이 회장은 동시에 육회를 집어 입으 로 가져갔다.

"맛있다."

이도의 짧은 감탄사에 이 회장도 공감을 표하며 고개를 끄덕였다. 육회는 감칠맛이 아주 끝내주는 최고의 음식이었다. 이게 비리다고? 이 회장의 고개가 갸웃 기울었다. 은유가 입이 짧긴 해도 음식을 가리는 성격은 아니었다. 육회를 원래 못 먹는 것도 아니었다. 그럼 대체 왜 저러는 걸까?

"아가, 너는 괜찮은 게냐?"

눈치하면 이수근이었다. 그의 의심의 화살이 이번에는 이도에게 날아가 꽂혔다. 이상하다를 연신 쫑알거리며 육회를 벌써 반 접시나 비워낸 이도가 멀뚱히 이 회장을 바라보았다.

"저요?"

"그래. 아가, 넌 뭐 이상한 거 없느냐?"

젓가락을 입에 물고 곰곰이 뭔가를 생각하던 이도가 유쾌하게 고개를 저었다.

"아니요. 전 괜찮습니다."

"흐음. 그래?"

"네."

씩씩하게 이도가 양팔을 들어 보디빌더 같은 자세를 해 보이는 사이 은유가 입을 꾹 다문 채 다시 자리로 돌아왔다. 물을 한 모금 머금는 그를 이도가 걱정스레 바라보았다.

"속은 좀 나아졌고?"

유심히 은유의 얼굴을 살피며 이 회장이 물었다. 잠시 사이 얼굴이 해쓱해져 있었다. 몹시 괴로웠던 모양이다. 이 회장의 얼굴은 보지도 않고 수저를 들어 얼큰하게 보이는 국을 한 수저 떠 넣었다. 일 초도 되지 않아 은유의 얼굴이 찡그려졌다. 뭔가를 참아

보려는 듯 입을 꾹 다물고 안간힘을 쓰던 그가 잠시 후 다시 자를 박차고 나갔다.

"안 좋은 모양이군."

뭐가 그리 기분 좋은지 수저를 들어 국을 떠먹는 이 회장의 얼굴에 만족스런 미소가 떠올랐다. 역시 얼큰한 게 맛이 아주 좋은 아욱국이었다.

"아가, 내일 이 아비랑 데이트 좀 하자꾸나."

"내일요?"

"그래, 잠깐만 시간 좀 내주면 좋겠구나."

"네."

잠깐이라고 간절한 눈빛으로 말하는 데는 차마 거절할 수가 없어 이도가 고개를 끄덕였다. 그에 히죽 입꼬리를 치켜 올린 이 회장은 연신 맛나다를 남발하며 정말 맛있게 저녁을 먹었다.

왔던 것과 달리 한껏 초췌해진 모습으로 돌아가는 은유를 보기 드물게 다정하게 배웅하며 이 회장은 신나게 손을 흔들었다. 멀리 사라지는 은유의 차를 눈으로 좇던 이 회장은 차가 시야에서 완벽하게 사라지자 덩실덩실 춤을 췄다.

"크하하하! 얼씨구 좋다. 지화자 좋다. 이놈아, 이번엔 내가 이겼다."

기쁨에 찬 환성을 내지르며 정원을 가로지른 이 회장이 달을 향해 손 키스를 마구 날려주었다. 그의 예감을 항상 적중률 100%였다. 이번에도 절대 빗나가는 일은 없을 것이다. 손주였다. 오매불망 기다렸던 귀한 손주를 드디어 보게 되는 것이었다. 앞으로는 더더욱 금이야 옥이야 이도를 애지중지 아껴주어야겠다.

"원더풀!"

이도를 처음 보았을 때 외쳤던 말을 다시 한 번 외치며 이 회장은 달밤에 춤을 아주 열정적으로 추었다.

은유는 눈앞에 있는 것의 실체를 믿을 수가 없었다. 검은 바탕에 삼각형의 회색 뿔이 있고 그 안에 콩같이 작은 것이 있는 사진 비슷한 것이었는데, 그게 이도 말로는 태아 초음파사진이라고 했다. 태아? 그게 뭐지?

선뜻 자신이 들고 있는 것의 정체에 대해 받아들이지 못하고 고개를 갸웃하는 은유를 위해 이도가 친절하게 손가락으로 콩을 콕 찍어 설명해 주었다.

"이게 태아예요."

"태아?"

"당신의 정자와 내 난자의 합작품이라고 할 수 있죠."

"이게 지금 어디 있다고?"

"여기."

이도가 자신의 배를 손가락으로 가리켰다. 은유의 눈이 사진과 이도의 배를 번갈아 바라보았다. 이 콩만 한 것이 저 뱃속에 있다니, 도무지 믿어지지가 않았다. 배라. 배란 말이지.

문득 얼마 전에 꾸었던 꿈속의 맹랑했던 아이가 콩과 오묘하게 겹쳐졌다. '제가 바로 그 앱니다.' 라고 사진이 말하는 것 같았다. 그의 눈이 가늘게 떠졌다. 눈썹을 들썩이며 그가 낮은 신음을 흘렸다. 네가 그놈이냐?

"배 좀 빌려달라더니, 이런 식으로 무단점거를 했단 말이지."

“네?”

“아니야. 그래서 얼마나 됐다고?”

“한 달하고 삼 일 정도?”

“뭐야, 그럼 선 접수하고 후 통보를 했단 말이야?”

“네? 선 접수, 후 통보?”

“뭐, 그런 싸가지 없는 놈이 다 있어.”

“놈이오?”

고개를 절레절레 흔들며 커피를 집어 들어 한 모금 삼킨 은유가 인상을 썼다.

“맛이 왜 이래?”

“써요?”

“상한 것 같아.”

“커피가 상해요?”

“맛이 이상해.”

“아, 그거. 아버님이 입덧이래요.”

달칵. 잔을 내려놓던 은유의 손이 삐끗거렸다. 은유가 헛웃음을 터트리며 미간을 좁혔다. 그가 믿을 수 없다는 듯 다시 물었다.

“뭐라고?”

“입덧이오. 저 대신 은유 씨가 하는 거라고.”

“누가 뭘 해?”

“은유 씨가 입덧을 한다구요.”

“하하. 말도 안 돼.”

아니다 도리질 치며 보란 듯 커피를 다시 머금은 은유가 욱하며 혀를 날름 내밀었다. 정말 희한한 맛이었다. 뭐라 설명하기 어려운 맛이 커피에서 났다. 이게 정말 입덧이라고?

"원래 더 좋아하는 사람이 하는 거래요."

"……."

"은유 씨가 나보다 조금 더 날 좋아한단 말이죠."

좋아죽겠다는 듯 어깨를 깝죽거리며 이도가 신이 나서 말했다. 이런 날이 오리라곤 정말 상상도 못했다. 처음 은유를 만난 날 그가 난자는 튼튼하냐고 물었을 땐 정말 황당 그 자체였는데, 진짜 튼튼한 난자와 정자가 만나 아이를 만들어냈다. 그것도 무척 신기한 일이었지만, 더 좋아죽겠는 건 은유가 제 대신 입덧을 한다는 것이었다. 그 점에선 이 회장도 마찬가지로 무척 즐거워했다. 자신의 예상이 맞았다며 박장대소를 했는데, 그 모습을 은유가 안 본 게 천만다행이었다.

"하아."

털썩. 온몸에 힘이 빠진 듯 은유가 의자에 주저앉았다. 그도 그럴 것이 어제 이후 한 끼도 제대로 먹지 못했다. 커피는 그나마 나을까 싶어 마셨는데 그조차 마시기 거북스러웠다.

"이거."

이도가 은유의 책상 위에 검은 봉지를 꺼내놓았다. 은유가 심드렁하게 지켜보는 가운데 봉지에서 투명한 비닐을 또 꺼낸 이도가 그것을 까 속에 것을 손가락으로 집었다. 동그스름하고 납작한 것이 어디서 많이 보던 것인데 이름이 떠오르지 않았다. 은유의 얼굴에 떠오른 의문에 답하듯 이도가 소금을 찍어 그의 입 가까이 그것을 내밀며 말했다.

"순대예요."

“뭔 대?”

“순대.”

“이걸 왜?”

“배 여사, 아니, 저희 엄마가 저 가졌을 때 이것만 드셨대요. 이건 하나도 안 비리고 맛났다고. 한번 먹여보래요.”

“싫어.”

“왜요.”

“비주얼이 엔지야. 썩은 똥 같잖아.”

“에?”

순대를 썩은 똥이라고 지칭하는 건 또 처음이었다. 이 맛난 것을 그런 맛 떨어지는 것에 비유하다니. 냉큼 순대를 제 입에 넣고 오물거리며 이도가 아주 맛나게 씹어 삼켰다. 이어 두 개, 세 개. 이도의 입속으로 쏙쏙 사라지는 순대를 가만히 바라보던 은유가 아닌 척 슬쩍 손을 뻗었다. 이상하게 보고 있으니 군침이 꿀꺽 삼켜졌다. 하나를 집어 이도가 하던 대로 소금장에 찍어 조심스레 입에 넣었다. 괜찮다. 비릴 것 같은데 비리지 않다.

은유의 손이 빠른 속도로 순대를 집어 입속에 밀어 넣었다. 순대를 씹던 이도의 동작이 멈췄다. 못 먹겠다고, 썩은 똥이라고 순대를 폄하하더니 어찌 저리도 맛나게 먹는지.

“큭.”

곁에서 웃는 이도를 모른 척 은유는 남은 순대 하나까지 깔끔히 먹어치웠다.

“흠.”

폭풍 흡입 뒤에 오는 민망함이란 뭐라 말할 수 없는 쪽팔림을 동반했다. 머쓱해 일부러 헛기침을 한 은유가 주머니에서 지갑을 꺼내 수표 한 장을 내밀었다. 이도가 멀뚱히 그것을 쳐다보자 그녀의 손바닥에 척 하니 수표를 올리며 멋쩍게 말했다.

"잘 먹었어."

"다음엔 더 많이 사올게요."

"내가 가."

빙긋이 웃으며 수표를 흔드는 이도에게 은유가 단호한 투로 말했다.

"달토끼는 지금 임신 중이니까 사막여우가 움직이는 게 맞아."

"응, 그래요."

둘의 시선이 맞물렸다. 무표정하던 은유의 입가에도 스르르 미소가 떠올랐다. 곧 환하게 웃으며 와락 이도를 껴안아 올린 은유가 빙글빙글 맴을 돌았다.

"나오기만 해봐. 무단점거에 대한 죄를 아주 톡톡히 치르도록 하겠어."

"무단점거는 뭐예요."

"그건 나중에 요 녀석이랑 담판 지을 거야. 달토끼는 건강에만 신경 써."

"응?"

"아참."

잊고 있던 게 떠오른 듯 얌전히 이도를 소파에 내려놓고 자신의 책상 뒤 슈트를 걸쳐 놓은 곳으로 걸어간 은유가 뭔가를 꺼내 손에 들고 다시 이도에게로 다가왔다. 작은 상자를 손에 들고 나타난 은유가 그녀 앞에 한쪽 무릎을 꿇고 앉았다. 그리곤 상자 외에 함께 들고 있던 종이를 펼쳐 내밀었다.

"종신 계약서?"

"사인해."

"이게 뭐예요?"

난데없이 계약서를 내밀며 사인을 하라니. 그것도 말도 무서운 종신 계약을. 한 번 은유에게 당한 적이 있는 이도는 재빨리 손을 맞잡아 오므리며 경계 태세를 갖췄다. 의심 가득한 눈초리로 이도가 바라보자 은유가 엷게 웃으며 상자를 잘 보이도록 비스듬히 각을 잡아 열었다.

반지였다. 그것도 은유가 늘 손에 끼고 있던 것과 똑같은 모양의 날개반지였다.

"나랑 결혼해 줄래?"

"뭘 해요?"

"결혼."

"한 걸 또 해요?"

"얼렁뚱땅 날치기 일 년짜리 계약 말고 종신형 진짜 결혼 말이야."

"진짜?"

혼인신고까지 다 해 호적에 버젓이 이름까지 올린 마당에 가짜가 어디 있고 진짜가 어디 있단 말인지. 눈만 말똥거리며 저를 바라보는 이도의 손을 잡아 약지에 반지를 끼우며 은유가 감미롭게 속삭였다.

"결혼식하자, 성대하게."

"했잖아요, 결혼."

"식은 안 했잖아. 해. 내일 당장."

손에 끼워진 반지를 내려다보며 고개를 갸웃한 이도가 시선을 들어 은유와 눈을 맞췄다. 진심이 깃든 진지한 은유의 두 눈에 자신의 모습이 비쳤다. 한참을 은유의 눈동자를 바라보던 이도가 반지를 낀 손을 쫙 펼쳐 진지하게 바라보곤 선심 쓰듯 말했다.

"그러죠, 뭐. 이왕 콩까지 심었는데 못할 것도 없죠. 합시다, 종신 계약."

시원하게 허락하는 이도를 와락 품에 안은 은유가 안도의 한숨을 내쉬었다. 내내 불안했던 모양이다, 혹시 이도가 자신의 청혼을 거절할까 봐. 당최 어디로 튈지 모르는 달토끼라 예측이 불가능했다. 그래도 순순히 잡혀주어 얼마나 고마운지 모른다. 그녀의 입술에 입을 맞추며 뜨거운 고백을 대신한 은유가 거친 숨을 내쉬며 매혹적으로 입꼬리를 말아 올렸다.

"축하해, 달토끼. 사막여우의 전부가 된 걸."

그의 입술을 다시 취하며 이도가 달콤하게 동의했다.

"미투."

통유리 너머 희미한 낮달이 그들의 모습을 몰래 훔쳐보았다. 누구 덕에 맺어진 인연인데 그냥 넘어가면 가만두지 않겠다 단단히 벼르는 듯했다. 같이 세운 밤이 얼만데 설마 모른 척하진 않으리라. 앞으로도 쭉 죽을 때까지 함께해야 하는 사이니 좀 친하게 지내봅시다.

어둠은 절대 달을 삼키지 못하니까.

　도시의 밤은 하늘의 별보다 더 화려하게 반짝이는 불빛들로 밤 하늘의 진정한 아름다움을 볼 수 없었다. 하지만 이곳은 하늘을 물들인 무수히 많은 별들을 직접 감상할 수 있었다. 그것까진 좋았다. 별만 보며 저 별은 너의 별, 저 별은 나의 별 노닥거리다 가는 거라면 이렇게 심기가 불편해지진 않았을 것이다.

　한 달에 한 번은 꼭 가족들을 위해 시간을 내겠다던 약속을 지키기 위해 은유는 지금 저와 상당히 어울리지 않는 장소에 와 있었다.

　남들에게는 휴식과 즐거움을 주는 장소였지만, 은유에게는 이곳이 꼭 난민촌처럼 느껴졌다. 편안한 집이나 호텔을 두고 왜 굳이 달랑 좁아터진 캠핑카 하나에 구겨져 가면서 힘들게 생고생을 하느냔 말이다.

"콜록. 콜록."

모락모락 피어오른 연기에 은유가 마른기침을 했다. 그의 손에는 집게와 가위가 들려 있었다. 고기를 뒤집다 말고 연신 기침을 해대는 은유를 보고 우주가 고개를 갸웃하며 물었다.

"아빠, 울어?"

시큰하게 아린 눈을 장갑 낀 손등으로 꾹 누르며 은유가 무슨 소리냐며 우주를 바라보았다. 우주가 말똥말똥 귀여운 눈을 깜빡이며 은유의 눈을 가리켰다.

"눈이 빨개."

"연기가 매워서 그래."

은유 대신 곁에 앉은 이도가 설명해 주었다. 매운 연기에 잠시 뒤로 물러섰던 은유가 나란히 앉아 저를 보고 있는 모자를 바라보았다. 마치 모이를 기다리는 새끼 새마냥 그만 뚫어져라 쳐다보고 있었다. 아니, 정확히 말하자면 그가 굽고 있는 고기를 보고 있는 것이었다. '그래, 준다, 줘.' 피식. 싱겁게 웃으며 다시 숯불 앞으로 다가선 은유가 고기를 차례로 뒤집었다.

"어어, 저쪽에 탑니다."

건방지게 손가락질까지 곁들여 고기 하나를 가리키는 우철을 은유가 사납게 쏘아보았다. 그의 입술이 씰룩거렸다. 죽일 듯 저를 쏘아보는 은유의 시선에 우철이 슬며시 뻗었던 손가락을 접었다. 머쓱해 고개를 돌리는 우철을 은유가 끝까지 집요하게 쳐다보았다.

"등심은 살살 구워야죠. 타면 맛없어요."

콧소리가 가미된 또 다른 불청객의 목소리에 한껏 가늘어진 은유의 눈이 즉시 방향을 틀었다. 저 인간은 또 왜 끼어든 거야! 불쾌감을 숨기지 않고 은유가 눈을 부릅 치켜떴다. 은유의 사나운 째림에도 왕빛나는 전혀 주눅 들지 않았다. 나이가 들수록 점점 눈치도 퇴화되는 모양이다.

하긴, 눈치라는 게 있었으면 뻔뻔스럽게 은유네 가족 캠핑에 따라나서지도 않았을 것이다. 지들이 뭐라고 남의 단란한 휴가에 꼽사리를 끼냐, 이 말이다. 지들은 지들끼리 놀던가. 이도 모자와 반대편에 나란히 자리를 잡고 앉아 겁도 없이 참견을 해대는 둘을 은유가 매섭게 번갈아 노렸다.

"망할 것들."

"왜 망해요?"

구시렁거리며 혼자 한 말을 우주가 날름 캐치해 물었다. 우주를 돌아보는 은유의 눈썹이 꿈틀거렸다. 세상천지 존재하는 모든 것을 알고 싶어 안달이 난 여섯 살 꼬맹이의 천진난만한 눈을 전혀 천진스럽지 못한 눈으로 은유가 마주 바라보았다.

"겁도 없이 자꾸 끼어들기 하다 한 방에 골로 가는 수가 있단 말이야. 그럼 망하는 거지."

설명이 아니라 은근한 협박이 담긴 은유의 가시 돋친 말에 움찔거리는 건 그나마 눈치가 조금이라도 살아 있는 우철 혼자뿐이었다.

"누가요?"

궁금한 거 많아 좋은 우주가 또 물었다. 시니컬하게 굳은 얼굴로 우철과 빛나를 차게 쏘아보며 은유가 이를 빠득거렸다.

"있어, 그런 것들이."

견디다 못한 우철이 자리에서 벌떡 일어섰다. 서둘러 은유의 곁으로 다가선 우철이 엉거주춤 그에게 손을 내밀었다.

"주십시오. 제가 굽겠습니다."

"냅둬."

"아닙니다, 제가."

우철이 다급하게 은유의 손을 붙잡았다. 즉시 은유의 사나운 눈초리가 쏘아졌다. 그가 이를 악다문 채 입을 씰룩거렸다.

"손 치워. 누가 너 먹으라고 구워? 내 새끼랑 마누라가 먹고 싶다고 해서 굽는 거야."

"앉으십시오. 제가 구워서 드리겠습니다."

우철의 머리를 집게로 내려치며 은유가 짜증을 냈다. 이 자식이 왜 이렇게 눈치 없이 고집을 피워!

"니가 구운 거 말고 내가 구운 게 먹고 싶다잖아, 이 멍청아."

"아, 네."

그제야 손을 거두고 우철이 힐끔 우주와 이도를 바라보았다. 잔뜩 기대 서린 눈빛으로 은유의 손에 노릇하게 잘 익어가는 고기를 지켜보고 있었다. 은유의 말대로 그냥 고기가 먹고 싶었던 게 아니라 고기 굽는 은유의 자상한 모습이 보고 싶었던 모양이다. 더불어 고기도 맛나게 먹고.

"걸리적거리지 말고 찌그러져 있어."

"네."

작은 목소리로 말하며 고개를 끄덕인 우철이 한 걸음 뒤로 물러선 채 그의 뒤에 시립해 섰다. 마땅히 찌그러져 있을 곳을 찾지 못한 탓도 있었지만, 대장이 서 있는데 부하인 자신이 편안하게 마냥 앉아 있기가 좀 미안해서였다. 그런 우철의 심정도 모르고 빛나가 제 옆자리를 톡톡 치며 눈치 없이 빨리 오라 손짓했다. 우철이 눈짓으로 괜찮다고 거절하는데도 빛나는 동작을 더 크게 하며 우철을 불렀다.

"우철 씨, 여기 앉아요."

"아닙니다. 전 여기 있겠습니다. 사장님도 도와드리고."

"찌그러지라니까."

계속된 우철의 거부에 은유가 보지도 않고 까칠하게 집게를 휘저었다. 그에 우철이 마지못해 빛나의 옆자리로 다시 돌아갔다. 곁에 앉은 우철의 팔에 팔짱을 끼며 빛나가 쫑알쫑알 수다를 떨어댔다. 그에 우철이 작게 맞장구를 치며 옅게 웃었다. 그 모습을 심드렁하게 지켜보던 은유가 보일 듯 말 듯 작게 미소 지었다.

'자식, 허파에 바람이 들었나. 뭘 만날 비실비실 웃어.'

그러면서 가볍게 씹어주는 것도 잊지 않았다.

그릇에 담겨 각자 앞에 놓인 고기를 모두 멀뚱히 바라보기만 했다. 선뜻 고기에 손이 가지 않았다. 제 앞에 놓인 고기를 포크로 집어 올리며 우주가 이도에게 물었다.

"엄마, 이거 먹어도 돼?"

고기의 때깔이 원래 그랬나 싶게 심하게 검었다. 이도가 미간을 살짝 찌푸리며 말했다.

"흐음. 글쎄."

"고기가 나빠 보여."

"그냥 먹어. 안 죽어."

제 몫의 고기를 크게 한 덩어리 입에 밀어 넣어 질겅질겅 씹으며 은유가 신경질적으로 말했다. 태연하게 고기를 씹던 은유의 얼굴이 점점 불쾌하게 일그러졌다. 어린 송아지의 여린 살만 골라 담은 거라더니, 어찌 된 것이 고기가 철근보다 더 질겼다.

더 이상 씹는 것이 힘들 것 같아 은유는 얼른 와인을 들이켰다. 와인과 함께 그냥 삼키려는 심산이었다.

"아빠, 고기 매워?"

고기와 불만스레 일그러진 은유의 얼굴을 번갈아 바라보며 우주가 물었다. 그에 은유가 얼른 표정을 바꾸고 고개를 저었다.

"아니."

"그런데 왜 주스 마셨어?"

와인을 주스라고 말하며 우주가 초롱초롱하게 은유를 바라보았다. 맵지도 않은데 와인을 왜 그렇게 많이 마셨냐 묻는 것이다. 물끄러미 우주를 내려다보다 빈 와인 잔을 채운 은유가 그것을 우주 앞에 내밀었다. 우주의 큰 눈이 잔을 신기한 듯 쳐다보았다.

"마셔볼래?"

"안 돼요."

은유의 은근한 유혹을 이도가 단칼에 차단시켰다. 우주가 단호하게 말하며 잔을 거둬가는 이도를 돌아보았다. 이도가 잔을 한쪽으로 치우며 애한테 쓸데없는 장난을 친다며 은유를 나무랐다. 그에 은유가 불퉁하게 입을 내밀며 혼자 구시렁거렸다.

"백 번 말하는 것보다 한 번 경험이 낫지."

도전 정신을 가지고 고기를 한 점씩 씹다가 도저히 안 되겠던지 모두들 서둘러 와인을 들이켰다. 은유가 보는 자리에서 고기를 도로 뱉는 짓은 차마 할 수가 없었다. 천하의 이은유가 눈물까지 쏟아가며 구운 생애 최초의 고기였다. 그런 것을 뱉었다간 아마 두 고두고 괴롭힘을 당할 것이다.

엄숙하리만치 조용한 가운데 두려운 칼질과 연신 와인 들이켜는 소리만 가득했다. 그 와중에 어른들의 하는 양을 가만히 관찰하고 있던 우주가 뭔가를 결심한 듯 고개를 끄덕이더니 작게 토막 난 고기를 하나 찍어 입에 넣고 오물거렸다. 그나마 이도가 타지 않은 부위만 골라 우주의 접시에 놓아준 덕에 다른 것들만큼 고기가 질기지는 않았다. 슬쩍 눈치를 살피던 우주가 어른들의 시선을 피해 와인 잔에 손을 뻗었다.

우주의 눈이 반짝 이채를 발했다. 잔에서 출렁이는 예쁜 빨강을 호기롭게 바라보던 우주가 슬쩍 입을 잔에 댔다. 그런 우주의 모습을 은유가 아닌 척 몰래 주시하고 있었다. 호기심 천국의 고정 멤버 이우주가 궁금한 것을 그냥 지나칠 리가 없었다.

홀짝. 혀끝으로 와인을 맛보던 우주가 과감하게 잔을 기울여 한 모금을 삼켰다. 즉시 찡그려지는 우주의 얼굴을 재밌단 듯 바라보며 은유가 속으로 키득거렸다.

"저쪽 언덕에 올라가면 별이 아주 가까이 보인대요. 우리 나중에 거기 한번 가봐요."

이도가 당근을 톡톡 씹어 먹으며 저 멀리 언덕을 가리켰다. 그에 은유가 심드렁하게 반응했다.

"굳이 거기까지 가서 뭣 하러 별을 봐. 여기도 별 많아."

"여기랑은 다르대요. 진짜 손으로 만질 수 있을 정도로 가깝게 보인대."

기대에 부푼 반짝이는 이도의 두 눈을 지그시 마주 응시하며 은유가 그녀 가까이 얼굴을 내밀었다. 바짝 다가선 은유의 얼굴을 이도가 멀뚱히 쳐다보았다. 그가 척 하니 검지를 세워 정확히 자신의 두 눈을 가리켰다.

"여기 진짜 만질 수 있는 찬란한 별이 반짝반짝 빛나고 있잖아. 안 보여?"

"칫. 그놈의 자뻑은 정말 끝이 없다니까."

"자뻑이라니. 잘 봐, 뭐가 보이나."

조금 더 가까이 다가서며 은유가 싱긋이 웃었다. 의도가 무엇인지 몰라 고개를 갸웃하며 유심히 은유의 두 눈을 바라보던 이도의 입에서 탄성이 터져 나왔다.

"아! 보인다."

"보이지. 확실하게 빛나지? 만지고 싶을 만큼 유혹적으로."

"그러네. 진짜 막 만지고 싶게 깜찍하네."

은유의 맑은 눈동자를 가득 채우고 있는 제 모습에 이도의 얼굴 가득 환한 웃음이 번졌다. 밥 먹다 말고 갑자기 깜찍한 포즈를 취하는 이도를 모두가 게슴츠레하게 돌아봤다. 자뻑도 바보병만큼이나 위험해 잘 옮는다. 지켜보는 사람들이 방금 억지로 삼켰던 것을 도로 뱉어내고 싶을 만큼 고통스러워한다는 건 안중에도 없는 듯 둘은 얼굴을 마주한 채 싱글싱글 웃고 있었다.

쿵.

키스 직전까지 분위기를 몰아가던 둘이 우뚝 동작을 멈췄다. 난데없이 들린 쿵 소리와 함께 테이블이 흔들렸다. 소리의 근원지를 찾아 멀뚱히 돌아보던 사람들의 얼굴에 경악이 떠올랐다. 우주가 테이블에 머리를 박고 쓰러져 있었다.

"우주야!"

놀란 이도가 서둘러 우주를 안아 살폈다. 코로롱. 귀여운 코골이 소리를 내며 우주가 냠냠 입맛을 다셨다. 잠이 깊게 든 모양이었다. 많이 피곤했던 모양이다 생각하며 엷게 웃던 이도의 얼굴이 뭔가를 발견하고 살짝 굳었다. 우주의 입가에 붉은 빛깔의 흘러내린 자욱이 있었다. 넘어지며 입을 다친 건 아닌가 자세히 살피기 위해 고개를 내렸던 이도의 코가 벌렁거렸다. 우주의 입에서 달짝지근한 알코올 냄새가 났다.

날름. 우주의 입가에 흐른 것을 핥자 와인 맛이 났다. 이도의 눈이 테이블 위에 나뒹구는 빈 와인 잔에 닿았다. 설마 저걸 다 마신 거야?

많이는 아니어도 일단은 와인도 술이었다. 어린애가 소주 한 잔 분량을 다 마셨으니 쓰러질 수밖에. 기가 막혔다.

"와인 마신 거예요?"

빛나가 잔과 우주를 번갈아보며 물었다. 한숨을 푹 내쉰 이도가 고개를 끄덕였다. 벌떡 자리를 박차고 일어선 우철이 다급하게 말했다.

"어서 응급실로!"

"앉아."

성급한 우철의 목소리와 달리 지나치게 차분한 목소리로 은유가 명령했다. 은유와 우주를 번갈아 바라보며 어찌할 바를 몰라 하는 우철을 짜증스럽게 쳐다보며 은유가 귀찮다는 듯 손가락을 위아래로 까닥거렸다. 앉으라는 무언의 협박이었다.

"그거 마신 걸로 어찌 되진 않아. 깨면 머리야 좀 아프겠지만."

"그러게 왜 애한테 그런 걸 내밀어서."

나무라는 투의 이도의 말에 은유가 발끈해 눈을 부릅떴다.

"내가 뭘."

마신 놈이 잘못이지란 말은 차마 하지 못하고 은유가 입을 불퉁거렸다. 정말 대책이 없다 고개를 저은 이도가 우주를 안고 일어서 캠핑카로 향했다. 침대에서 편히 자게 눕히려는 모양이었다.

이런저런 얘기를 나누다 문득 시간이 많이 흘렀음을 깨달은 은유가 캠핑카 쪽을 돌아보았다. 인기척이 없었다. 눕히러 가서 저도 누운 모양이다. 안 그래도 앞에 앉아 하품을 해대는 빛나 때문에 은유도 졸음이 오던 참이었다.

"각자 편히 쉬도록 하지."

먼저 자리에서 일어선 은유가 인사도 받지 않고 곧장 캠핑카로 뛰어갔다. 조용히 문을 열고 들어서자 안쪽 침대에서 잠든 이도의 모습이 보였다. 조심조심 다가선 은유가 침대를 내려다보며 눈을 게슴츠레하게 떴다.

사지를 늘이고 뻗어 자는 이도와 그녀의 배 위에 얼굴을 묻고 쌔근쌔근 자고 있는 우주를 그가 불만스럽게 쳐다보았다. 입을 삐죽 내민 은유가 신발을 벗고 반대편에 누우며 투덜거렸다.

"나쁜 놈, 그건 내 거라고 했지."

슬며시 손을 뻗어 조심히 우주의 손을 들어 올리자 우주가 뒤척였다. 화들짝 놀란 은유가 손을 놓자 우주가 더 바짝 이도의 배에 달라붙었다. 다시 곤한 숨소리를 내며 잠든 우주를 바라보며 은유가 안도의 한숨을 내쉬었다. 지금 깨우면 뒷감당이 안 된다. 밤새 쫑알쫑알 또 얼마나 술주정을 해댈까? 그를 생각하자 진저리가 쳐져 은유가 부르르 몸을 떨었다.

"오늘만 딱 양보하는 거다."

듣지도 못하는 우주에게 선심 쓰는 척 허락을 하며 은유가 가로로 누워 머리를 한 손으로 받치고 둘을 사랑스럽게 바라보았다. 그의 얼굴에 행복한 미소가 번졌다.

"고맙다, 내게 와줘서."

방아 찧기의 달인 달토끼와 위대하게 빛나는 우주. 둘 다에게 감사해.

영원히 내 곁에서 환하게 빛나기를 바라.

〈The END〉